Uma proposta um tanto escandalosa

OBRAS DA AUTORA JÁ PUBLICADAS
PELA HARLEQUIN

TRILOGIA DOS CANALHAS
Como se vingar de um cretino
Como encantar um canalha
Como salvar um herói

RECEBA ESTA ALIANÇA
Para conquistar um libertino
Para casar com o pecado
Para ganhar de um duque

OS INDOMÁVEIS IRMÃOS MACTAGGERT
Um acordo bastante inglês
Uma proposta um tanto escandalosa

Suzanne Enoch

Uma proposta um tanto escandalosa

Os indomáveis irmãos MacTaggert

tradução
Ana Rodrigues

Rio de Janeiro, 2024

Título original: Scot Under the Covers
Copyright © 2020 by Suzanne Enoch. All rights reserved.

Todos os personagens neste livro são fictícios. Qualquer semelhança com pessoas vivas ou mortas é mera coincidência.

Direitos de edição da obra em língua portuguesa no Brasil adquiridos pela Editora HR LTDA. Todos os direitos reservados. Nenhuma parte desta obra pode ser apropriada e estocada em sistema de banco de dados ou processo similar, em qualquer forma ou meio, seja eletrônico, de fotocópia, gravação etc., sem a permissão do detentor do copyright.

Direitos exclusivos de publicação em língua portuguesa cedidos pela Harlequin Enterprises II B.V./S.À.R.L para Editora HR Ltda.

A Harlequin é um selo da HarperCollins Brasil.

Edição: *Julia Barreto e Cristhiane Ruiz*
Copidesque: *Thaís Lima*
Revisão: *Helena Mayrink e Rachel Rimas*
Design de capa: *Renata Vidal*
Imagens de capa: © *Mark Owen; Starostov / Shutterstock; Irina Vaneeva / Shutterstock*
Diagramação: *Abreu's System*

Publisher: *Samuel Coto*
Editora-executiva: *Alice Mello*

Contatos: Rua da Quitanda, 86, sala 601A — Centro — 20091-005
Rio de Janeiro — RJ
Tel.: (21) 3175-1030

CIP-Brasil. Catalogação na Publicação
Sindicato Nacional dos Editores de Livros, RJ

E51p

Enoch, Suzanne, 1964-
    Uma proposta um tanto escandalosa / Suzanne Enoch ; tradução Ana Rodrigues. – 1. ed. – Rio de Janeiro : Harlequin, 2024.
    336 p. ; 23 cm.   (Os indomáveis irmãos MacTaggert ; 2)

    Tradução de: Scot under the covers
    ISBN 978-65-5970-369-2

    1. Romance americano. I. Rodrigues, Ana. II. Título. III. Série.

24-87612

CDD: 813
CDU: 82-31(73)

Gabriela Faray Ferreira Lopes – Bibliotecária – CRB-7/6643

Capítulo 1

— Eu disse que ele estava na porta — declarou Aden MacTaggert, olhando para Coll, o irmão mais velho, montado no garanhão preto frísio. — Ele entrou, abriu a torneira de bobagens e começou a tagarelar como sempre, então eu joguei minha bota nele.

— E quebrou a cabeça do homem — concluiu Coll MacTaggert, lorde Glendarril, carrancudo. — Mas você ainda estava meio bêbado, acordando de um sono profundo e com pouco mais que uma nesga de luz no quarto, certo? Até acredito que tenha atirado a bota nele, mas acho que ela bateu na parede ou algo assim, ele se assustou e desmaiou.

— Eu nocauteei o homem — protestou Aden, diminuindo o passo do seu puro-sangue castanho, Loki, quando chegaram a Grosvenor Street e pararam diante da Casa Oswell. — Pergunte ao Oscar. Ele vai te mostrar o inchaço que alega ainda ter na cabeça.

— Eu também não admitiria ter desmaiado de medo — murmurou Coll, descendo de seu cavalo. — Você não é capaz de arremessar uma bota com tanta precisão assim.

— Não posso falar por você, mas aposto dez libras que *eu* sou capaz — retrucou Aden, desmontando também e entregando as rédeas de Loki para Gavin, o cavalariço que trouxeram com eles quando vieram todos para Londres.

Aquilo tinha acontecido havia apenas cinco semanas? Parecia que um século se passara desde que lady Aldriss, a mãe que vivera anos afastada, revelara a existência daquele maldito acordo que ela e o pai deles, Angus MacTaggert, assinaram quando os três filhos MacTaggert ainda eram bebês. Se os rapazes não se casassem com damas inglesas antes que a única irmã — Eloise, a mais nova — se casasse com seu prometido, Francesca Oswell-MacTaggert deixaria de custear as despesas de Aldriss Park, e aquilo afetaria a vida de todos os arrendatários, fazendeiros, comerciantes, criados e dos próprios filhos dela.

— E como pretende ganhar essa aposta? — retrucou Coll. — Estamos nesta maldita Londres. Você não pode sair por aí arremessando botas nos criados, ou o belo povo desse lugar vai olhar torto.

Aden avaliou o entorno.

— Gavin, leve esse balde até a rua.

O cavalariço o encarou.

— Não vou deixar que arremesse botas em mim, sr. Aden. Oscar diz que os olhos dele ainda ficam vesgos quando o tempo fecha, por causa da pancada na cabeça.

— Vou esperar até que você se afaste. Vá.

O cavalariço soltou um suspiro, pegou o balde e seguiu apressado até a rua. A pouco mais de cinco metros de distância, ele parou e olhou para trás, para os irmãos.

— Aqui?

— Não. Continue.

Gavin teve que esperar que uma carruagem passasse antes de continuar subindo a rua, então, acenou para eles a cerca de quinze metros. Aden assentiu.

— Aí está bom. Saia do caminho.

Ao lado dele, Coll se sentou em um bloco de apoio, usado para ajudar a montar no cavalo, e tirou as botas.

— Você vai em seguida — falou Coll. — E se eu chegar mais perto, você me deve *vinte* libras.

A disputa rapidamente ganhara importância, como era de se esperar.

— Então atire logo essa bota, antes que acabe perdendo tudo.

Aden se apoiou na grade de ferro forjado que cercava a entrada da frente da Casa Oswell, dobrou uma perna e tirou as botas hessianas.

A mãe deles sem dúvida ficaria consternada se visse os dois filhos mais velhos andando pelas ruas de Mayfair descalços e usando kilts, mas fora ela que exigira que eles partissem para Londres sem nenhum outro motivo a não ser encontrar esposas. Aquele tipo de ordem precipitada teria consequências.

— E o oposto também está valendo. Você me deve vinte libras quando eu ganhar.

Coll voltou a ficar de pé, ergueu uma bota, levou o braço para trás e a arremessou em direção ao balde como se o calçado de couro finamente trabalhado fosse uma pedra. Um cavalo que levava seu cavaleiro elegante pela rua adernou quando a bota quicou ao lado dele e derrapou até parar a cerca de dois metros do balde, uns sessenta centímetros para o lado.

— O que é isso?! — repreendeu o cavaleiro, e se aproximou trotando. — Não é assim...

— Saia do caminho, pavão — alertou Aden, tomando o lugar de Coll. — Não se coloque no meio da aposta de um escocês.

O almofadinha deu um gritinho e empalideceu, puxando as rédeas do cavalo cinza e se afastando.

— Bárbaros! — A palavra flutuou ao vento enquanto o homem desaparecia na rua lateral.

— A roupa dele é mais colorida que um vitral — observou Coll.

— *Aye*. Daria para ver o camarada até no escuro.

Aden pegou a própria bota pelo cano, deixando pender a parte mais pesada, onde ficava o salto. Então, balançou o calçado para a frente e para trás e o arremessou em um arco. A bota hessiana deu uma lenta volta completa, bateu no balde e aterrissou ao lado dele. Gavin assoviou e deteve uma carroça de gelo que queria passar.

— Dê a volta, seu tonto — ordenou o cavalariço. — Temos uma aposta para decidir aqui.

— Por que as pessoas estão gritando na frente da minha cas... Ah — começou a dizer Francesca Oswell-MacTaggert, lady Aldriss, enquanto descia o caminho curto de entrada, projetado em semicírculo. — Descalços? É sério?

— Não consigo jogar uma bota se ela estiver no meu pé — grunhiu Coll, enquanto empurrava Aden de sua frente e mirava seu segundo arremesso.

— Por que estão jogando as suas botas? — perguntou a condessa, franzindo um pouco a testa.

— Coll afirma que Oscar desmaiou e bateu com a cabeça ao me ver jogar a minha bota nele, e estou provando que sou capaz de acertar um valete do outro lado de um cômodo com mira o suficiente para derrubá-lo.

— Vocês... Não vou permitir que agrida os criados, Aden.

Ele manteve a atenção em Coll.

— Isso foi há oito meses. E ele poderia ter se esquivado. Eu avisei.

Ao lado dele, o irmão MacTaggert mais velho adotara o arremesso ardiloso de Aden. Coll tinha quase um metro e noventa e cinco de altura, era todo músculos e nenhuma sutileza, por isso Aden não ficou surpreso quando a bota voou na direção das nuvens, passando direto pelo balde e pela curva na rua, onde a Grosvenor Street se transformava na Duke Street, até pousar nos arbustos da sebe do duque de Dunhurst.

— Rá! — Coll riu e bateu palmas. — Supere isso.

— A aposta era sobre qual de nós dois arremessaria a bota mais próximo do balde, seu idiota — lembrou Aden. — E não para provar que você é capaz de arremessar seus calçados na Escócia.

— Ah — grunhiu o visconde. — Me deixe fazer mais um arremesso, então.

— Não. Dois pés, duas botas.

— Então a sua segunda bota tem que aterrissar mais perto do que a primeira — propôs Coll.

Aden ergueu uma sobrancelha.

— Já ganhei vinte libras. Posso muito bem colocar essa bota de volta no pé.

— Sim, por favor — murmurou a mãe, atrás dele.

Aden sorriu ao ouvir aquilo e continuou sem olhar para ela.

— A menos que você dobre a aposta — continuou Aden. — Aposto quarenta libras que essa bota cai mais perto do balde que a primeira.

— Negócio fechado — respondeu Coll na mesma hora, como se temesse que Aden pudesse mudar de ideia. — Então você teria que acertá-la dentro do balde para ganhar.

Que fosse. Aden semicerrou um dos olhos, girou a bota uma vez, esperou que um trio de crianças atravessasse a rua com a ama, girou de novo e soltou. O salto da bota atingiu a borda do balde, virou-o e caiu meio para dentro enquanto o balde rolava em um semicírculo lento.

— Quarenta libras — disse ele, enquanto ajeitava a postura e disfarçava a própria surpresa.

Vez ou outra havia se beneficiado da sorte em vez do talento, mas apenas um tolo contava com a sorte, que era uma dama bastante inconstante.

— Gavin, traga as minhas malditas botas de volta — bradou Coll.

Quando o cavalariço mergulhou nos arbustos, um cachorro preto que chegava à altura do joelho dele foi até o meio da rua e abocanhou uma das botas de Aden. Ele franziu a testa, irritado. *Maldição*. Aquilo não podia acontecer. Aquelas botas hessianas eram seu único par de calçados adequados para usar na companhia de *sassenachs* (como os escoceses chamavam os ingleses, normalmente com desdém) elegantes. Aden se adiantou um passo e assoviou antes que Gavin pudesse sair atrás do cachorro.

— Aqui, rapaz — disse ele, abrindo a bolsa que levava presa à cintura e pegando o biscoito que havia roubado da cozinha mais cedo. — Quer fazer uma troca?

Aden se agachou, com o biscoito na mão.

O cachorro de focinho comprido avançou, o rabo para baixo, as orelhas pontudas abaixadas e a bota ainda na boca. Quem quer que fosse, não tinha sido tratado com gentileza nas ruas de Londres. Aden se solidarizava com aquilo.

— Pegue-o, Aden — falou Coll.

Mas Aden ignorou o irmão. Coll sempre preferia uma boa briga, mesmo quando um trato mais gentil resolveria melhor a situação. O cão largou a bota e esticou o corpo para a frente, inclinando-se um pouco para o lado, com um olho estremecendo como se esperasse ser golpeado.

— Só covardes batem em animais — acalmou-o Aden, mantendo a mão que segurava o biscoito estendida com firmeza. — Você não tem nada a temer, rapaz.

O animal ergueu um pouco as orelhas, cravou os dentes na beirada do doce e se afastou, desaparecendo na esquina em direção ao Hyde Park. Aden deixou escapar um suspiro, se esticou para pegar a bota e voltou a levantar. Pobre rapaz.

Quando se virou, viu que lady Aldriss tinha os olhos verdes pousados nele. A mulher era esperta, sabia disso e, como conseguira casar o mais novo dos três MacTaggert, achava que tinha tudo sob controle. Mas Aden não era Niall — amável e de bom coração. Era três anos mais velho do que o irmão de 24 anos e dez vezes mais cínico. Aden se lembrava muito bem do dia em que a mãe os deixara para trás na Escócia, e como ele tinha se sentido abandonado e... tolo, tempos depois. Aquela fora a última vez que tinha sido pego desprevenido. Inferno, desde então nunca mais se deixara levar pelo coração.

— O que acha que decifrou, condessa? — perguntou Aden em voz alta, enquanto pegava a sua segunda bota, que Gavin jogara para ele, e se virava na direção da porta da frente da Casa Oswell.

— Não sei — respondeu ela, seguindo-o. — Ainda estou observando.

— Observe quanto desejar, então — retrucou ele. — Mas acho que teria mais proveito se fizesse isso quando estou no meu ambiente natural, que não é aqui em Londres.

— Pela forma como você e seus irmãos falam, achei que seu ambiente natural seria qualquer lugar onde pudesse encontrar uma mesa de jogo e algumas cartas ou dados.

— *Aye*. A condessa conseguiu, então. Me decifrou.

— Aden, m...

— Não — interrompeu ele, sem diminuir o passo. — Vou cumprir a sua ordem e encontrar uma esposa, já que não nos deu escolha. Mas não vou me sentar para uma conversa carinhosa com a senhora durante o chá, *màthair*. — Por cima do ombro, Aden reparou na expressão interessada de Coll. Sempre procurando encrenca, aquele era o visconde. — Quarenta libras, gigante.

— Pagarei em um minuto, maldição — respondeu Coll.

Aden entrou descalço no saguão e passou por Smythe, o mordomo, que parecia ofendido — decerto nunca vira um morador da Casa Oswell descalço. Subiu a escada, tirou um colar de pérolas falsas do bolso do casaco e pendurou-o nos chifres de Rory, o veado empalhado que haviam trazido de casa e colocado no patamar da escada principal, para que cada convidado *sassenach* o visse assim que entrasse pela porta da frente.

O veado vermelho fazia parte da imensa quantidade de bagagens que os rapazes tinham levado com eles das Terras Altas para Londres, porque, até onde sabiam, os ingleses viajavam com um número absurdo de baús e malas. E a intenção deles era mesmo causar confusão, para demonstrar que não seriam governados por uma inglesa da qual mal se lembravam só porque a mulher era a dona do dinheiro. Quando a condessa declarou que, sob nenhuma circunstância, Rory teria permissão para morar na biblioteca como acontecia em Aldriss Park, Aden e Coll o colocaram no patamar da escada, só para contrariar a mãe.

Fazia algumas semanas o veado vinha sendo presenteado, e ganhara uma gravata, um chapéu de castor, uma saia de cetim azul, uma luva de pele de cordeiro, brincos e várias outras bugigangas que eram penduradas em sua impressionante estrutura de chifres e no corpo musculoso. Não parecia nada digno agora, mas a diversão de vesti-lo como um *sassenach* desgrenhado impedia que Aden socasse vários ingleses de verdade.

— Onde você conseguiu isso? — perguntou uma voz feminina do patamar acima dele.

— Rory? — questionou Aden, olhando para a irmã, Eloise.

Ela era a mais jovem dos MacTaggert, e a única criada como inglesa. E também era a razão pela qual os irmãos tinham se deixado arrastar para Londres. A jovem de 18 anos tinha ficado noiva, uma notícia que colocara o pai deles em seu suposto leito de morte — onde Angus MacTaggert ainda permanecia mais de um mês depois, de acordo com suas cartas frequentes, que alertavam os filhos sobre as mulheres traiçoeiras à espreita em Londres — e os três irmãos com lindas cordas em forma de noivas inglesas em volta do pescoço.

— Não, o colar — esclareceu Eloise, descendo os degraus para se juntar a ele. Ela tirou as pérolas falsas do chifre do cervo e ergueu-as para examiná-las melhor. — Ah, elas não são de verdade, não é?

— Não. Um camarada perdeu uma aposta e teve que entregar o que carregava no bolso. Não sei se seriam um presente para uma moça, ou se ele tentou lhe dar e ela recusou, ou se roubou o colar de alguma dama desavisada.

— De qualquer forma, é triste. — Ela deixou escapar um suspiro e voltou a pendurar o colar no chifre do veado. — Mesmo assim, Rory está muito bem-vestido.

— *Aye*. Todos os outros veados nas Terras Altas ficariam com inveja se pudessem vê-lo agora.

Aden deu um beijo no rosto da irmã e continuou a subir a escada da ala oeste, para os aposentos destinados a ele e aos irmãos. Qualquer que fosse o incômodo que pudesse ter lhes causado, Eloise era a irmã caçula deles, e uma MacTaggert. Precisava ser amada e protegida, tendo sido criada na Inglaterra ou não. A moça havia entregado o coração a um rapaz e não sabia nada sobre o acordo, assim como os três irmãos.

Atrás dele, Eloise pigarreou.

— Obrigada por voltar a tempo de comparecer ao meu almoço — disse ela, e Aden quase pôde ouvir a careta no rosto da jovem. — Sei que não gosta da ideia de ter moças se jogando em cima de você. Mas são todas minhas amigas. E é só comida, algo de que você gosta. Não há mal algum em você e Coll se juntarem a nós.

Aden diminuiu o passo. As mulheres sempre se atiravam em cima dele, mas desde que chegara a Londres parecia que alguém havia carregado uma catapulta com saias e seios e lançado em sua cabeça. *Aye*, Francesca exigia que ele se casasse com uma moça inglesa, e *aye*, ele vinha buscando uma esposa havia cinco semanas. Bem, não exatamente procurando, e mais observando com um cinismo crescente. Cílios tremulando e conversas sobre o clima o deixavam à beira das lágrimas, tamanho o tédio, mas, até onde Aden sabia, aquele era o alcance máximo das conversas das mulheres inglesas. Em algum momento, ele teria que escolher uma delas, mesmo que fosse cabeça-oca e entediante. Aden tinha plena consciência disso. O futuro de Aldriss Park dependia dessa escolha. Mas ele não precisava gostar da ideia. E não gostava. De forma alguma. Até mesmo os amigos de Eloise — ao menos os que ele havia conhecido — pareciam muito, muito... jovens. Ingênuos. Tediosos. Sem nada a oferecer além de conversas educadas e golas de renda.

Aden não era capaz de colocar em uma frase o que desejava em uma moça, mas um pouco de fogo e ousadia seria ao menos decente. Ou indecente, que era o que preferia. Uma moça que não ficasse apenas deitada de costas, de olhos arregalados, rígida, enquanto ele exercia o seu "direito de marido" — ou qualquer que fosse a forma apropriada de nomear o que acontecia no leito conjugal ali em Londres. Quanto ao resto... bem, ele tinha que se casar. Aden supunha que só precisava encontrar uma mulher que não o fizesse desejar se afogar no lago mais próximo.

Talvez a dificuldade naquele caso fosse que Niall, o irmão MacTaggert mais jovem, não só havia encontrado uma moça um dia depois de chegar a Londres, como também a amava. E Amy o adorava. Maldição, os dois mal haviam deixado o quarto de Niall nos seis dias desde que tinham voltado de Gretna Green. O amor era um compromisso pegajoso, e qualquer homem que tentasse encontrá-lo era um tolo. Niall, por sua vez, não estivera em busca daquela coisa terrível, o que aparentemente era a única forma de encontrá-la. Uma charada dos infernos, e Aden não tinha certeza se algum dia confiaria naquilo, de qualquer forma.

— Aden? — disse Eloise. — Você deve responder dizendo que agradece os meus esforços e que vai se comportar.

Aden se obrigou a voltar ao presente e se virou para Eloise.

— Vou me comportar — concordou ele. — Mas sugiro que você também alerte Coll. Ele é o mais inclinado a colocar uma moça sobre o ombro e sair pisando duro com ela.

— Sim, mas Coll disse que quer uma florzinha frágil e sem graça, que possa deixar aqui em Londres. Isso não parece exigir sequestro.

Aquilo o fez sorrir.

— Você é metade escocesa até os ossos, *piuthar*. E está certa. Basta colocar uma flor murcha ao lado de Coll que ele agradecerá por isso.

— Mas e você?

— Eu? — Aden fingiu surpresa. — Continuo acreditando que qualquer moça serve, mas acho que prefiro não me sentir entediado. Portanto, gostaria de uma mulher que não fosse enfadonha. E talvez uma que não desmaiasse ao ver seu leito nupcial.

— Aden — falou Eloise, enrubescendo.

Ele levantou uma sobrancelha.

— Você pretende desmaiar quando vir seu leito nupcial, Eloise?

— Ora, não, mas…

— Porque você é uma moça com fibra. Portanto, alguém que não seja enfadonha e tenha fibra, se você pretende encontrar um par para mim.

Eloise inclinou a cabeça, os olhos verdes quase incolores avaliando o irmão.

— Não havia nenhuma moça nas Terras Altas capaz de enfrentar você, Aden?

Era assim que ela interpretava o perfil da moça que ele desejava? Uma guerreira? Aquilo não importava muito, supôs Aden, já que não parecia existir uma moça assim. Ele colocou um sorriso forçado no rosto e se virou para a escada.

— Se houvesse, eu não estaria aqui, *piuthar*. Estaria nas Terras Altas, um homem casado e livre das garras de lady Aldriss.

Houvera moças em abundância nas Terras Altas, sim, e ele tivera relações bem próximas com boa parte delas. Aos 27 anos, tinha começado a pensar em se casar antes mesmo de saber do decreto de lady Aldriss, mas ainda não encontrara alguém com quem gostaria de passar mais tempo do que algumas poucas horas na cama. Não o consideravam o irmão MacTaggert mais esquivo sem motivo.

— Minhas amigas estarão aqui em uma hora. E você deve estar calçado, pelo amor de Deus. Suas feições são bastante agradáveis, suponho, mas uma futura noiva quer ter certeza de que o futuro marido sabe se vestir sozinho.

Ele sorriu.

— *Aye*, Eloise. Também vou usar algo para cobrir as minhas vergonhas, mesmo sem você me lembrar.

— Ahã. Uma hora, Aden.

Quando ele chegou no quarto, ouviu o barulho de alguma coisa se quebrando no andar de baixo. Um burburinho teve início, e ele deu meia-volta. Coll estava de bom humor durante o passeio a cavalo deles, mas não depois de perder quarenta libras. Ou talvez Eloise tivesse lembrado ao visconde que devia comparecer a um almoço decente com moças decentes.

Mas antes que Aden conseguisse dar dois passos de volta à escada, algo preto e cheirando a molhado e a repolho disparou pelo corredor e se chocou contra as suas pernas. Ele cambaleou e se apoiou na parede para se manter de pé.

— Que diabo é isso?

A coisa imunda se enrolou nas pernas de Aden, deixando pegadas enlameadas no peito de seus pés descalços e no carpete verde ao redor. Por fim, a criatura se sentou no pé esquerdo dele e encostou a cabeça em seu joelho.

Smythe, o mordomo, surgiu com uma bengala erguida em uma das mãos e a expressão geralmente insípida agora mostrando uma mistura de choque e afronta.

— O senhor... Aí está você, sua coisinha suja. Fora daqui! Fora dessa casa!

Aden inclinou a cabeça e bloqueou o movimento da bengala com o antebraço.

— Vai ter que passar por mim antes de bater nesse bichinho — falou, o sotaque arrastado, encontrando e sustentando o olhar furioso do mordomo.

O homem cedeu.

— Essa coisinha miserável passou correndo por mim. E aposto que estragou o carpete. Se o senhor esperar aqui, vou pegar uma corda e...

— Não — interrompeu Aden. — Você não vai fazer nada disso. Esse é o meu cachorro, Brògan — decidiu na hora, escolhendo a palavra gaélica para "botas", já que o rapaz aos seus pés tinha tentado roubar uma das suas botas. — Ele veio lá das Terras Altas para me encontrar, e você não vai fazer nada em relação a ele além de colocar um balde de água morna e alguns trapos no jardim para que eu possa dar um banho no bicho depois dessa longa jornada.

— Isso não é... Eu vi o senhor dando um biscoito a esse animal em troca da sua bota há menos de cinco minutos! — exclamou o mordomo.

— *Aye*, porque ele a trouxe de volta para mim — respondeu Aden, o tom frio. — Ele é um bom animal.

— Essa... essa coisa veio andando da Escócia até Londres — retrucou Smythe, ainda cético. — E encontrou o senhor aqui, na Casa Oswell.

— Você está vendo o bicho com seus próprios olhos, não está? — perguntou Aden, assentindo para Coll enquanto o irmão subia a escada. — Coll, esse mordomo *sassenach* está praticamente me chamando de mentiroso. Pode dizer a ele que este é o meu cachorro Brògan, que veio de Aldriss Park? Eu disse a você que o rapaz tinha um faro e tanto.

Os olhos de um verde profundo do irmão mais velho se estreitaram enquanto observava a cena. Então, Coll encarou o mordomo, que parecia cada vez mais alarmado.

— Você estava chamando o meu irmão de mentiroso, Smythe?

— Eu...

— Porque se insistir nisso, posso jurar para você que esse é Bogan, embora eu mal o tenha reconhecido debaixo de toda essa lama.

Por um segundo, Smythe pareceu ter engolido a língua.

— Pensei que o nome dele fosse Brògan — se forçou a dizer o mordomo por entre os dentes.

— Ah, *aye* — falou Coll devagar, a expressão agora divertida. — Bom camarada. Não deixe ele chegar perto de mim enquanto estiver tão imundo, Aden. E mudei de ideia, irmão. Acho que não lhe devo nada.

Aden assentiu, disfarçando um sorriso.

— Acho que você está certo, *bràthair*.

— Sim.

Com isso, o visconde Glendarril desapareceu no quarto que ocupava e fechou a porta.

— Um balde de água e alguns trapos — voltou a pedir Aden. — Desceremos em cinco minutos.

— Eu... Sim, sr. Aden. Como quiser.

Hum. Todas as excentricidades do mês anterior não pareceram alterar muito a compostura do mordomo, mas um cachorro enlameado e cheio de pulgas talvez tivesse sido a sua derrocada. Sorrindo, Aden se inclinou e abriu a porta do próprio quarto.

— Aqui, rapaz — disse.

Felizmente, o cachorro se levantou, erguendo o traseiro do pé de Aden, e entrou no quarto como se tivesse estado lá uma centena de vezes. Aden fechou a porta, foi até o enorme guarda-roupa e pegou uma velha camisa de trabalho e seu kilt mais desbotado. Ele nem tinha certeza de por que havia se dado ao trabalho de colocar aquelas roupas na mala, a não ser para aumentar o volume de quinquilharias que lotaram duas carroças. As roupas de trabalho e o par de botas gastas estavam ali por isso, assim como a grande cabeça de javali empalhada que Aden tinha colocado acima da porta do quarto que ocupava.

Quando ele se virou, o cachorro estava com as patas dianteiras em cima da cama e parecia prestes a pular na nuvem macia de travesseiros e cobertores.

— Não! — gritou Aden.

Com um ganido, o vira-lata preto se enfiou embaixo da cama e desapareceu. Aden franziu a testa. Se o bicho havia tido um dono antes, não fora uma pessoa nada gentil. Mas, por ora, o cachorro podia ficar onde estava. Seu próprio sono, geralmente inquieto, não se beneficiaria de um batalhão de pulgas adicionado aos lençóis.

Aden despiu o paletó e o colete inglês muito elegantes e tirou a camisa de tecido fino e macio pela cabeça, jogando as roupas na cadeira que ficava diante da penteadeira. O kilt se juntou à pilha logo depois, enquanto ele largava as botas gastas perto da porta. Então, Aden vestiu suas velhas roupas, uma simples camisa branca que já tinha visto dias melhores, um kilt e as pesadas botas de trabalho, e na mesma hora se sentiu mais confortável.

— Venha, rapaz — falou, então, agachando-se perto da porta. — Brògan.

Ele ouviu o som de unhas raspando no chão embaixo da cama, mas o animal não reapareceu.

— Brògan. Vamos, camarada. Não quero você aqui enchendo as minhas coisas de pulgas. Se pretende ficar comigo, precisa de um banho.

Aden não sabia dizer se tinham sido as suas palavras ou o tom de voz, mas Brògan pareceu se sentir seguro o bastante para projetar o focinho de debaixo da colcha e logo se esgueirar para fora. Com o rabo abaixado e balançando devagar, o cachorro rastejou para a frente até enfiar o focinho na palma da mão de Aden.

— Não sei quem você era, rapaz — murmurou Aden —, mas o fato é que irritou o mordomo. Isso já é bom o bastante para mim. Vamos ver que tipo de companhia um vira-lata *sassenach* pode ser para um *highlander* que preferiria estar na Escócia.

Ele ajeitou a postura, e então, tomando cuidado para manter os movimentos lentos e nada ameaçadores, abriu a porta e saiu para o corredor. Um instante depois, o cachorro o seguiu, deixando mais manchas de lama ao longo da parte inferior do papel de parede, enquanto farejava todos os cantos do corredor. No topo da escada principal, Aden parou ao ver as marcas óbvias de pegadas subindo os degraus e duas criadas com baldes e escovas atacando os degraus mais baixos. Ele praguejou baixinho e se agachou para colocar um braço por baixo do pescoço do cachorro e o outro embaixo do seu traseiro. Irritar Smythe era uma coisa, dar mais serviço para os homens e mulheres que trabalhavam na casa era outra bem diferente.

O animal não devia pesar nem vinte quilos, leve o bastante para um homem acostumado a carregar ovelhas para a tosquia. Mais de perto, o cheiro do bicho quase fez Aden engasgar, mas ele cerrou o maxilar e desceu a escada. Então, seguiu pelos fundos da casa e teve que fazer malabarismos com o cachorro no colo para conseguir abrir a porta e sair.

Como de costume, Smythe se excedera ao atender aos seus pedidos, garantindo que Aden tivesse à sua disposição um balde e uma tina de metal que deviam ter vindo do estábulo. Ambos estavam cheios de água, e uma generosa pilha de trapos aguardava a alguns metros de distância. Para um *sassenach* empertigado como um cabo de vassoura, Smythe não era assim tão ruim, Aden supôs.

Ele deu uma olhada para checar se o portão do jardim estava fechado, no caso de o cachorro decidir fugir, e, sem se preocupar em questionar por que decidira que Brògan ficaria na Casa Oswell, colocou o cachorro na tina cheia pela metade.

— Vamos ver o que podemos fazer com você, rapaz — resmungou Aden, e pôs as mãos à obra com o balde e os trapos.

Depois de mais cinco baldes de água, algumas tesouradas, xingamentos, respingos e uma boa escovação, ele se viu diante do que parecia ser um springer spaniel inglês preto e outra revelação curiosa.

— Rapaz, sinto muito ter que ser eu a lhe dizer isto, mas você é uma moça — declarou ele.

Brògan deu um latido baixo e enfiou o focinho no pano que Aden estivera usando para secá-la.

— Ah, você já sabia disso. Tem usado as suas artimanhas femininas para me seduzir todo esse tempo, não é? — Ele olhou ao redor, para aquele cenário de guerra, os muitos pelos e sujeira que haviam deixado nos degraus do jardim, além das manchas na frente da camisa dele e no kilt. — Eu me sentiria mais seduzido se você não tivesse deixado metade da lama de Londres na minha roupa.

Aden ouviu um pigarro masculino vindo do topo da escada atrás dele.

— Senhor Aden — chamou Smythe —, devo lembrá-lo de que deu a sua palavra a lady Eloise de que compareceria ao almoço dela.

Aden virou a cabeça para encarar o mordomo de rosto impassível.

— Sim, eu disse que faria isso, e é o que farei. Por que minha irmã está com tanta pressa?

— O almoço começou há vinte minutos, senhor. Seu irmão, lorde Glendarril, está presente, assim como o sr. Niall e a sra. MacTaggert.

— Niall conseguiu se colocar na posição vertical, então? — brincou Aden, se aprumando. — Diga a lady Eloise que descerei em dez minutos. Vamos, Brògan.

— Eu ouvi o senhor se referindo a isso... a Brògan... como fêmea? — perguntou Smythe, a expressão inalterada.

— Não, você não ouviu. Vou precisar de uma tigela de restos de comida para o rapaz, afinal, ele chegou de uma longa jornada.

O mordomo esticou o pescoço para o lado, claramente tentando ver a parte de baixo do corpo de Brògan.

— Vou cuidar disso, senhor. Mas lady Eloise enfatizou que o senhor estava atrasado e que ela não ficaria nada feliz se não cumprisse com a sua palavra.

Ela não ficaria, não é mesmo? Bem, quando um escocês dava a sua palavra, ele a mantinha.

— Ainda vou precisar dos restos de comida — disse Aden, dando tapinhas na coxa úmida enquanto caminhava para entrar na casa.

Por sorte, a cachorra o seguiu — sem dúvida percebera que ele continuava sendo a sua melhor chance de uma boa refeição e de um lugar seguro para dormir. Os dois inverteram um pouco os papéis agora, já que ela estava úmida, mas limpa, e ele, coberto de lama. Eloise parecia duvidar que o irmão fosse comparecer ao almoço, que ele pretendesse manter a sua palavra. Além disso, a ideia de entrar na pequena sala de jantar com aquela aparência, ainda mais quando quase todas as mulheres conhecidas da irmã sabiam que ele precisava encontrar uma esposa, o atraía muito.

— Comporte-se — murmurou Aden por cima do ombro, meio para Brògan e meio para si mesmo, e abriu as portas duplas da pequena sala de jantar.

Um muro de conversas em vozes estridentes o atingiu como um tapa no rosto — e logo a sala foi tomada pelo silêncio.

— Senhoritas — falou ele, esboçando uma breve mesura. — Eu não tive...

— Esse é o Brògan? — interrompeu Eloise. Ela se levantou da mesa e passou direto por Aden para se agachar na frente da cachorra úmida. — Ah, ele é um amor! Por que você nunca comentou que o havia deixado na Escócia?

Na mesma hora, um grupo de mulheres formou um círculo ao redor de Brògan, fazendo arrulhos e soltando gritinhos em vozes infantis nauseantes. Mas aquilo também o fascinou... era como observar um verme devorando uma maçã.

Quando uma mão acertou um tapinha no seu ombro, Aden se sobressaltou.

— O que esperava? — murmurou Niall, se divertindo com a cena. — O bicho está limpo. Você parece que acabou de sair de um chiqueiro.

Aden se virou para o irmão mais novo.

— E você está um pouco desgrenhado, *bràthair*. Parece que não usa roupas há quase uma semana.

— Cala a boca, Aden — respondeu o recém-casado, a expressão agora mais severa. — Não quero que deixe Amy constrangida.

Aquilo fazia sentido. Niall não era mais apenas Niall. Ele era Niall e Amelia-Rose — Amy, para abreviar. Naquele momento, a jovem de cabelo dourado e jeito franco estava fazendo carinho nas orelhas de Brògan, mas Aden assentiu mesmo assim.

— *Aye* — concordou Aden. — Ela já carrega um fardo e tanto por ser casada com você.

— É mais ou menos isso mesmo — comentou o irmão, sorrindo de novo. — Então esse é o cachorro que Coll disse que tentou roubar a sua bota?

É claro que Coll tinha contado a verdade ao irmão mais novo — ou parte dela, ao menos.

— *Aye*. Ele também mencionou que perdeu quarenta libras para mim porque faz arremessos com a sutileza de um touro?

Niall olhou de relance para a mesa onde Coll ainda estava sentado, devorando meio frango assado e se servindo de uma farta porção dos pãezinhos quentes.

— Ele deve ter esquecido essa parte. Era por isso que vocês estavam arremessando botas por aí?

— Sim. Ele duvidou da minha palavra.

— Aden — chamou Eloise, chegando de mãos dadas com uma moça em um vestido amarelo e verde —, Brògan não é um macho.

Aden checou rapidamente os lindos olhos castanhos e os lábios que se curvavam em um sorriso da mulher que estava ao lado da irmã dele.

Se aquela era a moça que Eloise havia escolhido para ele naquele dia, Aden tinha que admitir que a irmã ao menos sabia como encontrar uma amiga bonita. Embora a maioria de suas amigas fosse bonita. O que o fazia estremecer de horror eram as risadinhas, os invariáveis comentários sobre o clima, os suspiros. E, quase sem exceção, todas as amigas de Eloise que Aden conhecera até ali sofriam daquele distúrbio. Ele se colocou entre a irmã e sua bela amiga e abaixou a cabeça.

— Dei um biscoito a Brògan em troca da minha bota, e ela me seguiu até em casa — murmurou. — Smythe queria expulsá-la, mas não consigo dar as costas a um hóspede. Então, contei uma mentirinha sobre Brògan ser um cachorro que trouxe da Escócia. Um cachorro, um macho. E até onde Smythe sabe, é isso que ela é. Entende?

— *Aye* — respondeu Eloise. — E você sabe que estou tentando ajudá-lo a encontrar uma esposa, e que aparecer no meu almoço parecendo o interior de uma chaminé não ajuda em nada, não é?

— *Aye* — falou Aden, disfarçando a expressão de mau humor.

Eloise, mesmo sendo sua irmã, tinha sido criada na Inglaterra, e um pouco de lama e pelos de cachorro era, sem dúvida, suficiente para abalar mesmo a mais brava *sassenach*.

— Ótimo. — Ela ficou na ponta dos pés para dar um beijo no rosto do irmão. — Eu sempre quis um cachorro. Mas você sabe que Smythe vai acabar descobrindo que você o enganou.

— Não estou tão certa disso, Eloise — comentou a amiga. — As pessoas veem o que querem ver, e geralmente é o que lhes é mais conveniente.

Aden se empertigou. Um comentário perspicaz, e que não tinha nada a ver com o clima. Mas a moça só dissera uma frase até ali. Como aquela inglesa de olhos e cabelo castanho-escuro se sairia com duas?

— E quem seria você, moça?

— Ah, perdão! — exclamou Eloise, apertando a mão da amiga. — Aden, essa é a irmã de Matthew, Miranda Harris. Miranda, meu irmão do meio, Aden MacTaggert.

Agora que sabia que a dama era parente do noivo de Eloise, Aden conseguiu ver as semelhanças. O cabelo castanho-escuro com mechas douradas como o pôr do sol, os olhos escuros como chocolate líquido. O rosto de Miranda era mais estreito que o do irmão, as feições mais delicadas e, embora ela não tivesse a altura de Matthew, sua cabeça batia um pouco acima do ombro de Aden. Era uma moça alta, considerando que ele tinha mais de um metro e oitenta. E era o irmão mais baixo.

— Senhorita Harris — falou Aden, se lembrando de seus bons modos, e inclinou a cabeça.

Não que tivesse ficado impressionado com ela, mas era verdade que Miranda Harris o surpreendera. Ainda assim, Aden ainda estaria disposto a apostar que comentários sobre o clima entrariam na conversa nos próximos dois minutos. *Aye*, Brògan era a moça mais promissora de Londres até ali. Só o que ela queria era comida e uma coberta, e não fingia estar atrás de qualquer coisa além daquilo.

A moça, não a cachorra, fez uma mesura com elegância.

— Estou tão feliz em ver o senhor e seus irmãos aqui — disse ela, o sotaque muito elegante e muito inglês. — Eloise conta histórias sobre vocês há anos.

Como as histórias deviam ter chegado a Eloise por Angus, o pai deles, Aden se via obrigado a duvidar da sua autenticidade. Lorde Aldriss gostava de uma boa história. Ele deveria ter vindo para Londres com os filhos e visto a filha pela primeira vez em dezessete anos, mas Angus decidira que estava prestes a perecer com o choque de saber do noivado de Eloise. Ou, o que era mais provável, estava com medo demais de Francesca Oswell-MacTaggert para deixar a segurança das Terras Altas.

— Acho que ela deve ter contado principalmente histórias sobre Coll, umas tantas sobre Niall e nenhuma sobre mim.

Miranda Harris inclinou a cabeça.

— Só se for falsa a história sobre o senhor ter apenas um xelim no bolso, apostar e terminar com um cavalo um dia depois.

Aden sorriu. A srta. Harris não desmaiara ou enrubescera, e também não mencionara o clima frio. Ainda.

— Admito que essa é verdadeira.

Eloise soltou a mão da amiga.

— Eu já volto — disse, e deu uma piscadela rápida para Aden, dando a entender que talvez ele tivesse encontrado sua futura esposa. Então, uniu-se ao círculo dedicado a fazer carinho na cachorra.

— Se a senhorita conseguiu guardar a história de cada irmão — comentou Aden —, tenho que lhe dar o crédito por prestar atenção. Aqui em Londres, na melhor das hipóteses, sou "um irmão MacTaggert" e, na pior, "um daqueles *highlanders*".

A moça cruzou as mãos com decoro diante do corpo. Miranda Harris tinha dedos longos, reparou Aden. Mãos de jogador, como alguns chamavam. E ele seria capaz de tolerar com facilidade aqueles olhos castanho-escuros, e os lábios erguidos agora em um sorriso discreto ou uma careta de desgosto. Mais do que tolerar, desde que a próxima frase da jovem não fosse sobre o maldito clima — como se uma *sassenach* delicada sequer soubesse o que era o clima.

— Eu prestei atenção — afirmou ela em seu tom elegante — principalmente por causa das apostas. Detesto jogos de azar. E apostadores.

Aquilo o fez se aprumar. Nada o pegava desprevenido. E a srta. Miranda Harris tinha acabado de realizar essa façanha.

— Isso foi muito sincero — comentou Aden, o sotaque arrastado. — Muito bem, moça.

Ela franziu mais o rosto.

— Eu não estava elogiando o senh...

— Sei que a senhorita não pretendia dizer nada para me agradar — interrompeu ele, aproximando-se dela e deixando de lado seu debate interno sobre por que estava se dando ao trabalho de discutir com uma mulher que pelo visto se negava a gostar dele antes mesmo de conhecê-lo.

Talvez fosse porque fazia questão de ser bastante simpático. E porque mesmo não tendo gostado das palavras, reconhecia o valor de a moça ter se preocupado em falar o que pensava, quando a maioria dos ingleses em Londres não ousaria dizer um insulto mesmo que dependesse disso para salvar a própria vida. Ele vira menos contorcionismo em uma cobra.

— A senhorita precisa ter em mente que não sou nenhum dândi inglês que se ofende por qualquer coisa. Nas Terras Altas, gostamos de discordar com os punhos. O que disse quase soou como um flerte para mim, srta. Harris.

Por um segundo, ela pareceu querer partir para os socos.

— O senhor não parece ser tolo — retrucou Miranda Harris, o tom afiado —, então vou presumir que está interpretando a minha declaração dessa forma de propósito. Serei mais clara, então. Sei qual era a intenção de Eloise, mas não tenho interesse em me casar com um jogador, um apostador, alguém que vê as habilidades inferiores dos outros como um convite para roubá-los.

Aden manteve o sorriso preguiçoso no rosto, até porque isso parecia irritá-la, mas também porque ele nunca havia imaginado cruzar com uma moça de língua tão afiada naquele país tão brando. Uma moça com um toque impetuoso.

— É uma pena, moça, porque apostar tem a ver com paciência e sutileza, com intimidade e com mãos que sabem fazer mais do que embaralhar cartas.

A bela cor do rosto dela enrubesceu apenas um pouco.

— Eu poderia dizer o mesmo sobre ser um caçador de ratos. E ele não leva as pessoas à pobreza.

Aden poderia argumentar que caçar ratos não tinha nada a ver com intimidade, mas também poderia fazer melhor uso do seu tempo encontrando uma mulher que não estivesse disposta a cuspir veneno nele. Era uma pena, mesmo. Quando enfim encontrava uma moça que se atrevia a falar com ele sem firulas, ela não demostrava qualquer interesse.

— Recebi a ordem de me casar com uma moça inglesa. Acho que não preciso gastar meu tempo convencendo alguém que não vê além das fofocas que ouve. Vou deixá-la em paz, Miranda Harris.

A srta. Harris se manteve firme. Então assentiu, parecendo até um pouco aliviada, como se esperasse que Aden jogasse um baralho em cima dela ou algo assim.

— Desde que tenhamos nos entendido, sr. MacTaggert.

— Eu entendo *a senhorita*. O resto não é da minha conta.

Capítulo 2

Miranda Harris tomou um gole de vinho Madeira, a atenção concentrada nos pares e trios de convidados enquanto eles emergiam dos corredores lotados da Casa Gaines e invadiam o salão de baile. Até o momento, ninguém mais usava o mesmo chiffon amarelo-escuro com renda e arremates verde-claros que ela havia adquirido ainda na véspera, mas, mesmo que isso não acontecesse naquela noite, não demoraria muito para que acabasse pondo os olhos em um traje idêntico ao seu. A cor era vibrante demais para passar despercebida, e a costureira, a sra. Allen, confessara ter adquirido uma grande quantidade do tecido caríssimo em Paris.

Os amigos de Miranda entravam na Casa Gaines aos poucos, em pequenos grupos, acenando e sorrindo para ela e chamando-a para se juntar a eles na conversa. Por ora, ela os deixou esperando — o baile se estenderia até altas horas da madrugada, e Miranda tinha grande prazer em observar os convidados que iam chegando. Não que ela procurasse alguém em particular, embora desse sorte se acompanhasse a chegada de Aden MacTaggert.

Sua impressão era bem ruim quando ela só conhecia sua reputação, mas agora que haviam se encontrado pessoalmente — e com a pobre Eloise tentando bancar o cupido, pelo amor de Deus —, achara o homem ainda pior do que esperava. Ele não se parecia em nada com a imagem que Miranda tinha de um jogador inveterado. Nenhum sinal de olhos semicerrados e desconfiados ou o cheiro de charutos e álcool, nada de cabelo oleoso e despenteado ou roupas amarrotadas. O sotaque dele parecia feito para ser encantador em vez de ameaçador, não que ela o achasse qualquer outra coisa que não... apenas alguém a ser evitado.

— Posso pegar uma bebida para você, Mia? Eles têm um ponche de laranja que parece aceitável.

Miranda suspirou ao ver um vestido de um amarelo profundo, com arremates cor de pêssego, deslizar na direção do salão de baile, envolvendo a figura de lady Caroline Mays, e virou-se para o irmão. Passar uma noite sendo elogiada como algo tão brilhante quanto o sol teria sido adorável, mas ela ainda gostava do vestido novo.

— É a terceira vez que você me oferece uma bebida, Matthew. Por que está fazendo o papel de minha sombra essa noite? Por que não está à espreita na porta, esperando por Eloise?

— Está muito quente aqui e achei que você pudesse estar com sede. Eloise me mandou um bilhete mais cedo, avisando que não chegaria antes das nove e meia, e eu sou seu irmão. Por que não deveria paparicar você? Ou prefere ficar ao lado da mamãe e do papai enquanto eles são obrigados a ouvir os Applethorpe?

Miranda fez uma careta. Da última vez que vira os pais, na porta da biblioteca, os Applethorpe ainda estavam conversando com eles.

— Está certo. Admito que talvez me sinta um pouco grata por não ter que ouvir de novo as histórias do sr. Applethorpe sobre o confronto com os arrivistas das Colônias. Aceito um copo de ponche de laranja, por favor.

O irmão deu um de seus sorrisos afáveis, fez uma reverência e seguiu em direção à mesa de acepipes mais próxima. Miranda podia ter achado útil a informação que ele passara sobre a hora prevista para a chegada dos MacTaggert, mas não era necessário que Matthew soubesse daquilo. Ao menos poderia tirar Aden MacTaggert de seus pensamentos, embora não compreendesse por que continuava a invocá-lo, de qualquer modo. Talvez fosse porque ele deveria parecer tão odioso por fora quanto um jogador era por dentro, e isso não era verdade.

Que homem irritante.

Um grupo de amigos estava se reunindo em uma das extremidades do salão, mas por ora Miranda se contentou em olhar ao redor e procurar mais vestidos de chiffon amarelo. Pelo menos a sra. Allen tinha feito os dois vestidos em modelos diferentes. Enquanto o de lady Caroline tinha mangas curtas e decote reto, o dela tinha cintura pregueada, mangas curtas e bufantes e um decote redondo e profundo que a mãe considerava "quase escandaloso". Miranda gostava de estar na categoria "quase". Aquilo fazia com que se sentisse um pouco ousada, embora o traje não tivesse provocado qualquer reação além de uma ocasional sobrancelha erguida do grupo de anciãos usando peruca empoada.

— Aqui está — disse Matthew, entregando o copo cheio de líquido laranja.

— Obrigada.

Ela tomou um gole. *Oh, céus.* Lady Gaines andara fazendo experimentos culinários de novo. Laranja e... ah, calêndula macerada? Miranda levou a mão à frente da boca para não cuspir. A calêndula explicava a cor escura e vibrante, mas naquela concentração era insuportavelmente amarga.

— Doce anjo de misericórdia — arquejou Miranda. — Isso faria até o papel de parede se contorcer.

— É mesmo? Passe para cá — pediu o irmão.

Miranda lhe devolveu o copo, os olhos lacrimejando por causa do amargor, e pegou um lenço na bolsinha para enxugá-los. Era bem provável que lady Gaines tivesse dizimado uma plantação inteira de calêndula. Sem dúvida, a anfitriã tentava encontrar a cor laranja perfeita, em vez de se preocupar com o sabor da mistura.

Matthew provou por si mesmo, porque é claro que ele faria isso. E, com uma careta, pousou o copo na bandeja do criado que passava ali por perto.

— Se acrescentássemos meio litro... ou um galão... de vodca, imagino que ficaria quase tolerável — comentou ele, então pigarreou e perguntou: — Você vai dançar essa noite, não vai?

— Claro. Perdi os últimos três grandes bailes cuidando da tia Beatrice e dos bebês. Eles são uns amores, e não me ressinto em nada pelas semanas que passei longe de Londres, mas é bom estar de volta. E não encontrar mingau seco no meu cabelo.

Como Matthew não respondeu, ela olhou para o irmão e viu que ele estava com a atenção concentrada na porta. Lorde George Humphries cumprimentava sir Eldon Gaines e sua esposa, lady Harriet, mas o olhar de Matthew estava no homem alto com uniforme de capitão da Marinha ao lado de lorde George.

— Quem é aquele? — perguntou Miranda, reparando nos olhos profundos sob uma testa proeminente, os lábios finos e o nariz longo e aquilino.

Com cabelo castanho curto, de corte reto, completando o conjunto, de perfil o homem parecia uma ave de rapina com crista, um falcão vestido de azul, grande demais para se empoleirar nas árvores.

— Hum? — Matthew tomou um leve susto quando se virou para ela.

— Quem é aquele com lorde George? — repetiu Miranda.

— Ah. É o primo dele. Capitão Robert Vale. Ele passou algum tempo na Índia.

Estava explicado por que Miranda não o reconhecera. Lorde George e o irmão dela viviam colados, e aos 23 anos aquela era a quinta temporada social de Miranda em Londres, mas era a primeira vez que avistava aquela espécie de falcão.

— Ele está aqui de licença, então, ou...

Matthew lhe ofereceu o braço.

— Vamos. Vou apresentá-la a ele.

— Isso não é necessár...

— Vamos lá, Mia.

Quando ela pousou a mão sobre o braço do irmão, sentiu que ele parecia... rígido, os músculos tensos. Na mesma hora Miranda estranhou que Matthew, sempre tão descontraído, ficasse nervoso em relação a qualquer coisa. Afinal, ele fora apresentado recentemente aos três imponentes irmãos *highlanders* da noiva, e o pai de Miranda dissera que o filho mal piscara. E os irmãos MacTaggert ainda por cima haviam sugerido beber e brigar como um ritual para conhecerem melhor o futuro cunhado.

— Matthew — murmurou ela —, o que...

— Capitão Vale — disse ele, interrompendo-a, enquanto paravam diante dos dois homens. — Minha irmã mais nova, Miranda. Mia, capitão Robert Vale. Primo de George.

O capitão, com o chapéu embaixo do braço, fez uma reverência antes de pegar a mão de Miranda e se inclinar sobre ela.

— Senhorita Harris. Ouvi muito a seu respeito. Estou muito feliz por conhecê-la, enfim.

Ele também tinha olhos de falcão, castanho-claros com um toque de âmbar, e um olhar direto, sem piscar, quase como se ela fosse um coelho que ele acabara de avistar. É claro que sua aparência predatória não era culpa dele, e Robert Vale falou em um tom bastante cortês, mas ainda assim Miranda recolheu a mão de forma educada assim que teve a chance.

— Capitão. Matthew comentou que o senhor esteve na Índia — disse ela para puxar conversa, uma vez que o irmão parecia gostar do homem. — Está aqui de licença?

— Não. Eu me aposentei — respondeu ele. — Estou decidindo o que vou fazer com o meu futuro, por assim dizer. Tenho amigos e contatos comerciais na Índia, mas é um lugar muito... quente. Prefiro um clima mais fresco.

— Imagino que *deva* ser muito quente, mas o senhor não estava no mar?

Robert Vale abaixou um pouco a cabeça, os olhos ainda fixos nela.

— Também é quente no mar. Embora não tão quente e úmido quanto em terra.

— Mia, guarde uma valsa para Vale, sim? — interveio Matthew abruptamente. — Ajude a dar as boas-vindas a ele.

Ela teria preferido não fazer aquilo, e Matthew merecia um pisão no pé pela sugestão, mas agora Miranda não tinha como escapar da valsa.

— Com certeza. — Miranda colocou um sorriso no rosto, pegou o cartão de dança e o lápis da bolsa e os entregou ao capitão.

— A terceira dança é uma valsa — esclareceu Matthew, prestativo, estendendo a mão por cima do ombro da irmã para indicar a linha apropriada.

Enquanto o capitão escrevia *Vale* com uma caligrafia elegante, Miranda de repente desejou ter se juntado aos amigos quando tivera oportunidade. Se tivesse feito isso, todas as danças do seu cartão teriam sido preenchidas, ou ao menos as duas valsas, mas decidira procurar vestidos amarelos. Maldição.

Miranda torcia ao menos para que o capitão Vale soubesse dançar, porque não desejava ver os dedos dos pés esmagados. E também esperava que ele fosse capaz de manter uma conversa educada, porque não havia nada pior do que ficar cara a cara com alguém e se ver obrigada a conduzir sozinha uma conversa. Ainda sorrindo, ela pegou o cartão de dança de volta.

— Vou deixar vocês três conversarem — falou Miranda, fazendo uma breve reverência. — Estou vendo a minha amiga Helen e prometi conversar com ela.

Era mentira, claro, mas Vale bateu os calcanhares.

— Não há nada mais importante do que honrar uma promessa.

Aquilo soou muito direto, ou teria soado se ele não estivesse olhando para Matthew quando falou. Um súbito calafrio subiu pela coluna de Miranda, mesmo a sala estando quente e lotada. Foi necessário certo esforço para não apressar os passos e se juntar ao seu crescente círculo de amigos.

— Aí está você, Miranda — disse Rebecca Sharpe, apertando as mãos da amiga. — Que aglomeração desagradável, não? Há tantas pessoas aqui que meus cotovelos estão esmagando minhas costelas.

— Há um boato de que Prinny pode aparecer — comentou o esguio Frederick Spearman, baixando um pouco a voz. — Ninguém vai admitir que deseja ser visto com ele, mas todos querem ter certeza de que serão.

Por mais agitação que o boato da presença do príncipe George pudesse ter causado, a mistura de bajulação e desprezo fascinava Miranda. Por causa da gota, o regente não dançaria, mas ele tinha um olhar refinado para arte e moda. Talvez até admirasse o vestido amarelo dela.

— Falando em ver alguém — comentou Helen Turner —, estou guardando uma vaga no meu cartão de dança para um dos MacTaggert. Com sorte, Aden. Você o viu ontem? Enlameado e molhado, com aquele cabelo? Se o homem não fosse escocês, eu o consideraria um poeta.

— Por "aquele cabelo", presumo que você queira dizer que é quase longo o bastante para que ele considere a possibilidade de trançá-lo — comentou Miranda.

Pelo amor de Deus, rabos de cavalo estavam fora de moda havia mais de uma década. E usar o cabelo solto, os fios pretos balançando na brisa para emoldurar artisticamente o rosto fino e roçar nos ombros fortes... sim, Helen estava certa: era poético. Poético demais. Um lobo tentando convencer todos de que era uma ovelha inofensiva.

— Miranda, você não devia dizer essas coisas — repreendeu Rebecca, embora sua risadinha mostrasse o contrário.

Talvez ela não devesse, mas Aden MacTaggert era um jogador. E pelo visto apostava com bastante frequência e muito bem, de acordo com trechos de conversas que Miranda ouvira de Matthew e Eloise — e de alguns de seus outros amigos também. Ela olhou para o irmão, do outro lado da sala, ainda concentrado na conversa com lorde George e o capitão Vale. Para cada apostador que jogava bem, havia duas dezenas que jogavam mal. E entre aqueles pobres coitados, metade arriscava mais do que deveria, ou eram confiantes demais ou desesperados ou orgulhosos ou... ingênuos o bastante para acharem que poderiam superar as probabilidades. O jogador profissional não se importava com aqueles pobres-diabos, não se importava que o dinheiro esbanjado viesse do aluguel, da comida ou dos fundos para a universidade. E, ainda assim, na opinião de Miranda, ser ingênuo com certeza não parecia um crime pelo qual um homem devesse pagar com o seu futuro.

Uma imagem do seu tio John passou por sua mente, de braço dado com uma risonha tia Beatrice. John Temple era amável e confiante de uma forma encantadora, embora não tão habilidoso quanto acreditava ser. Pelo menos o credor das dívidas do tio era um suposto amigo, disposto a dar a John a chance de pagar a quantia que ele havia perdido — embora buscar fortuna nos territórios não desbravados da América não parecesse em nada com atribuições de um homem casado, pai de duas filhas. Fazia quase um ano que a tia Beatrice não tinha notícias dele, e Miranda começava a pensar que nunca mais teria.

Miranda franziu a testa, a expressão severa. Matthew idolatrava o tio John e tinha a autoconfiança de um rei. Lorde George nunca havia sido o amigo mais leal de Matthew, mas o terceiro filho do lorde Balingford ao menos tinha bom senso suficiente para saber quando se afastar de uma mesa de jogo ou de uma aposta. E haviam se passado dois anos desde o último sermão irado que Matthew costumava ouvir do pai. O fato de ser forçado a vender o próprio cavalo para saldar dívidas, seguido da lição desastrosa do sumiço do tio John, parecia ter feito a realidade dos seus problemas com o jogo entrar em sua cabeça dura, afinal. Graças a Deus por aquilo, porque Miranda não achava que seu coração seria capaz de sobreviver a perdê-lo para as Américas... ou coisa pior.

— Miranda, Helen partiu meu coração e recusou meu convite para a quadrilha — falou lorde Phillip West, colocando-se diante dela.

— Você chegou tarde demais, Phillip — protestou Helen, e pousou a mão enluvada no braço de Frederick. — Eu lhe disse que pretendia participar de todas as danças essa noite.

Miranda deixou de lado a inesperada nuvem cinzenta de lembranças, sorriu e estendeu a mão.

— Eu dançarei com o senhor, milorde — declarou, fazendo uma profunda reverência.

O irmão mais novo do marquês de Hurst segurou a mão que ela oferecia e fez uma mesura.

— Obrigado. Admiro a maneira como a senhorita sempre reserva uma ou duas danças para nós, pobres infelizes que chegaram atrasados.

Na verdade, Miranda tinha apenas um único nome em seu cartão de dança no momento, o que raramente acontecia. Mas naquela noite estava mais ocupada se preocupando com vestidos, apostadores com olhares penetrantes e medos inarticulados e sem nome. Com sorte, dançar uma quadrilha com o encantador lorde Phillip a acalmaria, permitindo que ela voltasse a aproveitar a noite.

Dez minutos de giros e passos rápidos a deixaram sem fôlego, e ela sorriu quando a música parou. Ah, *muito melhor*. Miranda voltou com Phillip para junto dos amigos, detendo-se apenas quando um peitoral largo apareceu bem na sua frente.

Ela ergueu a cabeça. O queixo forte, a boca com um dos cantos inclinado para baixo e o outro para cima, em uma expressão claramente divertida, as maçãs do rosto salientes e o nariz reto, os olhos verde-acinzentados que num instante a fizeram evocar lagoas isoladas e cobertas de névoa em alguma floresta antiga, e o cabelo preto volumoso emoldurando o conjunto e caindo em ondas suaves quase até os ombros largos.

— Boa noite, Miranda Harris — cumprimentou Aden Mac-Taggert, acentuando os *erres* do nome dela naquele sotaque forte.

Miranda respirou fundo, culpando o susto pelos batimentos cardíacos acelerados.

— Senhor MacTaggert. Sua irmã já chegou? Matthew está andando de um lado para outro à espera dela.

— *Aye*. Ela está aqui. — Ele inclinou a cabeça, o que fez uma mecha de cabelo cair sobre um dos olhos. — A senhorita vai ser minha cunhada. Acho que não devemos ser hostis um com o outro.

— Não há nenhuma hostilidade — respondeu ela. — Só não temos nada em comum. Isso acontece com bastante frequência, acredito.

— Ainda assim — pressionou ele, ignorando lorde Phillip e já tendo antecipado a resposta dela —, tenho certa curiosidade. A maioria das moças que decidem que não gostam de mim pelo menos conversaram comigo primeiro. A senhorita pode reservar uma dança para mim esta noite? Então poderemos conversar e a senhorita terá motivo para me odiar.

Em vez de debater o grau de desagrado que ele lhe provocava, e se era justificado, o que sem dúvida era o que o sr. MacTaggert queria, Miranda sorriu.

— Receio que não será possível — mentiu ela, feliz por seu cartão de dança estar guardado em segurança na bolsa. — Está bem cheio aqui esta noite, e não tenho mais nenhuma dança livre no meu cartão.

O escocês inclinou a cabeça. Se ele estava desapontado ou alheio ao seu desprezo, ela não sabia dizer, já que sua expressão permaneceu bem-humorada. Mas o fato era que se tratava de um jogador, que sabia como disfarçar seus pensamentos.

— Não sou um gato. A curiosidade não vai me matar.

Aden MacTaggert fez uma mesura com a cabeça e se afastou, parando para falar com uma Sarah Tissell bem nervosa. Um instante depois, a pobre moça estendeu seu cartão de dança e o escocês anotou seu nome.

Ora. Bom para ele, então. Sarah quase nunca dançava, por isso tinha a lamentável tendência de ficar tão preocupada em cometer um erro que sempre tropeçava ou errava um passo. O sr. MacTaggert decerto não sabia disso, mas era difícil não reparar nos dedos de Sarah torcendo os cordões da bolsa. Ele estava procurando uma noiva, como todos sabiam, e era bem provável que Sarah morresse ali mesmo se o *highlander* pedisse a sua mão em casamento.

A música para a contradança começou e, quando lorde Phillip saiu correndo para buscar sua próxima parceira, Miranda percebeu de súbito que não tinha um. *Maldição*. Ela se virou e viu Francis Henning, calvo e baixinho, segurando um copo de uísque e olhando para o salão de baile, distraído.

— Senhor Henning — falou Miranda em um tom magnânimo, tirando o copo da mão do homem e pousando-o em um vaso de plantas —, me daria a honra de uma dança?

— O quê? Eu... ah, ora, que maravilha — gaguejou ele, meio que deixando que ela o arrastasse para a pista de dança bem encerada. — Com certeza. Fantástico. Do outro lado da pista, se a senhorita não se importa. Quero que a minha avó me veja socializando.

Miranda conteve um sorriso. A avó do sr. Henning era famosa por ser uma mulher difícil.

— É claro.

Aquela tinha sido por pouco. Ninguém gostava de ser pego mentindo, ainda mais três segundos depois de contar a mentira. Era verdade que Miranda ainda precisava encontrar mais sete parceiros de dança naquela noite. Talvez estivesse até se sentindo um pouco menos irritada com Matthew e o capitão Vale. Afinal, os dois haviam lhe poupado ao menos a busca de parceiro para uma dança.

O pedido de Francis os colocou no grupo de dançarinos onde também estava o sr. MacTaggert. Ela seguiu dançando ao longo da fileira, emparelhando com ele e fazendo questão de encontrar seu olhar enquanto eles roçavam as mãos, mas Aden MacTaggert apenas ergueu uma sobrancelha para ela. Talvez ele estivesse *mesmo* apenas curioso para saber por que Miranda desdenhava dos jogos de azar e dos jogadores, mas Matthew era quase parte da família MacTaggert. Se o irmão dela quisesse que eles soubessem sobre a sua imprudência no passado, ou sobre a história muito conhecida do tio, ele mesmo podia contar.

Quando a dança terminou, Miranda acompanhou um ofegante sr. Henning até a mesa de acepipes e lhe serviu um ponche de laranja horroroso, que ele tomou de um só gole. Ela então tirou o leque da bolsinha e abanou o homem à sua frente.

— Obrigado, srta… Harris — disse Henning, em um arquejo. — Tenho passado tempo demais… segurando o fio de tecer… para a minha avó.

— E como está a sua avó? — perguntou Miranda, por educação.

— Ah, em forma como um cavalo do campo, a senhorita não tem ideia. Se quiser conversar um pouco com ela, terei prazer em…

— Srta. Harris — disse uma voz baixa e determinada, logo atrás dela, tão perto que Miranda conseguiu sentir o hálito quente em sua nuca.

Ela deu um breve sobressalto e se virou. O capitão Vale fitou-a com seus olhos de ave de rapina.

— Capitão. Está na hora da nossa valsa?

Ele estendeu a mão.

— Sim.

Miranda disfarçou um suspiro interior, pousou os dedos enluvados nos dele, e os dois seguiram para a pista de dança. Ora… Ela precisava de um par para aquela dança, e ali estava um. Ele também parecia estar mais em forma do que o sr. Henning, o que era bom. Quando o capitão Vale colocou a mão em sua cintura, Miranda pousou a dela no ombro dele, apoiando os dedos nos galões dourados e nas dragonas que adornavam todos os capitães da Marinha britânica. Mesmo os aposentados.

Quando levantou os olhos, viu que os dois eram os primeiros a chegar à pista de dança, o que os deixou parados no lugar, como estátuas ansiosas, enquanto o resto dos casais se reunia ao redor.

— Está gostando da noite? — perguntou ela, para quebrar o silêncio.

— Sim.

— Quanto tempo faz desde a última vez que esteve em Londres?

Pronto. Aquela pergunta exigiria ao menos duas palavras como resposta, dobrando o total que ele pronunciara até ali.

— Faz sete anos desde a última vez que estive na Inglaterra.

Nossa, onze palavras de uma vez!

— O senhor nunca voltou de licença até agora?

— Não.

E estavam de volta às respostas monossilábicas. Mas, antes que Miranda pudesse fazer outra pergunta, a orquestra começou a valsa. Não importava onde ele estivera antes, a verdade era que o capitão conhecia os passos, e dançava com precisão e elegância. O que ele não fez foi sorrir. Em vez disso continuou a encará-la até ela sentir uma vontade desesperada de desviar os olhos. Miranda deslizou um dos pés um pouco para o lado de propósito, ao mesmo tempo que apertava mais os dedos dele e olhava para os pés. Ela piscou algumas vezes antes de erguer a cabeça, dessa vez prestando atenção nos dançarinos ao redor, em vez de encarar o parceiro.

— Seu irmão falou com a senhorita a meu respeito?

Inferno, agora ela precisava olhar para ele de novo e fingir que o homem não a lembrava de um falcão.

— Não, ele não falou — respondeu Miranda, conseguindo se concentrar na orelha esquerda dele.

— Achei mesmo que não. Como eu disse, srta. Harris... Miranda... passei algum tempo longe da Inglaterra. Agora que voltei, desejo estabelecer meu lugar aqui entre a nobreza. A forma mais eficiente de fazer isso é me casar com alguém cujas posição e reputação estejam estabelecidas e sejam imaculadas... como é o seu caso. Um casamento entre nós seria eficaz, e devemos dar seguimento a ele sem demora.

Os pés de Miranda continuaram a se mover, mas ela não conseguia mais ouvir a música. *De todos os...* Como ela deveria responder àquilo? Matthew poderia tê-la avisado de que seu novo amigo tinha um parafuso a menos. Ela pretendia chutar a canela do irmão assim que voltassem para casa.

— Admiro a sua lógica — falou Miranda, escolhendo as palavras com cuidado — e a sua determinação para ter sucesso. Dito isso, não tenho intenção de me casar com um militar, esteja ele aposentado ou não. Mas agradeço suas palavras elogiosas.

Eles giraram em um círculo completo pela sala, enquanto o capitão Vale continuava a encará-la.

— Você está em uma posição desvantajosa sem saber — afirmou ele, no mesmo tom em que havia sugerido... delineado... o casamento deles. — Fale com o seu irmão.

Miranda sentiu que começava a franzir os lábios, mas se conteve.

— Não preciso falar com ninguém. Mais uma vez, agradeço o seu interesse, mas não o retribuo. Agora, vamos ser civilizados até o final da dança.

— Sou sempre civilizado. Também não desejo, nesse caso, bancar o vilão. Fale com o seu irmão.

— Eu não...

— É inútil discutir agora. Eu a visitarei amanhã, às dez horas, e então continuaremos a conversa, quando estiver ciente de todos os fatos.

A música atingiu um crescendo e ecoou no silêncio. Eles pararam de se mover, mas o capitão continuou a segurar a mão e a cintura de Miranda.

— Como eu disse antes, acredito em promessas. E em mantê-las.

Ele a soltou, então deu meia-volta e saiu andando em direção às portas do jardim. Talvez estivesse com fome e pretendesse atacar um rato ou um ouriço do lado de fora. O que quer que o capitão Vale pensasse ter ouvido de Matthew, aquilo não podia continuar. Ela não toleraria ver se espalhando a fofoca de que o capitão de um navio que passara muito tempo no mar havia declarado que pretendia se casar com a srta. Miranda Harris.

Matthew estava com Eloise e o gigantesco irmão MacTaggert, lorde Glendarril, quando ela se encaminhou na direção deles. Assim que seu irmão a viu, ele deu meio passo para trás. Como aquela atitude não podia ser em reação à expressão cuidadosa e composta dela, ficou claro que algo mais estava acontecendo. Aquela ideia alarmou Miranda da cabeça aos pés. Ainda assim, Matthew era um jovem afável, apenas um ano mais velho do que ela, e poderia muito bem ter dito algo em tom de brincadeira que o capitão acabara levando a sério.

— Posso dar uma palavrinha com você, Matthew? — perguntou Miranda, quando chegou ao lado dele.

— Eloise e eu estávamos prestes a dar um passeio no jardim, Mia. Essa conversa pode esperar?

— Não — intrometeu-se o visconde. — Você não vai passear em nenhum jardim escuro com a minha irmãzinha, Harris.

— Coll — protestou Eloise, enrubescendo. — Vamos só tomar um pouco de ar fresco.

Com sua mão grande como uma pata, o *highlander* enorme pegou a da irmã e pousou-a em seu braço.

— Então eu a levarei até lá. A irmã de Harris quer falar com ele.

— Coll, seu…

Os dois MacTaggert se dirigiram para o jardim, com Eloise ainda protestando. Miranda não esperou para ver se eles haviam realmente saído ou não. Em vez disso, pegou Matthew pelo braço e puxou-o para o canto mais próximo.

— Seu novo amigo, o capitão Vale, acabou de declarar que ele e eu deveríamos nos casar — afirmou ela, mantendo a voz baixa. — E disse que eu deveria falar com você a respeito, insinuando que o esquema tem a sua aprovação. Não sei o que você pode ter dito a ele, mas precisa deixar bem claro que houve um mal-entendido e que não haverá casamento.

O irmão abriu e fechou a boca.

— Ele não é um partido ruim, Mia. Um pouco direto talvez, porque ele sabe o que quer, mas...

— Você está brincando — interrompeu Miranda, e a firmeza em sua voz fez o irmão recuar. *Ótimo.* — Sei que você costuma gostar de todo mundo, mas não pode permitir que um lunático delirante faça declarações desse tipo para a sua própria irmã, só porque ele é primo de George.

— Isso não é... Você não deve chamá-lo de *delirante.* Vale é um bom camarada. Ele... Eu...

— Matthew Alexander Harris, pare de gaguejar e me diga que diabo está acontecendo. — Miranda cravou os dedos no braço do irmão. — Não gosto do rumo que as minhas suspeitas estão tomando.

Na verdade, o coração dela estava disparado como as asas de um beija-flor, e algo parecido com o horror rastejava com dedos frios por sua coluna.

A expressão de Matthew se fechou.

— Não faça disso um drama. Você pretende se casar em algum momento, não é? E não encontrou ninguém nos cinco anos desde que foi apresentada à sociedade. Por que não...

— Você levou seis anos para encontrar Eloise — observou ela.

— Sim, mas ela só debutou este ano.

— O que isso tem a ver com...

— Não consigo nem contar o número de homens totalmente aceitáveis que tentaram cortejá-la. Ora, Vale não faz parte da horda que você já rejeitou. Ele...

— Não fale bobagens. — Miranda cerrou os punhos. Os extremos a que Matthew se dispunha a ir para se fazer parecer o mais razoável entre os dois eram enlouquecedores. — Eu *não* vou me casar com ele.

— Você precisa se casar, Mia.

Aquilo interrompeu a reação fria dela.

— E por que isso? Me diga, por favor — sussurrou ela.

— Porque devo quase cinquenta mil libras a ele.

Mesmo em seus piores pesadelos, Miranda nunca imaginara uma quantia daquelas.

— *Matthew!*

— Não começou com esse valor — protestou ele. — Eu perdi algumas libras para ele nas mesas de jogo e depois ganhei tudo de volta e mais um pouco... Eu ganhei quinhentas libras, Mia, sabia que poderia vencê-lo... Então, quando perdi de novo, Vale continuou a me dar oportunidades de recuperar o dinheiro. Quais eram as chances de dois cavalos ficarem mancos na mesma corrida na semana passada? Qualquer homem em sã consciência teria apostado contra isso.

— Não, Matthew, qualquer homem em sã consciência não apostaria mais do que poderia perder. E, para você, essa quantia não chega nem perto de cinquenta mil libras. Deus do céu! Você sabe disso!

— Eu estava devendo vinte mil. Era uma chance de acabar com aquilo de uma vez... E era uma aposta certa. Uma aposta certa.

— Evidentemente não era. Pelo amor de Deus. — Miranda respirou fundo, tentando acalmar o rugido em seus ouvidos. Cinquenta mil libras. Ela não conseguia nem imaginar uma quantia daquelas. E, no entanto, lá estava. — Achei que você tinha parado de vez com os jogos de azar depois de ser obrigado a vender Winterbourne. E depois do que aconteceu com o tio John... e a dívida dele não era nem um quarto da que você conseguiu contrair.

— Eu tinha parado. Mas Vale era novo em Londres e queria que George o levasse para jogar, e eu não queria parecer um caipira qualquer sentado ali. — Ele abaixou os olhos, e sua expressão era de desespero abjeto. — Faz apenas seis semanas. Não sei como essa quantia... Não sei como isso aconteceu.

Ela sabia. O capitão Robert Vale tinha percebido quem era Matthew e cravara os dentes para sangrá-lo até a última gota. O fato de ele conseguir aquilo em apenas seis semanas dizia a Miranda tudo o que precisava saber sobre o homem. Ele era um apostador. E muito hábil.

— Como meu nome entrou nessa história? — perguntou Miranda, a contragosto.

— Dois dias atrás, Vale disse que havia decidido permanecer em Londres e queria comprar uma casa em Mayfair, e exigiu o pagamento do dinheiro que eu lhe devia. Quando admiti que só poderia lhe pagar duzentas libras, ele disse que eu deveria procurar o meu pai... ou ele mesmo faria isso. Não posso... Papai me deserdaria. Ou eu levaria a família à falência. Ou as duas possibilidades. — Matthew fechou os olhos. — Então, perguntei se poderíamos chegar a algum tipo de acordo para o reembolso. Foi quando ele disse que precisava de uma esposa e que perdoaria toda a dívida em troca da sua mão em casamento.

— Nós nem nos conhecíamos até essa noite. Como...

— Vimos você andando na Bond Street logo depois que ele chegou à cidade. Vale disse que gostou muito do que viu. Mia, eu...

— Não se atreva a tentar se desculpar comigo. Estou com tanta raiva de você, Matthew. Não consigo nem... — Miranda respirou fundo. — Eloise sabe como você está endividado? Que você concordou em negociar a própria irmã para zerar a sua contabilidade?

O rosto de Matthew, que antes estava pálido, ficou acinzentado.

— É claro que não contei nada a ela. Lady Aldriss me chamaria de caça-dotes e ordenaria o fim do noivado. Os irmãos de Eloise me matariam. E com razão, é claro, mas não suporto a ideia de ficar sem ela.

— Mas pode suportar a ideia de sua irmã se casar para saldar a sua dívida — retrucou Miranda. — Muito obrigada.

— O que devo fazer, então? Me jogar de uma ponte? Fugir para a América e desaparecer? A dívida continuaria a existir. Vale tem as minhas notas promissórias, com a minha assinatura. E com certeza não terá pena de nós, como lorde Panfrey teve da tia Beatrice. A minha vida, o meu futuro, estão em suas mãos, Miranda, e não sei mais o que fazer. Devo o dinheiro ao homem.

Ela não tinha tanta certeza disso... Matthew parecia mais uma vítima do que um azarado com chances iguais naquela equação. O que aquilo fazia dela, então?

— Só para esclarecer — falou Miranda, mantendo os olhos fixos no irmão até ele encará-la. — Você espera, então, que eu desista do *meu* futuro para que você não precise desistir do seu.

— Eu...

— Pare — interrompeu ela. — Apenas pare.

Ele não poderia lhe dar conselhos ou qualquer ajuda — o capitão Vale havia deixado apenas um caminho aberto para Matthew, e, relutante ou não, o rapaz não viu escolha a não ser trilhá-lo. Mas ela não era Matthew.

Miranda lhe deu as costas, e Matthew segurou-a pelo braço.

— Você não pode contar para o papai ou para a mamãe, Mia. Por favor.

Miranda se desvencilhou dele e recuou.

— Não vou contar, ao menos não ainda. Para o bem deles. Não por você.

— Então você concorda em se casar com ele?

A ideia a fez cerrar o maxilar até seus músculos rangerem.

— Não sou tão fatalista quanto você. E é muito cedo para perder a esperança.

Miranda sabia como era a vida com um jogador medíocre, que se considerava igual a todos os canalhas contadores de cartas de Londres. Aquela visão, aquela perspectiva, não iria ajudá-la. Não, não precisava de mais balidos das ovelhas. Precisava falar com um dos lobos.

Capítulo 3

Aden pegou um copo de uísque da bandeja de um criado que passava e deu um gole generoso. Atrás dele, casais se reuniam para outra quadrilha — a anfitriã da festa, ele soube por sua sobrinha, achava que a quadrilha exibia uma dama em sua forma mais elegante e refinada. A mulher tinha agendado cinco das malditas coisas.

Na lateral do salão havia um punhado de moças, e o desespero com que evitavam um único olhar que fosse para a pista de dança só tornava mais óbvio quanto elas ansiavam por estar lá. De um lado estavam as chamadas moças prejudicadas — de pé ou sentadas sozinhas, ou com a mãe, todas convencidas de que seu ceceio ao falar, ou um claudicar ao andar, ou qualquer defeito que ela considerasse mais devastador, se colocava entre ela e qualquer chance de conseguir um bom partido... ou até mesmo um parceiro para uma única dança.

Aden terminou a bebida, deixou o copo de lado, se afastou da parede e seguiu na direção de uma moça rechonchuda, de óculos, que usava um vestido de seda verde de aparência cara. Um homem que tinha o mesmo nariz e olhos que ela, mas uma circunferência bem mais estreita, lhe disse algo que a fez afundar na cadeira antes que ele se afastasse para reivindicar a mão de uma linda moça loira.

— Senhor MacTaggert.

Era difícil as pessoas conseguirem se aproximar de Aden sem que ele percebesse, mas, com o barulho e a agitação do salão de baile, não havia reparado em Miranda Harris se aproximando, com seus lindos sapatinhos amarelos de dança. Ela era uma beleza de se ver, com aquele cabelo castanho e os olhos cor de chocolate, além dos lábios suaves altamente desejáveis, mesmo franzidos como estavam. No entanto, a moça declarara não gostar dele — por princípio, supôs Aden, já que ela havia feito aquela declaração apenas um minuto depois de terem sido apresentados.

— *Aye?*

A srta. Harris cruzou os braços, o que puxou o decote do seu vestido amarelo um pouco para baixo, deixando Aden entrever a curva dos seus seios, mas logo voltou a abaixar as mãos.

— Eu... fui rude mais cedo — disse Miranda. — Seria um prazer dançar essa quadrilha com o senhor.

Foi a vez de Aden cruzar os braços, então, contendo o desejo inesperado de aceitar a oferta dela. Que maneira melhor de provar que uma moça está errada ao achar seu caráter lamentável do que fazê-la se apaixonar por você? Mas, com a corda do casamento pendurada no pescoço, Aden não tinha tempo ou vontade de esmagar o coração de alguma mulher contra as rochas só por ter franzido a testa para ele.

— E por que isso?

A jovem fez uma breve careta, antes de suas feições voltarem à tranquilidade de antes. Sem dúvida achara que estava sendo generosa, e não esperava ter que se explicar.

— Eu gostaria de trocar algumas palavras com o senhor — declarou ela, juntando as mãos inquietas na frente da cintura fina.

— A senhorita já fez isso — afirmou ele. — E mesmo que deseje me atacar um pouco mais, acho que já ouvi o bastante. — Aden se afastou, então, e parou diante da moça de vestido verde. — Não tenho par para essa dança — falou, e viu a jovem se sobressaltar, então erguer a cabeça para encará-lo, os olhos azul-claros arregalados por trás dos óculos. — A senhorita poderia me dizer o seu nome e vir saltitar nessa dança ao meu lado?

Ela ficou de pé e agarrou a mão estendida dele.

— Phillipa — apresentou-se a jovem. — Senhorita Phillipa Pritchard. E sim, eu irei.

— Aden MacTaggert.

Ele a conduziu para um dos círculos de dançarinos no momento em que a música começava.

Enquanto Phillipa sorria, quase se virando do avesso para chamar a atenção do irmão a cada volta da dança, Aden deu uma olhada em Miranda Harris, ainda de pé onde ele a havia deixado. Evidentemente, sua alegação de que tinha par para todas as danças fora uma mentira, embora Aden não tivesse dúvidas de que ela poderia tornar aquilo verdade com um estalar dos dedos elegantes.

Ela continuou a olhar ao redor do salão, procurando alguém que não estava lá, enquanto batia os dedos um no outro em um ritmo nervoso e impaciente. Talvez algum rapaz tivesse se esquecido de buscá-la para a quadrilha, mas Aden não se sentiu nem um pouco inclinado a intervir e ser seu salvador depois de ela tê-lo insultado. Duas vezes.

Mas, quando a quadrilha terminou, a srta. Harris ainda não havia se movido, a não ser para lançar olhares frustrados para Aden a cada dois segundos. Então não se tratava de um parceiro de dança desaparecido. Quando Eloise e Matthew passaram perto dela e Miranda deu as costas para os dois, Aden quase cedeu à curiosidade crescente. Algo havia mudado, trazendo um sopro de inquietação à noite, ou pelo menos à parte da noite em que ele estava prestando atenção. E, agora, podia justificar seu interesse como curiosidade em vez de qualquer outra coisa que o fizesse mantê-la em seus pensamentos.

Assim que devolveu a srta. Phillipa Pritchard ao irmão boquiaberto da jovem, Aden fez uma pausa. Ele não era um homem que se permitia levar um soco duas vezes. Ou três, naquele caso. Embora sua curiosidade muitas vezes fosse uma vantagem, não costumava permitir que ela anulasse seu bom senso e sua lógica.

— Senhor MacTaggert.

Maldição, a mulher era mais furtiva do que um gato selvagem.

— Senhorita Harris — falou ele lentamente, virando-se para encará-la.

Ela respirou fundo, os lábios cerrados.

— Permita-me dar uma palavrinha com o senhor.

— Se a senhorita não parecesse ter cheirado bosta quando fala comigo, talvez eu me sentisse mais inclinado a aceitar o seu convite — devolveu ele.

— Eu não *quero* falar com o senhor — esclareceu a srta. Harris. — No entanto, preciso de algumas percepções e acredito que o senhor talvez seja a melhor pessoa para fornecê-las. — Ela fez uma pausa e baixou os olhos. — Eu preciso da sua ajuda.

Atrás dele, outra maldita quadrilha começou a se formar.

— Mas a senhorita não precisava da minha ajuda mais cedo, quando a convidei para uma dança.

— Não, eu não precisava.

— Bem, não preciso de nada que possa me dar no momento, srta. Harris, por isso acho que vou recusar.

— Você... você é um homem horrível — gaguejou ela.

— Ora, ora, eu não disse nada depreciativo a seu respeito quando a senhorita recusou o *meu* convite.

Aden dirigiu um sorrisinho rápido a ela, até porque sabia que aquilo a irritaria ainda mais, e se afastou para convidar a srta. Alice Williams, que ceceava, mas sabia muito sobre os anfitriões e que o baile estava extravagante naquele ano porque sir Eldon havia feito alguns investimentos ruins nas Colônias e eles não queriam que ninguém soubesse sobre sua situação financeira.

A poucos metros da pista de dança, Miranda Harris ainda estava de pé, e ainda olhava para ele quando não estava prestando atenção nas sombras nas extremidades da sala. Um rapaz bonito se aproximou dela, e ela sorriu ao dispensá-lo — sorriso que desapareceu do seu rosto um segundo depois.

Ao final da dança, Aden se afastou da srta. Williams e entrou em um corredor lateral. Ele deu a volta pelo outro lado do salão de baile e então surgiu sem ser notado por trás de Miranda Harris. Enquanto ela olhava ao redor, procurando o próprio Aden, ou alguma outra ameaça, ele se inclinou e sentiu o cheiro de seu cabelo. Limão. Aquilo combinava com ela: ácido e penetrante. Verdade que também era um perfume delicioso, fresco e limpo em oposição ao cheiro quente e opressivo do salão de baile.

Aden ficou parado ali, imóvel, por um momento. Era bem feito para ela ser deixada em suspense, para provar que ele não era tão sem encantos e tão desprezível quanto a moça pensava antes mesmo de se conhecerem. Para fazê-la sentir um pouco da decepção que ele sentia quando pensava que nunca iria beijá-la, que nunca transformaria aquela carranca dela em uma risada. Ele poderia muito bem ter feito tudo isso, se ela tivesse se dado ao trabalho de lhe dar uma mínima oportunidade. Bem. Que comecassem as apostas.

— Senhorita Harris.

Ela se encolheu, depois se virou.

— Senhor MacTaggert.

— Não tenho par para essa valsa. Como a senhorita quer informações e eu quero dançar, acho que uma valsa é uma solução justa. — Ele estendeu a mão. — De acordo?

A srta. Harris endireitou os ombros e pousou a mão enluvada na dele.

— De acordo.

— Nossa, quem vê acha que a senhorita acabou de decidir parar no meio da rua e deixar uma carruagem atropelá-la — comentou Aden.

Ele reparou que tanto a srta. Pritchard quanto a srta. Williams tinham parceiros para a valsa — os almofadinhas *sassenachs* podiam chamá-lo de bárbaro, mas estavam atentos a ele o bastante para se apressaram a seguir seus passos.

— Obrigada — respondeu Miranda, o tom tenso. — Muito lisonjeiro da sua parte. Exatamente o que uma moça deseja ouvir quando está em um grande baile.

— Se quer elogios, vai ter que ser mais gentil comigo. O que é justo é justo.

Eles assumiram suas posições na pista de dança, perto de onde estavam Niall e sua Amy, e a poucos metros de Eloise e Matthew. Coll, como sempre, não estava dançando, mas assumira o comando de uma mesa coberta de pães e queijos.

Quando a música começou, Aden colocou a mão na cintura de Miranda e eles começaram a dançar. Ela era graciosa e tinha uma confiança que tornava seus movimentos fluidos e sem esforço, uma habilidade que faltava à maioria das outras parceiras de dança que Aden tivera naquela noite. Ao menos uma vez, ele não precisou se manter atento, pronto para amparar uma moça antes que ela caísse no chão, caso tropeçasse.

— Não quero elogios — disse a srta. Harris, finalmente.

— Não. A senhorita disse que queria uma informação. Sobre o quê?

— Sobre um homem que aposta.

— Somos todos diferentes, moça. Alguns nem são figuras vis. Terá que ser mais específica.

— Um homem que é muito habilidoso nos jogos de azar. — Ela respirou fundo e baixou os olhos mais uma vez para a gravata dele. — Alguém capaz de escolher uma pessoa em particular e se empenhar em colocar tal pessoa em uma posição difícil por algum determinado motivo.

O comentário surpreendeu Aden.

— Isso é bastante específico. E, ao mesmo tempo, ainda um pouco vago. Quem é o alvo? Qual é a posição difícil?

Miranda Harris balançou a cabeça.

— Não é da sua conta. Quero saber que tipo de homem faz isso e se é possível argumentar com ele.

Aden franziu a testa e pensou por algum tempo. Pelo visto a mulher não pretendia lhe dar mais informações. Mesmo assim, a descrição havia sido precisa o suficiente para que ela tivesse um cenário específico em mente. E, para a sorte dela, apesar de seus insultos, ele gostava de um bom quebra-cabeça.

— O tipo de homem que atrairia outro homem para a ruína para conseguir algo que deseja... — pensou Aden em voz alta. — Acho que respondeu à sua própria pergunta, moça. O que a outra pessoa quer ou precisa não diz respeito a esse homem. A situação e o orgulho dessa pessoa não o preocupam. Ele tem um objetivo, se estou compreendendo bem. No que lhe diz respeito, ele trabalhou para isso, aturou alguém cujas habilidades não chegam nem perto das dele, gastou seu valioso tempo levando o tolo à tentação e agora pretende cobrar o que acha que lhe é devido.

Enquanto ele falava, a pele clara de Miranda assumiu um tom mais acinzentado. Então nada naquela conversa era suposição ou fantasia.

Alguém que ela conhecia havia caído em um buraco muito fundo, e a moça queria descobrir uma forma de tirar essa pessoa de lá.

— Mas e a possibilidade de argumentar com essa pessoa? — retrucou ela. — Não pode ser tão inútil quanto está sugerindo.

Aden virou-a em seus braços e deu de ombros.

— A senhorita me deu duas frases. Na minha experiência, srta. Harris, que é só ao que posso recorrer, esse camarada quer aquilo em que apostou. Encontre outra coisa que o interesse e convença-o de como essa coisa o beneficiará mais. Ofereça a ele um prêmio mais bonito, ou um que a senhorita consiga convencê-lo de que é mais valioso.

Miranda Harris apertou a mão dele com mais força e se inclinou um pouco em sua direção. Se não fosse pela antipatia por ele e pela profunda palidez de seu rosto, Aden poderia ter pensado que o movimento era um flerte. Mas aquela mulher não flertava, ela agia de forma direta. Se em algum momento Miranda Harris decidisse que gostava dele, ela lhe diria isso da forma mais objetiva. Aden encurtou os passos e apertou com mais firmeza a mão e a cintura dela, mantendo-a segura até ela conseguir se recompor. A moça ergueu o rosto para fitá-lo.

— Obrigada.

Ora, por aquilo ele não esperava. Mas Aden não permitiria que ela soubesse que o havia surpreendido, ou que não lhe ocorrera deixá-la cair.

— Tenho uma esposa para encontrar. Não vai me ajudar em nada ser conhecido como o MacTaggert que faz as moças desmaiarem de medo. Deixarei isso para Coll.

— Ainda assim.

A valsa terminou e, como a srta. Harris ainda não parecia muito firme nas pernas, ele transferiu com cuidado a mão dela para o seu braço, para que a jovem tivesse algo em que se apoiar.

— Gosto de apostar — declarou Aden, sem saber se seria melhor confessar seus pecados ou negar que os cometera. — E sou bom nisso. Mas nunca levei ninguém à ruína com a minha habilidade, e uma ou duas vezes cheguei a me afastar da mesa para evitar fazer exatamente isso. Se a minha informação a ajudou, fico feliz por isso... afinal, como eu disse, a senhorita vai ser minha cunhada. Mas se quiser me odiar, também não estou muito preocupado, embora deva dizer que lhe dei a minha melhor dança agora há pouco.

— Por que *dançou* comigo, então?

— Curiosidade — respondeu Aden, sereno.

Aquela resposta fazia mais sentido do que admitir que talvez a aversão dela o incomodasse um pouco. Ou que, em geral, ele admirava uma moça que era capaz de enfrentá-lo de igual para igual em uma conversa e ainda parecer uma deusa sensual. Ou que ele era capaz de imaginar um eventual pedido de desculpas da parte dela, e que seria espetacular.

Com aquele pensamento em mente, Aden parou perto de uma fileira de cadeiras para que a moça pudesse se sentar, se precisasse. Ele desvencilhou o braço da mão dela, despediu-se com um aceno de cabeça e deu-lhe as costas.

— O senhor me fez pensar em algumas coisas — disse Miranda Harris atrás dele. — Obrigada por isso. Quanto a causar a ruína de alguém, mesmo que *você* se afaste da mesa, ainda deixa alguém inábil nas mãos de outros. Não espere elogios por isso. Ao menos não de mim.

Aden continuou a andar. Discutir com uma pilha de pedras não fazia as pedras se moverem. Ela havia decidido quem ele era antes mesmo de os dois se conhecerem, e nada que ele dissesse alteraria sua opinião. Quem quer que houvesse se endividado por causa de algum vigarista talentoso, era provável que a moça tivesse uma boa chance de negociar um acordo, com aquela língua afiada.

Aden costumava gostar de uma língua afiada em uma moça, de um pouco de ardor para aquecer uma noite fria. E Miranda Harris tinha isso de sobra, com um toque de fogo em seu cabelo castanho e um brilho ardente nos olhos também castanhos para combinar. Era uma pena que ela não parecesse querer agradá-lo tanto quanto desejava queimá-lo e jogar as cinzas no lixo. Mas a verdade era que naquela noite ele a convidara para dançar e, fosse qual fosse o caminho sinuoso que eles haviam percorrido, acabara dançando com ela.

—〰—

Quando o relógio do vestíbulo marcou nove e meia da manhã, Miranda já havia colocado e tirado três vezes o chapéu e o xale; começara e abandonara duas cartas incisivas; e pensara em simplesmente anunciar aos pais que se cansara de Londres e pretendia passar o restante da temporada social na pequena propriedade da família em Devon.

O irmão a colocara bem no meio dos seus problemas, e não adiantava fugir ou repreendê-lo, porque isso não serviria de nada para saldar a dívida que ele contraíra. E, embora tivesse decidido várias vezes que a estupidez de Matthew não a obrigava a fazer nada além de contar aos pais o que estava acontecendo, ela sempre soube que aquilo era mentira.

Matthew era seu irmão, e Miranda não permitiria que ele — nem a sua família — fossem arruinados, não se ela pudesse fazer algo para evitar. Matthew estava certo em se preocupar com o que os pais deles fariam se descobrissem que ele continuava apostando. Seria necessário mais do que vender um cavalo amado para saldar aquela dívida. Seria necessário mais do que vender a Casa Harris, ali em Mayfair, e tudo o que estava dentro dela. Seria necessário mais do que uma fuga de todos os familiares para a América em busca de fortuna, porque parecia impossível conseguir tanto dinheiro no tempo de vida de qualquer um deles.

A aldrava bateu na porta da frente, e ela sentiu um arrepio percorrê-la quando Billings atendeu. Ela permanecera na sala de estar desde o café da manhã — a última coisa que queria era que o mordomo tivesse que procurá-la pela casa e acabasse despertando o interesse de todos sobre quem seria a visita.

Desviou os olhos para a camareira que a atendia, sentada em um canto consertando uma meia.

— Lembre-se — sussurrou —, não importa o que aconteça, não saia dessa sala.

Millie assentiu.

— Jamais faria isso.

Billings bateu na porta entreaberta.

— Senhorita Harris, um capitão Vale está aqui para vê-la.

— Por favor, peça para ele entrar, Billings.

Ela respirou com dificuldade, cruzou as mãos nas costas — tanto para que o capitão não as tocasse quanto para que ele não as visse tremer — e se colocou entre uma mesinha e a janela. Era um móvel frágil, mas naquela manhã era o melhor escudo à sua disposição.

O mordomo se afastou e Vale entrou, ainda elegante em seu uniforme azul-marinho, o chapéu sob o braço.

— Senhorita Harris — disse ele, inclinando a cabeça.

— Capitão. Isso é tudo, Billings. Por favor, feche a porta.

O mordomo lhe lançou um olhar curioso, mas fez o que ela pedia. Tanto Matthew quanto o pai dela haviam saído de casa — Matthew fugindo como um gato com o rabo em chamas —, mas a mãe ainda estava na cama. Bailes sempre a deixavam fora de combate pelo menos até a primeira hora da tarde, e Miranda torcia para que naquele dia não fosse diferente.

— A senhorita concordou em me ver — disse Vale no silêncio que se seguiu —, então presumo que tenha conversado com Matthew.

— Sim, nós conversamos. Mas o tema da conversa me deixou curiosa. Enquanto o senhor jogava com Matthew, deve ter percebido que estava encorajando uma dívida que ia muito além da capacidade do meu irmão de pagar. Absurdamente além.

— Devo argumentar que o seu irmão também conhecia o seu próprio… limite financeiro, digamos? E que ele passou desse limite com os olhos abertos.

— Compreendo, embora possa comparar vocês dois a uma cobra e um rato. A única razão pela qual o rato não foge é porque ele não vê a cobra… até estar entre as mandíbulas dela. Passado certo ponto, a dívida se tornou tão grande que apostar alto para se livrar dela era sem dúvida a única coisa que fazia sentido para o meu irmão. Mas minha pergunta para o senhor é: por que continuar jogando quando sabia que não poderia esperar receber dez mil libras, muito menos cinquenta mil?

Vale inclinou um pouco a cabeça, e o gesto fez com que se parecesse ainda mais com um falcão. E, naquele dia, ela com certeza era o coelho.

— Porque ele poderia até se considerar capaz de pagar cinco mil ou mesmo dez mil libras. Mas cinquenta mil… bem, para ser sucinto, sou dono do seu irmão agora. Não há escapatória a não ser a que eu sugiro.

Aquela declaração fez Miranda se lembrar do que Aden MacTaggert havia especulado: que Vale tinha um objetivo desde o início e o alcançara sem se preocupar com os danos que pudesse causar aos outros.

— E o senhor sugeriu uma união comigo.

— Exatamente.

Ela forçou uma risada.

— Para ser sincera, capitão, não valho cinquenta mil libras. Mas o senhor disse que estava pensando em comprar uma casa em Mayfair. Acredito que meu pai estaria disposto a ajudá-lo nisso. Ele também faz parte do conselho de vários clubes, o que poderia bene...

— Por que eu aceitaria uma casa com desconto e um título de membro no Boodle's em vez das cinquenta mil libras que me dariam tudo isso e muito mais?

— Porque o senhor nunca receberá cinquenta mil libras de Matthew. Essa possibilidade não existe.

— Existe, sim. Estou olhando para ela. O fato de a senhorita valer ou não essa quantia de dinheiro não é o ponto. A questão, srta. Harris, Miranda, é que para mim você vale o suficiente para me convencer a fazer a troca: você pela dívida do seu irmão.

— Mas por quê? — explodiu Miranda.

Pelo amor de Deus, nada daquilo fazia sentido! Lógica. Ela queria lógica. Alguma coisa que fizesse sentido e contra a qual pudesse argumentar.

— Seu irmão mostrou-a para mim um dia, na rua, logo depois que cheguei. Eu me lembro com bastante clareza. "Essa é minha irmã mais nova, Miranda", disse ele. "Metade dos homens ricos de Londres está atrás dela, pelo menos os que têm bom gosto. Ela é esperta, conhece todo mundo e nunca dá um passo em falso." Você é o que eu preciso. Qualquer um pode comprar uma casa. Você é a alta sociedade. Todos a conhecem e, mais importante, todos gostam de você. E um casamento entre nós vai me garantir todas essas coisas também. Portanto, cinquenta mil libras imaginárias em troca de uma vida inteira de oportunidades de investimento, de jantar com duques e príncipes, de ser admirado e celebrado... Devo discordar da minha afirmação anterior. Você vale *cada* centavo da dívida do seu irmão.

Miranda fitou-o, sentindo as bordas da sua visão escurecerem e o turbilhão de uma vertigem pressionando a parte de trás de seus olhos.

— O senhor... o senhor arrastou o meu irmão para a ruína apenas para evitar... me cortejar?

— Eu não o arrastei para lugar algum, ele me acompanhou de bom grado. E cortejar alguém é uma aposta arriscada. Prefiro uma aposta certa.

— E, no entanto, o senhor é um jogador.

— Um jogador muito bom.

As palavras que Miranda sentia vontade de dizer a impediriam de chamar a si mesma de dama. Ela avaliou-as assim mesmo, então escolheu a que gritava mais alto em sua mente.

— Não!

— Isso é o que uma criança grita quando a mandam desistir de um brinquedo — declarou Vale. — Você tem 23 anos. Os homens andam atrás de você há cinco anos. Sou um estranho com perspectivas desconhecidas e uma pensão da Marinha para me recomendar. Em um campo de jogo em que todos tivessem chances iguais, por que me escolheria?

Vale sustentou o olhar de Miranda por vários segundos, enquanto ela tentava encontrar um argumento contra o que na verdade era uma matemática muito lógica — ao menos do ponto de vista dele.

— Eu não faria isso — respondeu ela. — E não farei. O senhor não me quer, deseja apenas a minha reputação. O curso de ação que escolheu depende da cooperação de uma mulher com quem nunca se deu ao trabalho de trocar uma palavra até ontem à noite. O senhor quer a minha honra e, no entanto, trapaceou e conspirou para roubá-la. Não, capitão Vale. Escolha outro prêmio.

O falcão examinou-a, sem piscar. Então, tirou um pedaço de papel do bolso e deixou no encosto do sofá.

— Essas são as datas e os valores das notas promissórias assinadas pelo seu irmão. Estarei aqui com uma carruagem amanhã, à uma da tarde, para levá-la para almoçar. Se você não entrar na carruagem, enviarei uma lista idêntica ao seu pai.

— Ele...

— E se eu não gostar da resposta que receber dele, vou entrar com uma ação legal contra o seu irmão. Uma família respeitada com um herdeiro tão imprudente e esbanjador... especialmente com a história controversa do seu tio ainda pairando no ar... John Temple, não é? Imagino que seus amigos ficarão chocados. Assim como a família da noiva de Matthew. Os Oswell-MacTaggert, creio eu. Tudo isso é um detalhe, no entanto, comparado ao fato de que a sua família se verá despojada de todas as suas propriedades e que o seu pai e o seu irmão, e até mesmo você e sua mãe, serão jogados na prisão de devedores.

Miranda sentia vontade de gritar. De dar um soco no nariz do homem.

— Também enfrentará consequências, capitão. Suas ações não foram nada honrosas.

— É verdade, mas não tenho vínculos em Londres. Não no momento. E, desagradável ou não, uma dívida é uma dívida. Meu plano para resolver isso é mais simples e muito menos confuso, mas o próximo passo é seu. Responderei de acordo. — Vale olhou de relance para Millie, que estava sentada, boquiaberta, a agulha erguida no ar. — E com igual discrição.

— Então se casaria com alguém que te detesta? Que futuro desagradável imaginou para si mesmo...

Miranda sabia que o argumento era fraco, mas a maior parte da sua mente só desejava acordar daquele pesadelo.

Pela primeira vez, o capitão Vale sorriu. Seus dentes eram pequenos e regulares, a não ser por uma lacuna onde deveria estar o canino superior esquerdo. A expressão o tornava menos parecido com um falcão, mas de alguma forma mais sinistro — como se todo o verniz de educação que exibia por fora fosse apenas isso, um verniz. Sob uma máscara muito tênue de cavalheiro, havia um homem cheio de buracos escuros e ocos.

— Estive em lugares e fiz coisas que você não poderia imaginar — declarou ele com naturalidade. — Seu desagrado é tão importante para mim quanto uma única gota de água é para o oceano. — Com um movimento rápido, Vale ajeitou o chapéu sobre o cabelo escuro e curto. — Amanhã, à uma hora. E deve parecer um casamento por amor. Sugiro que você aja de acordo.

Dito isso, ele deu meia-volta, abriu a porta e saiu da sala. Depois de ouvir a porta da frente se abrir e fechar, Miranda se sentou na cadeira mais próxima. Ela analisara a situação de todos os ângulos possíveis, buscando por alguma outra coisa que ele pudesse querer, e o homem nem sequer piscara. Como... O que... O que ela poderia fazer? Porque aquele... horror não podia acontecer.

— Ah, meu Deus — sussurrou Millie.

Miranda se sentou muito empertigada na cadeira e se virou para a criada.

— Você não deve repetir nem uma palavra com ninguém sobre nada disso, Millie — alertou, tentando sem sucesso manter a voz firme. — Ninguém. Prometa-me.

— Eu... Sim, srta. Harris. Eu prometo. Não direi nem uma palavra. Mas o que a senhorita vai fazer? Ele... Fiquei arrepiada de horror só de vê-lo parado ali.

O capitão Vale também provocara arrepios em Miranda. E uma sensação de mal-estar na boca do seu estômago que a deixava com vontade de vomitar. Aden MacTaggert descrevera quase com perfeição o caráter do capitão Vale, mesmo sem conhecer o homem, e baseado apenas em algumas frases vagas dela. Miranda esperava que jogadores fossem... nefastos. Talvez fosse tolice da sua parte, mas ela estava só pedindo ajuda. Na verdade, não esperava que as observações do sr. MacTaggert fossem úteis, menos ainda tão precisas. Ela se levantou e estendeu a mão para pegar o chapéu em uma cadeira.

— Millie, deixe essa costura de lado. Tenho uma visita a fazer.

Era certo que ela estava lidando com uma situação acima de sua capacidade. Miranda reconhecia aquilo, mesmo que Matthew não o tivesse feito até ser tarde demais. E ela não podia se dar ao luxo de esperar tanto tempo.

Capítulo 4

Smythe, o mordomo, abriu a porta da frente da Casa Oswell antes que Miranda pudesse fazer mais do que tocar na aldrava de latão com cabeça de leão.

— Senhorita Harris — cumprimentou ele. — Lamento, mas lady Eloise não está no momento. Nem a sra. MacTaggert.

Sim, Eloise e Amy tinham ido comprar chapéus naquela manhã. Miranda planejara acompanhá-las, até o capitão Vale exigir uma audiência.

— Na verdade, eu gostaria de ver Aden MacTaggert — disse ela, mantendo o queixo erguido.

Não tinha motivos para se sentir constrangida, é claro. Afinal, não era uma debutante se atirando em cima do *highlander*... era exatamente o oposto. Se não fosse por uma necessidade desesperada de receber alguns conselhos do homem, ela não estaria nem perto da Casa Oswell naquela manhã.

O mordomo franziu os lábios, mas se afastou para permitir que Miranda entrasse.

— A senhorita o encontrará na sala de bilhar, acredito. Sabe o caminho?

— Sim. Obrigada.

Desde o noivado de Matthew, ela visitara a Casa Oswell talvez uma dezena de vezes, embora apenas para almoçar com Eloise. Quando os irmãos mais velhos da amiga chegaram da Escócia, Miranda havia partido para cuidar da tia doente e dos primos bebês em Devon. Se não tivesse ido, será que Matthew teria lhe confidenciado que havia se metido naquela confusão com o tal capitão Vale? Ela teria sido capaz de impedir a tolice do irmão antes que ele chegasse à conclusão de que sacrificá-la era seu único recurso?

Ao passar pelo saguão de entrada, Miranda quase esperava ver os tartans do clã Ross pendurados nas paredes e homens tocando gaita de foles por todos os cantos. Aden causara alvoroço no almoço de Eloise, e a irmã havia mencionado que o caos chegara com os homens MacTaggert. Mas, em vez disso, a casa grande parecia tão elegante e bem-arrumada como sempre, até Miranda alcançar o patamar onde a grande escadaria se dividia em duas direções. Lá, perto da parede do fundo, estava um veado adulto, a galhada larga e impressionante enfeitada com um gorro e um chapéu de castor, além de um colar de pérolas pendurado em um dos chifres. Um brinco cintilava sob uma orelha alerta, e o animal ostentava uma gravata murcha no pescoço e uma saia verde de renda e cetim na cintura e das patas traseiras.

— Santo Deus — sussurrou Millie atrás dela.

— O pobre coitado parece que invadiu uma festa e levou metade do que havia lá com ele, não? — sussurrou Miranda de volta, e a criada riu.

Miranda não tinha reparado no veado quando comparecera ao almoço dois dias antes, mas a verdade era que ela permanecera no andar de baixo, inocente, achando que não tinha nenhuma preocupação no mundo. Aquilo parecia ter acontecido séculos antes. Miranda respirou fundo, parou na porta da sala de bilhar e ficou olhando para os dois homens sentados um de frente para o outro em uma pequena mesa colocada sob uma janela na sala forrada com papel de parede azul e vermelho.

— Vou fazer mais uma vez para você ver — estava dizendo Aden, enquanto embaralhava uma pilha de cartas. — Escolha a que quiser, me mostre e coloque de volta no baralho.

O MacTaggert mais novo, Niall, o mesmo que acabara de retornar de uma fuga supostamente planejada para Gretna Green, onde se casara com Amelia-Rose Baxter de um modo romântico e espetacular, escolheu uma carta e virou-a entre os dedos.

— Sete de copas — disse Niall.

— Tem certeza de que é essa que você quer? — perguntou o irmão. — Não prefere um ás, uma carta de ouros ou alguma outra? O rei de copas? Posso esperar enquanto se decide.

— Cale a boca, seu *skellum*.

— Só estou tentando tornar isso o mais simples possível para você, *bràthair*.

— Sim, tanto quanto ovelhas dão casacos de cetim — declarou Niall, enquanto enfiava a carta de volta no baralho que o irmão ainda segurava.

Aden embaralhou de novo, os dedos firmes e rápidos. Sem se atrapalhar, sem empilhar, apenas um borrão de cartas voando juntas sem esforço. Mesmo olhando da porta, Miranda se pegou um pouco hipnotizada, e detestou tudo aquilo ainda mais. Ela também queria detestar Aden — afinal, dissera isso no almoço do outro dia. Ele era um jogador, e pelo visto muito bom. Aquilo o tornava inaceitável.

Tudo nele — seu cabelo preto descuidado com as longas mechas soltas e o modo como parecia estar sempre se agitando sob alguma brisa misteriosa, que só ele sentia, o corpo firme, esguio e gracioso, aquele belo rosto e o modo como Miranda sentia vontade de suspirar toda vez que olhava para ele —, tudo parecia planejado para desarmá-la, para impedi-la de ver nele um homem com uma moral muito questionável. Agora que sabia que Aden tinha algum bom senso, aquilo o fazia parecer ainda mais perigoso. Aden pousou o baralho, cortou-o e colocou a metade inferior no topo.

— Vire — disse, afastando as mãos das cartas.

O irmão estendeu a mão e virou a carta do topo. O sete de copas surgiu. Niall franziu a testa, virou todo o baralho para cima e espalhou as cartas.

— Não consegui ver, maldição.

— Então você acha que eu tenho um baralho inteiro só com setes de copas?

— Vindo de você, não me surpreenderia. — Niall pegou a carta e examinou-a. — Diga-me como faz isso.

— Não. Eu lhe mostrei o truque quatro vezes esta manhã, Niall. Descubra você mesmo. — Ele pegou a carta de volta, brincou com ela entre os dedos e colocou-a de volta na pilha desordenada antes de arrumá-la. — E faça isso em outro lugar. Há uma moça aqui para me ver.

Aden virou um pouco a cabeça, e seus olhos verde-acinzentados encontraram os de Miranda.

O irmão dele também se virou, e seus olhos eram de um verde-claro surpreendente, muito parecidos com a cor incomum dos olhos da irmã, Eloise. Quando Niall se levantou, Miranda reparou na cachorra preta de tamanho médio enrodilhada embaixo da cadeira de Aden. Brògan, que não era um macho, fosse lá o que Aden afirmasse, e fosse quem fosse que ele quisesse enganar.

— A senhorita é a irmã de Matthew Harris, certo? — perguntou Niall quando chegou à porta.

— Sim. Miranda. Não tinha a intenção de ficar ouvindo a conversa de vocês, ou de interrompê-los.

— Acabe com ele. Fico grato por a senhorita ter aparecido antes de eu começar a perder para esse homem.

Então, com um aceno de cabeça e um sorriso relaxado, ele passou por ela no corredor e seguiu em direção à escada.

Aden permaneceu sentado, como um rei muito à vontade em seus domínios. Miranda disfarçou sua desaprovação pela nada surpreendente falta de educação e foi se sentar na cadeira desocupada pelo irmão dele.

— Não sou uma moça que veio ver o senhor. Sou uma conhecida que gostaria de conversar sobre um determinado assunto.

— E eu sou um conhecido do sexo masculino muito curioso sobre o que a senhorita tem a me dizer. Uma moça solteira indo visitar, ou consultar, um rapaz solteiro. A senhorita vai fazer tantas línguas *sassenachs* se agitarem que sentiremos a brisa. — Ele embaralhou as cartas de novo, dessa vez usando apenas uma das mãos.

Miranda supôs que ele poderia insinuar o que quisesse, desde que no fim a ajudasse. E pensar que por um momento ela o achara inteligente... Bem, não era uma mulher inconstante, que mudava de opinião só porque precisava de ajuda.

— Se o lisonjeia pensar que estou interessada no senhor, então fique à vontade. Só peço que responda às minhas perguntas.

Ele riu.

— A senhorita é implacável. Se não está aqui porque a valsa que dançamos a deixou com vertigens, então acho que seu objetivo é conseguir mais conselhos de graça. Um anjo procurando o diabo para ajudá-lo com outro demônio, sim?

— Suas observações da noite passada foram úteis — admitiu Miranda, ignorando o fato de que ele a chamara de anjo e sugerira que ela tinha o hábito de sofrer vertigens.

Um homem como Aden MacTaggert não diria nenhuma das duas coisas como elogios. No mundo dele, sem dúvida, os anjos serviam apenas para estragar toda a diversão do diabo. E desmaiar na presença daquele homem poderia ser... perigoso. Mas estava começando a parecer que Aden MacTaggert tinha mais do que uma visão aguçada sobre seus camaradas de hábitos condenáveis. Não, ele parecia tê-la avaliado e decidido que poderia se relacionar de igual para igual com ela. E, embora Miranda odiasse admitir até para si mesma, aquilo realmente era verdade, ao menos até o momento.

— Meu problema, no entanto, continua sem solução. Preciso de mais informações.

Aden avaliou-a com atenção, embora ela não tivesse ideia do que ele procurava, ou do que estava vendo. Preocupação? Temor? Frustração? Raiva? Todos aqueles sentimentos pareciam se revezar dentro dela na última meia hora.

— Farei uma barganha com a senhorita — ofereceu Aden. — Diga-me como eu descobri a carta que Niall havia escolhido, e lhe darei todas as informações que tenho.

Miranda cerrou o maxilar. A ousadia daquele *highlander* continuava a surpreendê-la. Não, ele não era nada poético. Diabólico, sim.

— Está mesmo apostando comigo.

— Sim. Você me insultou. Pise na lama por um maldito minuto se quiser a ajuda de um homem a quem chama de porco. — Ele estendeu o baralho. — Eu vou até lhe mostrar uma vez.

— Nunca te chamei de porco.

— Chamou, sim, só que de uma maneira educada. Posso não ter o seu sotaque, mas falamos o mesmo idioma.

Muito bem, ele tinha alguma razão. Ao mesmo tempo, Aden MacTaggert não contrariara a avaliação original que ela fizera a seu respeito. O orgulho a pressionava a recusar, a se levantar, jogar as cartas no rosto dele e ir embora. Ao mesmo tempo, a lógica se recusava a ceder, insistindo em lembrá-la de que poderia ser útil ter um pouco de familiaridade com aquele mundo para o qual estava sendo arrastada. Miranda cerrou o maxilar e pegou a carta do topo entre os dedos enluvados.

— A dama de paus — declarou.

— Se eu fosse um camarada supersticioso — comentou Aden, baixando as cartas restantes —, diria que acho que escolheu a carta com que mais se parece. Majestosa e confiante, e pronta para me atacar com uma arma maciça.

Em outras circunstâncias, Miranda poderia achar aquilo divertido e até um pouco elogioso.

— Sem dúvida arrumou as cartas para poder fazer esse comentário. Vamos em frente? — Ela gesticulou para que ele mostrasse o baralho.

Aden abriu a mão e estendeu a pilha de cartas. Miranda retirou uns bons dois terços do baralho, colocou a dama de paus no lugar e devolveu o restante das cartas de volta no topo. Ele bateu com as cartas na mesa e começou a embaralhar com dedos ágeis. Então, pousou o baralho e cortou-o. Ela estendeu a mão e virou a carta de cima. A dama de paus.

Miranda fitou Aden, pegou a dama e virou-a, examinando a parte de trás em busca de algum corte, então checou as bordas para ver se descobria uma dobra ou um sinal de que ele a marcara com a unha. Nada. Ela esfregou a carta no couro macio e branco da luva. Não saiu nenhuma tinta.

Se o irmão dele não tivesse sugerido que havia um baralho cheio da mesma carta, Miranda teria exigido ver todas. Era algum tipo de truque... mas que truque? O que ela não estava vendo? Aden escondia a carta na manga e só a devolvia quando cortava o baralho? Ela o observara com atenção, mas não estava acostumada a reparar em movimentos sorrateiros.

— Vai desistir, moça? Devo lhe desejar um bom-dia para que eu possa ir procurar algo para comer? Estou com um pouco de fome. Ou tem algo mais que deseje me oferecer em troca da minha percepção? Algo mais pessoal pode ser suficiente, suponho.

Miranda ficou muito séria. Ao que parecia, todos queriam algo dela. Ou ao menos todo homem. Pelo menos o que estava diante dela até ali se mostrara apenas irritante e arrogante.

— Posso tocar no senhor?

— Que decisão rápida — respondeu ele, com uma expressão divertida nos olhos verde-acinzentados e, a menos que Miranda estivesse muito enganada, certa surpresa. — Bem, sou um homem de palavra. Quer fazer aqui mesmo ou em algum lugar mais privado?

O quê?

— Ah, pelo amor de Deus. Estou perguntando se posso tocar seu maldito braço, sr. MacTaggert. Para decifrar seu truque com as cartas.

Pronto. Ela passara menos de um segundo imaginando beijá-lo, como se algum dia fosse desejar fazer uma coisa daquelas. Não era só porque a aparência do *highlander* faria outras mulheres mais ingênuas desmaiarem que ela se sentiria atraída por ele. O sorriso de Aden só se tornou mais largo com a resposta dela, e, se o esclarecimento o decepcionou, ele não demonstrou.

— Ah, *aye*, então. Que modo de falar, Miranda Harris. Assim vai me fazer enrubescer.

Ela duvidava muito que aquilo fosse possível, embora não conseguisse se lembrar de ter praguejado na presença de um homem antes. Bem, aquele homem em particular merecia... por ser tão irritante, belo e mais complexo do que ela esperara. Miranda se inclinou para a frente e pegou a mão direita dele. Aden tinha mãos grandes, com calos nas palmas e na ponta de vários dedos — marcas de um homem que trabalhava. Aquilo a surpreendeu. Jogadores jogavam. Aquela era a ocupação deles e seu meio de sustento. Eles não faziam o trabalho duro necessário para lhes dar calos.

— Acha que eu escondi dentro da minha pele, então? Esse é um palpite pior do que qualquer outro que Niall já arriscou.

— Eu não terminei.

Quando ela olhou para ele, viu que seu olhar estava fixo nas mãos unidas dos dois, a palma virada para cima com uma das mãos dela mantendo-a onde estava e a outra tocando a ponta dos seus dedos. A mão de Aden MacTaggert era elegante, apesar dos calos — como a mão de um escultor ou de um entalhador de madeira, e não a de um trabalhador comum. E a pele dele estava quente, mesmo através das luvas dela.

Um pouco abalada, Miranda apalpou a manga dele até o cotovelo. Aquilo não era um ato de sedução e não se tratava apenas de tentar resolver um quebra-cabeça — o futuro dela poderia muito bem depender de ele responder ou não às suas perguntas. Não havia nenhuma mola ou fio escondido sob a manga do paletó ou da camisa muito fina por baixo... nenhum sinal de que ele havia escondido uma carta.

— Terminou? Pode verificar embaixo do meu kilt, se quiser, mas posso prometer que não há espaço para um baralho extra lá embaixo.

— Não vai conseguir me perturbar, sr. MacTaggert — afirmou Miranda, embora sentisse o rosto quente. — Não com a sua grosseria nem sua falta de empatia.

Ela não podia se dar ao luxo de ser dissuadida... não sabia onde mais buscar conselhos que a ajudassem a evitar que sua família fosse separada e que vários corações acabassem partidos no processo.

A ideia de tentar encontrar sozinha uma saída para aquele desastre a deixava gelada por dentro. Até ali, o capitão Vale tivera uma resposta pronta para todos os argumentos apresentados por ela. Parecia que ele pensara em tudo aquilo antes, que descobrira todos os caminhos que ela poderia usar para escapar; havia montado armadilhas e cavado fossos, e agora só estava esperando que ela percebesse que não tinha para onde correr.

O frio que ela sentia não era só interno — a verdade era que metade das janelas da sala estava aberta para o céu nublado do lado de fora. Decerto aquilo não incomodava Aden e suas mãos quentes, mas ele era das Terras Altas e estava acostumado a um clima muito mais frio.

Miranda piscou. Ela soltou a manga dele, ficou ereta e repassou o truque: Aden embaralhando as cartas com uma das mãos, seus dedos segurando o baralho enquanto ela selecionava a carta que queria, sua conversa sobre damas e naipe de paus enquanto ela segurava a carta em seus dedos enluvados na sala fria. Poderia ser assim tão simples? E tão inteligente?

Miranda respirou fundo. Aden MacTaggert queria que ela apostasse sua mente contra a habilidade dele, mas até que ponto estava disposta a confiar em seus instintos? E podia confiar nele?

— Eu preciso do seu conselho e possivelmente da sua ajuda — falou Miranda, tamborilando com os dedos na mesa enquanto falava. — E para que o senhor seja de maior utilidade para mim, também exijo a sua discrição, a sua palavra de que tudo o que eu disser ficará entre nós dois. Concorda com esses termos?

Aden ergueu uma sobrancelha. Então, um sorriso lento curvou seus lábios mais uma vez.

— Então a senhorita acha que descobriu, não é? E sente-se confiante o bastante para dobrar a aposta? *Aye*, aceitarei esses termos. Se estiver errada, terá que ir embora e não voltar a me incomodar. Mas, antes de ir, vou exigir um beijo seu. Sua boca na minha boca, bem aqui nessa mesa.

Miranda olhou para aquele sorriso dele, a expressão cínica e divertida que era uma tentação para pecar, que a desafiava a confiar no que ela achava que sabia e dar valor a essa decisão. Se Aden MacTaggert não tivesse provado mais uma vez que não era nada além de um jogador que manipulava as pessoas para satisfazer seus próprios caprichos,

Miranda teria notado que ele tinha um sorriso bonito e que, de um modo geral, era um homem bem-apessoado. Aquilo só o tornava pior, já que tinha os meios para atrair alguém com aquele semblante agradável e atraente, para depois arruinar a pessoa. Pelo menos os olhos dela estavam abertos, graças a Deus, porque Miranda já estava sob ameaça de ruína.

— De acordo.

Aden se inclinou para trás na cadeira e cruzou os braços.

— E então? Como eu descobri a sua dama?

— Pela temperatura — respondeu Miranda, desejando ter acertado. Precisava estar certa. Tudo dependia daquilo. — O senhor mantém a sala fria, as cartas em sua mão aquecidas e, quando uma carta é escolhida, distrai a sua vítima conversando sobre uma coisa ou outra até que o ar a esfrie. Então, sente a carta mais fria quando termina de embaralhar e corta o baralho de modo que ela apareça por cima.

Aden fitou-a por um longo momento, ainda avaliando algo que ela não conseguia adivinhar.

— Venho enganando Niall há três anos e ele nunca chegou nem perto de adivinhar. A senhorita fez isso em uma manhã, depois de me ver embaralhado apenas uma vez. Estou impressionado, srta. Harris.

Miranda também estava bastante impressionada consigo mesma e com a sensibilidade que aqueles dedos calejados deviam ter. Mas aquilo não tinha nada a ver com o assunto.

— O senhor me deu a sua palavra de que não comentaria com ninguém sobre o que estou prestes a lhe dizer.

— Você é uma mulher obstinada, Miranda Harris. Tem minha palavra. O que a fez correr até aqui para me encontrar, logo eu entre todas as pessoas? Porque, depois da dança da noite passada e de ter vindo aqui atrás de mim, estou começando a achar que talvez esteja apaixonada por mim, afinal.

— Não estou apaixonada pelo senhor. Mas estou um tanto surpresa que consiga passar pela porta com um ego desse tamanho.

Aden soltou uma gargalhada ao ouvir aquilo, e ficou observando enquanto Miranda organizava os pensamentos. Alguma coisa a estava deixando desesperada, ou ela jamais o teria procurado — e ainda por cima duas vezes. Mas ele observara de perto aqueles *sassenachs* insanos nas últimas semanas. Um olhar de soslaio do homem errado, algumas migalhas de pão em um colete... qualquer coisa poderia levar um deles à ruína. Aquilo devia ter alguma coisa a ver com apostas e com um homem que não estava disposto a perdoar uma dívida, supôs Aden. A moça teria feito algumas apostas e perdera uma bugiganga qualquer? Aquilo talvez explicasse a antipatia de Miranda por todo o negócio do jogo.

Ao mesmo tempo, a rejeição rápida dela a cada palavra lisonjeira dele era bem menos divertida. Porque, apesar da sua própria lógica e de saber que pelo menos um bando, talvez até dois bandos, de mulheres casadoiras estavam prontos para se jogar em cima dele, nenhuma havia despertado seu interesse. Com uma exceção.

— Millie, por favor, feche a porta — pediu Miranda, e a criada se apressou a obedecer. Então, Miranda cruzou as mãos sobre a mesa. — No passado, meu irmão acabou... se complicando um pouco com apostas. A habilidade dele está bem abaixo da sua autoconfiança. Nós achamos... a minha família achou... que ele havia aprendido a lição na época e parado com essas atividades nefastas. Estávamos errados.

Aquilo era interessante. Mas se o problema de Miranda Harris era um homem de 24 anos frequentando casas de jogo apesar da desaprovação da família, ela podia muito bem ter ficado em casa. Duas vezes por semana, Aden ganhava dinheiro em cima da autoconfiança de rapazes bem-nascidos, ali em Londres. Não atrapalhava que todos que moravam ao sul da Muralha de Adriano o considerassem um simplório mal-educado e falastrão que não sabia contar até dez. Aquilo era um erro *deles*. Aden tentava não cometer nenhum daqueles equívocos.

— Não tem nada a dizer? — perguntou ela.

Aden deu de ombros.

— Seu irmão é um homem entediado e não tem tarefas suficientes para se manter ocupado. Eu ficaria surpreso se ele não passasse algumas noites nas mesas de jogo.

— Homens — murmurou Miranda baixinho, mas ele a ouviu.

— Se isso é tudo, srta. Harris, correu o risco de me beijar sem necessidade.

Ele fizera a aposta por capricho — mais ou menos —, para ver se a moça que afirmava detestá-lo recuaria. Mas aquilo não aconteceu, o que significava que os problemas de Miranda Harris eram piores do que ele presumira, ou que a ideia de um beijo não era tão desanimadora quanto ela deixava transparecer. A parte dele que gostava de contrariar e era amante dos desafios torcia para que fosse a última opção.

— Matthew perdeu quatrocentas libras na época, e o nosso pai o fez vender seu cavalo, Winterbourne, como castigo. Matthew adorava aquele cavalo. Ele o treinara desde que ainda era um potrinho.

— Sei que você se solidariza com o seu irmão, mas as ações têm consequências, moça. Acho que seu pai fez a coisa certa.

Miranda mirou-o com um olhar penetrante.

— Sim, estou ciente de ações e consequências. Achei que Matthew também estivesse. Ele ficou longe das mesas por três anos. Então, eu soube ontem à noite que, seis semanas atrás, meu irmão conheceu o capitão Robert Vale, recém-aposentado da Marinha de Sua Majestade.

Um arrepio estremeceu os ombros dela — foi quase imperceptível, mas o bastante para que ele notasse. Aden se inclinou um pouco para a frente. A moça chegara à parte importante, então. Era dali que vinha a sua angústia. E Miranda Harris era uma moça inteligente e bonita que mexera mais com a cabeça de Aden do que ele gostaria que ela soubesse. A jovem o procurara por puro desespero. Caso contrário, não teria se dado ao trabalho.

— Você conhece esse homem? — perguntou ela no silêncio que se seguiu.

— Não me soa familiar.

— Mas o capitão é um jogador talentoso, e o senhor está na cidade há quase tanto tempo quanto ele.

— Você acha que toda alma que aposta pertence ao mesmo clube secreto ou algo assim?

Miranda franziu a testa delicada.

— Como diabo eu deveria saber? Só sei que ele surgiu como primo de um grande amigo de Matthew e, seis semanas depois, segundo o meu irmão me informou ontem à noite, esse homem está de posse de notas promissórias no valor de quase cinquenta mil libras.

Aden se espantou. Ele conhecia rapazes que jogavam pesado, bem acima de suas possibilidades, mas mesmo para esses padrões aquela soma era extraordinária.

— Tem certeza desse valor, moça? Ele não disse cinco mil libras ou quinhentas li...

— É claro que tenho certeza, sr. MacTaggert.

Sim, ela devia ter mesmo. Aden a conhecia havia apenas dois dias, mas nada do que vira até ali o levava a acreditar que Miranda Harris fosse sequer um pouco tola.

— Cinquenta mil, então. Mas, se tem conhecimento da dívida, por que precisa de mais conselhos meus? Se o seu irmão não puder pagar, encontre outra coisa que esse Vale aceite como compensação. Acho que ele sabe que não vai ver todo o dinheiro. A maioria dos jogadores saberia disso.

— O capitão Vale encontrou algo que está disposto a aceitar como compensação. — Miranda tinha as mãos entrelaçadas com tanta força que os nós dos seus dedos estavam pálidos. — Eu.

Aden cerrou o maxilar. Uma sensação quente e furiosa desceu arranhando por seu corpo. As conversas da noite anterior e daquela manhã se encaixaram, como peças de um quebra-cabeça agora completo. Não havia previsto aquilo. E não estava gostando. Nem um pouco. Não gostava do fato de um estranho ter montado uma armadilha contra o irmão dela e depois a exigido como resgate.

Além de ser errado, era injusto com a moça. A conversa dela era rápida e incisiva, alternando-se entre desferir golpes e demonstrar gratidão — a dança de uma mente inteligente. E Aden se deu conta de que aquele era o problema dela naquele momento. Miranda viu a armadilha, sabia que era uma armadilha, nem mesmo havia pisado nela, mas agora não conseguia encontrar uma saída.

Havia outras coisas, também, que ela não havia mencionado, mas que ele era capaz de supor: por que aquele capitão havia deixado a dívida chegar tão longe, por que ela não soubera nada a respeito das apostas de Matthew até a armadilha ser acionada.

— Você acha que esse capitão Vale estava atrás de você desde o começo — afirmou Aden.

Miranda assentiu.

— Depois do meu encontro com ele essa manhã, passei a acreditar que sim. Não sei por quê... O homem me viu na rua seis semanas atrás, quando Matthew apontou para mim e disse quem eu era. O capitão Vale quer respeitabilidade instantânea. A compra de uma casa respeitável em Mayfair e a aquisição de uma esposa respeitável que, de outra forma, não teria aceitado seu pedido de casamento. Quer garantir o seu ingresso como um homem benquisto pela alta sociedade, através de mim.

— Ele lhe disse tudo isso ou você imaginou?

— Ele me disse. Em detalhes. A única coisa que não sei é por que ele se decidiu por mim. — Miranda se levantou, então, pela primeira vez de forma abrupta e sem muita graciosidade, foi até a mesa de bilhar e voltou. — Eu me ofereci para apresentá-lo aos bastiões da alta sociedade, aos clubes e aos amigos do meu pai, ofereci ajuda na compra de uma casa... tudo que pude imaginar. Ele não se deixou influenciar.

Enquanto ela falava, um novo pensamento ocorreu a Aden. Ele e Coll ainda eram obrigados a se casar antes de Eloise, ou a mãe deixaria de custear as despesas de Aldriss Park. Com o que acabara de saber, bastariam algumas palavras escolhidas com cuidado para terminar com o noivado da irmã mais rápido do que um gato conseguiria sair de um balde de água. Ele e Coll poderiam retornar às Terras Altas, talvez encontrar moças que não tivessem sido criadas em estufas, como flores delicadas. Àquela altura, ele já compreendera a mãe — ela queria fazer parte da vida dos filhos. Na época em que deixara as Terras Altas, exigir que eles aceitassem noivas inglesas parecia a maneira mais segura de fazer aquilo.

Agora, porém, os rapazes e Francesca Oswell-MacTaggert haviam tido algum tempo para se familiarizar. A condessa queria que eles gostassem dela, que a amassem como quando eram bebês. Ele imaginou que não seria preciso muita persuasão para convencê-la a permitir que eles se casassem com quem quisessem, desde que dessem sua palavra de visitar Londres uma ou duas vezes por ano.

Então Miranda Harris caíra em uma armadilha, e aquela armadilha garantiria a liberdade *dele*.

A não ser por uma coisa.

Aden tinha a sensação de que havia encontrado a sua moça... Aquele pensamento não saía de sua cabeça desde a primeira conversa que tivera com ela e crescera depois da valsa verbal e literal dos dois na noite anterior. Se Miranda Harris não gostasse dele, Aden tomaria outro rumo, mas, por baixo dos embates entre os dois, e talvez até por causa disso, ele sentia... alguma coisa. Uma lenta e intensa tempestade de raios que arrepiava os pelos dos seus braços e o fazia ansiar por coisas que ainda não conseguia nomear.

Miranda voltou a se sentar diante dele.

— Eu ganhei a aposta. Agora espero algo útil da sua parte — disse ela.

A expressão nos olhos castanhos e profundos da jovem não era tão calma quanto seu tom. Levando em consideração que sua aversão a apostas triplicara desde a véspera, o fato de ela tê-lo procurado demonstrava várias coisas, incluindo a extensão da sua preocupação. Aden voltou a empilhar as cartas e embaralhou-as.

— Estou supondo que os seus pais não sabem nada do que está acontecendo, certo?

— Não. Eles deserdariam Matthew. E a dívida permaneceria. — Miranda abaixou a cabeça. — O capitão Vale insiste que pareça um casamento por amor. Ele planeja me levar para almoçar amanhã, à uma hora da tarde. É um homem muito meticuloso, isso deve vir da sua formação naval.

Talvez. Mas Aden não estava tão disposto a fazer suposições convenientes. Ele soltou o ar com força. Miranda Harris havia pedido conselhos em vez de proteção, e ele a admirava por isso. Mas, levando em consideração o que ela lhe contara, oferecer qualquer um dos dois parecia uma esperança muito distante.

— Ele lhe disse por que quer você. Meu conselho, moça, é que pague a dívida do seu irmão, ou arrume um modo de não ter mais o que esse Vale lhe exige.

Ela o encarou com os olhos arregalados. Por Santo André, que cílios longos e olhar expressivo aquela mulher tinha. Será que sabia disso? Estaria de alguma forma usando de artimanhas femininas para influenciá-lo? Aquilo faria dele um idiota, levando em consideração que Miranda Harris deixara bem claro que não tinha qualquer interesse nele. A menos que tivesse, e aquilo fizesse parte da estratégia de sedução.

Todas as moças inglesas que Aden havia conhecido em Londres até então o haviam deixado perplexo. Elas davam risadinhas por causa do sotaque dele, achavam seu kilt estranho, bárbaro ou escandaloso, dependendo do cenário, e admitiam achá-lo atraente — e um bom partido —, apesar de ser um *highlander. Apesar de.* Ser um não era um defeito a ser ignorado ou desculpado. Era a sua origem, o que ele era, seu sangue e seu coração.

— O senhor está sugerindo que eu arruíne a minha própria reputação — falou a srta. Harris, interrompendo o súbito devaneio de Aden.

Ele deu de ombros.

— Se a senhorita não for útil para Vale, ele não terá motivos para insistir no casamento. — Aden ajeitou o corpo na cadeira e encarou-a. Ela era bonita, e ele não conseguiria chamá-la de "tediosa" nem se tentasse. Sim, a mulher alegava não gostar dele, mas ainda assim estava ali, bem na frente dele, sozinha a não ser por uma criada e uma vira-lata. — Eu poderia ajudá-la com isso, se quiser. Se optar por arruinar a sua reputação, pode muito bem fazer isso da melhor maneira.

Miranda enrubesceu.

— Preciso da sua ajuda, não das suas... ofertas escandalosas.

Miranda abaixou os olhos para a boca de Aden e logo voltou a encontrar seus olhos.

Ele sorriu, porque não a deixaria perceber que ficara decepcionado.

— Foi apenas uma sugestão.

Ela fez uma careta.

— Uma sugestão inútil. Fosse qual fosse a minha situação, o capitão Vale continuaria a ter as promissórias do meu irmão. Eu só estaria devolvendo esse problema para as mãos do Matthew e dos meus pais.

— Caso tenha esquecido, esse é um problema do Matthew, para começar — retrucou Aden. — O que *ele* está fazendo para ajudá-la a sair dessa?

— Acho que ele tentou. Mas o Matthew está em um buraco tão fundo que só o que consegue ver é a corda de salvação que o capitão Vale lhe estendeu.

Apesar de estar carregando todo o peso do problema, Miranda ainda era capaz de analisar a situação de maneira lógica e de compreender o ponto de vista do irmão, além do dela mesma. Sua lucidez era admirável, embora sem dúvida lhe desse uma visão bastante precisa e desagradável do que a aguardava. E, ainda assim, ela o procurara — esperando o quê, um milagre? Aquilo não combinava muito com o firme domínio da realidade da jovem, mas Aden supôs que até ele parecia melhor em comparação com certos destinos. Obrigado a Santo André pelos pequenos favores.

— Não sei que outro conselho ou resposta posso lhe dar, srta. Harris — se obrigou a dizer Aden, e abaixou os olhos para as cartas, que voltou a embaralhar. — Não quer devolver o problema para o homem que os causou, e eu não tenho cinquenta mil libras para lhe dar, moça.

Miranda deixou escapar um suspiro lento e se levantou.

— Não, acho que o senhor não teria mesmo nenhuma solução útil para mim. Sem dúvida, vocês, jogadores, têm algum tipo de código de honra contra interferir nos esquemas e armadilhas uns dos outros.

Ora, aquilo chegara um pouco mais perto da verdade do que ele gostaria.

— Eu não lhe fiz qualquer mal, moça. Desconte em mim, se quiser, mas nunca joguei uma única mão de uíste, muito menos faro ou vinte e um, com seu irmão.

— É verdade. Peço desculpas por incomodá-lo. — Ela lhe deu as costas e caminhou em direção à porta, onde a criada a esperava. Com a mão na maçaneta, a moça o encarou de novo. — Se fôssemos amigos, o senhor teria me dado o mesmo conselho e me mandado embora?

— Acho que, nesse caso, eu talvez me oferecesse para matá-lo por você — respondeu Aden, tentando soar despreocupado, embora a ideia o atraísse muito.

— Tento evitar assassinatos por causa de dívidas de jogo — retrucou ela.

Ele deu de ombros.

— E também lhe perguntaria o que mais a faz odiar tanto jogadores de cartas, já que o fato de ter um irmão que precisou vender um cavalo para pagar uma dívida não me parece motivo suficiente para fazer uma moça tão educada atacar um camarada no momento em que o conhece, dizendo que o odeia.

O maxilar dela ficou tenso.

— Eu não o ataquei. E não somos amigos. Não lhe devo nenhuma satisfação.

Havia algo mais ali, então. Bem, ele descobriria.

— Não tenho nenhuma informação privilegiada que possa lhe dar. Gostaria... gostaria de ter, Miranda Harris.

Miranda encarou-o por mais alguns segundos, então saiu da sala.

Aden soltou o ar com força. A moça talvez não tolerasse a ideia de assassinato por causa de dívidas de jogo, mas ele vira homens arruinados serem mortos por causa de apostas irracionais. Um deles fugira para a América, em vez de enfrentar as consequências de perder a sua propriedade e a sua fortuna. Outro se juntara ao Exército inglês porque aquela era a única forma de conseguir comer. Um terceiro remara até o meio de um lago e dera um tiro na cabeça. Aden não tinha nada a ver com eles, mas prestara atenção e aprendera uma boa lição sobre não apostar além de suas possibilidades.

O que nenhum daqueles homens tinha feito fora vender uma irmã para saldar a dívida. Mas era verdade que não se lembrava de qualquer um deles ter tido essa opção. Como irmão mais velho de Eloise — que por acaso estava noiva de um rapaz que acabara de entregar a própria irmã como pagamento de uma aposta —, sua principal preocupação no momento era se ele precisava tomar alguma providência para proteger a irmã. Matthew Harris havia sido imprudente antes e deveria ter aprendido a lição.

75

Infelizmente, Aden havia prometido discrição. E se mostraria o homem horrível que Miranda o acusara de ser se e quando contasse aos irmãos ou a lady Aldriss o que acabara de saber. No momento, porém, ainda não estava disposto a ser o vilão aos olhos da irmã. Ou aos de Miranda, para ser sincero. Ela talvez não gostasse dele, mas Aden ainda não havia lhe dado um motivo concreto para isso. Bem, ao menos até lhe dizer poucos minutos antes que não podia fazer mais nada para ajudá-la e a mandar embora. Debaixo de sua cadeira, o tufo de pelos pretos conhecido como Bròegan abanava o rabo, e Aden se abaixou para coçar atrás das suas orelhas. Ali estava outra fêmea atrevida que abrira caminho de modo tempestuoso em busca da proteção dele e que o fazia mentir sobre ela sem nenhuma boa razão.

— Você não criaria mais problemas para mim, não é? — perguntou Aden a Bròegan, e ela abanou o rabo de novo.

Aden ajeitou a postura, embaralhou as cartas, virou a que estava no topo e se viu segurando a dama de paus. Miranda Harris havia despertado seu interesse, mas logo jogara um balde de água fria em suas expectativas, bem quando ele se perguntava se os insultos que a jovem lhe dirigia eram sinceros ou apenas seu modo de flertar. Aden chegara mesmo a achar que poderia encerrar sua busca por uma noiva inglesa, para logo descobrir que Miranda Harris fora negociada para outro homem como pagamento de uma dívida de jogo.

Ele não queria virar as costas para tudo aquilo, para ela, mesmo que aquele fosse de longe o curso de ação mais fácil. Além da atração que sentia pela jovem, restava ainda um fato grave: Miranda Harris estava sendo forçada a se casar contra a sua vontade, por causa das ações de outra pessoa.

Ora. Ele tinha uma oportunidade, então. Uma moça que o interessara pedira a sua ajuda. Aquilo ao menos lhe dava algum tempo para descobrir se aquela atração era unilateral, ou se Miranda Harris também sentira aquela faísca maldita atingi-la. Era preciso dar um jeito no capitão Robert Vale de qualquer modo. Mas se Miranda também sentira aquela faísca entre eles, então nem cinquenta mil libras, o rei da Inglaterra ou todos os *highlanders* da Escócia seriam capazes de impedi-lo de conquistá-la.

— Smythe, quem estava na porta? — perguntou Francesca, lady Aldriss, enquanto entregava sua correspondência matinal ao mordomo.

— A srta. Harris — respondeu ele.

Francesca ergueu os olhos do cardápio do jantar daquela noite.

— Miranda? Achei que ela tivesse desistido de ir às compras essa manhã. Você disse a ela aonde Eloise e Amy foram?

— Na verdade, ela estava procurando o sr. Aden. Eu a levei até a sala de bilhar. Não deveria?

— Não, está tudo bem. Ela ainda está aqui?

— Foi embora há pouco.

Ora. Uma jovem dama procurando seu segundo filho, tão esquivo... Francesca entregou o cardápio e subiu a escada, inventando uma desculpa no caminho. Aden era difícil — ele sorria e falava com certo sarcasmo bem-humorado, mas tudo aquilo parecia uma máscara. O rapaz com frequência desaparecia depois de escurecer e não reaparecia até depois do amanhecer, e ela não achava que ele estava atrás de alguma mulher. Francesca desejava que fosse esse o caso — Aden e Coll ainda precisavam cumprir sua parte do acordo que ela havia feito com o pai teimoso deles.

— Estou interrompendo? — perguntou Francesca, entrando na sala de bilhar.

Aden amassou outra carta do baralho, jogou-a longe e ficou olhando sua cachorra correr atrás dela.

— Não. O que deseja? Ou devo adivinhar? A senhora quer saber o que a srta. Harris estava fazendo aqui, não é?

E ela ainda se dera ao trabalho de inventar uma desculpa, pensou Francesca.

— Fiquei um pouco curiosa, sim. A família dela está bem?

— Não faço ideia.

Aden jogou outra carta amassada para a cachorra. Brògan estava bonita agora que ele lhe dera banho e aparara seus pelos, mas Francesca não pôde deixar de se perguntar o que tinha levado o filho a resgatar o bichinho. Parecia problema demais se o único objetivo era antagonizar o pobre Smythe.

— Miranda está bem?

— A senhora conseguirá alcançá-la, se quiser descobrir. Ela acabou de sair.

Então ele estava à altura dela no quesito perguntas e respostas vagas. Como responderia à franqueza, então?

— Miranda Harris é uma jovem adorável e talentosa. Você está interessado nela?

Outra carta amassada.

— Lembra-se de quando eu ganhei o jantar de Coll em uma aposta, certa noite, e a senhora me disse que os meus irmãos sempre seriam meus maiores aliados e que, se eu ficasse com o jantar de Coll, ele se sentiria menos inclinado a confiar em mim na próxima vez que eu precisasse dele para alguma coisa?

Francesca disfarçou a testa franzida. Deus do céu. Na época ele teria o quê, 7 anos? E Coll, 10?

— Eu me lembro. A aposta era sobre quem pescaria mais peixes, acredito.

— Sim. Devolvi o jantar a Coll. Não quebrei a confiança dele. — Outra carta saiu voando. — Mas a senhora quebrou a minha, e acho que não preciso de você para nada e também não confio em você. Assim, saberá se eu encontrei uma mulher quando eu lhe disser que vou me casar com uma.

Ele se levantou e andou pelo cômodo, agachando-se para pegar as cartas espalhadas e arruinadas e para bagunçar o pelo da cabeça de Brògan. Então, se aprumou e saiu da sala com a cachorra em seus calcanhares.

Francesca ficou onde estava. Ela havia tentado explicar para os filhos seus motivos para deixar a Escócia e voltar para Londres. Na época, falara com os meninos de 7, 10 e 12 anos de uma forma que achava que eles entenderiam — mencionou as brigas, o fato de estar longe de onde havia crescido e de querer que Eloise tivesse a melhor vida possível. Ela não tentara explicar o que acontecia quando uma paixão avassaladora unindo duas pessoas começava a destruí-las, e também não contou a eles que havia tentado levá-los com ela para a Inglaterra. Angus tivera a palavra final, e quando ele se recusara a permitir a partida dos meninos, Francesca lhe fizera o favor de não transformá-lo em outro vilão. Os filhos precisavam estar perto do pai ou da mãe, e ela os deixaria ficar com um deles.

Abalada, Francesca se adiantou para fechar as janelas, afugentando o frio. Niall a perdoara, em grande parte porque a mãe virara metade de Mayfair de cabeça para baixo para permitir que ele desse a Amelia-Rose — Amy — a vida que ela queria. Mas quando pedira sugestões a Niall sobre como lidar com os irmãos dele, o rapaz se mostrara menos acessível. A sugestão de que ela deveria descobrir aquilo por si mesma respondera à dúvida de Francesca sobre os meninos MacTaggert ainda serem os maiores aliados uns dos outros, mas não a ajudara a entender os homens que eram no momento.

— Smythe? — chamou, voltando para a escadaria principal. — Vou precisar que um criado entregue um bilhete para mim.

Se Aden não estava disposto a falar, talvez a mãe de Miranda estivesse. Saber de uma forma ou de outra se os dois estavam estabelecendo algum tipo de ligação lhe diria se deveria concentrar suas atenções na jovem ou direcioná-las para outro lugar.

— É claro, milady.

Ela conseguiria conhecer melhor os irmãos MacTaggert, com ou sem a cooperação deles. Seus filhos estavam em Londres, sob o seu teto. Abandoná-los de novo, sem ter certeza de que voltariam de bom grado e sem que ela precisasse fazer mais ameaças ao futuro deles, a destruiria. Aden talvez não confiasse na mãe, mas Francesca esperava que o filho percebesse que ela estava disposta a fazer qualquer coisa por ele. Por qualquer um deles. Mesmo que tivesse que recorrer a meios ardilosos para isso.

Capítulo 5

— Quem é esse capitão Vale? — perguntou a sra. Elizabeth Harris, erguendo os olhos do cardápio do jantar que estava planejando havia vinte minutos. — Ele parece ter causado uma boa impressão, já que você não para quieta desde ontem de manhã.

Miranda desviou o olhar da janela da frente, embora continuasse achando que Vale apareceria no momento em que ela não estivesse olhando.

— Eu lhe disse, mamãe. Ele é primo do lorde George Humphries. Estava servindo na Índia.

— Espero que esse homem não pretenda arrastá-la para o outro lado do oceano — comentou a mãe. — Não aceitarei isso.

— Pelo amor de Deus, mamãe, nós acabamos de nos conhecer, e Matthew disse que o capitão se aposentou. E se eu quiser me juntar a ele para mais do que um almoço, com certeza farei questão de perguntar onde ele pretende se estabelecer.

Na verdade, ela sabia a resposta, mas se a ideia era parecer um casamento por amor, pretendia que tudo acontecesse o mais devagar possível. Quanto mais demorasse, maior seria a chance de encontrar alguma coisa — qualquer coisa — para ajudá-la a se livrar daquela situação.

Ah, detestava mentir para a mãe. Mas fingir que não detestava o capitão Vale parecia a escolha mais prudente, pelo menos até descobrir uma forma de escapar. Assim, no que dizia respeito aos pais, ela e Vale mal se conheciam. Miranda também não pretendia fingir que estava impressionada com ele. Todos os seus conhecidos sabiam que ela não era uma debutante de olhos inocentes que ainda não sabia esconder as emoções.

Havia sido tola na véspera ao colocar as suas esperanças nas mãos do horrível Aden MacTaggert. Ele alegava ser um jogador, mas o jogo do capitão Vale parecia estar muito além da sua capacidade de compreensão, e ele não parecia apto a contribuir com nada útil para contra-atacar. *Arruinar a própria reputação*. Aquela fora uma sugestão absurda e egoísta. Miranda não conseguia imaginar o capitão cedendo se alguém o colocasse diante de uma escolha insustentável. Antes de mais nada, não conseguia imaginar o próprio Aden MacTaggert caindo naquele tipo de armadilha, embora, é claro, não tivesse ideia do nível de habilidade dele em nada além de truques inteligentes com as cartas e conversas evasivas. Mesmo assim, podia apostar que ele jamais consideraria a possibilidade de entregar a irmã para saldar uma dívida.

Ou talvez fosse apenas um pensamento fantasioso, um desejo de que ela estivesse em circunstâncias diferentes. Miranda esfregou as mãos, tentando aquecer os dedos frios. Podia ter ficado no andar de cima, onde estaria mais à vontade para se preocupar livremente, mas no momento preferia ter Millie sentada em silêncio por perto, fazendo a bainha do seu traje de montaria, em vez de lamentando em voz alta a morte do cavalheirismo e da decência no mundo.

A porta da frente se abriu, e Miranda se sobressaltou, todos os nervos tensos quase ao ponto de se romperem. Ela checou a hora no relógio da lareira. Maldição, ele chegara vinte minutos adiantado. Ela ainda não havia conseguido parar de se martirizar para se concentrar em narrativas que lhe fossem mais úteis.

Billings bateu na porta aberta da sala de estar.

— Senhorita Harris, um certo sr. Aden MacTaggert solicitou falar com a senhorita.

— Aden MacTaggert? Um dos irmãos de Eloise? — perguntou a mãe, deixando o cardápio de lado e se levantando. — Mande-o entrar, Billings.

O mordomo abriu espaço para permitir a entrada do escocês.

— Devo mandar servir chá, senhora?

— Isso não será necessário — interveio Miranda, tentando não dar importância ao súbito tremor de esperança e... entusiasmo que a invadiu com a chegada de Aden.

Ele não oferecera nada além de réplicas espirituosas e algumas sugestões de ruína escandalosa quando ela o procurara na véspera. Agora, talvez estivesse ali apenas para declarar que nem todos os jogadores profissionais eram cruéis e que talvez Miranda devesse dar ao capitão Vale uma chance de conquistar seu afeto.

— Senhor MacTaggert — cumprimentou a mãe dela, com um sorriso largo no rosto. — Matthew comentou conosco que os irmãos de Eloise tinham uma presença impressionante. Vejo que ele não estava exagerando.

O escocês inclinou a cabeça em um cumprimento, e mechas do seu cabelo preto de poeta caíram sobre um dos olhos atentos. Talvez sua aparência não fosse tão poética quanto Miranda pensara a princípio — os poetas não pareciam estar sempre alertas como ele, com tendões e músculos tensos e uma consciência aguda de... tudo. Ou talvez ela estivesse apenas delirando por falta de sono.

— Deve ser a sra. Harris. Consigo vê-la em Matthew e na srta. Harris aqui — comentou Aden.

Ele usava seu kilt e um par de botas hessianas que, junto com o paletó azul bem-cortado, gravata e colete preto, na verdade pareciam bastante elegantes — um traje meio civilizado e meio bárbaro. Não que aquilo importasse, porque Aden MacTaggert ainda era o mesmo homem da véspera. Talvez ele pudesse deixar um deus grego com inveja, e, bem, ele parecia ser muito mais perspicaz do que ela esperava, mas moralmente... Miranda não queria igualá-lo a Vale por razões que ela mesma não conseguia entender, mas também não sabia dizer onde estaria a diferença.

Ainda assim, lá estava o escocês, conversando sobre o clima e deixando Elizabeth Harris encantada, enquanto guardava um grande segredo que poderia dizimar toda a família dela. Por mais inútil que ele tivesse sido, ela confiara nele até certo ponto, o que a deixava nas mãos do escocês. Miranda se obrigou a se concentrar no momento, torcendo para ter acertado ao decidir confiar em Aden MacTaggert.

— Eu só tenho cerca de quinze minutos livres, sr. MacTaggert, já que tenho um compromisso marcado à tarde. Em que posso ajudá-lo?

Aden a encarou, um metro e oitenta de um *highlander* formidável e indecifrável.

— A senhorita mencionou aquele livro na outra noite. Eu me perguntei se poderia pegá-lo emprestado.

Ora, ora, ele era capaz de ser discreto, então. Conseguira inventar um motivo crível e inocente para a sua presença e ainda dar a sugestão de um local onde pudessem conversar em relativa privacidade. Ela assentiu.

— É claro. Vou lhe mostrar. Millie?

Quando ela estava saindo da sala, a mãe estendeu a mão e apertou seu cotovelo.

— Ele é delicioso — sussurrou, sorrindo. — Quem quer que seja esse capitão Vale, precisa ser perfeito para superar esse escocês.

Não, Vale não chegava nem perto daquilo, mas a verdade era que sua aparência não tinha qualquer importância. Era o coração sinistro de Vale que a perturbava. Assim como o coração misterioso de Aden.

Miranda passou por Aden e Millie para guiá-los pelo corredor na direção da biblioteca da Casa Harris. Depois que os três entraram no cômodo grande e bem iluminado, ela fechou a porta.

— Teve alguma ideia, afinal? — perguntou, encarando-o. — Ou está aqui para sugerir que eu me renda?

— Sempre opta logo pela explicação mais sombria, ou isso é só comigo, moça? — retrucou ele, e se adiantou para examinar o conteúdo de uma estante.

— Meu mundo se tornou um pouco sombrio nos últimos dias. Não espere que eu peça desculpas por não o encher de elogios pelo que quer que o tenha trazido aqui. Afinal, ontem o senhor sugeriu que eu arruinasse a minha reputação.

Aden deixou os livros de lado e voltou até onde ela estava, parando perto o bastante a ponto de Miranda precisar levantar o queixo para encontrar seu olhar.

— Você é uma mulher de língua afiada.

Ela imaginou que devia ser mesmo, ou que era capaz de ser, embora ninguém jamais tivesse ousado lhe dizer aquilo tão diretamente antes.

— E o senhor é um apostador sem educação.

Os lábios dele se curvaram em um sorriso, como se estivesse mais uma vez se divertindo com os insultos dela.

— E eu não sugeri que você arruinasse a sua reputação. Sugeri que *eu* fizesse isso por você. Seria mais divertido assim.

Como uma dama deveria responder àquilo?

— Vou apenas acreditar na sua palavra — disse ela.

Deus do céu. Os homens das Terras Altas sem dúvida eram ousados.

— Por enquanto, *aye.* — Ele fitou-a por alguns instantes, enquanto o coração de Miranda disparava.

Arrogante e insuportável ou não, Aden MacTaggert era um homem muito bonito. Delicioso, como a mãe havia falado. Teria sido tolice fingir que ele não era tentador, o tema perfeito de sonhos ardentes. Mas ela não podia se dar ao luxo de sonhar naquele momento.

— Ainda não disse por que está aqui.

— Quando for almoçar com o capitão Vale, faça algumas perguntas a ele para mim.

— Pergunte a ele você mesmo.

Aden inclinou a cabeça.

— Tenho um conjunto diferente de perguntas para fazer a ele. Essas em particular é melhor que sejam feitas por você. Se disser a Vale que um casal apaixonado quer saber coisas um sobre o outro e que seus pais estão fazendo perguntas, decerto vai conseguir fazer com que ele fale. Pergunte sobre os pais dele, sobre os irmãos ou irmãs, pergunte por que ele comprou uma patente na Marinha, o que ele achava da Índia, como se divertia lá, o nome do navio que comandava, seus feitos... e qualquer outra coisa que possa me dar alguma ideia, algum lugar por onde começar a estudá-lo.

Miranda o fitou, algo muito parecido com esperança fazendo seu coração vibrar.

— Quer me ajudar, então?

— Vou dar uma olhada nele. Os homens apostam por todo tipo de razão, mas há algo errado com um homem determinado a destruir alguém deliberadamente para roubar uma moça e uma posição social. *Aposto* que essa não é a primeira vez que ele arruína um homem para ter alguma vantagem. Mas você disse que Vale estava na Índia, e eu estava nas Terras Altas, portanto, preciso saber por onde começar a procurar os esqueletos que ele guarda em seus armários.

Miranda assentiu, o coração aos pulos, esperançosa. Ela não tinha ideia se Aden poderia ajudá-la ou não, mas, se pudesse, e se de repente decidisse ser seu aliado, ela seria tola se não fizesse o que ele sugeria.

— Vou descobrir o que puder.

— Tenha certa cautela, moça. Acredito que esse homem tenha uma opinião elevada sobre si mesmo, mas um idiota não seria capaz de orquestrar esse plano. Isso faz dele um vilão, não um idiota. — Aden afastou uma mecha de cabelo da testa dela, um gesto que parecia inofensivo, a não ser pelo breve e agradável arrepio que se espalhou pelo couro cabeludo de Miranda. — Você foi agradável com Vale ontem ou falou com o homem do jeito que fala comigo? — continuou, como se não tivesse reparado na reação dela ao seu toque.

Aquela carícia não significava nada, lembrou Miranda a si mesma. Aden MacTaggert devia ter muita experiência em distrair as pessoas e tinha acabado de tentar fazer isso com ela, quer tivesse feito aquilo de propósito ou não. Bem, ela não se distrairia. E, com toda a sinceridade, achava que nunca havia falado com ninguém com o mesmo... vigor que usava em suas conversas com Aden MacTaggert.

— Acho que fui educada — respondeu Miranda. — Tentei argumentar com ele. Por quê?

— Aja da mesma forma no almoço. Educada, buscando uma forma de escapar, mas também como se estivesse esperando ser impressionada por ele, caso não consiga encontrar uma saída para a situação. Se for bajuladora demais, vai deixá-lo desconfiado, e se for muito hostil, pode convencê-lo a fazer algo de que pode acabar se arrependendo.

Tudo aquilo fazia sentido, mesmo que a ideia de uma longa conversa com o capitão Vale a deixasse bastante nauseada.

— Enquanto eu estiver convencendo o capitão Vale de que estou receptiva a um casamento, o que pretende fazer quando descobrir quem ele é, sr. MacTaggert? Tudo isso parece depender de eu confiar em você, e de você ser uma pessoa confiável.

— *Aye*, acho que sim. — Ele se aproximou mais um pouco, perigosamente perto de Miranda. — Você continua batendo em mim, e eu continuo voltando para apanhar mais. Talvez eu tenha certa afinidade com alguém que está sendo forçado a se casar contra a vontade, ou talvez goste mais de você do que você gosta de mim. — Aden deu de ombros. — Ou pode ser apenas porque você ganhou uma aposta e eu esteja lhe pagando o que devo.

Ela sustentou seu olhar. O que ouvira sobre ele, especificamente sobre as apostas, não a impressionara, porque nada sobre jogos de azar tinha qualquer outro efeito além de deixá-la totalmente consternada. Mas não era tão fácil descartar o homem em si. Fosse ele um poeta perspicaz ou um guerreiro das Terras Altas, o fato era que Aden MacTaggert a impressionava. Miranda não se sentia desconfortável ou insegura na presença dele, mas se sentia mais… consciente. Alerta. Animada. A sagacidade, a perspicácia de Aden, a mantinham sempre atenta. Ao menos daquela parte dele ela quase gostava. E, claro, seu rosto, seus trajes, seu físico e até mesmo seu cabelo desalinhado apenas aumentavam seu poder de atração. E o fato de que parte daquele poder de atração era usada de forma deliberada só o fazia parecer mais perigoso.

Miranda respirou fundo e assentiu.

— Como o senhor deu um trio de explicações possíveis, tenho um trio de respostas. Estou esperançosa, cautelosa e disposta a tentar qualquer coisa se isso me ajudar a escapar dessa armadilha. Vou até colocar um pouco de fé no senhor, se me der a sua palavra de que não vai acordar amanhã se sentindo menos generoso e me abandonar.

— Eu lhe dou minha palavra, então — respondeu Aden, sem um traço de hesitação. — Não vou abandoná-la sem lutar. — Ele estendeu a mão direita.

Aden MacTaggert não podia prometer que eles teriam sucesso, é claro — aquilo seria absurdo e Miranda não teria mesmo acreditado.

Mas Matthew não havia prometido brigar por ela, não prometera nem mesmo uma discussão com o capitão Vale. Na verdade, saíra apressado naquela manhã, antes que a irmã pudesse colocar os olhos nele. Então Miranda aceitou a mão grande, calejada e firme que Aden estendia. E na mesma hora sentiu uma vibração ardente e eletrizante percorrer seu corpo.

— Obrigada, sr. MacTaggert.

— Somos aliados agora, é melhor me chamar de Aden — falou ele, e continuou a segurar a mão dela por vários segundos, antes de soltá-la.

— Miranda — disse ela. — Obrigada, Aden.

O nome dele em sua língua parecia íntimo, quase como se eles tivessem se beijado. Aquele pensamento deixou o rosto de Miranda quente, porque ela tinha outras coisas mais importantes com que ocupar a cabeça do que pensamentos sobre como seria beijar Aden MacTaggert — que ou sentia alguma empatia por ela, ou tinha uma dívida com ela por conta de uma aposta perdida, ou... gostava dela.

— Miranda — falou ele, e se encaminhou para outra estante.

O nome dela dito no sotaque forte dele — com o "r" suave que parecia rolar na língua, e o primeiro "a" alongado — soava magnífico, mas o homem devia ter consciência daquilo, assim como sabia que a própria aparência — o corpo grande e musculoso, o rosto romântico — fazia com que as pessoas, os jogadores do outro lado da mesa de apostas, subestimassem a sua perspicácia. Miranda se obrigou a voltar ao presente. Naquele momento, ao menos, Aden e sua percepção aguda eram aliados dela.

— Que livro vou lhe emprestar, então?

Ele puxou um volume da prateleira e abriu.

— Acho que esse vai servir. Estava mesmo querendo lê-lo.

Ela se aproximou e checou o livro que ele segurava.

— *Tom Jones* — leu Miranda em voz alta, e voltou a enrubescer. — Tenho quase certeza de que eu não recomendaria um livro tão escandaloso a ninguém.

Aden abriu um sorriso que a fez borbulhar por dentro e colocou o livro de Henry Fielding debaixo do braço.

— Se alguém perguntar, então, diga que eu queria ler sobre ser um inglês, e você estava sendo sarcástica. — Ele puxou um relógio de bolso do casaco e abriu. — Vale estará aqui em breve. Acho que vou cumprimentá-lo quando sair.

O calor inesperado que fazia o corpo dela vibrar virou gelo de repente.

— Não!

Aden ergueu uma sobrancelha.

— E por que eu não deveria? Você e eu somos quase parentes, certo?

Sim, aquilo era verdade, mas Aden era o seu segredo.

Aquela ideia a pegou de surpresa. Em primeiro lugar, ele concordara em ajudá-la. Portanto, ela deveria seguir seus conselhos e qualquer plano que ele traçasse, pelo menos até que tivesse as próprias estratégias de batalha.

— Vale acha que estou sozinha nisso — disse ela, escolhendo as palavras enquanto as decifrava em sua mente. — Não é uma vantagem para nós que ele continue acreditando nisso?

— Sim. E ele vai continuar a achar. Só quero dar uma olhada no homem. — Aden se aproximou mais um passo, e seu olhar baixou por um instante para a boca de Miranda. — Dei a você e a sua mãe uma razão para estar aqui. E essa continua a ser a razão. Não minta sobre mim... Vale deve perguntar ao seu irmão a meu respeito, e Matthew vai dizer que sou um jogador conhecido.

Miranda se pegou assentindo. Se não pudesse confiar nele para ajudá-la, era melhor descobrir isso logo, e não após começar a acreditar em qualquer coisa que Aden dissesse ou fizesse.

— Muito bem. Pode ir, então.

— Talvez eu a constranja um pouco, mas sabe como é, sou um escocês sem educação.

O breve sorriso foi o único indício de que Aden poderia estar brincando com ela. Ou não.

— Eu ainda gostaria de saber por que você decidiu me ajudar — falou Miranda em voz baixa, abrindo a porta da biblioteca.

Ele estendeu a mão para detê-la e então fechou a porta.

— Eu também. Mas acho que nós dois sabemos que não foi por causa da aposta.

Aquilo deixava apenas duas possibilidades restantes: empatia ou afeto. Enquanto Miranda o via se encostar na parede e olhar pela porta entreaberta para o saguão de entrada, não sabia qual das opções preferia. A empatia parecia mais confiável, se Aden estivesse vendo a própria situação espelhada na dela e desejasse que pelo menos um deles pudesse escapar.

A outra possibilidade... Bem, ele tinha dito apenas que talvez gostasse mais dela do que ela dele, e quatro dias antes Miranda declarara sem rodeios que o detestava. "Gostar" era, portanto, uma categoria muito ampla naquela circunstância. Na verdade, no momento, Miranda gostava um pouco mais de Aden do que na véspera, porque ele se dera ao trabalho de aparecer ali para vê-la. Não tinha nenhum significado romântico, mesmo que tudo nele parecesse puro pecado.

Uma grande sombra passou pelos painéis da janela e parou. O capitão havia chegado. As mãos de Miranda ficaram rígidas antes que ela se desse conta, e ela forçou seus dedos a relaxarem enquanto Billings abria a porta para deixar Vale entrar. Eles trocaram uma palavra ou duas, e o mordomo se virou para a biblioteca.

— Bem — disse Aden baixinho, se afastando da parede e passando por Miranda para abrir a porta. — Se eu tivesse alguma ideia de que estava sendo escandaloso — continuou ele em um tom normal —, não teria anunciado o livro que estava procurando na frente da minha mãe essa manhã. Deveria ter me dito que estava sendo sarcástica, Miranda.

Miranda se ajustou para acompanhar a encenação que ele propunha, e notou por um segundo como era incomum para ela ficar para trás em uma conversa com alguém.

— Não achei que você apareceria aqui pedindo para lê-lo — respondeu ela em voz alta, com um sorriso, enquanto os dois seguiam em direção à frente da casa.

— Você está querendo dizer que achava que eu não sabia ler. — Ele olhou para a frente e diminuiu a velocidade. — Nossa, alguém soltou um abutre dentro de casa. Ei, mordomo. Traga uma vassoura.

Como estava olhando para o capitão Vale, Miranda viu aqueles olhos de ave de rapina se estreitarem um pouco. E, só por um momento, sentiu vontade de rir de um jeito nada feminino. O homem era um vilão que a horrorizava, e, naquele momento, por alguns segundos, ela teve vontade de caçoar dele. Graças a Deus ou ao diabo ou a quem quer que tivesse mandado Aden MacTaggert para a sua casa naquela manhã.

— Aden, esse é o capitão Robert Vale. Capitão, meu quase cunhado, Aden MacTaggert.

Aden inclinou um pouco a cabeça. Quase regiamente. E aquilo de certa forma combinava com ele, naquele kilt e nas roupas semicivilizadas.

— Vale.

— MacTaggert — disse o capitão. — Tenho um compromisso com Miranda.

— É ele que está arrastando você para o almoço, moça? — perguntou Aden, o sotaque ainda mais carregado agora. — Acho que nunca vou entender vocês, *sassenachs*. — Antes que ela pudesse encontrar uma resposta para aquilo, Aden se inclinou e lhe deu um beijo no rosto. — Obrigado pelo livro, Miranda. Não vou deixar meu cachorro mastigar isso.

Miranda sentia o rosto em chamas e precisou de toda a sua força de vontade para não levar os dedos ao lugar em que Aden roçara os lábios.

— Obrigada por isso — conseguiu dizer ela, esperando soar como se estivesse se referindo à garantia de que Brògan não comeria o livro, e não àquele beijo surpreendente.

Ele sorriu.

— Em breve voltarei para devolvê-lo.

Aden lançou um último olhar desdenhoso para o capitão Vale, deu uma palmadinha no ombro do mordomo, passou por eles e saiu pela porta da frente, que ainda estava aberta.

Miranda observou-o por um momento. Quando voltou sua atenção para o capitão, Vale tinha seu olhar de ave de rapina fixo nela. Mesmo que sua expressão não houvesse mudado, ela tinha a sensação certeira de que ele não estava nada satisfeito. E aquilo a deixou animada.

— Quem era aquele? — perguntou o capitão em seu tom monótono.

— Eu o apresentei ao senhor. Aden MacTaggert. Um dos irmãos de Eloise MacTaggert.

— Os escoceses.

— Sim.

Aquela parecia uma observação bastante óbvia de se fazer. Talvez Aden houvesse conseguido abalá-lo um pouco. Mesmo que não tivesse, Miranda não sentia a mesma raiva e desesperança com que Vale a deixara no dia anterior. Ela não estava mais sozinha. Tinha alguma coisa semelhante a um aliado e alguma coisa semelhante a um plano. Sim, ela agora gostava mais de Aden do que na véspera... e por uma margem bem grande.

※

Aden parou Loki pouco antes da curva. Ele amarrou o cavalo entre uma carruagem parada e uma carroça cheia de carvão e desmontou para ficar nas sombras. Com um metro e oitenta e vestindo um kilt, não passaria exatamente despercebido em plena Mayfair, mas pelo menos não estava à vista de todos.

Menos de um minuto depois de encontrar seu esconderijo, Aden viu o capitão Vale e Miranda — ela usando o lindo vestido verde e cinza e um chapéu verde vistoso —, com a criada logo atrás, deixarem a casa para embarcar na caleche que os esperava. O veículo ostentava um brasão amarelo e branco em forma de corujas e o que parecia ser uma pá. Estando havia tão poucas semanas em Londres, Vale decerto não tinha brasão ou caleche, por isso as aves e a pá deviam pertencer ao primo dele, lorde George Humphries.

De acordo com Miranda, o homem havia deixado o serviço na Marinha britânica, mas naquele dia ele usava um uniforme azul engomado, com um daqueles chapéus altos em forma de leque que o faria quebrar o pescoço se batesse uma brisa mais forte. O uniforme da Marinha havia sido escolhido para impressionar. Porque combinava bem com qualquer plano que Vale tivesse arquitetado.

O capitão parecia em forma e bastante alto para um inglês, mesmo que Aden preferisse que ele fosse um corcunda baixo e encurvado. Seu andar era quase uma marcha, os ombros e costas tão retos que ele parecia estar com um cabo de vassoura enfiado no traseiro. Mas o que o homem *realmente* pretendia era outra questão, porque embora Aden pudesse entender o que Vale havia feito e como ele havia feito, ainda não tinha resposta para o *porquê*.

Para ter respostas, ele precisava contar com Miranda, pelo menos por ora. Se ela fizesse o que ele havia sugerido e conseguisse que Vale falasse sobre si mesmo, aquilo lhes daria ao menos um ponto de partida para algumas pesquisas. Se Aden *deveria* estar fazendo aquilo ou não era um dilema um pouco mais difícil. Porque embora os jogadores não tivessem um clube secreto, como Miranda insinuara, havia algumas regras. Um homem não ia atrás do alvo de outro, ou interferia no jogo de alguém. Um homem que fizesse aquilo poderia se ver, na melhor das hipóteses, desconvidado para uma mesa de jogo ou um clube, ou, na pior, acabar com uma faca cravada na barriga.

Aden sabia de tudo aquilo e, mesmo assim, seguiu a caleche quando Miranda Harris e o capitão Vale partiram para o almoço. Como colocara a moça em um determinado curso de ação, se algo desse errado, ele tinha a obrigação de garantir a segurança dela. Ou pelo menos foi o que disse a si mesmo enquanto trotava com Loki pela rua.

Como não acreditava em iludir a si próprio, Aden também teve que reconhecer que em parte se sentia em dívida com Vale. O desgraçado ganancioso dera a Miranda uma razão para visitar Aden, e a Aden uma razão para estar na presença dela. Ele não fazia ideia de como aquilo terminaria, mas pretendia descobrir.

Miranda aperfeiçoara a arte da réplica em uma conversa e a levara à beira do precipício. A jovem afiara a língua até que ficasse como a ponta de uma navalha e atacava e cortava com a habilidade de uma campeã de esgrima. Ela não apenas sabia como navegar por Mayfair, mas também brilhava entre a aristocracia cintilante. Aden poderia aprender uma ou duas coisas com ela. Ao mesmo tempo, também era capaz de pensar em uma ou duas coisas que queria ensinar à jovem.

Aquilo serviu para lembrá-lo de que não dividia a cama com uma moça desde antes de ele e Coll deixarem Londres para seguir Niall e sua Amy na fuga para o norte, para Gretna Green. E embora a jovem viúva Alice Hardy tivesse sido bastante entusiasmada na cama, Aden não conseguia pensar em nenhum homem que, antes mesmo de recuperar o fôlego, quisesse ser questionado sobre se preferia rosas brancas ou vermelhas em um casamento... Por Santo André, ele mal havia parado para pegar as botas antes de fugir da mulher.

E então havia Miranda Harris, que, por mais desesperadora que fosse a situação em que se encontrava, permanecia equilibrada e circunspecta. Aquilo havia feito com que a avaliação inicial da moça sobre o caráter dele doesse um pouco mais do que teria acontecido normalmente, porque Aden soube desde o primeiro minuto que se conheceram que ela não era uma mulher que passava os dias arrulhando sobre rosas. Ele a admirava — talvez *exatamente* porque ela não se dera ao trabalho de bater as pestanas para ele. O fato de ter olhos da cor de chocolate e uma boca que parecia ter saudade de um sorriso também não atrapalhava.

A luxuosa caleche dobrou a esquina adiante, e Aden se obrigou a voltar ao presente. Depois de esperar que dois cavaleiros e um trio de carroças passassem, ele guiou Loki rua acima, ainda seguindo Miranda e o capitão. Se soubessem o que ele estava fazendo, seus dois irmãos estariam às gargalhadas naquele momento. Uma moça declarara não gostar do caráter dele, e como Aden não gostara daquilo, havia aproveitado a primeira oportunidade para salvá-la e, assim, provar que ela estava errada.

Na verdade, era uma explicação justa. E o pouparia de ter que confessar que se apaixonara por Miranda Harris logo no primeiro insulto, e que tudo o que fizera a partir dali fora apenas uma desculpa para conhecê-la melhor antes de fazer papel de idiota declarando sua paixão quando ela, de fato, não gostava dele.

A caleche virou para o sul, em direção à Bond Street, e Aden cutucou Loki com o joelho, colocando-o a trote, para não perder o veículo de vista. Ele havia passado as semanas anteriores — entre seguir Niall e Amy na fuga para Gretna Green e evitar o encontro com Alice Hardy — aprendendo a se orientar pelas ruas de Londres. Quando se tem o hábito de sair à noite, como ele costumava fazer, saber onde se estava e para onde se estava indo podia significar a diferença entre voltar para a Casa Oswell ou terminar morto em um beco qualquer. Certas áreas de Londres estavam se mostrando mais perigosas do que até mesmo as partes mais selvagens das Terras Altas.

Vale parecia estar morando em Mayfair, o que fazia sentido. O capitão buscava respeitabilidade — ele gostaria de ser visto por seus futuros pares na aristocracia usando aquele uniforme elegante e de braço dado com Miranda Harris. Aquele fato também lhe dava certa segurança, já que Vale teria que se comportar como um cavalheiro em público. Ainda assim, socar e gritar não eram as únicas maneiras de machucar, assustar ou ferir uma moça.

Quando a caleche parou em frente ao Kings Hotel, Aden franziu a testa. Um estabelecimento daquele tamanho oferecia uma grande quantidade de lugares onde uma moça poderia se ver com problemas sem que precisasse fazer nada para isso, e era sofisticado demais para um escocês alto e de ombros largos, usando botas velhas e um kilt de trabalho. Ele não teria se importado com a coincidência de todos se verem almoçando no mesmo lugar, mas ser expulso do hotel com um chute no traseiro não ajudaria nos seus planos.

Mesmo assim, não estava disposto a sair dali até ter certeza de que Miranda estava sentada em segurança, almoçando, e não sendo arrastada para algum quarto no andar de cima. Aden desmontou e subiu a rua puxando o cavalo, diminuindo o passo para olhar pela primeira de quatro janelas que se estendiam pelo térreo do prédio de três andares. Viu mesas e clientes bem-vestidos, mas nada de Miranda.

— Nada de ficar espiando os seus superiores — disse o porteiro quando Aden se aproximou dele. — Pode ir andando.

Aden parou e olhou por cima da cabeça do homem quando viu a porta atrás do funcionário se abrir. Lá estava ela, sentada diante de uma mesa no fundo do salão, com o capitão do outro lado. O escocês só conseguia ver o perfil de Miranda, mas ela mantinha as costas retas e as mãos cruzadas no colo. Atenta e nada disposta a arriscar que Vale a tocasse. Para Aden, a postura dela gritava desconfiança e desconforto, mas sem dúvida era aquilo que o capitão esperava. Com sorte, a única coisa que Vale não poderia prever era que o bárbaro das Terras Altas que acabara de conhecer era mais do que um rival romântico em potencial, e que outra pessoa a estava aconselhando sobre o rumo que deveria dar à conversa durante o almoço.

Aden precisou fazer um esforço maior do que deveria ser necessário para voltar a atenção para o companheiro de jantar de Miranda. Agora que o capitão não estava encarando-o, Aden deu uma boa olhada no cabelo castanho curto e no nariz longo e adunco — de perfil, o homem parecia ainda mais um maldito abutre. Não era de admirar que Vale tivesse achado que precisava recorrer a ameaças e chantagens para conseguir uma moça como Miranda.

— Você não me ouviu? Siga em frente. Não conseguirá esmolas aqui.

Aden piscou, sem entender, e voltou os olhos para o porteiro de libré preto, amarelo e vermelho.

— Eu por acaso pareço um homem que já deixou de fazer uma refeição, *sassenach*? — perguntou, aproximando-se.

Loki bufou em seu ombro.

O porteiro se sobressaltou, mas manteve o queixo erguido.

— O que você parece é alguém que não está vestido para jantar no Kings Hotel, ou para alugar quartos aqui.

Teria sido divertido continuar a discussão, mas Aden não queria atrair a atenção dos clientes lá dentro sem um bom motivo. Por isso, abriu um sorriso e disse:

— Bom, disso não posso discordar, homenzinho. Bom dia para você.

Com um aceno de cabeça, ele puxou as rédeas de Loki e continuou subindo a rua.

Quando estava longe da visão das janelas do hotel, Aden voltou a montar. Ele não poderia fazer muito ali sem comprometer o pouco de estratégia que conseguira organizar, mas, se o capitão Vale era um jogador tão hábil quanto parecia, os homens nas mesas de jogo por ali provavelmente teriam jogado contra ele ou pelo menos o conheceriam.

O problema era que Vale era primo de um lorde, e esse primo devia ser membro de todos os melhores clubes de cavalheiros. Aden tinha um lorde como irmão, mas Coll não era membro de nenhum clube londrino. Também não era provável que viesse a se tornar, mesmo que o aceitassem.

Matthew Harris era membro de vários clubes, mas parecia uma má escolha para padrinho, especialmente naquelas circunstâncias. Aden bufou. Conhecia outros lugares, outros homens menos abastados com quem poderia conversar. Eles serviriam para começar.

No entanto, mais cedo ou mais tarde precisaria ter uma conversa com Matthew. O rapaz era pior do que um tolo por colocar a própria irmã em perigo. Se houvesse *alguma* chance de seu comportamento condenável persistir, ele e Eloise precisariam se separar. Naquele momento, Matthew era um inimigo no meio do território MacTaggert, mas Aden tinha a sensação de que o rapaz também seria necessário para resolver aquele desastre.

E ele ainda nem estava levando em conta o fato de que impedir o casamento de Eloise e Matthew continuava sendo a maneira mais simples de conseguir que ele e Coll pudessem voltar às Terras Altas sem noivas inglesas. Aquilo era assunto para mais tarde. Antes, precisava descobrir uma forma de salvar aquela moça e convencê-la de que não era um vilão só porque gostava de jogar cartas.

Aden tinha um motivo para não comentar nada sobre o que estava acontecendo: se desse com a língua nos dentes, Miranda nunca mais confiaria nele, e com razão. Mas ele se preocupava com Eloise. Sua irmã, a MacTaggert mais jovem, tinha menos de um ano quando ela e a mãe deixaram as Terras Altas. Dezessete anos depois, eles a tinham de volta em suas vidas, e a ideia de arriscar aquele relacionamento recém-descoberto não lhe agradava em nada. Mas Aden também não pretendia permitir que ela se casasse com um homem que estava provando ser imprudente e um mau juiz de caráter — para não mencionar um péssimo apostador.

Eloise não seria colocada na mesma posição perigosa de Miranda. Aquilo era um fato, tão inalterável quanto as Terras Altas. Assim como ele não permitiria que nenhum mal — nenhum outro mal — acontecesse a Miranda Harris. Cada conversa que tinha com ela o deixava mais impressionado, mais convencido de que havia encontrado a sua moça inglesa. Não importava que houvesse outro homem tentando forçá-la a um casamento... Havia várias maneiras de contornar aquilo, e apenas algumas delas envolviam sangue.

A única coisa que podia alterar seu plano era ao mesmo tempo simples e extremamente complicada: Miranda também gostava dele? Depois que tivesse aquela resposta, Aden poderia decifrar se o que a atraíra fora ele ou a oferta de ajuda que fizera, e se aquilo fazia dele um herói ou um tolo.

Capítulo 6

A sugestão de Aden de que ela fingisse uma curiosidade relutante parecia estar funcionando, embora Miranda continuasse em dúvida se podia acreditar em qualquer coisa que o capitão Vale lhe dissesse. Um homem não decide de repente se tornar implacável e sem coração, e parecia a ela que um pecado mais brando como mentir viria primeiro e que, portanto, ele teria bastante prática naquilo.

Algo o levara a seguir por aquele caminho, mas Miranda se recusava a sentir qualquer empatia. Se ele fosse apenas vítima de uma situação, então sim, ela seria capaz de se solidarizar, mas Vale deixara claro que pretendia prejudicá-la, e aquilo fazia dele um inimigo.

— Qual será seu próximo baile? — perguntou Vale, terminando seu chá e comendo um biscoito açucarado.

Pelo menos ele não dominava a arte de ler mentes, por mais que desejasse passar essa impressão. Miranda tinha que admitir que Vale escolhera um estabelecimento muito respeitável para o almoço, mas a verdade era que ele estava mesmo tentando adquirir uma reputação respeitável... roubando a dela.

— Eu teria que consultar a minha agenda — respondeu Miranda.

— Então vou acompanhá-la de volta à Casa Harris e lá você me dirá.

Ela inclinou a cabeça, meio que esperando que ele pudesse ver como a deixava perturbada.

— Se você fosse mais agradável e menos ameaçador, talvez seu caminho fosse menos acidentado.

— Não há qualquer caminho acidentado, minha cara. Há apenas você cravando os calcanhares no chão. Sabe muito bem que não tem alternativa, portanto, pode espernear à vontade. Vai perder.

Se aquele era o fim da conversa mais agradável e elucidativa entre os dois, ela não tinha mais motivos para prolongar o encontro.

— O baile dos Darlington, então, depois de amanhã — informou Miranda. — Valentão.

— Falando em valentões — disse o capitão Vale, o tom tranquilo —, me conte mais sobre Aden MacTaggert.

Miranda sentiu um calafrio.

— O sr. MacTaggert gosta de ler e me visitou essa manhã porque mencionei um livro que ele ainda não havia lido.

— Onde você mencionou esse livro para ele?

— No baile dos Gaines. Fui sarcástica quando ele perguntou se eu conhecia algum livro sobre a vida na Inglaterra, mas acho que ele não se deu conta disso.

Pronto. Miranda se perguntou se Aden percebera como todas as sementinhas de informação que ele plantara na conversa anterior deles seriam tão úteis para ela. Esperava que sim, porque aquilo o tornaria inteligente, além de belo e… irritante. Ela colocou os cordões da bolsinha no pulso.

— Sua companhia está se tornando intolerável, por isso, por favor, me leve para casa.

— Sorria quando falar comigo. Afinal, estamos nos apaixonando.

Ela preferiria se apaixonar por um sapo, mas sorriu mesmo assim. Para cada sorriso que Vale ordenasse que ela exibisse, Miranda encontraria uma forma de apunhalá-lo naquele coração inexistente. Talvez estivesse louca por colocar qualquer fé em Aden MacTaggert e sua suposta ajuda, mas no momento estava se agarrando à ideia de ter um parceiro naquela provação, de não estar tão sozinha e desamparada.

Como Aden dissera que precisava de informações, ela conseguira o máximo possível para ele. Mas, se aquele encontro continuasse por muito mais tempo, Miranda não poderia garantir que não começaria a vomitar ou, pior, não acabaria socando o nariz adunco daquele abutre. O pensamento agradável fez Miranda alargar o sorriso.

— Leve-me para casa, por favor.

O capitão Vale retribuiu o sorriso, embora ele passasse longe dos seus olhos de um castanho-âmbar.

— Como quiser. — Ele ficou de pé e se posicionou atrás dela para puxar sua cadeira. — Espero que me permita visitá-la de novo — falou o capitão, o tom alto o bastante para que os clientes nas mesas vizinhas ouvissem.

Miranda apenas assentiu, tentando não se encolher e acabar demonstrando como se sentia… vulnerável com ele parado atrás dela.

— Eu não faria objeção a isso, capitão — se forçou a dizer, e fez um sinal para chamar Millie, que estava sentada perto da cozinha.

Do lado de fora, Vale chamou a caleche emprestada e fez uma grande exibição de gentileza enquanto abria a porta baixa e a ajudava a entrar. Depois que Miranda se acomodou, ele se sentou ao lado dela, deixando Millie subir sozinha e ocupar o assento voltado para trás.

— Volte para a Casa Harris, Tom — orientou Vale ao cocheiro.

— Ainda não compreendo por que você precisa de mim— se arriscou a dizer Miranda. — Lorde George é seu primo. Você tem um caminho aberto para a respeitabilidade, embora eu ainda não tenha visto ninguém lhe lançar sequer um olhar de soslaio.

— Quantas pessoas a cumprimentaram quando chegamos? — perguntou ele, e se recostou para acender um charuto.

Miranda fingiu tossir com a fumaça acre que ele soprou no ar.

— Não me lembro. Meia dúzia ou algo assim?

— Sete — corrigiu o capitão. — O que são sete a mais do que os que me cumprimentaram.

— Isso dificilmente significa alguma coisa. Você é um estranho aqui. Depois que George apresentá-lo a…

— Dois pontos, Miranda. Primeiro, George Humphries é um camarada divertido e exagerado, que ninguém leva muito a sério. Por mais que as apresentações iniciais que ele fez, e o fato de eu estar morando em sua casa, tenham se mostrado úteis, não desejo estar ligado a um tolo na mente das pessoas da sociedade nem por um instante a mais do que o necessário. O segundo ponto — continuou ele, dando outra baforada pungente no charuto — é que ele não é meu primo.

Miranda abriu a boca, mas não saiu nenhum som. Se a expressão atordoada de Millie refletisse a dela, ambas pareciam peixes boquiabertos se afogando no ar. Ela se forçou a cerrar o maxilar e lançou um rápido olhar na direção do cocheiro. Tom era o cocheiro habitual de lorde George, mas não pareceu se abalar com aquela revelação impressionante.

— Como...

— Uma dívida consideravelmente menos significativa do que a do seu irmão. — Os lábios de Vale se curvaram mais uma vez naquele sorriso breve e sem humor. — Não decidi por esse curso de ação por capricho, Miranda. Encontrei George Humphries primeiro. Ele me garantiu entrada no seu círculo fechado de elite. No momento, isso é uma fachada. Casar com você garante que eu permaneça dentro desse círculo. Um casamento torna a fachada real.

Ela teve vontade de escancarar a porta baixa da caleche e sair correndo. Por mais estranho que parecesse, esperava que o capitão de alguma forma se apaixonasse por ela. Se ele gostasse dela — e quisesse que Miranda gostasse dele —, talvez ela pudesse fazê-lo mudar de ideia, convencê-lo a deixar Matthew e a ela em paz. Mas aquilo... o nível da água estava muito acima da cabeça dela, e Miranda tinha a impressão de estar se afogando.

— Mencione meu nome aos seus pais essa noite — continuou Vale, o tom frio, como se não tivesse acabado de virar tudo de cabeça para baixo mais uma vez. — Comente que gosta da minha companhia e que estou procurando uma residência conveniente nas proximidades, um lugar adequado para formar uma família. Pergunte ao seu pai se ele tem alguma ideia de lugar e se estaria disposto a me ajudar a fazer contatos, já que voltei há pouco para Londres e ele sem dúvida está ciente da frivolidade de lorde George, portanto, entenderá a minha relutância em confiar no meu primo. Enfatize que você ficaria muito feliz em me ter por perto e detestaria a ideia de eu ter que me juntar à Marinha de Sua Majestade e navegar para lugares desconhecidos.

— Não vou colocar meus pais nessa confusão. Estou nesta caleche justamente para evitar isso.

— Você vai fazer o que estou dizendo, a menos que prefira informá-los de que a família Harris me deve cinquenta mil libras. Sei que sua família tem uma situação financeira confortável, mas não está nadando em dinheiro. O que vocês têm são bons contatos sociais. Esse é o seu valor para mim. — Vale soltou outra baforada. — E se fizer algo para comprometer esse valor, ainda terei cinquenta mil libras para cobrar. Só para o caso de você estar pensando em fazer algo tolo.

Arruinar a própria reputação era o que Aden MacTaggert havia sugerido. Ele até se oferecera para ajudá-la na tarefa, de uma forma que fez Miranda se sentir muito agitada por dentro. Será que todos os homens achavam que o melhor caminho para uma mulher evitar um pretendente indesejado era arruinar a própria reputação e permanecer solteira para sempre?

Aquela era uma linha de pensamento interessante, mas para a qual Miranda não tinha tempo no momento. O mais importante era que agora tinha uma prova de que o capitão Vale e Aden MacTaggert pensavam de maneira semelhante e, enquanto Aden continuasse a se mostrar útil, ela consideraria aquilo uma vantagem. Adivinhara um truque de cartas dele. Quanta ajuda aquilo lhe garantiria? Quantos problemas Aden estaria disposto a enfrentar antes de achar que já fizera o bastante? E o que ele ganharia com tudo aquilo?

Ela, é claro, mas embora Aden tivesse dito que gostava dela, aquilo poderia ter sido apenas porque a ouvira dizer que não gostava dele. Tinha sido uma tolice, embora na época ela não soubesse que o irmão estava prestes a vendê-la para pagar suas dívidas. Não, tinha sido tolice porque Aden não era apenas um apostador. Ela julgara apenas um aspecto dele e decidira que nada mais importava. E, em poucos dias, começara a perceber que tinha sido míope e tacanha.

— Não tenho intenção de arruinar a minha reputação, capitão, e menos ainda de prejudicar ninguém. Nem você.

Vale jogou o toco do charuto na rua.

— Você parece ter uma inclinação lógica que eu não esperava. Matthew comentou que a irmã costumava manter a cabeça fria, mas ele não se provou um juiz de caráter excepcional. Ou em avaliar probabilidades.

Não, Matthew julgara mal várias coisas, e ela era a única a pagar o preço. Cada fuga que imaginava, Vale antecipara e contrariara. Mais uma vez, os pensamentos de Miranda se voltaram para o escocês que lhe dera um mínimo de esperança e algumas outras coisas em que pensar. O envolvimento de Aden poderia muito bem ser a única coisa que o capitão Vale *não* sabia e *não* previra. E ela pretendia que continuasse assim.

A carruagem parou diante da Casa Harris. *Graças a Deus*, pensou Miranda. Ela havia sobrevivido ao primeiro passeio com aquele homem horrível e tinha dois dias para se preparar para o próximo encontro. A mera ideia de um próximo encontro fazia seu coração estremecer, mas Miranda disfarçou a sua reação enquanto se levantava e descia da carruagem.

— Eu a encontrarei no baile dos Darlington — falou Vale, descendo atrás dela. — Vire-se e me ofereça as duas mãos.

Ela preferia ter acertado os dois punhos cerrados nele, mas qualquer breve satisfação que socar aquele homem pudesse lhe dar seria abafada pela ruína que se abateria sobre toda a sua família. Então Miranda se virou e estendeu as mãos para ele.

O capitão Vale entrelaçou os dedos aos dela e a presenteou mais uma vez com seu sorriso perturbador.

— Você vai guardar duas danças para mim. Uma delas será uma valsa. — O aperto dele se tornou mais forte, quase até o ponto da dor, então ele a soltou. — Agora sorria ao entrar em casa. Comente com os seus pais como me achou interessante e o que quer que os convença de que está ansiosa para voltar a me ver.

— Farei isso — disse Miranda, embora não tivesse certeza do que era pior: recitar as mentiras que ele havia ditado ou ter que inventar as suas.

Quando estava em segurança dentro de casa, ela teve que resistir ao impulso de arrancar a porta das mãos de Billings e trancá-la, depois arrastar todos os móveis da casa para o saguão e empilhá-los ali, para impedir a entrada daquele homem. No entanto, ela precisava manter a farsa de que achava o capitão Vale interessante. Se não conseguisse fazer aquilo, seus pais ficariam desconfiados. E caso aquilo acontecesse, protegê-los — e a si mesma — se tornaria muito mais problemático.

— Espero que tenha tido uma tarde agradável, srta. Harris. Há um bilhete de lady Eloise aguardando-a — avisou o mordomo, enquanto pegava uma pequena bandeja de prata na mesa do saguão.

Miranda torceu para que seus dedos não tremessem, pegou a correspondência na bandeja e abriu-a. A caligrafia que encontrou não se parecia em nada com a letra redonda de Eloise. O texto, limpo, simples e preciso, dizia apenas: "Saia para um passeio essa tarde às cinco horas. A.MT."

Aden MacTaggert. O coração disparado de Miranda passou a bater em um ritmo mais estável. Aden não falara da boca para fora quando disse que ia ajudá-la. Ela confiara nele, ainda que temesse que o escocês talvez só quisesse se divertir às suas custas. Em vez disso, Aden havia descoberto uma nova forma de voltarem a se encontrar, e sem levantar suspeitas de Vale ou de qualquer outra pessoa. Miranda com certeza sairia para encontrá-lo. Porque, por mais que ela não gostasse nada da ideia, Matthew devia aquele dinheiro. Não seria preciso mais do que um empurrão de Vale para induzir o irmão dela a relatar todas as idas e vindas da mulher com quem o capitão desejava se casar.

— Boas notícias, espero? — perguntou Millie, enquanto subia a escada com Miranda.

— Sim. Boas notícias.

Ao menos um homem parecia estar ao seu lado, mesmo que fosse porque estava interessado nela. Miranda parou nos degraus. Aquela seria a única razão pela qual Aden decidira ajudar? Ele não tinha dado uma resposta clara quando ela perguntara.

Aden não parecia o tipo de homem que bajulava uma dama, segurando a sua sombrinha ou buscando um copo de ponche para ela. Mas se encorajá-lo garantisse a sua ajuda, Miranda seria uma tola se continuasse a brigar com ele. Hum. A ideia de iludir um homem — qualquer homem — fazia com que se sentisse suja, não importava o motivo. Será que podia mesmo fazer isso? Estaria de fato enganando-o, se parte dela gostava do modo como Aden a mantinha sempre alerta, ou da forma como as outras mulheres a olharam com inveja quando ela valsou com ele?

Mas também era verdade que seu tio John encantara tia Beatrice e a convencera a se casar com ele, e Matthew também encantara

Eloise e conseguira que a jovem aceitasse seu pedido de casamento. A simpatia e o magnetismo poderiam, sim, estar influenciando a reação dela a Aden MacTaggert, mas enquanto Miranda soubesse daquilo, enquanto mantivesse essa ideia em mente, ninguém a tiraria de seu caminho. Poderiam arrastá-la à força, sim, mas ela não iria por vontade própria.

Por ora, Miranda se contentaria em concluir que Aden não era tão intolerável quanto acreditara no início e que ela realmente ganhara aquela aposta tola, portanto ele lhe devia alguma ajuda. Sim. Aquilo serviria. Até não servir mais.

~m~

Aden deu uma maçã a Loki e se apoiou no animal enquanto também comia uma fruta. Miranda não respondera a seu bilhete, embora ele soubesse que não seria nada fácil para ela encontrar um modo de fazê--lo. De qualquer forma, fingir ser Eloise parecera a maneira menos suspeita de se comunicar com ela. Assim, ele se viu obrigado a ficar à espreita na rua da Casa Harris, sem um motivo real. Pelo menos tinha se lembrado de levar um lanche.

Mas, naquele momento, o motivo da sua vigília emergiu da residência, e Aden se esqueceu do que estava pensando. Ela e sua onipresente dama de companhia de cabelo loiro seguiram pelo curto caminho de saída da casa e ficaram paradas ali, enquanto Miranda olhava de um lado para outro da rua. Aden ajeitou o corpo, o pulso acelerando em uma combinação de expectativa e desejo. Quando ela o viu, acenou discretamente e se virou em sua direção. As ruas de Mayfair estavam vazias, já que a maioria dos aristocratas devia estar em casa se arrumando para o jantar, para o teatro, ou para qualquer outra distração que tivessem planejado para a noite. Tudo aquilo tornava os dois mais expostos aos olhos de quem passasse, mas, desde que Matthew não saísse de casa para seguir a irmã, aquela ainda era a melhor opção.

— Aden — disse Miranda, quando o alcançou.

— Miranda. — Ele entregou as rédeas de Loki para a criada, que o fitou, perplexa. — Não se preocupe — garantiu Aden a Millie —, ele é um rapaz bem-comportado.

— Eu...

— Não podemos ficar parados aqui, conversando — alertou ele, colocando-se ao lado de Miranda.

Como queria tocá-la, ofereceu o braço à moça... algo que qualquer cavalheiro faria. A mão enluvada dela em seu braço pareceu de alguma forma significativa, mas a verdade era que Miranda era uma moça correta e certamente não o menosprezaria em público.

— Eu segui vocês quando saíram para almoçar, mas fui embora assim que a vi acomodada em uma cadeira no Kings Hotel.

— Você me seguiu?

Aden deu de ombros.

— Você tinha dito que o abutre quer respeitabilidade, mas acho que há mais de uma maneira de ele garantir a sua cooperação.

Miranda assentiu.

— Mantive a bolsa no colo durante todo o percurso na carruagem, para poder atacá-lo e fugir, se necessário. Obrigada.

— Não me deve agradecimentos, moça. Afinal, perdi uma aposta para você.

Ele não havia feito nada além de seguir com seu cavalo atrás da carruagem de Vale. E, antes, insultara o homem, esperando dar ao capitão algo além de Miranda em que pensar. Não fora necessário nenhum heroísmo, mal planejado ou não.

— Algumas pessoas estão cientes da minha situação atual, mas você e Millie são os únicos que parecem preocupados com ela. — Os lábios dela se curvaram em um sorriso. — E, se não estou enganada, você mencionou que não estava me ajudando porque perdeu a aposta.

Aden observou o breve lampejo de humor nos olhos dela. *Miranda Harris era de fato notável.*

— Sim, eu disse isso. — Se aquilo o tornava um idiota ou não, ele ainda não saberia dizer. — Posso lhe fazer uma promessa, Miranda: não vou ficar parado e permitir que você pague pelos erros de outra pessoa.

Aden teve vontade de se declarar, de dizer a ela que havia encontrado a sua noiva inglesa, mas, àquela altura, Miranda apenas riria dele. Além do mais, ela tinha que lidar com um vilão tentando forçá-la a fazer algo que não desejava. Aden não pretendia agir da mesma forma.

Também lhe ocorreu que a moça mais interessante com quem esbarrara em Londres poderia muito bem ser aquela capaz de garantir que ele pudesse retornar às Terras Altas sem uma noiva. Mas guardaria aquele trunfo para mais tarde, porque nunca se desfazia de uma boa carta de baralho, mesmo que não pretendesse usá-la. Se Miranda fosse uma gárgula de três olhos, sim, ele poderia se sentir tentado — provavelmente teria se sentido —, mas ela era uma moça bonita com apenas dois olhos e uma inteligência afiada, e ele gostava dela. "Gostar" parecia uma palavra simples demais para o vasto emaranhado de questões que pairava em torno dela e que o desafiava, mas por ora seria a palavra que ele continuaria a usar.

— E é por isso que agradeço a você — falou Miranda, que não tinha ideia do que ele estava pensando.

Aden se obrigou a se concentrar. Ele poderia até ter alguns dilemas intelectuais sobre envolvimentos e deveres com a família, mas Miranda estava no meio de um campo de espinhos. Muito real.

— Guarde a sua gratidão, ainda não fiz nada por enquanto. Você conseguiu obter alguma informação do capitão Vale?

— Sim. A última coisa que descobri talvez seja a mais importante e, para ser sincera, fiquei sabendo por acaso. Lorde George Humphries *não é* primo do capitão Vale. Eles não são parentes.

Aden franziu a testa e reparou na satisfação no rosto dela por tê-lo deixado aturdido. E deixara mesmo.

— Não acredito.

— Ele me disse com todas as letras. Lorde George também tem uma dívida com ele, e foi dessa forma que o capitão decidiu cobrá-la. Transformando-se em primo de lorde George Humphries e morando na Casa Baromy com ele.

A princípio, a mentira era tão escandalosa que Aden se perguntou por que Vale se arriscaria. Jogadores experientes costumavam ser cautelosos. Por outro lado, quem questionaria a verdade daquela afirmação, se o próprio lorde George a confirmava? Aquilo transformava um emaranhado de informações incorretas que ele reunira sobre o primo de lorde George em algo que fazia mais sentido — ou seja, nada fazia sentido, porque nada daquilo era verdade.

— Então, Vale usou lorde George Humphries para abrir a porta e pretende usar você para se manter na alta sociedade. Em algum momento, mais tarde, se alguém perguntar sobre o fato de os dois serem primos, ele vai poder dizer que devem ter entendido mal ou algo assim.

Miranda assentiu.

— Foi o que ele disse. A primeira parte, ao menos. — Ela suspirou, e Aden teve que se esforçar para não baixar os olhos para a distração que o colo dela proporcionou. — Acho bastante inquietante que pareça compreendê-lo tão bem — continuou. — Afinal, você disse que vocês dois não se parecem.

— Se pretende continuar a bater em mim por desfrutar de uma mão de cartas aqui e ali — retorquiu ele —, acho que talvez seja melhor eu estar em outro lugar, andando atrás de uma moça menos irritada, com quem pudesse me casar nos próximos quatro meses.

— Se pretende me dizer que só joga cartas de vez em quando, vou chamá-lo de mentiroso. Nós dois estamos aqui só porque você tem fama de ser um oponente formidável nas mesas de jogo.

Teria sido bem mais fácil lidar com uma moça obtusa, pensou Aden, mas uma moça obtusa não atrairia a sua atenção. Havia semanas que moças solteiras se jogavam em cima dele com lenços, cílios esvoaçantes e vislumbres de tornozelos. A mulher à sua frente, no entanto, o atingira com força com sua sagacidade, e Aden se via arfando atrás dela, como um cervo atrás de uma corça.

— *Aye* — concordou ele logo depois —, mas apenas um de nós não gosta da minha reputação.

— Não gosto da sua reputação por princípio, e da sua escolha de hobby ou distração, ou como quer que deseje chamar, porque afeta a vida de outras pessoas — retrucou Miranda. — Como me sinto em relação a *você*, por outro lado, é mais difícil de determinar.

— Ora, agradeço a Santo André por isso, de qualquer modo. — Aden a trouxe para mais perto de si. — Estou guardando seu segredo, você sabe, goste você de mim ou não. Portanto, decida-se por confiar em mim ou procure em outro lugar um homem que concorde em ser seu parceiro.

— "Parceiro" — repetiu ela. — Gosto disso. Mas... diga-me, o que você ganha com essa parceria? Deve haver algo que deseje.

Você.

—*Aye*. Vo... — Aden procurou pensar em algo que não deixasse a moça em pânico por ter dois jogadores inveterados atrás dela. — Você conhece os costumes da alta sociedade de Londres. Coll e eu rimos muito quando um idiota arrumou três garfos e duas facas ao lado do prato, no jantar, então usamos todos eles para comer uma torta de carne de veado com um molho branco esquisito e batatas fatiadas, e não sobraram garfos para o bolo. Me ajude a navegar por esse mar de tolices, e estaremos quites.

Miranda ergueu uma sobrancelha.

— É isso que você quer em troca? Aulas sobre a ordem dos garfos?

Se aquilo fosse tudo o que ele queria, pensou Aden, não estaria parado ali, imaginando beijá-la. Imaginando-a em sua cama, e ele dentro dela.

— Não, mas acho que serve. Por ora.

Miranda caminhou em silêncio ao lado dele.

— Levando em consideração que ajudar você me ajudará a manter Vale longe de mim, eu seria uma tola se não concordasse.

— Você não é tola, portanto, aperte a minha mão. Parceiros.

Aden parou, soltou o braço dela e estendeu a mão. Com o olhar fixo nos dedos dele, Miranda assentiu quase que para si mesma e também estendeu a mão pequena. Mesmo através das luvas, os dedos dela eram quentes, o aperto firme. *Aye*, ela era uma moça prática. E a praticidade a aconselhava a aceitar a ajuda dele, por isso foi o que fez. Aden se perguntou se aquela praticidade seria o motivo pelo qual Miranda flertava com ele e não o esbofeteara por suas sugestões nada adequadas, mas logo decidiu que aquilo não fazia sentido. Provavelmente era o próprio senso de autopreservação aguçado dela em ação. Mas manteria os olhos abertos de qualquer modo, porque também não costumava ser tolo.

Aden olhou para um lado e para o outro da rua e viu que por enquanto estava vazia. Antes que pudesse decidir se estava sendo um idiota, que nenhuma quantidade de discrição ou de experiência seria capaz de desenredá-lo daquilo, ele se inclinou e encostou os lábios nos dela.

Miranda tinha lábios macios e um leve gosto de chá, e uma sensação... indefinível o percorreu, fazendo-o estremecer. Aden se permitiu um longo momento no paraíso, menos gentil do que poderia ter sido, e menos intenso do que gostaria, antes de se endireitar. Até o diabo devia sentir falta da música da harpa de vez em quando — e ele tinha acabado de ouvi-la em alto e bom som.

— É assim que selamos um acordo nas Terras Altas — falou ele, com uma indiferença que não sentia.

Por um momento, Aden achou que ganharia uma bofetada merecida, mas então Miranda se afastou, e ele percebeu que ela havia ficado na ponta dos pés para beijá-lo de volta. E não importava o que mais ele pudesse descobrir naquele dia sobre tramas e vilões, *aquele* parecia o momento mais importante. Eles haviam se entendido.

— Eu, hum, duvido muito que você beije todo mundo com quem faz um acordo — afirmou ela, o rosto ruborizado, os olhos cor de chocolate fixos na boca dele. — Isso não se faz, sr. MacTaggert.

— É mesmo?

Miranda assentiu.

— Como sua preceptora nos costumes da alta sociedade britânica — continuou ela —, devo lhe dizer que é impróprio beijar mulheres sob qualquer circunstância.

Aden ergueu uma sobrancelha, divertindo-se agora.

— *Qualquer* uma? — repetiu.

— Ora, com exceção das esposas. Mas não em público. — Ela se obrigou a abandonar o assunto e voltou a pousar a mão no braço dele. — Mas você não veio aqui essa tarde para aulas de beijos.

— Não preciso de aulas de beijos, Miranda. Posso provar isso, se quiser.

— Acredito que tenha acabado de provar.

— E você faz alguma objeção?

— Eu... — Ela deu de ombros. — Acredito que teria lhe dito, caso me opusesse.

Aden riu.

— É verdade. Você não tem vergonha de se expressar, moça.

Ela não se opusera. Aquela não era exatamente uma expressão carregada de entusiasmo, mas era o suficiente para aquele dia. Cada beijo, cada olhar, cada palavra trocada com Miranda Harris tinha significado. E ele não queria cometer um erro de jeito nenhum. Seus pais haviam cometido um erro, encontraram fogo e paixão, depois perceberam que, por baixo daquilo, eram incompatíveis.

Aden e Miranda conseguiram dar alguns passos, e ele dedicou aquele tempo a examinar o perfil dela, ou ao menos o que ele podia ver por baixo do chapéu de palha que Miranda usava. Seus dedos comicharam com uma vontade súbita de desamarrar as fitas verdes sob o queixo dela e tirar aquela coisa tola que escondia o cabelo escuro. Mas aqueles anseios eram para uma moça que não estava se vendo forçada a se casar com outro homem. Ele podia ser poético mais tarde.

— Vale lhe disse mais alguma coisa útil? — perguntou Aden, ao perceber que havia se esquecido do que os levara ali.

Tolo. Ele não podia se dar ao luxo de deixar escapar nada. Qualquer coisa significaria a diferença entre a vitória e o desastre.

Dessa vez, Miranda franziu a testa.

— Sim. De volta a isso, então.

— É importante, mas se preferir conversar sobre o tempo, caminharei ao seu lado até chegarmos a Dover.

— Não dá para ir tão longe com esses sapatos. — Ela respirou fundo. — Depois de ouvir sobre George e ele, temo que tudo que ele já me disse possa ter sido mentira.

— Mesmo uma mentira significa alguma coisa. Conte-me.

— Ele disse que comprou uma patente de tenente júnior na Marinha há cerca de catorze anos. Então, insinuou que pessoas poderosas lhe deviam favores, e que essa era a razão pela qual havia subido de modo tão rápido na hierarquia até se tornar um capitão com seu próprio navio.

Não precisariam ser pessoas poderosas, desde que fossem as pessoas certas. Mas aquilo não dava uma boa história.

— Ele lhe disse o nome do último navio que comandou?

— Sim. Foi o *Viúva Alegre*.

— Isso me dá algo para investigar. Mais alguma coisa? Onde ele cresceu? Tem irmãos ou irmãs? E os pais?

— Eu não queria dar a impressão de que estava tentando arrancar informações, mas ele mencionou os invernos sombrios da Cornualha e um tio John que nunca estava sóbrio. Não falou nada sobre a família imediata.

— Isso pode ser parte da verdade, ou pode ser algo que ele inventou há muito tempo porque a família o envergonha — comentou Aden, pensativo. — Ou ele os envergonha.

Aquilo arrancou um sorriso sem humor de Miranda.

— Espero que seja a primeira opção, e que eles sejam tão horríveis que arruinariam as chances de Vale de ingressar na aristocracia — acrescentou ela. — Talvez sejam contrabandistas bêbados que espionavam para Bonaparte.

— Isso seria ótimo, mas não acho que seja assim tão simples. Mesmo que ele se torne motivo de chacota, continuará em posse das notas promissórias do seu irmão.

— Você quer dizer que eu poderia muito bem me ver casada com Vale mesmo que ele seja um contrabandista, ou um fazendeiro fingindo ser parente de um aristocrata. Nesse caso, eu me tornaria a esposa de um contrabandista ou uma leiteira.

— A mais bela da Cornualha, mas sim.

Miranda fitou-o, os olhos escuros capturando os dele e o rosto voltando a enrubescer, antes de desviar o olhar. Ela pigarreou.

— Ele tem 32 anos, ou foi o que disse — continuou —, e afirma ter passado os últimos dez anos na Índia. Ou na costa da Índia, suponho. Segundo Vale, ele costumava capturar embarcações de contrabando e ficava com um percentual das mercadorias como recompensa, trabalhando em estreita colaboração com a Companhia das Índias Orientais.

Aden franziu a testa.

— Não posso ir até a Índia para verificar nenhuma dessas informações.

O fato de a ideia ter lhe ocorrido demonstrava como estava envolvido naquela confusão dela. E ele não era de se envolver em confusões.

Coll o chamava de esquivo, e ele preferia aquilo à descrição de Niall, que o via como calculista. Aden gostava de pensar em si mesmo como furtivo ou astuto, mas o epíteto de fato não importava. Ele era o irmão MacTaggert que os pais das moças não perseguiam com espadas e pistolas — não porque não se envolvesse com elas, mas porque se esforçava para não ser pego no ato.

Naquele momento, porém, poderia muito bem ser a sua natureza astuta — ou calculista — que melhor serviria a Miranda. Com sorte, a Miranda *dele*, depois que a salvasse do ogro.

— Suponho que você não conheça ninguém da Companhia das Índias Orientais que por acaso esteja baseado em Londres.

— Acho que meu pai talvez conheça. Ou quem sabe o Matthew.

— Não. Vou investigar de outra forma, ao menos por enquanto.

— Você não acredita que Matthew sairá correndo para contar tudo ao capitão Vale, não é?

— Não sei. — Aden semicerrou os olhos. — Seu irmão é uma ameaça, moça. E por mais que eu vá guardar seu segredo, vou ser franco com você: se Matthew está disposto a jogar a própria irmã no colo desse abutre, não tenho certeza de que *minha* irmã estará segura com ele.

— É por isso que vamos resolver isso, e depois vou convencer Matthew de que, se ele *olhar* de novo para um baralho ou um par de dados, vou quebrar todos os dedos dele. E você *vai* continuar me ajudando, certo? Se puder ser resolvido. Temos um acordo.

Um tremor percorreu os dedos de Miranda, no ponto em que tocavam a manga dele. Sim, ela podia até manter a lógica e certa visão sarcástica, mas sabia que havia caído em um buraco profundo. E Aden estava começando a perceber que o capitão Robert Vale não era nenhum principiante.

— Eu cumpro a minha palavra, moça — disse ele com a voz calma. — Mas pretendo ter uma conversinha com o seu irmão, quando eu achar que é seguro. — E mais útil. Ele respirou fundo. — Fiz algumas perguntas essa tarde, mas os da minha espécie, como você diz, tendem a só sair depois que escurece. O que...

Atrás deles, a criada tocou no ombro da patroa.

— Está ficando tarde, srta. Miranda.

O crepúsculo havia se instalado nos cantos e recantos das casas ao redor deles, e o céu estava de um marrom-azulado com bordas pretas. Quando aquilo tinha acontecido?

— Eu a acompanharei de volta. Ou até o mais perto possível — anunciou ele, dando meia-volta, com Miranda ainda em seu braço e passando pela criada e por um Loki de aparência entediada.

Ao se aproximarem de uma sebe bem alta, Miranda apoiou a mão livre no ombro dele, ficou na ponta dos pés e o beijou na boca.

— Obrigada por isso, Aden — falou, e voltou a caminhar ao lado dele, apressando os passos antes que ele pudesse abraçá-la.

Aden teve que andar um pouco mais rápido para acompanhá-la. Daquela vez, o calor da boca de Miranda, de seu hálito contra o rosto dele, se demoraram mais em sua pele. *Ela o beijara*. Aquilo significava alguma coisa.

— De nada, Miranda — respondeu Aden. — Mas não vou descer a rua correndo só porque você sente vergonha de gostar de mim.

Ela estacou de repente, quase o fazendo tropeçar.

— Não estou envergonhada. Mas sim… surpresa. E um tanto alarmada. Você não é tão vil quanto imaginei, mas ainda me deixa na defensiva.

Aquilo o fez sorrir.

— Se continuar flertando comigo desse jeito, vou acabar tendo vertigens.

O rubor no rosto de Miranda se aprofundou, mas ela apenas colocou a mão no braço dele e o puxou.

— Vou manter isso em mente — disse ela.

Capítulo 7

Aden baixou os olhos para a sua folha de registro e fez outra marca ao lado do número quatro. Agora só restava um quatro no baralho, em meio a uma variedade de mais ou menos vinte cartas. Fazia sentido apostar contra o quatro, mas ficar do lado da banca não rendia o bastante para manter o que tinha. Todos os setes permaneciam no baralho, o que explicava por que cada um dos outros três homens na mesa havia apostado que um sete faria o próximo vencedor.

Com um suspiro, ele transferiu sua aposta para a dama — não era uma aposta tão certa, mas aquilo a tornava mais interessante. Então, Aden se recostou na cadeira e ficou observando enquanto o crupiê virava um sete, fazendo dela a carta perdedora, e depois um dois. Bem, ele não havia perdido, de qualquer forma.

— Maldição — resmungou o homem mais velho e muito magro à sua esquerda, enquanto segurava por algum tempo outro par de fichas na mão antes de colocá-las no retângulo marcado como CARTA ALTA.

— Você acha que isso basta para mantê-lo entretido, Crowley, ou prefere que eu lhe pague uma cerveja? — perguntou Aden, deixando as próprias fichas onde estavam.

Ele costumava ser excelente no faro. Em geral, não precisava de uma folha de registros para lembrar quais cartas haviam sido distribuídas e quais permaneciam com o crupiê. Mas naquela noite Aden não estava jogando porque gostava, mas sim porque uma moça com grandes olhos castanhos e uma profunda antipatia pelos da espécie dele havia lhe pedido um favor, e ele decidira que havia encontrado a noiva que buscava. De algum modo, aquilo o fizera sair à caça de um homem que parecia um grande abutre.

Crowley riu.

— Uma cerveja é o maior lucro que verei essa noite. Pague-me uma cerveja, MacTaggert. Inferno... se me comprar duas, minhas finanças voltam ao azul.

— Não pode sair no meio do jogo — resmungou um dos outros jogadores, um homem minúsculo e mal-humorado que atendia pelo nome de Basker.

Aden se levantou.

— Não vou sair no meio do jogo. Estou indo me sentar a uma mesa onde eu possa ficar de olho em você. Mantenha a minha aposta na dama.

— Também vou ficar de olho em você, Basker. Clintock, ele vai roubar seus bigodes se você piscar.

O homenzinho franziu a testa de modo ainda mais sombrio.

— Como se alguém fosse querer esse emaranhado de penugem cinza.

Aden esperou enquanto os dois homens se provocavam, esforçando--se para esconder a impaciência, então seguiu Crowley até uma mesa de madeira arranhada e manchada a alguns metros de distância. A taverna Round Cow era a sua quarta parada em uma noite longa e frustrante e, a menos que conseguisse alguma informação útil de Crowley, não seria a última.

— Tenho visto você aqui e ali faz algumas semanas — comentou Crowley, enquanto duas canecas cheias eram pousadas com força sobre a mesa, fazendo a bebida derramar. Aden jogou um xelim para o taberneiro. — Mas nunca o vi usar uma folha de registro antes. Ou perder seu tempo em jogos de três xelins.

Aden deu de ombros, sem se surpreender com o fato de Crowley ter reparado. Os jogadores — os honestos, pelo menos — eram observadores. E ele havia descoberto cerca de quinze dias antes que Crowley tinha boas razões para gostar de números e ser proficiente em apostas.

— Um amigo recomendou o uso da folha. No entanto, não acho que valha a pena, especialmente com os outros rapazes na mesa olhando por cima do meu ombro para fazer as próprias apostas.

— Foi por isso que você marcou errado quatro das suas cartas?

Aden levantou a caneca, com um sorriso. Divertir-se parecia a melhor maneira de suportar a noite, e divertir-se um pouco com a folha de registros disfarçava o fato de que ele estava tendo que se esforçar muito para manter a mente concentrada na tarefa daquela noite.

— Se eles não conseguem contar sozinhos, não é culpa minha.

— Mas se eles perderem, não será para você, mas para a banca.

— Só estou aqui para me divertir.

Aquilo fez o homem mais velho bufar.

— Divertido seria o Jezebel's, onde todos os crupiês são moças bonitas e não diluem a cerveja com água do Tâmisa. Ao menos foi o que ouvi dizer. Aquele lugar é rico demais para o meu sangue, para não mencionar que a minha Mary me espancaria se descobrisse que estive lá.

— *Aye*. O Jezebel's é um espetáculo. Não tem discussão.

Aden estivera naquele antro de jogo algumas vezes. Era um bom lugar, mas o estabelecimento ganhava dinheiro porque seus membros acabavam tão distraídos com as moças que apenas um em cada dez deles sabia que cartas estavam segurando. Era fascinante ver a mistura de desdém e luxúria que emanava dos homens das classes altas quando se viam diante das moças para as quais geralmente não dariam uma segunda olhada na rua, mas ele preferia uma competição mais dura.

— Então, o que está achando de Londres, MacTaggert? O boato é que você e seus irmãos receberam ordens de encontrar noivas inglesas.

— É verdade. Meu irmão mais novo, Niall, já encontrou a dele. Coll e eu somos mais teimosos. — Aden tomou outro gole da cerveja fraca e sem gosto. — Por acaso você não conhece uma moça apropriada, não é?

Crowley riu.

— Nenhuma cujo pai não trabalhe para viver.

— Você tem filhos? Você trabalha em um banco, não é mesmo?

— Sim. Ao longo dos últimos trinta anos. E sim, tenho uma filha. Ela está casada há oito anos, com um açougueiro que nos oferece um belo e gordo assado de porco duas vezes por mês e que me deu dois netos.

— Acho que poderia me casar com uma moça se ela viesse com um bom assado de porco. — Aden girou a cerveja na caneca de metal e deixou os olhos assumirem uma expressão pensativa. — Conheço mais de um rapaz que perdeu a fortuna em apostas. Como você trabalha em banco, deve ter visto isso atrás do balcão, não é mesmo?

A expressão do outro homem se tornou séria.

— Sim, eu vi.

— E, ainda assim, você mesmo continua a apostar.

— Há uma razão para eu passar a maior parte do meu tempo apostando em estabelecimentos como o Round Cow, meu rapaz. Posso não ganhar muito, mas também não perco muito. Acredite em mim, por algumas das histórias que ouço de homens, jovens e velhos que acabaram de vender a última propriedade que tinham, ou que levam ao banco outros homens, mais habilidosos no jogo, e simplesmente passam cavalos, carruagens e casas para o nome deles... se eu perder mais de uma libra em uma noite, vou embora.

— Você é um homem sábio, Crowley. Porém, também há o outro lado, os mais habilidosos que não perdoam uma dívida feita em um momento de fraqueza. Você também os vê com frequência, indo ao banco para receber os seus ganhos?

— Já vi vários deles mais de uma vez — admitiu o bancário, abaixando o olhar desamparado para a caneca vazia.

Aden fez sinal para o taberneiro, pedindo mais duas cervejas.

— Ouvi falar de um que está aqui em Londres há pouco tempo, e que não está deixando nada além de destruição em seu rastro. Parece um falcão, um abutre ou algo assim, e gosta de usar seu uniforme de capitão da Marinha. Sabe de quem estou falando? Pergunto porque eu não gostaria de estar onde ele estiver.

— Sei. Eu o vi, sim. Um sujeito de aparência distinta. Estava com um homem robusto, um lorde Alguma Coisa. Eles entraram no Banco da Inglaterra algumas semanas atrás. Costumo ficar nos fundos, cuidando da papelada, mas senti vontade de tomar uma xícara de chá. Não tenho ideia do que estavam fazendo lá, mas o homem mais jovem, o rechonchudo, parecia bem... abatido.

O rapaz rechonchudo devia ser George Humphries. Ou seja, ou Vale gostava de estar por perto enquanto suas vítimas de chantagem faziam suas transações bancárias, ou lorde George havia entregado dinheiro ao capitão. Aden ainda não tinha certeza de que aquela era uma informação útil, mas sem dúvida era interessante.

— Você não o viu jogando?

Crowley bufou.

— Meu rapaz, eu aposto xelins. Aquele falcão e eu não frequentamos os mesmos círculos. Eu o vi caminhando na direção do Boodle's há mais ou menos uma semana. — Ele lançou um olhar avaliador para Aden. — Você é irmão de um visconde, não é? Tem mais chance de esbarrar com ele do que eu. Se pretende evitá-lo como disse, está se saindo muito bem permanecendo por aqui.

O bancário havia percebido que aquela não era uma conversa casual. Aden tinha quase certeza de que Crowley e Vale não frequentavam os mesmos círculos, ou teria abordado o homem à sua frente com mais cautela. Às vezes, encontrar alguém que *tivesse informações* a respeito de um homem era mais útil do que encontrar alguém que *conhecesse de fato* o homem em questão. Certa distância favorecia a honestidade. Aden deu outro gole na cerveja horrível e deu de ombros.

— Gosto de um desafio — disse, com um meio-sorriso.

— Posso não ter me sentado à mesa de jogo com esse homem, MacTaggert — falou o bancário, baixando a voz e se inclinando um pouco para a frente sobre a mesa —, mas tenho ouvidos, e meus caminhos às vezes se cruzam com os de um fidalgo como você. Não o conheço bem, mas você parece ser um sujeito decente. Mas esse outro homem, esse capitão… Bem, talvez seja mais prudente manter distância… como você afirma estar fazendo.

— *Highlander*, você perdeu seus quatro xelins — anunciou o minúsculo Basker, rindo. — E você também, abespinhado.

— Esse sou eu — comentou Crowley. Ele virou o resto da cerveja e se levantou. — Hora de encerrar a noite. De qualquer modo, a minha Mary deve estar me esperando em casa.

Aden passara algum tempo lendo o *Dicionário clássico da língua vulgar*, de Francis Grose, que se provara inestimável para interpretar que diabos a maioria daqueles ingleses estava falando. Ele teria que procurar "abespinhado" de novo, mas tinha quase certeza de que significava irritadiço... o que descreveria melhor Basker do que Crowley.

Terminou a cerveja e saiu da taberna. A julgar pelas badaladas dos sinos da igreja, passava pouco da meia-noite — ainda era cedo para festeiros e jogadores, mas ele não ia encontrar o que procurava nas tabernas e estalagens baratas nos arredores de Mayfair e Knightsbridge. Se queria saber como Vale jogava, quem ele mirava, que jogos preferia, precisava olhar mais de perto antes de estar pronto para se sentar diante do homem em uma mesa de jogo. E aquilo significava frequentar os verdadeiros clubes de cavalheiros — lugares onde o pai dele havia jurado nunca pisar, mesmo que o aceitassem. Lugares que Coll detestaria, com todos os belos fidalgos se fingindo de importantes.

Como, então, um *highlander* de sangue azul, mas sem relação com ingleses de alto escalão, conseguiria passar pelas portas do clube Boodle's, do White's, ou do Brook's?

Aden bufou, e seu hálito formou uma nuvem de vapor no ar frio da noite. Entrar e sair de lugares sem ser visto era uma coisa que ele fazia bem. Frequentar lugares como o Round Cow mal lhe rendera um ou dois olhares. Em um clube, no entanto, haveria apresentações, mais exposição e especulação. Seria necessário estabelecer relacionamentos. Dever favores. Assumir compromissos. No entanto, Aden escolhera o seu caminho. Libertaria Miranda para poder reivindicá-la para si mesmo.

Ele recuperou Loki, deu uma palmadinha no pescoço do cavalo e montou, seguindo para o norte, então para leste, em direção à Casa Oswell. Era quase escandaloso se pegar voltando tão cedo, mas Aden não estava com disposição para outro clube de jogo naquela noite. Bem, a menos que quisesse perder a camisa e o kilt, porque não conseguia pensar em nada além de como Miranda Harris estava atraente quando a encontrara, maldição, e como algo cálido e macio havia despertado em seu peito quando ele a beijara. Ele a saboreara e queria mais. Queria Miranda.

Assim como Robert Vale, ele havia encontrado o que queria. Mas, ao contrário de Vale, não estava disposto a arruinar vidas para ter o que desejava. Bem, uma vida, sim. Mas Robert Vale merecia.

— Aí está você — disse Coll, ajeitando o corpo, que estava encostado em um dos pilares do portão, enquanto Aden e Loki entravam no estábulo da Casa Oswell.

— Por que está esperando aqui? — perguntou Aden. Ele desmontou e entregou Loki aos cuidados de Gavin. — Sabe que só costumo voltar para casa perto do amanhecer.

— Eu tive uma ideia.

Aden levantou uma sobrancelha.

— Ora, posso compreender que isso realmente o deixaria desnorteado e o faria sair vagando no escuro depois da meia-noite.

— Uma língua afiada não vai me impedir de lhe dizer o que preciso, Aden. — Coll se colocou entre o irmão e a entrada lateral da mansão. — E se convencermos Matthew Harris de que ele não deseja fazer parte dessa família? Matthew ainda é jovem, e imagino que, se tem algum bom senso, quase se mija de medo quando nos vê.

— Você estaria disposto a partir o coração da nossa irmã, então? — retrucou Aden, mesmo sabendo que podia acabar com o noivado de Eloise e Matthew com meia dúzia de palavras cuidadosamente escolhidas.

— Se conseguirmos convencer *Matthew* a romper o noivado, ela não vai nos culpar.

— Ainda assim nossa irmã ficará com o coração partido, Coll.

— Então você de repente se transformou em um romântico? Foi atingido na cabeça?

— Alguma coisa assim — respondeu Aden. — Não desejo me casar com uma moça inglesa por ordem de outra pessoa — declarou, incapaz de evitar evocar um par de olhos castanhos escuros e cintilantes. — Mas prefiro argumentar com Francesca a arriscar o coração de Eloise só porque não estou disposto a arriscar o meu.

O visconde bufou.

— Isso não tem nada a ver com o *meu* coração. Todas as malditas moças que conheci aqui seriam sopradas por uma brisa forte. Não estou disposto a ser enforcado por assassinato se tentar beijar uma delas.

— Você disse que pretendia se casar com uma inglesa e deixá-la para trás, em Londres, de qualquer modo, então o que importa se o vento ou o seu beijo poderoso a derrubarem?

— Suponho que não importe, mas...

Aden semicerrou um dos olhos.

— Você mudou de ideia.

Coll franziu a testa.

— Não. Eu...

— Sim, é isso. Você viu como Niall e Amy estão encantados um pelo outro e sabe que poderia até gostar de estar apaixonado. É uma pena, então, que todas as moças de Londres achem que não passa de um demônio gigante que cospe pedras.

— Sou um homem alto com ombros largos o bastante para sustentar o meu corpo — retrucou o irmão. — E sou um *highlander*. Poderia dizer o mesmo de você e, ainda assim, as moças não fogem de Aden MacTaggert.

— Você foi cruel com Amy na noite em que a conheceu, Coll. Não acho que ela tenha comentado isso com ninguém, mas havia um bando de moças inglesas ao seu redor.

— Eu não queria me casar com Amy. Pedi desculpas a ela. E ela encontrou Niall, então acabou tudo bem. Inferno, estamos todos vivendo sob o mesmo maldito teto. — Coll franziu mais a testa. — Mesmo cercado de moças, você está tão longe de se casar quanto eu. Sinto cheiro de fumaça de charuto e cerveja em você. Portanto, não estava em nenhum baile elegante, dançando quadrilha, mas sim em um dos seus antros de jogo, e não há nenhuma moça casadoira neles.

Aden afundou o dedo no ombro gigante do irmão. Quando estivesse pronto para falar sobre Miranda Harris, ele o faria. Mas não seria naquela noite.

— Você é o menos provável de se casar, portanto não vou me preocupar em encontrar uma noiva até que você tenha uma. Não faz sentido eu arruinar a minha vida quando você vai quebrar o acordo e deixar a nós e a todos em Aldriss desamparados.

— Um dia desses essa sua esperteza vai colocá-lo em uma situação da qual não vai poder escapar, *bràthair* — murmurou Coll. — Não vai achar tão divertido quando for você na forca com uma corda amarrada no pescoço.

— Uhum.

Os dois entraram na casa pelos aposentos dos empregados e pela cozinha. Aden fez uma pausa para pedir que levassem algo para ele comer em seu quarto. Ele geralmente comia fora — afinal, nunca estava em casa enquanto o forno ainda estava quente.

— Coll, algum dos lordes dessa cidade se ofereceu para apadrinhar a sua entrada em um clube de cavalheiros? — perguntou, tentando soar quase entediado, como se estivesse apenas tentando puxar conversa.

— *Aye*, um ou dois. O pai de Matthew, Albert, disse que seria um prazer apadrinhar a minha entrada no Boodle's, ou mesmo no White's. Eu recusei. De qualquer forma, acho que terei ido embora de Londres de vez no final do verão. Não estou interessado em fazer papel de tolo para poder pagar para ser membro de um lugar que muito provavelmente nunca mais verei. — Ele parou quando os dois chegaram à escada principal, na frente da casa. — Por que está perguntando?

Aden deu de ombros.

— A maior parte das casas de jogo que encontrei não me oferece um grande desafio. Só estava me perguntando se nos clubes haveria jogadores, e jogos, melhores.

— Jogos com apostas que envolvam mais dinheiro, você quer dizer. É isso, não é mesmo? Você não fica feliz a menos que esteja arriscando a pele?

— Gosto mais quando há uma mínima chance de perder, e quando a recompensa por ganhar é mais do que uma moeda de cobre, admito.

— Bem, ouvi dizer que o jogo em alguns desses clubes é profundo o bastante para afogar você. Milhares de libras trocando de mãos. Em primeiro lugar, você não tem milhares de libras a perder e, em segundo lugar, não sei o que aconteceria se descobrisse que existem no mundo pessoas que são melhores do que você em alguma coisa. Talvez tivesse um ataque apoplético, ou acabasse desmaiando como um *sassenach*.

— Continue rugindo, gigante. Ganhar algumas rodadas de dados no jogo pode ser a única coisa que impede Aldriss de desmoronar de vez, caso você não consiga encontrar uma esposa e a condessa corte a nossa renda.

— Eu poderia encontrar uma maldita esposa amanhã. Só não encontrei nenhuma que consiga tolerar. Busque você as suas núpcias iminentes, Aden.

Estou fazendo isso.

— *Aye.*

Coll era mais inteligente e menos bárbaro do que havia mostrado, no tempo que estavam em Londres, mas começara da pior maneira possível. As inglesas o viam como um pretendente desajeitado, um urso grandalhão em meio às delicadas flores de Mayfair. Não era só culpa dele, mas aquele homem enorme tinha uma teimosia de quilômetros de largura. Em vez de admitir que se sentia zangado e emboscado pelo fato de que, depois de dezessete anos tão longe de lady Aldriss quanto a Grã-Bretanha poderia estar, a mãe decidira que o conhecia bem o bastante para ser capaz de escolher uma noiva para ele, Coll escolhera aceitar as consequências do seu comportamento naquela noite no teatro.

O irmão seguiu pelo corredor em direção à biblioteca, mas Aden continuou na frente da casa. Leitura, bilhar, cartas — nada daquilo o atraía muito naquela noite. Precisava pensar, e parar de imaginar Miranda Harris ao lado dele até descobrir uma maneira de salvá-la.

No patamar da escada principal, Rory permanecia em sua pose régia de sempre, com um novo gorro amarelo substituindo o verde que o cervo ostentava naquela manhã. Aden sabia que Eloise também havia enfeitado o veado, mas, a menos que estivesse enganado, aquele gorro pertencera a Jane Bansil, prima e antiga dama de companhia de Amy, que morava com eles na Casa Oswell desde que ajudara na fuga de Niall e Amy para a Escócia.

— Isso é de Jane, não é? — perguntou uma voz feminina suave, do topo da escada.

Aden praguejou em silêncio e se virou para encarar a mãe, enquanto a condessa descia os degraus para se juntar a ele no patamar.

— Acho que sim.

— Se a moça não fosse tão tímida, imagino que eu poderia encontrar um marido para ela até o fim da semana. — A mãe suspirou.

— Pelo menos ela está apaixonada por Rory. É um primeiro passo, suponho. E, por falar em casamento, como está indo a sua busca?

— Se Coll conseguir chegar ao altar, jogarei uma flor e me casarei com a moça que pegá-la — declarou Aden, passando por ela.

— Ninguém conquistou seu coração, então? — retrucou a mãe. — Miranda Harris, por exemplo?

Bròpan desceu correndo a escada para encontrá-lo, e Aden se agachou e coçou a spaniel atrás das orelhas.

— Acho que há duas moças na Inglaterra que conquistaram meu coração. Isso basta para qualquer homem.

— Ah. Presumo que esteja se referindo à sua irmã e a essa cachorra. Mas como você declarou que Bròpan é macho, então talvez esteja se referindo a Jane Bansil? Nossa, isso seria interessante...

— Não tente me casar com aquela moça. Ela tem coragem, *aye*, mas, se eu olhar para ela do jeito errado, isso com certeza a matará.

— Eu me vejo obrigada a concordar. Mas você podia ter me incluído na sua lista. Sou sua mãe.

Aden se aprumou e encarou a condessa, de compleição tão delicada.

— A senhora ajudou Niall, e o conquistou. Não sou tão generoso. Ou tão apaziguador. Eu me lembro das brigas que teve com o pai, e também lembro que não nos mandou nem uma mísera carta em dezessete anos.

— Eu... — Francesca se interrompeu. — Como você quiser, então, meu filho rebelde. O acordo permanece de pé. Encontre uma noiva inglesa. Eu o ajudarei se puder. Você só precisa pedir.

Aden assentiu e subiu a escada, com Bròpan em seus calcanhares. Ao chegar ao segundo andar, porém, ele se virou. Não queria a maldita ajuda da mãe, mas tinha uma parceira lá fora e, para dizer o mínimo, era complicado encontrar desculpas para vê-la e falar com ela.

— A senhora já considerou a possibilidade de convidar a família Harris para jantar aqui? Todos nos conhecemos, eu acho, mas ainda não fomos apresentados oficialmente. Ainda mais porque a sra. Harris e Miranda não estavam em Londres até a semana passada.

Francesca inclinou um pouco o gorro de Rory para a frente.

— Que ideia esplêndida. Amanhã talvez seja um bom dia... o convite seria um pouco em cima da hora, mas que eu saiba não há nenhum evento social importante. Você vai estar presente, então?

— Sim. Pelo bem de Eloise. — Aquilo soou fraternal, mesmo que não fosse o rosto da irmã que se recusasse a deixar seus pensamentos.

Não era apenas Miranda que ele queria — precisava — ver. Também precisava falar com um dos homens Harris. Miranda poderia ensiná-lo a ser um cavalheiro, por menos que ele se importasse com isso, mas ela não conseguiria colocá-lo dentro do clube Boodle's. Aquela temporada social em Londres, que ele imaginara que seria uma tortura, terminando em uma união desastrosa com o único propósito de manter o sustento de Aldriss Park, havia se tornado algo totalmente diferente. Algo instigante e carregado de esperança, que girava ao redor de uma jovem dama com muito bom senso e um problema muito grande nas mãos que não fora criado por ela.

Aden ficou parado diante da porta do quarto por um instante. Se ele fosse um rapazinho de alma poética, estaria pensando em ir a cavalo até a Casa Harris, escalar uma janela e encontrar o quarto de Miranda, para satisfazer aquela necessidade irritante e excitante de estar com ela.

Mesmo sendo um homem de mente prática — e não tão jovem, aos 27 —, a ideia o tentava. Aden endireitou os ombros, abriu a porta e entrou no quarto, enquanto a cachorra passava correndo entre as suas pernas e pulava na cama. Ele e Miranda tinham uma parceria, um acordo. E, quando a visse no dia seguinte, Aden queria poder contar a ela mais do que uma história sobre como Vale seguia as suas vítimas até o banco para receber seus ganhos.

De preferência, queria dizer a ela que o vilão se fora para nunca mais ser visto ou ouvido. Se aquilo não fosse possível, queria ao menos ter um plano, algo que pudesse fazer com que Miranda se sentisse segura, que pudesse realmente libertá-la. E não apenas porque os dois eram parceiros.

<hr />

A camareira passou a escova com força por uma mecha embaraçada do cabelo de Miranda. E de novo.

— Millie, por favor! — disse Miranda, estremecendo. — Não tenho a menor vontade de ficar careca.

— Ah! Ah, sinto muito, srta. Miranda. Não consigo evitar... ele... — Ela se inclinou e se aproximou da orelha de Miranda. — Ele beijou a senhorita — sussurrou —, e agora a senhorita vai vê-lo de novo essa noite. A sua mãe comentou que lady Aldriss disse que o jantar foi ideia dele.

Miranda olhou para a porta do quarto, embora tivesse certeza de que estava fechada. Ela encontrou o olhar da camareira no espelho da penteadeira e franziu a testa, enervada.

— Você está falando sobre isso o dia inteiro. De uma vez por todas, Aden MacTaggert não me beijou — afirmou.

— Mas...

— Ele gosta de jogos de apostas — interrompeu Miranda, afastando a lembrança e sentindo voltar a erupção de calor e desejo de quando Aden a beijara, a empolgação estranha e intensa que sentira quando ousara retribuir o beijo. — Ele queria ver se eu continuaria seu joguinho — completou.

— Mas ele ofereceu uma parceria e a senhorita concordou.

— Porque eu não queria que ele me desse as costas caso decidisse que toda essa situação era difícil demais para ele — respondeu ela, embora, por mais que dissesse aquilo, se visse obrigada a admitir que não conseguia imaginar Aden dando as costas para nada. — Agora estamos ajudando um ao outro. Faz muito mais sentido.

Millie voltou a escovar o cabelo dela.

— Como a senhorita disser, então.

Pelo sorrisinho travesso da camareira, ficava claro que Millie não acreditara em uma palavra. Seu ceticismo fazia sentido, porque Miranda também não sabia bem o que o beijo realmente significara. Fora como um raio disparando por seu corpo, e ela ainda se penitenciava por ter cedido àquela mistura surpreendente de emoção e anseio e tê-lo beijado de volta.

A suposição dela podia estar correta, afinal, e Aden talvez tivesse começado a procurar uma forma de conseguir uma saída rápida antes que tivesse que arriscar mais do que o seu tempo. Aquele beijo havia dito algo diferente, mas ele era exímio em não revelar os próprios pensamentos.

Miranda não conseguia encontrar um motivo para que Aden continuasse a lhe oferecer seus conselhos, a não ser por aquela declaração de que gostava mais dela do que ela dele. O fato de ele pedir orientações sobre como transitar por Londres a havia aliviado um pouco — só Deus sabe que ele não tinha demonstrado muita civilidade desde que o conhecera. Aden admitira, em voz alta, o desejo de ler *Tom Jones*, pelo amor de Deus.

Aquela barganha fazia a parceria deles se parecer... mais com uma parceria. Como se não dependesse de ele gostar dela, ou de ela perceber que Aden MacTaggert era muito mais complexo do que ela pensava. Ao mesmo tempo, ele a beijara. E ela o beijara de volta, maldição.

Miranda não conseguia parar de pensar naquilo, mesmo depois de um dia inteiro. De certa forma, apesar da situação inquietante, ela se sentia grata pelo gesto inesperado — afinal, por quase vinte e quatro horas, aquele beijo bobo tinha prendido mais a sua atenção do que seus problemas com Robert Vale.

Aquilo não poderia continuar, porque, por mais que Aden a confundisse e a inquietasse, o capitão Vale a aterrorizava. A ideia de Vale beijando-a, dele em sua cama, fazia seu estômago se revirar e sua cabeça latejar. Ela precisava encontrar uma forma de fugir.

E se aquilo significasse fazer uma barganha com o inquietante Aden MacTaggert — e se aquela barganha o impedisse de arruinar o casamento iminente de Matthew e Eloise —, valeria a pena. E ainda por cima teria uma desculpa para tê-lo por perto sem precisar admitir que ele talvez a intrigasse. E que seu cabelo comprido demais combinava com ele. E que da meia dúzia de beijos clandestinos que trocara na vida, apenas os dois últimos lhe haviam provocado arrepios.

— E se o sr. MacTaggert tentar beijá-la hoje à noite? — perguntou Millie, deixando de lado a escova para colocar um par de grampos prateados no cabelo de Miranda. — Para testar ainda mais a sua determinação, quero dizer.

— Estou percebendo o seu sarcasmo, Millie. Por favor, desista. O jantar dessa noite vai ser uma reunião de família, e Aden será meu cunhado. Todos, especialmente os irmãos MacTaggert, se comportarão muito bem. Eloise me disse que tê-los com ela aqui em Londres é como adotar de repente três leões muito grandes e protetores. Os três a adoram. E ela vai querer que causem uma boa impressão. Ainda não fomos apresentados formalmente até agora, os Harris e os MacTaggert.

— É claro, srta. Miranda. Peço desculpas pelo atrevimento. Mas ele é tão... — A criada suspirou. — Agradável aos olhos.

Sim, ele era mesmo.

— E perigoso para qualquer outro lugar do corpo — completou Miranda. Ah, sim, Aden tinha autoconfiança de sobra. Mas ela precisava se lembrar o tempo todo de que charme e autoconfiança só significavam que doeria mais quando ele se mostrasse além de seu alcance. Ou caso Aden não fosse tão habilidoso quanto pensava ser. Na experiência dela, ninguém era. — Agora, o que você acha? O que combina melhor com o verde, o xale prateado ou o marrom?

— Ah, com certeza o prateado.

— Concordo. Pode pegá-lo para mim? Posso ouvir o meu pai resmungando no saguão de entrada.

Pelo menos Millie não tinha comentado sobre o vestido verde que Miranda escolhera usar naquela noite. Sim, era adorável, enfeitado com contas de prata e uma frívola e delicada renda prateada cobrindo a saia esmeralda, mas também muito mais adequado para uma noite formal, para rodopiar em uma pista de dança e dividir espaço com grandes nomes. Se ela não o usasse naquela noite, sem dúvida a mãe lhe diria para usá-lo no dia seguinte, e Miranda não suportava a ideia de estrear um traje tão lindo em uma noite em que seria forçada a dançar uma valsa com o capitão Vale. Aquele vestido não era para ele.

Ela endireitou os ombros e informou a Millie que seus serviços não seriam necessários até de manhã. Então, abriu a porta do quarto e desceu para o vestíbulo.

— Boa noite, papai — disse com um sorriso, inclinando-se para beijá-lo no rosto.

— Ah, aqui está a única outra Harris que sabe ser pontual — comentou Albert Harris, retribuindo o beijo. — Entendo que a sua mãe deseje estar com a melhor aparência essa noite, embora ela sempre queira isso, mas não compreendo por que Matthew está demorando tanto. Acredito que os três irmãos de Eloise já o encontraram e ameaçaram matá-lo, não é?

Ela riu.

— Creio que sim. Niall talvez tenha mencionado apenas a remoção de um único membro, embora eu não possa ter certeza.

Ele assentiu.

— Mas é a primeira vez que você vai encontrar todos eles juntos. E a sua mãe também. Separados, eles falam sem rodeios de uma maneira bastante revigorante. Juntos, são... uma força que eu deveria estar feliz por não ter que enfrentar em um campo de batalha. E incluo lady Aldriss nessa avaliação.

Encarar apenas um deles do outro lado de uma mesa já estava parecendo bastante complicado.

— Eloise diz que eles são bastante indisciplinados — acrescentou Miranda, se afastando para abrir espaço quando a mãe se juntou a eles.

— Isso eles são mesmo — concordou Elizabeth Harris, com um sorriso. — Mas, nossa, como são belos. Você não acha?

— Sim — respondeu Miranda. — Deve haver alguma coisa na água da Escócia.

— Deveriam engarrafar e vender. — A mãe semicerrou os olhos. — Pensei que você fosse usar esse vestido de seda verde amanhã — comentou ela, enquanto ajeitava o colar de Miranda, que mostrava uma rosa de prata perfeita.

— Sim, mas não consegui evitar. É tão bonito.

— Também é feito para dançar. Posso perguntar se Francesca ou algum dos filhos pretendem comparecer ao baile dos Darlington amanhã à noite. Se nenhum deles for, você pode usá-lo de novo. Seu pai, Matthew e eu guardaríamos seu segredo.

Ah, se o único segredo dela fosse usar um vestido duas noites seguidas...

— Acho que Eloise pretende comparecer, mas Matthew deve saber dizer.

Enquanto falava, Miranda se virou para a escada. Mal colocara os olhos no irmão desde que ele a entregara ao capitão Vale, e tinha o forte palpite de que ela era a razão pela qual ele demorava tanto a descer. Ele mesmo causara o próprio desconforto, e Miranda não pretendia fazer nada para deixá-lo mais confortável. Afinal, a idiotice de Matthew a afetava muito mais do que a ele.

Na verdade, a única coisa boa naquilo tinha sido o amigo inesperado que conseguira, se é que ela podia chamar Aden assim. E talvez algumas das conversas com o *highlander*. E aquela... sensação de euforia em seu coração quando ele sorria, porque aquilo significava que havia descoberto algo útil. Aden MacTaggert era seu único aliado, e por esse motivo ela podia admitir que ansiava por vê-lo naquela noite. Um instante depois, uma porta bateu no andar de cima.

— Estou a caminho — disse o irmão de Miranda. — Não conseguia encontrar uma das minhas botas.

Quando ele apareceu no topo da escada, Miranda desejou que o irmão mais velho tivesse inventado uma desculpa para estar em outro lugar. Eles sempre tinham sido próximos — com apenas um ano de diferença de idade, cresceram com um interesse comum por pôneis, leitura e dança, e a ideia de casar surgira quase ao mesmo tempo para os dois. Durante todos os seus 23 anos, Miranda sempre vira Matthew como um homem amável, bem-humorado e querido. Ela também o considerava uma pessoa confiável, alguém que cuidaria dela como ela cuidava dele. Naquele momento, porém, tinha a impressão de que precisava reconsiderar aquelas ideias. Será que fora apenas sorte dela naquelas ocasiões em que Matthew afastara um pretendente indesejado? Ou ele realmente estava do lado dela até o momento em que caíra sob a influência de Vale?

Miranda preferia que fosse a última opção, que ele tivesse sido desencaminhado tão rápido que nem sequer percebera que estava perdido até ser tarde demais para que conseguisse encontrar o caminho de volta. Mas como Matthew não queria falar com ela, e como na última vez que o irmão *falara* com ela ele realmente tinha tentado convencê-la de que o capitão Vale seria um bom par, Miranda não tinha ideia do que pensar.

— Formamos um belo grupo — comentou o pai, acenando para o mordomo, enquanto Billings abria a porta da frente para eles.

— E tenho poucas dúvidas de que você terminará a noite com a maioria de seus membros ainda presos ao corpo, Matthew.

— Que coisas violentas você diz, meu bem, e ainda assim continuo achando graça. — A mãe deu o braço a Miranda enquanto as duas saíam para subir na carruagem dos Harris. — Sempre gostei de Eloise, mas devo confessar que a acho ainda mais encantadora sabendo que ela tem três irmãos gigantescos. E dois deles ainda solteiros.

A risada de Matthew soou desconfortável, mas talvez fosse só impressão de Miranda.

— A senhora não soube, mamãe? Mia está interessada em certo capitão da Marinha.

— Ainda bem — interveio o pai. — Ouvi dizer que Aden, o irmão do meio, foi visto frequentando o Jezebel's e outros estabelecimentos menos… recomendados. — Ele deu uma batidinha no teto, e a carruagem começou a se mover. — Antros de jogo. Você não precisa se apressar em fazer amizade com ele, Matthew, nem achar que precisa sair para jogar com o homem para ganhar seu respeito.

— Sei disso, papai — respondeu Matthew, a voz tensa, sentado no banco voltado para trás, ao lado de Miranda. — Ele ainda não me pediu para acompanhá-lo e eu não me ofereci.

— Ótimo. Se o navio dele afundar, você não precisa estar a bordo. Nem deve abrir buracos em seu próprio navio.

O irmão se empertigou no assento.

— Estou entendendo as metáforas, papai. Eu aprendi a minha lição.

— Pelo que sei, Aden também é um grande leitor, e isso é sempre atraente em um homem. — Elizabeth Harris se inclinou para a frente para ajeitar a saia de Miranda. — Ele esteve aqui em casa outro dia, perguntando sobre um livro que Miranda mencionara.

— É mesmo? — Albert ergueu uma sobrancelha. — Que livro?

Maldição. Miranda pigarreou.

— Alguém falou do livro de brincadeira e comentei que tínhamos um exemplar. Só isso.

Até Matthew olhou-a de soslaio.

— Mas que livro era?

Miranda suspirou.

— *Tom Jones*.

— *O quê?* — Elizabeth Harris enrubesceu fortemente. Matthew começou a rir.

— E você teve que buscar o livro para ele?

— Eu não fazia ideia de que ainda tínhamos um exemplar em casa — comentou o pai. — Não leio esse livro há anos.

— Ora, e não vai ler de novo — retrucou a esposa. — Deus do céu. Diga ao rapaz que pode ficar com o livro, Miranda, mas que não conte a ninguém como conseguiu. Não quero que saibam que possuímos obras tão picantes, muito menos que costumamos emprestá-las a outras pessoas.

E agora Miranda tinha uma desculpa para falar com Aden em particular mais uma vez. *Tom Jones* estava provando ser muito mais útil do que ela esperava. Seu coração estava acelerado apenas pelo medo de Aden ter mudado de ideia, ou por ele não ter encontrado nada útil, disse a si mesma. Não porque ela estava ansiosa para vê-lo. Para trocar algumas palavras com ele. Para beijá-lo.

— Direi isso a ele essa noite. Não se preocupe. Acho que o sr. MacTaggert estava apenas curioso.

Quando a carruagem parou diante da majestosa Casa Oswell, Eloise saiu para encontrá-los antes que Smythe, o mordomo, pudesse fazê-lo. A afeição genuína e óbvia entre ela e Matthew era comovente — ou tinha sido, antes de Matthew decidir que vender a irmã para um apostador era uma escolha melhor do que permitir que rumores sobre suas dívidas terminassem seu noivado.

Alguém tocou o rosto de Miranda, e ela se assustou.

— Desculpe?

O sorriso da mãe desapareceu.

— Eu só perguntei se você pretende passar a noite toda aqui na carruagem. Qual é o problema, minha querida?

Miranda reuniu seus pensamentos dispersos e desceu apressada da carruagem para a entrada de paralelepípedos.

— Não há problema algum, mamãe. Eu só estava sonhando acordada.

— Com alguém em particular? Um escocês? Ou um capitão da Marinha aposentado, talvez? Você sempre teve homens se jogando aos seus pés, mas se não me engano essa é a primeira vez que retribui o interesse. E de dois deles de uma vez. — Elizabeth Harris sorriu, a expressão bem-humorada e um pouco atrevida. — Você é quase escandalosa.

— Eu gostaria de conhecer esse rapaz, esse Vale — interveio o pai. — É melhor ele não ser moderno demais a ponto de pedir a minha permissão para...

— Não a constranja, meu bem — interrompeu Elizabeth. — Nossa Miranda é cautelosa com o coração dela, e aprovo que seja assim.

Aquela era ela. Cautelosa com o coração. Fora exatamente por isso que, mesmo depois de receber quase uma dezena de pedidos de casamento nos cinco anos anteriores, Miranda permanecia solteira. Um de seus pretendentes bebia com uma liberalidade excessiva, o outro era baixo demais, outro parecia mais interessado em Matthew do que nela, enquanto um outro... Miranda nem conseguia se lembrar. Devia ser um jogador. Ela recusara vários deles.

Talvez, se tivesse sido menos cautelosa com o próprio coração, se tivesse arriscado acreditar que o homem que a convidava para compartilhar uma vida ofereceria algo mais do que ele mostrava na superfície, ela não estivesse naquela confusão agora. Matthew estaria encrencado da mesma forma, mas ela poderia permanecer alheia ao fato de que ele arruinara a si mesmo — e aos pais deles — em apenas seis semanas. Pelo menos até que fosse tarde demais, porque ela não teria tido como tomar nenhuma atitude que evitasse o desas...

— Se não prestar atenção para onde seus pés a estão levando — ela ouviu o sotaque baixo de Aden logo à sua frente —, pode acabar em algum lugar perigoso.

Capítulo 8

MIRANDA LEVANTOU O OLHAR E descobriu que havia passado direto pelas portas do salão de visitas da Casa Oswell e estava seguindo pelo corredor, a caminho da cozinha. A alguma distância dela se ouviam ruídos e risadas vindo do salão grande e bem iluminado, mas ela não se sentia parte daquilo. O futuro que via diante de si não era algo que pudesse abordar, e aquilo a fez se ressentir da felicidade de Eloise e Matthew. Não era louvável se sentir daquela forma, e ela decerto não queria reverter o castigo para os dois, para que fossem magoados em seu lugar. No entanto, a alegria deles fazia a dor de Miranda parecer mais intensa.

— Moça, aconteceu mais alguma coisa?

Aden estava parado em um dos lados do corredor, as costas apoiadas na parede e uma longa perna dobrada para trás, a sola da bota marcando a superfície rígida atrás dele. Usava um kilt, como se estivesse determinado a não se encaixar entre os que chamava de *sassenachs*.

— Por que você não contou a sua família sobre essa confusão? — perguntou ela, e avançou até os dois ficarem cara a cara e ela ter que levantar a cabeça para encontrar o olhar dele.

— Você me pediu para não dizer nada — respondeu Aden, sem se mover.

— Você não me conhece. Na verdade, *só* o que sabe a meu respeito é que não gosto de você. — Aquilo não era mais verdade, mas ela precisava dar seu ponto de vista. — Por que faria o que eu lhe pedi quando o futuro da sua irmã pode estar em jogo?

Ele semicerrou os olhos.

— Eu a desafiei a desvendar um truque de cartas, e você fez isso. Temos um acordo...

— Não. Isso não é justificativa.

— Você fez uma barganha comigo. Vai me ensinar a me comportar como um *sassenach*, e eu a ajudarei a navegar pela mente de um jogador.

Miranda balançou a cabeça.

— Estou navegando pela mente de um jogador. A sua. Isso é um jogo para você? Pretende se envolver na minha vida, criar mais problemas, então ir embora quando não encontrar uma solução fácil? Vai arruinar tudo para Matthew e para sua irmã quando não conseguir consertar tudo em um estalar de dedos?

— Não pretendo estalar os dedos e me render, mas sim, se não estiver convencido de que o seu irmão é confiável, contarei ao restante dos MacTaggert o que descobri. Não vou arriscar Eloise.

No corredor, alguém pigarreou.

— Fui enviado para descobrir onde você está, Mia — comentou Matthew, parecendo desconfortável quando a irmã se voltou para encará-lo.

— Estou tendo uma conversa particular, Matthew — retrucou Miranda. — Diga a eles... que estou discutindo literatura e que logo me juntarei aos outros.

— Eu... É que não parece apropriado você ficar aqui sozinha com um homem, você entende.

Miranda levou as mãos à cintura.

— É mesmo? Você está preocupado com a minha reputação, irmão? Com as minhas perspectivas de futuro?

— Mia, não...

Miranda segurou a lapela do paletó de Aden, ergueu o corpo junto ao peito dele e beijou-o na boca. *Rá.* Aquilo calaria a boca de Matthew.

Então, a boca de Aden se tornou mais suave, moldando-se à dela. E, por mais que nenhuma outra parte do corpo dele se movesse,

Miranda se sentiu cercada, aquecida e devassa. Ah, Deus, ele sabia beijar. Ela enfiou os dedos da outra mão no cabelo dele e se aproximou mais. Então, antes que decidisse arrastar Aden para o chão ali mesmo no corredor, Miranda interrompeu o beijo e se virou para o irmão, que os encarava boquiaberto.

— Então? Você não vai dizer à mamãe e ao papai que eu sou uma prostituta devassa ou alguma coisa parecida? Não, você não vai, porque você é muito pior. Eu me juntarei a vocês em breve. — Ela dispensou-o com um aceno e, ainda irritada, se voltou para Aden, que estava se divertindo. — Vá embora, Matthew. Sou capaz de cuidar de mim mesma. — Miranda enfiou um dedo no peito firme de Aden. — E você. Pare de rir.

— Eu não estou rindo — retrucou ele, na mesma voz baixa que estava usando desde que aparecera na frente dela. — Estou parado aqui sendo esfolado e queimado ao mesmo tempo.

Assim que Matthew recuou pelo corredor e desapareceu no salão de visitas, Miranda voltou a si.

— Peço desculpas por usá-lo para deixar claro um argumento.

— Você só precisa se desculpar, Miranda, se não estivesse com vontade de me dar aquele beijo. Porque, caso contrário, estou me sentindo muito bem essa noite. Mesmo com você tendo acabado de lançar insultos contra mim e de duvidar que eu pretenda terminar o que comecei.

Ah, sim, ela estava fazendo aquilo antes de Matthew aparecer, não é mesmo?

— Você perturba demais o meu equilíbrio, Aden MacTaggert. Gosto que as coisas façam sentido. E você não faz sentido.

— Ora, porque sou um jogador e sou honesto ao mesmo tempo?

— Porque não acho que você dê a menor importância aos costumes britânicos e ainda assim concorda com uma parceria que vai resolver todo o meu futuro, tendo como retorno apenas algumas aulas para aprender que garfo usar no jantar, e ainda está disposto a dizer que estaríamos quites.

— Eu não disse que estaríamos quites — respondeu ele. — Mas sim que estou satisfeito com o acordo. Portanto, diga-me algo que preciso saber sobre a aristocracia e continuaremos a nossa conversa.

Miranda semicerrou os olhos.

— Você não está se encaixando na aristocracia de propósito — afirmou. — Não pode usar um kilt para eventos formais sem imaginar que as pessoas vão olhar torto para você. *Highlanders*, em particular, são... bem, quase temidos em algumas casas, mesmo agora.

— Ótimo.

— Não, não é ótimo. Você afirma que está procurando uma noiva. Uma jovem precisa da permissão do pai, e também da mãe, para se casar. Um sogro não quer ter medo do genro nem se sentir intimidado por ele.

— Hum... Talvez eu encontre uma moça órfã, então.

— Você é muito irritante! — exclamou ela, batendo com o punho no peito dele e tentando não se deter na constatação de que era o mesmo que tentar bater em uma parede de pedra. — Qual é o seu interesse em me ajudar? Porque não permitirei que o meu futuro esteja à mercê de alguém que me vê como uma distração, uma pessoa para provocar e com quem se divertir até que algo mais interessante apareça.

Aden se afastou da parede e se aprumou. Miranda sabia que era alta para uma mulher, mas ele ainda conseguia pairar bem acima dela.

— Se não deseja a minha ajuda, Miranda — murmurou ele —, basta me dizer. Mas, cá entre nós, não lhe dei motivo para continuar a me insultar. Sei que me procurou porque achava que eu era o mesmo tipo de patife que Vale. Mas estou repetindo para você nesse momento que não sou um patife.

As palavras dele faziam sentido, mas saber daquilo não aliviou o calor que crescia dentro dela, a ansiedade de fazer alguma coisa — qualquer coisa — para acabar com aquela sensação de que a sua vida estava fora do seu controle.

— Preciso argumentar que isso é o que um patife diria — disse ela.

Aden inclinou a cabeça, o cabelo escuro e ondulado caindo sobre um dos olhos.

— É você que está conspirando com jogadores, guardando segredos e procurando uma maneira de enganar alguém com quem seu irmão tem uma dívida legítima.

— Você está sugerindo que estou errada?

Um sorriso lento curvou os lábios dele, e Miranda prendeu o fôlego. Maldito fosse ele, de qualquer modo. Nenhum homem tinha o direito de ser tão... diabólico e parecer tão belo, maldição.

— Não estou sugerindo. Estou... supondo que você não odeie jogadores apenas porque seu irmão perdeu um cavalo. Tem algo mais nessa história, e eu gostaria de saber o que é.

E ele conseguiu surpreendê-la de novo.

— Nós não falamos sobre isso — declarou Miranda, tentando usar um tom desdenhoso.

— "Nós"? É uma questão de família, então. Alguém que perdeu a cabeça e o resto de vocês teve que pagar por isso, imagino.

Qualquer segundo que ela tivesse gastado achando que aquele *highlander* à sua frente tinha mais bravata do que cérebro fora equivocado. O homem tinha uma percepção afiada, a ponto de provavelmente ser capaz de tirar sangue. Miranda fitou-o por mais alguns segundos. Confiar a sua reputação a Aden estava começando a parecer a coisa mais inteligente que já fizera.

— Meu tio, John Temple, perdeu tudo. O homem com quem contraiu a dívida se recusou a tirar a casa da família, mas insistiu que o tio John pagasse o que lhe devia. Da última vez que ouvi falar do meu tio, ele estava em algum lugar dos Estados Unidos tentando fazer fortuna. Meus pais estão pagando as contas da casa dele, para apoiar a minha tia Beatrice e as duas filhas dela. E é por isso que não gosto de jogos de azar. Ou de jogadores.

Ele inclinou um pouco a cabeça.

— Não conheço o seu tio, moça. Não peguei o dinheiro dele. Não mandei o homem para um clube de jogo ou coloquei cartas na sua mão. Ou você tem medo de que todo homem que jogue cartas *seja* como o seu tio? Se eu tivesse uma moça e filhos em casa, não arriscaria a minha fortuna na sorte.

— Isso é o que você diz.

— Espere um pouco. Você mesma não está tão acima dos reles mortais, Miranda Harris. Quando estava conseguindo arrancar respostas de Vale, você gostou de saber que ele não tinha ideia do que estava acontecendo, não é? Assim como gosta de saber que está planejando enganar o desgraçado.

Ele estava insinuando que ela gostava do risco de tudo aquilo? *Tolice!*

— Você está enganado. Não gosto nem um pouco de estar nessa situação, e também não gostei de não saber que bem iria me fazer descobrir mais sobre o capitão Vale, como você me disse para fazer. Tudo o que sei é que com certeza não quero me casar com ele.

— Também não quero que você se case com ele. — Aden deu de ombros. — Talvez seja simples assim.

Miranda fitou-o por um instante. Nada era simples no que dizia respeito a Aden MacTaggert. No entanto, ele nem piscara ao saber sobre o tio dela. O que quer que Aden quisesse dela, ele não parecia se importar em guardar seus segredos. E, por algum maldito motivo, ela lhe confiava um número cada vez maior deles.

— Então você só quer que eu fique livre das maquinações de Vale? Você não tem interesse em…

Aden segurou o rosto dela entre as mãos e a beijou. Miranda tinha achado que a sua tentativa de beijá-lo tinha sido ousada, mas aquilo… Um calor intenso a percorreu, provocando faíscas em seu couro cabeludo até ela se sentir escaldada até os ossos. Ah, céus, ela queria… *aquilo*. Fosse o que fosse, ela queria. Miranda cravou os dedos nos ombros do *highlander* e colou o corpo ao dele, para retribuir o beijo.

Aden a guiou para trás até as costas dela encontrarem a parede oposta do corredor. Lábios, dentes, língua, mordiscando, chupando, as partes de Miranda que ainda podiam pensar se perguntavam se ela acabaria consumida por aquele fogo. Se tudo fosse… elétrico daquele jeito, ela queria ser devorada. Queria subir por dentro dele, senti-lo ao seu redor, insana, devassa e desesperada pelo toque de Aden.

Quando ele ergueu uma das mãos para tatear a porta ao lado dela, Miranda gemeu e empurrou seus ombros.

— Não.

Um som profundo subiu pelo peito de Aden, e ele deu um passo para trás. Então apoiou a testa na dela e passou as mãos nos seus ombros.

— Como você quiser — murmurou ele —, mas vou precisar de um minuto antes de estar apresentável.

Ela mesma também precisava de alguns instantes para se recompor.

— É porque você gosta de mim? — perguntou Miranda, ainda se apoiando nos ombros dele. — É por isso que está me ajudando?

Aden riu, beijou a testa dela e se aprumou.

— Não é porque eu *não* gosto de você, moça de língua afiada. Você está se aproximando de um lugar escuro onde as velas derretem até se apagarem e os homens apostam suas vidas em uma virada de cartas. Onde um homem vê um modo de conseguir algo que sempre quis e não se importa se seus desejos coincidem com os de outra pessoa ou não. Onde as suas regras inglesas diurnas não se aplicam.

— Mas eu não quero estar nesse lugar.

Ele inclinou um pouco a cabeça, e algo que poderia ser decepção passou pelos olhos dele, mas passou tão rápido que ela não conseguiu ter certeza se havia apenas imaginado.

— Tem certeza disso? Não a atrai a ideia de poder decidir que regras deseja seguir, contando apenas com a própria sagacidade para dizer se vai ganhar ou perder? Você acha que as suas regras de boas maneiras estão mantendo Vale acordado à noite?

Miranda nunca havia encarado seu dilema daquela forma antes. Matthew e o tio John — será que era só um caso de não terem entendido as regras? Aquilo não explicava tudo, e parecia algo que um jogador diria, mas ao mesmo tempo ela precisava reconhecer que Vale jogava de acordo com as próprias regras, e Miranda jogava de acordo com as da alta sociedade. Regras que não tinham sido criadas por ela. Com certeza aquilo dava vantagem ao capitão. Mas o que significaria jogar de acordo com as próprias regras? Ainda precisaria seguir as regras da alta sociedade — ou se veria obrigada a segui-las, se quisesse retomar a vida de antes, depois de tirar de cena de vez o terrível homem de uniforme naval.

— Por que eu não iria querer seguir as regras e princípios da alta sociedade? — perguntou Miranda, com certa esperança de que ele tivesse uma resposta para aquela pergunta. — É onde eu vivo.

— Em primeiro lugar, as regras da sociedade dizem que seu irmão perdeu cinquenta mil libras, então você deve cumprir quaisquer termos que ele e Vale tenham estabelecido. Dizem que seus pais não devem ser afligidos e que não pode haver um escândalo, então você deve se casar com o desgraçado e fingir ser feliz pelo resto da sua vida.

Aquilo era um pouco simplista, mas também parecia... verdadeiro. Miranda já vira a sua cota de casamentos infelizes — uniões em que o casal se detestava, mas permanecia junto por causa das convenções sociais ou porque um lado ou outro se beneficiava com o casamento.

— Não posso fugir.

— Moça, não estou sugerindo que você vá a lugar nenhum. Estou me perguntando se está disposta a enfiar o pé na lama, a se sujar um pouco, para se livrar de Robert Vale. — Ele deu de ombros e baixou os olhos para a boca de Miranda de um jeito que voltou a fazê-la arder por dentro. — O que estou sugerindo é que você pode acabar descobrindo que gosta de fazer as coisas do seu jeito.

Ela sabia que ele não estava falando apenas sobre o dilema com Vale. Miranda engoliu em seco.

— E você estaria disposto a me mostrar esse... lado obscuro? A ser o meu guia?

Aquele sorriso voltou a curvar os lábios dele.

— *Aye*. Eu estaria disposto a ser o seu guia através da escuridão. E você pode me guiar através da luz. Talvez cada um de nós aprenda algo valioso.

Ah, só a lembrança daquela conversa a manteria acordada pelas cem noites seguintes...

— Ainda não acho que isso dá pesos iguais a essa parceria. E não posso lhe pagar, mas, quando Matthew e Eloise se casarem, seremos mais ou menos como irmão e irmã. Se...

— Vou encerrar essa parceria se me chamar de irmão mais uma vez — interrompeu ele, aborrecido. — Sabe que eu quero você. Diga algo sobre isso antes de darmos mais um passo.

Para um jogador escocês bárbaro, Aden MacTaggert parecia ter um traço forte de... honra.

— Se eu lhe pedisse para parar de me beijar e de flertar comigo, você pararia? — perguntou Miranda.

Ele ajeitou a postura de novo, parecendo se afastar dela não apenas fisicamente.

— *Aye* — respondeu Aden, a voz sem qualquer inflexão.

— E continuaria a me ajudar?

— Eu lhe dei a minha maldita palavra, Miranda. Não poderia chamar a mim mesmo de homem se não a mantivesse.

— Vamos nos juntar às nossas famílias, então, certo?

Ela se forçou a soltá-lo e se virou na direção do salão de visitas. Aden pousou a mão em seu ombro, detendo seu avanço com a eficácia de uma parede.

— É o que você está me pedindo, então? Para parar?

Miranda soltou o ar com força, tentando parecer mais corajosa do que se sentia, e o encarou.

— Acho que deixei claro que sei dizer o que desejo. Ah, e se alguém perguntar sobre o que estávamos conversando, a minha mãe está muito envergonhada por termos a cópia de *Tom Jones* que você pegou emprestado, e eu lhe dei o livro em segredo e pedi para que nunca mencionasse que veio da casa dos Harris.

Os dedos de Aden apertaram por um instante o ombro dela, então seus lábios roçaram a nuca de Miranda.

— Você é capaz de acabar comigo, moça. E anseio por isso.

De uma forma terrivelmente vertiginosa, ela também.

⚬⚬⚬

Algo ao longo da hora anterior havia mudado de eixo. Talvez o beijo de Miranda, quando ela se aproximara e colara a boca à dele apenas para dar uma declaração perante o irmão, houvesse confundido seu cérebro. Porque ela não tinha dito que gostava dele, e também não dissera que não gostava, mas, se Aden fosse um homem afinado, estaria cantando. Ele manteve o tom brincalhão e leve na conversa com a sra. Harris, enquanto o enigma que era a filha da mulher continuava a enlouquecê-lo.

Tinha a sensação de ter recebido algum tipo de permissão, até certo ponto. Miranda entendera que apelar para a honra de Vale, ou confiar na esperança de que o capitão agisse contra seus próprios interesses, era tão útil quanto um gato pastoreando ovelhas. O senso de decência dela quase garantira a vitória a Vale — não conseguiria detê-lo fazendo nada dentro dos limites da alta sociedade.

Mas Miranda enfim havia entendido que eles talvez tivessem que recorrer a alguma coisa — várias coisas — que a sociedade consideraria desleal. E, ao menos em teoria, ela parecia disposta a sair um pouco do ambiente cor-de-rosa, confortável e decoroso em que vivia e fazer o que precisava ser feito. Fosse o que fosse.

Aquilo significava que ele agora precisava de um plano além de só se mostrar visível a Vale e talvez estimular algumas perguntas. Precisava se tornar uma ameaça. E grande. Por sorte, era capaz de desempenhar aquele papel com bastante naturalidade. Quando a conversa no salão parou por um momento, Aden se inclinou para a frente.

— Senhor Harris, Coll comentou que o senhor se ofereceu para recomendá-lo no Boodle's. Eu me pergunto se poderia fazer isso por mim, já que Coll nunca será civilizado o bastante para entrar pelas portas de um clube de cavalheiros.

— Não tenho motivos para contestar isso — afirmou Coll.

Aden pedira um favor a Harris, neto de um marquês, coisa que nenhum verdadeiro cavalheiro inglês faria, mas ser considerado um escocês idiota, sem qualquer senso de civilidade, lhe fora útil em várias ocasiões. Às vezes, ser aquilo que as pessoas esperam era a coisa mais inteligente que um homem podia fazer. E se Miranda desejasse instruí-lo mais tarde sobre a etiqueta adequada para aquele tipo de situação, ora, ele não faria nenhuma objeção.

Albert Harris tomou um gole de conhaque e sorriu.

— Seria uma honra. Na verdade, vou encontrar alguns amigos lá amanhã, para almoçar. Sua presença seria bem-vinda.

E era assim que um patife usava as boas maneiras dos outros para conseguir o que queria. A não ser pelo fato de que, naquele caso, Aden estava agindo daquela forma para ser heroico, pelo bem de uma donzela de língua afiada em perigo, que tinha insinuado por alto que as atenções dele eram bem-vindas. Atenções que, no mínimo, incluíam beijos.

Aden assentiu.

— Obrigado. A que horas devo estar lá?

— Ah. Passarei aqui na Casa Oswell com a minha carruagem à uma hora, certo? E… o traje é uma roupa adequada para o dia.

— Ele quer dizer que você não pode usar um kilt — esclareceu Coll com uma risada, divertindo-se com os modos tão ingleses.

— Sei o que ele quer dizer — retrucou Aden em voz alta. — Assim como sei me vestir como um *sassenach*.

— Eu gostaria de poder ver isso — comentou a irmã dele, Eloise, sorrindo. — Um MacTaggert no Boodle's. Deus do céu, o White's talvez seja o próximo.

Aden não se importava com o clube em que entraria, mas as histórias que ouvira ligavam o capitão Vale ao Boodle's. Depois que conseguisse garantir a sua entrada lá, ele poderia atacar em duas frentes: pessoal e comercial. Porque para Vale o jogo seria um negócio.

Aden não gostava daquele homem desde o início — arruinar Matthew Harris para cravar suas garras em Miranda Harris e tirar o que queria dela como se tirasse uma pulga de um cachorro era algo desprezível. Mas no momento, com o desejo que sentia pela moça ardendo em suas veias, ele não queria nenhum outro homem arfando atrás dela por qualquer razão que fosse. *Aye*, ele a queria para si e mandaria para o inferno qualquer um que se interpusesse em seu caminho.

Saber que Miranda se esquivara dele por causa do que acontecera com o tio servira para tranquilizá-lo um pouco. A família fora mordida duas vezes, e lá vinha ele, parecendo outro cachorro. No entanto, os MacTaggert não criavam cachorros. Eles criavam lobos.

— Eu quase esqueci de lhe perguntar, Francesca — disse a sra. Harris, enquanto Miranda se adiantava para se sentar ao lado da mãe... e bem diante de Aden —, vocês vão ao baile dos Darlington amanhã à noite?

Aquele era o baile para o qual Vale havia exigido duas danças com Miranda. Aden não tinha ideia se a mãe estaria presente, ou se algum dos seus filhos havia sido incluído no convite. Mas sabia que precisava arrumar um jeito de estar lá.

Ele olhou para Miranda, que ria de algo que Amy tinha dito, um comentário sobre o prazer de se tornar parte de uma família grande. A família *dele*, a que haviam sido acrescidas três moças nas últimas seis semanas. Dezessete anos antes, Aden havia sido privado da mãe e de uma irmãzinha, e agora tinha as duas de novo, junto com uma esposa para Niall. Ele adorava Eloise, toda rendas e risos, e tão esperta que não demorara muito para ter os irmãos na palma da mão, mas em Francesca Aden ele ainda não confiava. Caso se permitisse ser ferido por ela de novo, a culpa seria só dele.

O cabelo escuro de Miranda, que estava preso para trás, tinha uma sinfonia de cachos rebeldes que haviam se soltado do penteado e balançavam quando ela virava a cabeça. Cílios longos emolduravam os olhos castanho-escuros que de modo geral escondiam qualquer traço do dilema que ela enfrentava, muito mais do que ele teria esperado de uma moça inglesa elegante. Mas era fato que ele parecia ter sido brindado com mais informações sobre o caráter dela do que até mesmo seus amigos mais queridos. E gostava do que lhe fora permitido ver, gostava que Miranda confiasse nele, mesmo que fosse porque o considerava mais um vilão do que um herói.

Aye, ele tinha a intenção de se casar com ela. Mas o que queria fazer naquele meio-tempo não parecia nada heroico. Só porque ela não o pegara olhando para a curva do seu quadril e para o volume dos seios generosos sob o decote baixo a que dava preferência em seus lindos vestidos não significava que ele não estivesse olhando, que não estivesse imaginando suas mãos acariciando-a em todos os lugares que a seda verde elegante não ousava abraçar muito.

Ele era o MacTaggert esquivo. De uma hora para outra, ninguém sabia onde poderia estar. Aden costumava deixar uma moça satisfeita, e também sem saber se ele pretendia voltar a visitá-la. Os irmãos podiam até desconfiar, mas com frequência se enganavam sobre em quem ou no que ele estava interessado. Viver de qualquer outra forma fazia Aden se sentir como um inseto na ponta do alfinete de um colecionador: exposto, catalogado e preso.

Não importava o que tivesse decidido: caso aparecesse com Miranda em público, ou se envolvesse em uma disputa com Vale por causa dela, não haveria como se safar — estaria declarando a toda a sua maldita família intrometida que estava determinado a tê-la, que ela era a sua escolhida. E se Miranda recusasse, o que parecia provável, apesar da sua ânsia em beijá-lo nas sombras, todos saberiam que ele fizera uma aposta por ela e perdera. Afinal, era Miranda quem tinha a reputação estabelecida na sociedade, tendo sido por isso que Vale exigira sua mão em casamento.

Aden sentiu alguém envolver seus ombros por trás, e Eloise se inclinou na cadeira em que ele estava para dar um beijo em seu rosto.

— Pare de encarar Miranda — sussurrou ela. — Achei que vocês dois poderiam combinar, mas acontece que ela tem um pretendente.

— Não aposto nada no capitão — murmurou ele, disfarçando um suspiro.

— Está falando sério? Ou está brincando comigo de novo? — perguntou a irmã, baixinho.

— A resposta a uma das suas perguntas é sim. Você descobre qual delas.

— Aden.

— Vá embora, *elfinha*.

Aden voltou os olhos para um vaso de plantas. *Pelo amor de Santo André*. Sua preocupação até ali tinha sido quanto ficaria preso a sua decisão, capricho ou fantasia caso dançasse com Miranda, apesar das objeções de outro homem. Mas, ao que parecia, não era capaz sequer de desviar o olhar, e com uma expressão tão carregada de desejo que a irmã mais nova, apaixonada e planejando o próprio casamento, notara.

Que diabos ele estava fazendo? Miranda havia lhe pedido um favor, maldição, pedira a opinião dele sobre a melhor maneira de lidar com um canalha. Bastara uma única frase dela para fazê-lo entender que ela não era uma moça para se brincar — Miranda era uma dama, e ele não poderia se deitar com ela sem arruiná-la. Se pisasse na pista de dança daquele salão de baile na noite seguinte, teria que ser com a ideia de "para sempre". Aden sabia que para ele era para sempre, mas, depois do baile dos Darlington, todos os outros também saberiam. Miranda saberia com certeza. Não haveria mais provocações brincalhonas para se manter perto dela.

Em geral, o mais leve cheiro de compromisso o fazia fugir noite adentro, como acontecera com Alice Hardy e sua doçura nauseante pós-coito. Aden olhou para o vaso de plantas desejando a repulsa familiar diante dos anos imaginados à frente, quando ele seria consumido pelo arrependimento, pelo tédio e pela insatisfação, mas as folhas da palmeira permaneceram impassíveis. E o coração dele permaneceu... não esperançoso, porque o diabo sabia que ele não era o tipo de homem que confiava na esperança ou na sorte, mas interessado. Animado. Comprometido. Sensações com as quais ele não se sentia confortável. Afinal, havia parado de acreditar na ideia de que podia confiar seu coração a uma moça depois que a mãe fugira de Aldriss Park quando ele tinha 10 anos.

Aden arriscou outro olhar para Miranda e descobriu que ela o fitava. Com um leve sorriso, a moça se virou para responder a algo que Amy estava dizendo. Aquele movimento o despertou um pouco de seus pensamentos. Afinal, poderia se torturar para decidir se sentia-se preso pela ideia de ficar com ela ou não, mas no fim das contas nada daquilo importaria, a menos que Miranda chegasse à mesma conclusão. E isso, como se dizia nos antros de jogos, não era uma aposta certa.

— O jogo é muito melhor no Boodle's? — perguntou Coll, atiçando seu grande cavalo frísio preto, Nuckelavee, a pleno galope. — O que eu quero saber é se vale uma manada de *sassenachs* de nariz empinado soprando fumaça de charuto em você.

Aden manteve Loki a trote — Eloise havia lhe dito que galopar era aceitável, desde que permanecessem no Rotten Row, do Hyde Park, ainda mais sendo tão cedo, mas naquele dia seu humor estava mais para o reflexivo, e não para o "galopar até o inferno". Ou talvez, caso saísse em disparada, ele e Loki não parassem até chegarem à Escócia. Ele, com o objetivo de cometer atos heroicos para ajudar e impressionar uma moça inglesa.

Coll voltou com o garanhão e rodeou o irmão.

— Perguntei por que, de repente, você está tão ansioso para ser um *sassenach, bràthair* — questionou.

— Você perguntou sobre o jogo, então saiu voando como um morcego imenso antes que eu pudesse responder — retrucou Aden. — Mas sim, ouvi dizer que o jogo é melhor no Boodle's. E também há menos chance de eu levar uma facada na barriga quando estiver saindo de lá.

— Isso faz sentido. E acho que preciso me mostrar mais do que tenho feito. Irei ao almoço com você amanhã.

Por Santo André, maldição.

— Não, você não vai.

Coll ergueu uma sobrancelha.

— E por que não? O que você está tramando?

— Não estou tramando nada — mentiu Aden. — Você não vai gostar de ter que se vestir para o almoço, ou de precisar ter uma conversa educada, ou ainda de não poder beber nada mais forte. E como com certeza está ciente disso, acho que está com vontade de criar confusão.

O visconde adiantou seu cavalo, bloqueando Loki.

— Eu não gosto de estar aqui. Não gosto do fato de ter que encontrar uma esposa aqui. E, sim, fui rude como o diabo com a moça de Niall quando não precisava ser, e agora acho que estou amaldiçoado por isso. Se *você* quiser se encaixar aqui, não vou impedi-lo. Não entendo a atração, mas você é meu irmão e lhe desejo o que quer que o faça feliz.

— Você não está amaldiçoado.

Coll deixou escapar uma risadinha zombeteira.

— Você se banha em fofocas como um gato na luz do sol, Aden. Está tentando me dizer que não sabia que Niall estava agindo pelas minhas costas e salvando Amelia-Rose das garras desajeitadas do irmão mais velho sem coração? Não vou negar isso... O diabo sabe que devo uma à moça. Mas eu me tornei o bicho-papão de Londres, um touro grandalhão sem nada na cabeça além de violência e miúdos de carneiro. E ainda preciso encontrar uma maldita esposa.

Aden estava prestes a retrucar, mas pensou melhor. Além do fato de que aquilo poderia lhe render um soco no queixo, ele via que Coll havia partido da Escócia com raiva e, nas sete semanas desde então, aquilo não mudara muito.

— Você não foi muito sutil sobre procurar uma moça sem cérebro. Isso faz com que toda dama inglesa de quem se aproxime pense que você a está insultando antes mesmo que lhe diga uma palavra.

— *Aye.* — Com um leve movimento dos joelhos, Coll levou Nuckelavee para o lado, emparelhando-o com Loki. — As Terras

Altas não são um lugar sutil. Não para mim. Todos a alguma distância da nossa casa sabem que sou *laird* Glendarril, destinado a ser *laird* Aldriss quando o pai bater as botas. Qualquer camarada que queira se provar corajoso me procura com os punhos cerrados, e toda moça com quem vale a pena se casar tem os olhos fixos em mim.

Aden nunca tinha pensado na situação daquela maneira, mas fazia sentido. Os três irmãos gostavam de uma boa briga, mas Coll mal passava uma semana sem aparecer com um olho roxo ou os nós dos dedos machucados. Nem mesmo o irmão MacTaggert mais velho poderia causar toda aquela confusão sozinho. Não, os problemas o procuravam e ele os enfrentava.

— Isso não facilitaria encontrar uma moça aqui? A mãe de Amy a mandou atrás de você sem sequer tê-lo visto antes — disse Aden.

— As moças que estão vindo atrás de mim agora têm o coração murcho e a língua afiada, fingem ser cabeças-ocas, porque acham que *eu* sou um cabeça-oca, e aguardam a primeira oportunidade de colocar a aliança no meu dedo, para então dançar em círculos ao meu redor. — Coll estremeceu de forma exagerada.

— Não quero arrumar briga, mas, quando viemos para cá, todos pretendíamos encontrar moças que pudéssemos deixar para trás em Londres enquanto galopávamos de volta para as Terras Altas — arriscou Aden. — O que importa, então, se você gosta da moça ou não, ou se ela é uma megera em busca de um título?

Coll deu de ombros.

— Não devia importar. Mas Niall parece tão feliz. E aquela moça o adora. — Ele respirou fundo. — Acho que quero fazer o que é certo... por mim, pela moça que eu escolher e por Aldriss Park. Um dia serei o líder do clã, e temos muitos arrendatários, fazendeiros, pescadores e cortadores de turfa que confiam em mim para ser um bom líder. Não me parece muito ruim ter ao meu lado uma moça competente e bem-educada, e com um bom coração, eu acho.

— Isso parece ótimo. — Aden semicerrou um pouco os olhos e olhou ao redor. Graças ao gigante Nuckelavee e ao seu cavaleiro, os ingleses que cavalgavam ali naquela manhã haviam lhes dado bastante espaço. — Como eu sei que você não é um idiota, por que não se empenha em convencer as moças daqui da mesma coisa? Vá a bailes, leituras de livros e jantares festivos, onde terá a oportunidade de conversar. Vá ao maldito teatro.

— Vou pensar a respeito. — Coll lançou um olhar esguelha para o irmão. — Falando agora de como você está passando os seus dias aqui, não há moças no Boodle's. E as que servem bebidas em alguns dos seus antros de jogo não são do tipo que Francesca aprovaria. — Ele deu uma risadinha. — Embora o maldito acordo dela não diga que a noiva não possa ser uma mulher da vida. Diz apenas que tem que ser inglesa… — Eles chegaram ao final do Rotten Row e se viraram para voltar. — Mas o que estou querendo dizer é que você não vai encontrar a *sua* noiva nos lugares por onde tem andado. E é por isso que ainda estou pensando em acompanhá-lo nesse almoço de hoje. Para descobrir o que você anda aprontando.

Aden guardava segredos que não eram dele. Ao mesmo tempo, depois daquela noite, a família dele inventaria as próprias histórias para preencher as grandes lacunas que ele deixara. E ainda havia uma chance muito pequena de que precisasse de alguma ajuda aqui e ali, ao menos até descobrir a melhor forma de se livrar de Vale. Ele respirou fundo enquanto cruzava os dedos mentalmente.

— Você não pode ir ao Boodle's comigo porque quero impressionar Albert Harris.

— Você… — Coll abriu a boca, mas voltou a fechá-la. — Maldição. Miranda Harris.

Os dois cavalgaram em silêncio até chegarem à esquina seguinte, onde viraram para o leste entre as duas casas imponentes.

— Não seja gentil agora, gigante — falou Aden. — Podemos estar em Londres, mas eu cresci com você nas Terras Altas.

Coll pigarreou.

— Ela é a sua moça, então? A única em Londres que olhou nesses seus olhos melosos, viu seu sorriso inteligente e o mandou para o inferno?

— Não tem nada a ver com isso.

— Como assim?

— Tenho conversado com ela desde então. Miranda é esperta e não me detesta tanto quanto você talvez imagine.

O visconde riu com vontade.

— Essa é uma boa razão para querer uma moça. Ela só odeia você um pouquinho.

Talvez Aden devesse ter ficado de boca fechada, afinal.

— Por isso eu não queria comentar nada com você, gigante. Não importa.

— *Aye.* — Coll deu uma piscadela, e até pelo seu perfil dava para ver que estava se divertindo. — Mas ela não está quase noiva? A mãe da moça não parava de mencionar um camarada da Marinha por quem ela está louca.

— Não vou dizer mais nada. E, para um homem que quer ser visto como mais sutil, invadir um território que não é seu com esses pés enormes não combina com você.

Coll desacelerou Nuckelavee, colocando-o a passo.

— Você não entra em nada no escuro, *bràthair*. Conheço você. Sei que tem um plano, um jogo, e que está meia dúzia de jogadas à frente de todos os outros. Então me convença de que não está fingindo ter interesse por essa moça só porque ela o insultou e agora você pretende partir o coração dela.

Aquilo de fato parecia algo que ele faria, Aden não podia negar. Mas a situação era diferente daquela vez. No entanto, se admitisse tudo para Coll, até mesmo a parte em que temia que Miranda só o tolerasse porque precisava da sua ajuda, o irmão não acreditaria. Ele, Aden, se colocando em uma posição em que corria o risco de ser arrastado pela vontade do seu pau. Ele, prestes a se enfiar no meio de uma batalha que não lhe renderia nada, e onde havia grandes chances não apenas de ele perder, mas de que a moça risse dele mesmo se ganhasse.

— Acho que vamos descobrir — falou Aden em voz alta, embora a declaração de Coll fosse a única coisa que ele poderia responder.

Porque não, ele não estava planejando partir o coração de Miranda. E não, também não estava apenas fingindo que gostava da moça. Ele já gostava tanto dela que estava disposto a arriscar a própria reputação nas mesas para salvá-la — quer ela retribuísse seus sentimentos ou não.

Capítulo 9

Matthew sabia que o capitão Vale havia exigido duas danças da irmã naquela noite. Tinha que saber. Caso contrário, Miranda não saberia explicar por que o irmão tinha ficado perto dela durante todo o jantar em família e, ao mesmo tempo, conseguira se certificar de que os dois nunca ficassem sozinhos — para que ela não tivesse a oportunidade de chutá-lo — nem mesmo enquanto entravam na carruagem, mais tarde. Era uma façanha e tanto, mas Miranda não o admirava nem um pouco pelo que estava fazendo. Não, aquilo apenas aumentava o turbilhão de ansiedade, raiva, frustração e pavor que latejava dentro dela. Pela primeira vez, o irmão não era um aliado, e justo em um momento em que Miranda precisava muito de aliados.

— Papai — falou ela, interrompendo a tagarelice do irmão a respeito de Eloise preferir rosas brancas a cor-de-rosa —, o senhor não contou como foi o seu almoço no Boodle's hoje.

Albert Harris, que estava sentado à frente da filha na carruagem apertada, passou a mão pelo queixo.

— Sua mãe disse que Aden MacTaggert despertou o seu interesse, assim como o capitão Vale. Muito travesso da sua parte, minha cara.

— Aden, não — interveio Matthew, a testa franzida. — Ela e Robert combinam bem.

Miranda forçou uma risada, embora ouvir o nome de Vale lhe desse vontade de vomitar.

— Ah, por favor, papai. Um *highlander* se convidou para ir ao seu clube favorito, na sua companhia. Isso não é algo que aconteça todos os dias. Estou morrendo de curiosidade.

E, por acaso, a ida de Aden ao Boodle's também era de suma importância para que ela conseguisse escapar daquele homem horrível com cara de falcão que também frequentava o clube, pelo menos de acordo com as divagações de Matthew. Porque, embora Aden a tivesse beijado mais do que conversado com ela na noite da véspera, Miranda percebera que ela e Vale eram a razão do seu súbito interesse em ser admitido em um clube de cavalheiros. Ou, ao menos, era o que ela esperava.

— Muito bem. Entendo o seu argumento. — O pai sorriu. — Se quer saber, foi muito bom. Aquele Aden tem juízo. Eu tinha esquecido que Eldridge tem propriedades na Escócia, mas o conde começou a dar a sua péssima opinião sobre os arrendatários e o uísque escocês antes mesmo de conseguirmos nos sentar.

— Ah, querido — disse a mãe, balançando a cabeça. — Lorde Eldridge está velho demais para ficar pisando no orgulho dos jovens. Como o sr. MacTaggert reagiu ao ser insultado?

— Ele ergueu uma sobrancelha e disse, naquele sotaque dele, que as terras de Eldridge deviam estar na parte ruim da Escócia, e que lamentava. Logo depois passamos a ver Eldridge defendendo a sua propriedade e toda a área rural. — Albert Harris riu. — Se há uma coisa que um fazendeiro não consegue tolerar é que as pessoas pensem que suas propriedades não são boas.

— Hum — murmurou Miranda, se dando conta de que não estava nem um pouco surpresa por Aden ter conseguido virar a conversa a seu favor. — Nada de socos? Os que gostam de apontar o dedo para os outros devem ter ficado desapontados.

— É mais do que provável — concordou o pai com uma risada. — Mas Eldridge deve ter ficado aliviado ao ver Aden ignorar o insulto como um cachorro que não se incomoda com uma pulga. Afinal, todos vocês conhecem Eldridge. Aden MacTaggert poderia quebrá-lo ao meio com uma das mãos enquanto segura uma caneca de cerveja com a outra. E sem derramar uma gota.

— Ah, por favor, Albert — argumentou Elizabeth, também com uma expressão bem-humorada no rosto. — O sr. MacTaggert tem uma aparência poética demais para quebrar as pessoas ao meio. Era mais provável que lorde Eldridge tropeçasse em uma das inúmeras jovens que devem desmaiar por aí por esse Aden e saísse com o nariz sangrando.

Ora. Outras mulheres talvez desmaiassem por Aden e seus olhos verdes tempestuosos, e por seu cabelo preto ondulado e longo demais, e por aquela boca reta e cínica, e pelo queixo forte e o corpo rígido, esguio e imponente, mas estariam arriscando as suas virtudes se fizessem aquilo. E, de qualquer modo, ele era astuto demais para a maioria delas.

Miranda respirou fundo, surpresa com o turbilhão sombrio dos seus pensamentos. Ela parecia ciumenta até para si mesma, e sabia que aquele não era um bom caminho. Aden talvez beijasse com um ardor e uma intimidade que a deixavam trêmula, mas Miranda não tinha ideia se era a única que ele vinha beijando. Aden havia falado que a queria, mas aquilo não significava que não iria para a cama com todas as mulheres que chamassem a sua atenção.

Na verdade, aquilo não era assunto dela, a não ser pelo fato de que Aden havia prometido ajudá-la e de que ele não se parecia em nada com o estereótipo do jogador sem coração e sem alma que ela esperava. Ninguém gostaria que as atenções de um parceiro estivessem divididas. Miranda assentiu para si mesma, tentando se convencer. Aquilo tinha alguma lógica. Ela queria a atenção total dele, porque seria o mínimo necessário para livrá-la daquela confusão.

— Vou convidar o capitão Vale para jantar conosco no domingo — anunciou o pai.

Miranda engoliu a bile que sentiu subir pela garganta.

— Isso não é... Por favor, papai. Não procure, ou encoraje, coisas que nem existem. Acabamos de nos conhecer, o senhor entende.

— E que tipo de pai eu seria se esperasse até que você entregasse o coração antes de me preocupar em conhecer seu pretendente, e decidir se ele é digno de receber a sua mão em casamento?

— Casamento? — repetiu ela, a voz saindo muito aguda. — É isso o que estou querendo dizer. Mamãe, por favor, diga ao papai que ele está sendo tolo. Não force um desenlace que não temos ideia se poderia virar realidade. Pelo amor de Deus.

Elizabeth Harris semicerrou os olhos.

— Receio ter que concordar com o seu pai nisso, Miranda. Quero conhecer esse homem e ter uma noção do seu caráter antes que corações se entrelacem... ou se partam. Nós conhecemos Aden MacTaggert, quer você admita gostar dele ou não, então é justo darmos uma olhada também no seu outro possível pretendente.

Ela teria que fazer aquilo. Teria que convidar o capitão Robert Vale para a sua casa, para conhecer os seus pais. Sem dúvida, ele os encantaria, assim como Aden encantara o pai dela, e eles ficariam um pouco perplexos por ela, que permanecera solteira apesar dos inúmeros pedidos de casamento que recebera, ter escolhido um homem... tão pouco espetacular. Não apenas por causa da sua aparência peculiar, mas também porque ele provavelmente se esforçaria muito para parecer alguém comum. Ou o mais próximo disso que conseguisse imaginar.

— Posso convidá-lo, se quiserem — intrometeu-se Matthew. — Afinal, ele foi meu amigo primeiro.

Se gosta tanto dele, pode ficar, pensou Miranda, mas manteve a boca bem fechada. Ninguém acreditaria em nada de positivo que ela dissesse, porque sua língua ficaria preta e cairia de sua boca se tentasse dizer algo agradável, coquete ou elogioso sobre Robert Vale.

— Convide-o, então — conseguiu dizer ela. Pelo menos seriam menos palavras que precisaria trocar com o homem.

Aden havia aconselhado que ela fosse mais... mundana em sua abordagem, e fazia sentido que não pudesse lutar contra os modos dissimulados de Vale apenas agitando seu leque para ele. Mas Aden também dissera que ela poderia gostar de certas coisas caso vivesse sua vida privada como desejasse. Aquilo deveria tê-la horrorizado, afinal, tinha sido criada para ser uma dama e era bem conhecida por desempenhar esse papel da melhor maneira. Mas a ideia de que poderia ser tão astuta e ousada quanto quisesse, enquanto exibia em público a mesma expressão de sempre, lhe atraía de uma forma que ela nunca imaginara. Aden lhe atraía de uma forma que Miranda nunca imaginara. A explicação seria tão simples quanto dizer que ele não era como aqueles homens que haviam arruinado o tio dela e levado seu irmão a se endividar duas vezes? Era a lógica falando mais alto ou era o seu coração exigindo outra desculpa para beijá-lo?

Como alguém conseguia ser astuto e ousado, afinal? Miranda não tinha a menor ideia, mas se aquilo a ajudasse a escapar do capitão Vale sem arruinar a si mesma e a sua família, pretendia descobrir.

— Você sabe se Eloise e a família dela virão hoje à noite, Matthew? — perguntou ela, tentando soar despreocupada.

— Ela virá. Não pensei em perguntar sobre o restante da família.

— Lady Aldriss me disse que pretende pelo menos dar uma passada no baile — voltou a falar a mãe. — Ela disse isso depois do jantar ontem à noite. Nenhum de vocês presta mais atenção nas conversas?

Aquela conversa acontecera enquanto ela se perdia em lembranças de beijos ardentes e de Aden.

— Eles são um grupo bem barulhento — argumentou Miranda. — Não consegui ouvir todas as conversas.

— Também são uma família muito bonita — retrucou Elizabeth com um sorriso. — Mas tenho certeza de que isso não teve nada a ver com a sua distração.

Miranda sentiu o rosto quente.

— É claro que não.

— Então você ouviu quando convidei Francesca e Eloise para almoçarem conosco no jardim, amanhã?

— Mas eu tenho uma lu...

— Será só para mulheres — interrompeu a sra. Harris, antes que Matthew pudesse completar a frase. — Portanto, pode ir para a sua luta de boxe.

Aquilo significava que o capitão Vale também estaria naquela luta de boxe? Miranda se certificaria de informar a Aden, só por precaução. Aquele pensamento a levou a mais dúvidas: Aden estaria presente naquela noite? Agora que ela concordara em aprender um pouco do seu estilo tortuoso, quando ele começaria a orientá-la a respeito? E como faria aquilo? Miranda engoliu em seco. Aquela declaração dele continha algumas partes bastante íntimas, mas admitir que a intrigava pareceria prematuro e ingênuo. Outros problemas mais prementes com que precisava lidar deveriam estar ocupando toda a sua atenção.

Além do mais, tinha uma tarefa a cumprir. Afinal, os dois haviam feito um acordo, e Miranda se recusava a deixar que fosse apenas da boca para fora, algo que Aden criara para que ela não se sentisse tão vulnerável aos caprichos dele como realmente estava. E, se alguém precisava aprender sobre comportamento social adequado, eram os irmãos MacTaggert.

A carruagem fez uma curva e parou, e logo depois um criado de libré vermelho e amarelo abriu a porta. O pai de Miranda desceu e se virou para oferecer a mão à esposa.

— Tomem cuidado, meus caros. Evidentemente, toda a Guarda Montada andou subindo e descendo a rua.

Matthew certa vez dissera que o sucesso de um baile podia ser medido pela quantidade de esterco de cavalo que cobria a rua em frente à casa. Seguindo aquela lógica, o baile dos Darlington era, até aquele momento, a sensação da temporada. Miranda levantou as saias até os tornozelos, ignorando a mão estendida de Matthew, e seguiu os passos cuidadosos da mãe.

— Mia, não faça assim — sussurrou o irmão. — O papai e a mamãe vão reparar.

— Talvez — respondeu ela no mesmo tom. — Se isso acontecer, vou deixar que você explique por que estamos em desacordo.

— Eu não tive escolha.

Ela parou perto da porta e o encarou.

— Você teve uma escolha sete semanas atrás. Agora outro homem é seu dono. Você pode considerar adiar seu casamento, para garantir que ele também não seja o dono de Eloise. Porque, embora ninguém *me* defenda, você pode descobrir que os MacTaggert não se importam com as consequências quando um deles é ameaçado.

O olhar que o irmão lhe lançou foi muito eloquente. Cabia a *ela* salvá-lo, salvar seu casamento iminente, salvar a reputação dele. Matthew tivera uma semana para considerar e ainda não encontrara um plano melhor do que aquele que acabaria por mantê-lo sob o domínio de Vale por toda a vida. Eles seriam cunhados, afinal, se o capitão fizesse o que queria e colocasse um anel em seu dedo e um grilhão em seu tornozelo.

Enquanto Miranda considerava tudo aquilo, o mordomo anunciou a família Harris, e ela se viu conduzida ao salão de baile principal. Os Darlington haviam removido o painel que separava o salão de baile da sala de música, dobrando o espaço e criando o que equivalia a um salão de baile do tamanho de uma quadra de tênis dupla. E embora fosse o início da noite e a primeira dança ainda não tivesse começado, o salão, os corredores, a biblioteca e o salão de visitas — agora transformada em um salão de jogos — estavam apinhados.

— Vou ver se Eloise já chegou — declarou Matthew, e desapareceu na mesma hora na multidão.

— E você, minha cara? — perguntou a mãe, pegando a mão de Miranda. — Imagino que não a veremos de novo até que o baile acabe.

Ela queria ficar perto dos pais, queria ser a menina que sabia que a mãe e o pai jamais permitiriam que nada de mal lhe acontecesse. Mas, se permanecesse ali, o capitão Vale falaria com eles quando chegasse para chamá-la para uma dança. Ele insinuaria quando havia começado a se interessar por ela e afirmaria que esperava muito que ela retribuísse o sentimento.

— Ah, passarei para dar um beijo em vocês de vez em quando — garantiu Miranda para a mãe, e se virou para ela com um sorriso, antes de beijá-la e se deixar levar pela multidão.

Um grupo de amigos dela havia se reunido perto de uma das janelas da varanda, e Miranda seguiu naquela direção, depois de respirar fundo. Se conseguia mentir para os pais, então conseguiria mentir para os amigos. No entanto, se aquela era a ideia de Aden de ser mais livre, ela não estava gostando muito. Mentir para todos parecia exaustivo e desgastante. Tantas histórias diferentes para manter na memória...

Como havia pensado em Aden, Miranda olhou ao redor para ver se ele estava por ali. Mas o *highlander* devia preferir estar em algum antro de jogo escuro e sujo, embora o capitão Vale fosse estar presente naquela noite. Se Aden pretendia ajudá-la, ela faria bom uso de um pouco da sua inteligência e astúcia naquela noite.

— Ah, Miranda, minha cara.

Ela sentiu a coluna se contrair em um espasmo tão forte que suas costas se arquearam um pouco. Por mais que tivesse pensado em como se sentiria na próxima vez que o capitão Robert Vale aparecesse, o fato é que ele a aterrorizava.

— Capitão — cumprimentou Miranda, e continuou andando.

Os amigos estavam poucos metros à frente dela e não podiam saber o que estava acontecendo — um segundo antes Miranda temia ter que fingir na frente deles, mas agora a mera presença daquelas pessoas poderia ajudá-la. Vale se colocou ao seu lado.

— A segunda dança da noite é a valsa. Terei essa, e a seguinte. A quadrilha.

Miranda manteve o olhar fixo nos amigos. Na tola Helen Turner e em seu irmão gêmeo, Harry. Com certeza nada sinistro aconteceria na presença de Helen.

— Duas danças seguidas podem ser um convite ao escândalo.

— Então eu quero as duas valsas.

— Não.

— Sim. — Ele pegou a mão de Miranda e a apoiou em um dos braços. — As duas valsas. Isso é adequado para um casal que está se apaixonando.

— Sou muito requisitada, capitão. Se ficar com as duas valsas, ganhará a antipatia de vários dos meus vários aspirantes a pretendentes.

— Sei de boa fonte que triunfarei sobre eles em minha corte a você.

— Você manipulou meu irmão para que ele lhe devesse dinheiro. Isso realmente lhe dá licença para ser arrogante aqui?

A mão livre de Vale se fechou sobre a dela. Com força.

— Fiz muitas manipulações para preparar o meu avanço na sociedade. E essas manipulações me garantem que você faça o que eu quiser, quando eu quiser. Seus supostos pretendentes, que não conseguiram conquistá-la em cinco anos de abordagens, entraram nesse jogo sabendo que apenas um deles venceria. Até o escocês retardatário que pensa que sabe jogar. Mas o vencedor sou eu.

— Você é um homem horrível. Eu o abomino.

A boca fina do capitão se curvou em um sorriso fino.

— Faça isso em silêncio. E sorria.

Ela sorriu.

— Me dê seu cartão de dança, minha cara.

Ah, como ela queria rasgar aquele cartão e jogá-lo na cabeça dele. Mas se pretendia se comportar mal, preferia escolher alguma coisa mais útil do que fazer uma birra pública.

— Fique com todas as danças — falou Miranda, lembrando-se de manter a voz baixa. — Deixe que todos vejam como está tentando me desencaminhar. Tenho certeza de que isso fará de você um convidado muito popular nas festas da alta sociedade...

Vale olhou para ela, franzindo a testa que mais parecia uma prateleira.

— Pode se debater e se lamentar, Miranda. Acho inebriante. Você é uma presa que vale a pena capturar. O coelho solitário ainda balançando as orelhas em desafio ao lobo.

Aquilo a deixou nauseada de novo. Ela evitou os dedos do homem e pegou o cartão de dança de volta e o lápis depois que ele terminou de anotar seu nome ao lado das duas valsas.

— Você não é um lobo — retrucou Miranda. — É um abutre.

Aquilo lhe rendeu um sorriso breve e sem humor.

— De qualquer forma, terei a minha recompensa. Fique à disposição na sexta-feira ao meio-dia. Você está aceitando o meu convite para um piquenique.

Agora ele não estava sequer perguntando quando ela estaria disponível. Simplesmente esperava que Miranda abandonasse seus outros planos — e é claro que, para o mundo exterior, pareceria que ela estava cancelando compromissos para passar mais tempo com ele, maldição. A maior vontade de Miranda era poder dizer ao capitão que não era um coelho solitário, que tinha um lobo nas sombras, esperando apenas uma oportunidade para atacar. Que Aden talvez tivesse entrado tarde naquele jogo, mas ele sabia como vencer. No entanto, além do fato de que aquilo não serviria para nada além de alertar Vale, Miranda não estava certa de que aquele outro lobo *era* dela e, além disso, não sabia onde ele se encontrava naquela noite.

— Pode ir — disse o capitão Vale. — Vá dizer a seus amigos que vou levá-la para um piquenique e como acha romântico que eu tenha exigido as duas valsas com você essa noite.

Miranda não faria aquilo. Mas, em vez de dizer isso a ele, preferiu virar as costas e se afastar. Não tinha nenhum desejo de mentir para os amigos sobre aquele homem horrível, ou sobre qualquer suposto afeto que sentia por ele. Ela também não queria ficar ao lado dos pais e ter que responder às suas perguntas.

As ações de Vale a haviam afastado dos amigos e da família. Miranda não sabia se aquela era a intenção dele, mas se não fosse por Aden ela teria sido aquele coelho solitário tentando evitar ser devorado. Enquanto caminhava até a lareira crepitante para fingir que esquentava as mãos, Miranda pôde admitir para si mesma que queria vê-lo. Por mais… desafiador que pudesse ser, Aden fazia com que se sentisse protegida. Ele também fazia com que se sentisse zonza e fora do eixo, de uma forma que ela era facilmente capaz de desejar.

Mas o que significava aquilo? Ela e Aden MacTaggert eram a definição de incompatíveis. Os dois não concordavam sobre quase nada. Ele jogava com frequência. Ao contrário de Vale, Aden não parecia dar qualquer importância ao fato de ela ter uma reputação de decoro e sofisticação — na verdade, ele a provocava por causa daquilo. E, embora Aden fosse inteligente — e bastante —, o cinismo e a zombaria não o ajudariam a navegar pelos salões de visitas de Mayfair mais do que a ajudariam a abrir caminho pelas Terras Altas escocesas.

— A última porta à esquerda no corredor é uma sala usada para guardar cadeiras — murmurou uma voz baixa atrás dela. — Acha que pode me encontrar lá em cinco minutos?

Miranda assentiu, e o súbito desejo de se virar e olhar para Aden foi mais forte do que esperava. Ele chegara, e aquilo significava que não estava mais sozinha. Ela sabia de algo que Vale não sabia e, naquele momento, aquela percepção e a presença sólida e quente de Aden atrás dela significavam tudo.

Miranda ficou atenta ao relógio dourado acima da lareira, mas só chegou a três minutos antes de se virar e sair do salão de baile.

Foi fácil escapar — todos estavam alisando as penas e piando como pássaros em uma variedade de cores vivas, e ninguém reparava em ninguém, a não ser para encontrar defeitos. E Miranda fazia questão de não exibir defeitos.

A porta no fundo do corredor estava fechada, mas, depois de uma rápida olhada para trás, ela a abriu e se esgueirou para dentro da sala pequena. Miranda só conseguiu enxergar alguma coisa graças a uma única vela colocada na cadeira do alto de uma pilha de três, e Aden havia pegado outra cadeira e estava sentado nela, os tornozelos cruzados diante do corpo, com um livro no colo.

Naquela noite, ele abdicara do kilt de sempre e optara por uma calça cinza-escura, um colete cinza com cardos roxos e verdes bordados e um paletó verde-escuro que destacava o tom dos seus olhos. Apenas o nó simples da gravata denunciava que ele talvez não tivesse nascido na aristocracia inglesa de sangue azul.

— Gostou, não é, moça? — perguntou Aden, fechando o livro e deixando-o de lado.

— Você está muito adequado — disse ela, sentindo o rosto quente.

Aden ficou de pé, pegou outra cadeira pesada e ajeitou-a de frente para ele.

— Você disse que eu não deveria usar um kilt, ou ia assustar todas as moças.

— Não foi exatamente o que eu disse, mas acho que você sabe disso.

Ele respondeu com um sorriso.

— Você viu os nós no cabelo daquela lady Penelope? Ela vai ter que cortá-los para se livrar deles.

— Aquilo é uma peruca — explicou Miranda, acomodando-se na cadeira, enquanto Aden também voltava a se sentar.

— *Aye*? Ela *escolheu* parecer um ouriço?

Miranda cerrou os lábios com força, tentando conter o riso.

— Corre o boato de que lady Penelope teve que cortar o cabelo no início dessa primavera, quando um trio dos seus preciosos gatos decidiu brigar para ver quem dormiria na cabeça dela. Ouvi dizer que, a certa altura, a pobre mulher tinha dois gatos pendurados em seus também preciosos cachos dourados, ambos tentando escapar do emaranhado.

— Vocês, *sassenachs*, são todos loucos, o que faz com que eu me pergunte como isso não se tornou a última moda...

Miranda deu de ombros.

— É muito difícil encontrar gatos que combinem, você sabe.

A risada curta dele a aqueceu da cabeça até os dedos dos pés. Talvez os dois pudessem passar o resto da noite naquela sala usada como depósito, e o capitão Vale que se danasse. Mas aquilo cheirava a covardia, e como Miranda fora bastante brusca com Vale, ele poderia muito bem resolver contar tudo aos pais dela, o que não seria bom para ninguém.

— O que estamos fazendo aqui? — se obrigou a perguntar Miranda. — Não posso me esconder daquele rato.

— Eu estou aqui e ele está aqui — respondeu Aden. — Me pareceu sensato que contássemos a mesma história sobre o que nos trouxe até esse lugar.

Um arrepio percorreu o corpo dela.

— Aden, não vou permitir que você arrume confusão só porque gosta do caos.

Para surpresa de Miranda, ele sorriu.

— Então eu gosto do caos? Não havia pensado nisso dessa maneira. Acho que gosto, sim, um pouco. Especialmente quando é provocado por mim.

— Não provoque nenhum caos essa noite. — Ela buscou o olhar dele, determinada a encará-lo. — A minha reputação, o futuro da minha família, há coisa demais...

— Não sou um idiota, Miranda — interrompeu Aden, o tom calmo. — E quer você acredite em mim ou não, pretendo ajudá-la. — Ele se inclinou para a frente, apoiando as duas botas no chão. — Você contou a Vale como você e eu nos conhecemos?

— Só de forma geral. Comentei que você é irmão de Eloise.

— Isso serve. Se puder evitar mencionar que eu aposto em jogos de azar e que você me detesta, eu agradeceria.

Miranda franziu a testa.

— Ele sabe que você aposta. Matthew, sem dúvida, contou. E eu não... Ter conhecido você melhor me fez ver que subestimei vários aspectos úteis do seu caráter.

Aquilo fez com que ele desse outra risada.

— Por Santo André, você é mesmo uma moça teimosa — murmurou. — Se Vale perguntar o que pensa de mim, como vai responder?

— Que isso não é da conta dele.

Aden inclinou a cabeça.

— Você pode mesmo dizer isso a ele? Ou é só o que gostaria de dizer?

— Ora, o que você diria sobre mim, então? — devolveu Miranda, cruzando os braços.

Pelo amor de Deus, ela talvez não tivesse como afastar Vale, mas poderia se manter firme com Aden MacTaggert. O escocês exigia que ela fizesse aquilo ou fugisse. E ela não queria fugir.

— Que não é problema dele — respondeu Aden, com naturalidade. — E isso é o que *eu* diria a Vale.

Miranda abaixou a cabeça, mas logo voltou a erguer os olhos.

— O que você diria para mim, então?

Que moça engenhosa era Miranda... sempre disposta a aproveitar uma chance de criticá-lo sem fazer comentários. O que dizia sobre ele, então, o fato de sempre voltar para ouvir mais? Aden manteve a expressão neutra e se levantou.

— Acho que você é inteligente, que vê muito mais do que jamais falaria em uma companhia educada, que usa os seus bons modos e a sua polidez para ser uma boa amiga ou uma paladina, dependendo de com quem você está. Também acho que é adorável e elegante, e quero ouvi-la rir mais.

Miranda se levantou, os movimentos um pouco apressados demais para serem graciosos.

— O que mais? — sussurrou ela, enquanto atravessava a curta distância entre eles.

Aden franziu a testa, concluindo que havia escolhido uma má hora para resolver ter consciência.

— Acho que não estou disposto a dizer mais nada em um momento em que você precisa da minha ajuda. Como dizemos nos círculos de apostas, você tem uma mão fraca e acha que precisa de mim para vencer o jogo.

— Dizem isso nos círculos de apostas? — perguntou Miranda, e pousou as mãos espalmadas no peito dele para, logo em seguida, deslizá-las por seus ombros.

Por Santo André e todos os anjos.

— Se não dizem, deveriam dizer. Eu gosto de você, moça. Muito. Por enquanto, isso vai ter que servir.

— Ora, eu mesma talvez goste bastante de você, também — respondeu Miranda, e ficou na ponta dos pés para encostar os lábios nos dele com a leveza de uma pluma.

Aden quis que ela soubesse que não estava sozinha ali, naquela noite. E pretendera fazer aquilo com palavras, embora beijos e outras coisas mais carnais nunca estivessem fora de seus pensamentos no que dizia respeito a Miranda Harris. Antes que ela pudesse recuar, ele a segurou pelo quadril e a puxou com mais força para ele, capturando a sua boca em um beijo ardente e profundo.

Aye, ele tinha vantagem naquele relacionamento e sabia que a moça estava desesperada para escapar das garras de outro homem. Aquilo deveria significar que não poderia confiar na boca de Miranda, em seus beijos, em seus olhares, em suas mãos ou em qualquer outra coisa que dissesse respeito a ela. Mas como ele estava ciente de tudo aquilo, será que retribuir os beijos da moça, desejá-la, significava que poderia estar se aproveitando dela? Era tudo muito confuso, e era por isso que Aden detestava dilemas morais.

Por baixo de seu cinismo, ele confiava nela, confiava que Miranda o beijava naquele momento porque gostava dele, porque... ansiava por ele da mesma forma que ele por ela.

— Moça — murmurou Aden, respirando fundo —, você está estilhaçando a minha sanidade mental e deixando os cacos espalhados pelo chão.

Miranda assentiu e cravou os dedos nos ombros dele.

— Eu também estou bastante dispersa. Mas você mesmo disse que eu talvez gostasse de viver um pouco mais livre.

— Estou gostando disso — comentou ele.

Com um último beijo rápido, Miranda se afastou dos braços dele. Aquilo quase o partiu ao meio, mas Aden deixou que ela recuasse até que houvesse uma pilha de cadeiras entre os dois.

— Eu preciso voltar para a festa — declarou Miranda.

— *Aye*. Irei também daqui a pouco.

Assim que ele pedisse desculpas ao seu membro muito rígido e explicasse que um deles precisava ser paciente.

— Quais são as suas intenções, Aden MacTaggert? — perguntou ela.

Aquelas foram palavras corajosas, mas ele notou que a moça não saíra de trás das cadeiras.

— Eu pretendo ter você — respondeu Aden, porque dizer qualquer outra coisa seria uma mentira. — Além disso, eu...

— Pare por aí — interrompeu ela. — Isso me dá algo... secreto para manter em mente essa noite. Algo que o capitão Robert Vale não pode tocar. Algo que é só meu.

— Não é só seu — lembrou Aden, e cerrou o maxilar para não dizer algumas coisas muito poéticas que o deixariam envergonhado demais para permitir que ela sequer colocasse os olhos nele de novo. — Mas se agarre a isso com força e use como quiser. Saiba apenas que não é uma metáfora, *sassenach*.

Ele a ouviu soltar o ar devagar.

— Sei disso, *highlander*. Agora venha cá e veja se não estragou meu cabelo, para que eu possa dançar com aquele... desgraçado.

Aden sorriu, tanto porque ela queria que ele sorrisse quanto porque admirava a coragem da moça.

— Nossa, Miranda. Que boca suja. Você vai me fazer desmaiar.

— Duvido muito.

Um grampo de cabelo dela havia se soltado, e Aden empurrou-o com cuidado de volta para o lugar, aproveitando a oportunidade para correr um dedo ao longo do rosto macio da jovem antes de se afastar.

— Quer você goste da minha pessoa ou não, quando Vale perguntar o que pensa de mim, responda que sou interessante ou surpreendente, algo que não seja um insulto. E se a conversa tomar o rumo certo, pode mencionar também que desisti dos jogos de azar, ou que pelo menos foi o que eu lhe disse.

Miranda fitou-o com os olhos semicerrados, desconfiada.

— E por que devo criar mais problemas para mim mesma?

— Pense nisso como se estivesse criando problemas para mim, moça. Se pudermos dividir um pouco a atenção dele, isso nos ajudará mais do que a ele.

— O que você está pl...

O fato de que ela ainda estava com humor para discutir o tranquilizou, mesmo depois de ele quase precisar empurrá-la para fora da sala e fechar a porta. Então, Aden passou os cinco minutos seguintes andando de um lado para outro, enquanto se perguntava se havia enlouquecido ou não e por que aquela perspectiva não o incomodava tanto quanto o teria incomodado algumas semanas antes. Acabara de colocar Miranda em um determinado curso de ação, e aquilo o obrigava a fazer a viagem com ela.

Aden parou de andar. Fosse qual fosse a motivação dele quando aquilo começara, no momento não era um senso de obrigação que o impulsionava. Não, ele queria Miranda Harris para si, e o capitão Robert Vale estava em seu caminho. Um dos dois precisava deixar o campo de batalha, e Aden não queria que fosse ele.

Capítulo 10

— Onde diabos você esteve? — grunhiu Coll, enquanto apoiava o braço no ombro de Aden e o guiava até uma mesa cheia de bolos e biscoitos. — Quase fui morto por todas as moças que se lançaram em cima de mim essa noite. Você podia ter me ajudado a afastá-las, ou pelo menos dividido a atenção delas.

Aden se desvencilhou do irmão.

— Pare de afastá-las e tente dançar com uma ou duas — sugeriu. — Você pode até encontrar uma de que goste.

— Não me aconselhe a menos que pretenda fazer isso você mesmo. Você passa mais tempo com as estrábicas e as delicadas do que com as bonitas.

— Estou procurando uma moça interessante. Não importa onde eu possa encontrá-la.

Embora a moça mais interessante que ele já encontrara parecesse estar entre as chamadas bonitas e estava sendo assediada por outro homem que ela não podia se dar ao luxo de rejeitar.

Coll bufou.

— Você não consegue me enganar, *bràthair*. Está atrás de informações, embora eu não tenha ideia de onde as coloca e para que as usa. Mas vejo que ainda não foi cumprimentar Miranda Harris. Tem medo dela?

As poucas informações que Aden recolhera até o momento não seriam muito úteis para nada além de fofocas. Ele gostava de saber o que havia por baixo das roupas caras e da prata polida, quem guardava algum ressentimento de quem, que família precisava de uma moça rica com quem casar o filho, que fachada de perfeição familiar estava prestes a ser destruída por um filho ou uma filha rebelde.

— Sim, pavor — respondeu Aden.

Mas nenhuma daquelas conversas lhe dera qualquer informação sobre uma família chamada Vale, e, naquele momento, Aden teria feito quase qualquer coisa para mudar isso. Pelo amor de Santo André, ele não sabia nem se Vale era o verdadeiro sobrenome do capitão, ou se ele o havia assumido durante a temporada na Índia ou na volta. Na Escócia haveria um clérigo que saberia que homem pertencia a que família. Ali, com igrejas em quase todas as ruas, Aden não sabia por onde começar. Pela Cornualha, supôs, embora relutasse em deixar Londres — e Miranda — por qualquer motivo enquanto ela ainda estivesse sendo ameaçada.

— Lá está a irmã de Matthew — anunciou Coll, porque Aden estava olhando para ela desde que a moça voltara para o salão de baile.

— *Aye* — respondeu, mantendo o olhar nela até Miranda se juntar a um grupo de amigos.

Aden enfiou a mão no bolso e pegou um cartão de dança que havia surrupiado. Miranda dissera que Vale queria as duas valsas, embora Aden tivesse se esquecido de perguntar se o capitão as havia reivindicado. Duas valsas com Miranda lhe pareciam uma boa ideia, mas já ouvira o suficiente dos sermões de Eloise para saber que valsas eram raras e requisitar duas beirava o escandaloso. Também era uma declaração de posse, o que sem dúvida era o que o capitão Vale tinha em mente.

— Nós também devemos ter cartões de dança, agora? — perguntou Coll, de mau humor. — Você podia ter me avisado.

— Não — respondeu Aden, e voltou a guardar o cartão no bolso. — Eu só queria saber onde estavam as valsas.

— Você dança todas as danças nesses bailes horríveis — pressionou o irmão. — Acho que precisa mesmo de um cartão, para não acabar dando a mesma quadrilha a duas moças diferentes.

Estava claro que o visconde Glendarril pretendia grudar nele como mel naquela noite, o que não seria nada conveniente. Aden bufou e fez um gesto para que o grandalhão se aproximasse.

— Quando chegamos a Londres, você estava furioso e cometeu alguns erros. E agora está andando na ponta dos pés, como se estivesse preocupado em quebrar alguma coisa. Eu...

— Talvez seja bom você pensar bem nas suas próximas palavras, Aden.

Coll não se moveu, mas Aden o conhecia bem o suficiente para levar o aviso a sério.

— Vejo a situação da seguinte forma — disse Aden, e se adiantou um pouco para conseguir ver as mãos do irmão pelo canto dos olhos. Se os punhos fossem erguidos, ele teria que decidir se iria se esquivar ou aceitar o golpe. — Também havia moças se jogando aos seus pés na Escócia. A única diferença era que você estava em casa. Ou seja, sabia quem eram elas e sabia o que dizer, com quem poderia dormir e para quem não deveria nem sequer olhar.

— *Aye* — disse Coll, os olhos ainda semicerrados. — Até agora você está fazendo sentido. Então...?

— Então use a sua imaginação. Você é um homem que tem um título e está destinado a outro ainda mais importante. Um dia, será o chefe do clã Ross. Você tem uma bela propriedade no norte, e nenhuma dessas moças precisa saber que está se casando apenas para manter o sustento dessa propriedade. Até onde elas sabem, você está se casando a pedido da sua mãe, o que o torna um filho obediente. Todos os ingleses acham que somos bárbaros... não esperam bons modos, nem mesmo que você saiba ler. Isso o deixa um passo à frente. Você não é feio, e se pousar os olhos em uma moça que lhe interesse, há grandes chances de que ela retribua. Finja que ainda está nas Terras Altas, em uma grande festa, à caça de uma moça. Seja apenas... Coll MacTaggert. Ele é um bom homem, e tenho orgulho de conhecê-lo.

— Não sou um bom homem. Sou um homem rude. Sei como me comportar em uma taberna e com uma mulher. Não gosto da forma como todos falam por trás dos leques rendados ou das mãos, tentando ser elegantes e olhando as pessoas de cima a baixo, com o nariz empinado, para qualquer um que não queira jogar o jogo deles.

— É isso que estou lhe dizendo. Jogue o *seu* jogo. Assim, se por acaso não encontrar uma moça, pelo menos não será porque você não tentou. Nesse caso, pode até ser que Francesca o desculpe.

— Espero que sim, maldição.

Ainda resmungando, Coll deu um tapinha no ombro de Aden — sua forma de mostrar apreço — e se afastou em direção a um grupo de jovens damas.

Aden teria se demorado um instante refletindo que um milagre havia acabado de acontecer, mas a cara de falcão do capitão Robert Vale surgiu, vindo da direção do salão de jogos. Se não se importasse tanto com as consequências, Aden teria se sentido tentado a socar o rosto do homem até que o nariz de Vale assumisse uma forma mais lisonjeira. Mas ele se importava com as consequências, porque elas afetariam Miranda. Por isso, ficou apenas assistindo.

Quando Matthew surgiu de algum corredor indefinido, Aden teve quase certeza de que o noivo da irmã também estava no salão de jogos e não queria que a família descobrisse. Harris podia fingir o que quisesse, mas precisava parar de jogar. Caso contrário, Aden teria que impedir o casamento dele com Eloise, e aquilo acabaria com tudo, incluindo os planos do próprio Aden.

Ele pegou uma taça de vinho na bandeja de um criado que passava, então se enfiou no meio dos convidados para chegar ao lado de Matthew Harris.

— Aí está você — disse Aden, com um aceno de cabeça. — Quero lhe fazer uma pergunta.

— O que foi? Estou indo buscar Eloise para a contradança.

— Sua irmã — continuou Aden, acompanhando Matthew. — Ela é uma boa moça.

Ele pôde sentir a súbita tensão enrijecer o corpo do homem ao seu lado, em resposta ao que deveria ter sido um comentário casual. Matthew havia se mostrado disposto — com relutância ou não — a usar a irmã para proteger a própria reputação. O que quer que ele dissesse a seguir teria um papel muito importante em como Aden procederia a partir dali.

— Mia? — disse Matthew. — Acho que ela tem um pretendente.

— Um capitão da Marinha qualquer — retrucou Aden, com desdém. — Acho que estou disposto a correr o risco. Mas o que você acha? Ela é uma mulher teimosa, e eu apreciaria se você falasse bem de mim.

— Eu... tento ficar longe dos assuntos de Miranda — interveio o irmão dela, em um tom objetivo, as palavras escolhidas com muito cuidado. — E ela não gosta de jogos de azar, por isso não sei se eu poderia interceder com sinceridade por você.

— Ela não gosta de jogos de azar, mas ouvi dizer que você ainda faz uma aposta aqui e ali, certo?

O rosto de Matthew Harris ficou cinza.

— Não, eu não. Faz algum tempo que não.

— Ah. Então os rumores que tenho ouvido são mentiras? Que você e esse capitão Vale jogam pesado e você foi além do seu limite?

— Eu... Você não pode... — Matthew se deteve de forma nada elegante e fechou a boca. — Você não é daqui, então vou ignorar o... insulto ao meu caráter, mas aqui em Londres não nos intrometemos nos assuntos privados de outras pessoas.

Hum. Ao menos ele não mentira a respeito. Ainda não, de qualquer modo. Aden assentiu.

— Peço desculpas, então. E você está certo, eu não sou daqui. Sou das Terras Altas, do clã Ross, um lugar onde família e honra significam tudo. Um lugar em que, se um homem precisa de ajuda, ele pede, e seu clã faz o que for necessário. Mesmo que as coisas fiquem feias. — Ele encontrou o olhar de Matthew e o sustentou. — Eloise disse que você será marido dela, o que faz de você meu *bràthair*, meu irmão. Portanto, se precisar de alguma coisa, é só me dizer.

— Isso é muito gentil da sua parte, Aden, mas eu lhe garanto que não...

— Eu lhe disse uma verdade. Agora você assente para mostrar que entendeu o que eu falei — interrompeu-o Aden. — Nós não mentimos um para o outro, por isso, quando você decidir que quer me dizer alguma coisa, certifique-se de que seja a verdade. *Aye*?

O homem mais jovem engoliu em seco, então assentiu rigidamente.

— *Aye.*

— Ótimo. Agora vá dançar com a minha irmã. Você sabe onde me encontrar caso precise conversar. E espero de verdade que isso aconteça.

Pronto. Aden viu a hesitação de Matthew, depois o observou se afastar às pressas por entre os convidados. Ele alertara o rapaz, mas esperava não ter falado demais, a ponto de o jovem sr. Harris sentir a necessidade de fazer a conversa chegar ao ouvido do capitão Vale. Ao menos não ainda. Após aquela noite, aquilo talvez mudasse.

Depois que Miranda se afastou para dançar com um rapaz bonito do seu grande círculo de amigos, Aden se obrigou a se aproximar de uma moça que estava tomando chá de cadeira e persuadi-la a acompanhá-lo à pista de dança. O capitão Vale ainda não havia notado a presença dele, mas, quando acontecesse, Aden pretendia dar ao homem muito em que pensar. Aquilo significava fazer as coisas um pouco diferente de como costumava. Sutileza tinha seu lugar, mas não ali e não naquela noite.

— Diga-me o seu nome, moça — pediu Aden com um sorriso, enquanto pegava a mão da jovem magra e pálida que havia escolhido.

— Regina — respondeu ela, a voz aguda saindo quase em um sussurro. — Regina Halston.

— Boa noite, então, srta. Halston. Sou Aden MacTaggert.

Ele inclinou a cabeça e colocou-os em posição em um dos círculos com os outros que estavam na pista de dança.

— Sim, eu sei. O senhor dançou com a minha prima no início dessa temporada. Ela quase não fala de outra coisa.

Aquilo chamou a atenção de Aden.

— E quem seria a sua prima?

— Alice Hardy. Atrevo-me a dizer que nos ver juntos agora a deixará com ciúmes. — Regina deu um sorriso breve e sem graça. — Sei que ela é viúva e que devemos ser generosos, mas Alice monopoliza toda a atenção que consegue. Ela diz até que vocês dois estão quase noivos.

Maldição.

— Acho que ela pode pensar o que quiser, e eu farei o mesmo. Mas talvez não concordemos com tudo.

A música começou, e Aden se curvou quando Regina fez uma reverência, antes de todos se darem as mãos e girarem em seus círculos. Miranda fez o mesmo no meio da sala, em outro grupo, enquanto Eloise e Matthew estavam em um terceiro grupo de dançarinos. Quando Aden viu Coll também ali, na companhia de uma mocinha loira, quase errou um passo e foi parar no chão. Os dois juntos pareciam um gigante e uma boneca, mas pelo menos o irmão mais velho estava tentando socializar.

Aden se esforçou para manter a atenção no que estava fazendo, mas toda vez que pegava os dedos de Regina ou a girava, não era a mão dela que queria segurar, nem seu rosto cada vez mais enrubescido que queria ver. Alguém disse uma vez que as melhores mentiras são aquelas baseadas na verdade. Naquele caso, dizer a Matthew que achava Miranda uma boa moça talvez fosse a mentira mais lavada da história. Ele queria Miranda. Ele a desejava. Apenas falar com ela já o excitava, maldição. E se a sua sugestão para que Miranda abraçasse o lado sombrio das coisas não tivesse sido apenas para benefício dela, ele só podia torcer para ser perdoado.

O capitão Vale estava longe da pista, o olhar indo de Miranda para o velho duque de Dunhurst, que estava sentado perto do fogo, na companhia de meia dúzia de outros nobres de alto escalão. Aqueles eram os homens por quem Vale queria ser aceito, os homens de quem desejava reconhecimento e, sem dúvida, admiração. E o capitão não ousava abordá-los no momento, porque iam ignorá-lo. Não, antes ele precisava de Miranda Harris, precisava da habilidade política do pai dela para fazer as apresentações em nome do novo genro, precisava do sorriso, do encanto e da reputação de Miranda como um manto ao seu redor, para que ele pudesse roubar aquilo para si.

Decerto era um bom sonho para um homem com cara de falcão, sem senso de humor e sem perspectivas próprias, mas Aden pretendia garantir que aquele sonho nunca se concretizasse. De forma alguma. Nem mesmo se Miranda decidisse que não queria nenhum dos dois. Tudo aquilo teria sido mais fácil se ele tivesse se apaixonado por uma mulher estúpida e maleável, mas, se a mulher fosse estúpida e maleável, ele não estaria imaginando uma vida inteira ao lado dela.

Assim que a dança terminou, Aden acompanhou uma ruborizada Regina Halston de volta para as amigas que não paravam de dar risadinhas, lançou um rápido olhar para a prima inconveniente da moça, então foi até onde estavam seu irmão Niall e a esposa dele, Amy, alimentando um ao outro com pedacinhos de queijo.

— Vocês dois são mais doces do que um torrão de açúcar, sabem disso, não é? — resmungou Aden, e pegou o irmão mais novo pelo ombro. — Se puder, convide Miranda Harris para dançar essa noite — sussurrou.

Os olhos verde-claros de Niall se arregalaram.

— É aquela com quem você vem circulando? — retrucou Niall no mesmo tom. — Você...

— Não quero falar sobre isso — interrompeu Aden, se adiantando para procurar Coll. — Faça o que eu pedi.

— *Aye*. Mas vamos ter uma conversinha mais tarde.

Coll tinha conseguido se colocar no meio de um grande círculo de moças, que naquele momento pediam que ele dissesse seus nomes em seu suposto sotaque encantador.

— Mary — falou Coll lentamente, enfatizando o som do "r".

Bom Deus. Pelo menos Coll tinha encontrado uma forma de ser menos intimidante para as mulheres de Londres.

— Coll, peça uma dança a Miranda Harris essa noite — murmurou, inclinando-se para manter a voz baixa.

— *Aye*, se você for sincero sobre ela. Não se for mais um jogo para você — bradou o visconde.

Aden, que se afastava, parou.

Era um jogo, mas não estava jogando com Miranda.

— Estou sendo sincero — confirmou Aden.

— Tenho mais algumas perguntas antes de acreditar em você, mas farei o que pede.

Então agora ele ganhara um interrogatório dos dois irmãos... Mas se fosse aquele o preço pela ajuda deles naquela noite, Aden estava disposto a pagar. A dança seguinte era a primeira valsa. E, apesar do pouco que ousara contar a Miranda, graças à arrogância de Vale em reivindicar as duas valsas naquela noite, Aden tinha um plano.

Ele manteve a atenção dividida entre Vale e Miranda, e foi abrindo caminho pelas laterais da sala até ter apenas um pequeno grupo de pessoas separando-o dela. Por Santo André, Miranda estava linda, em um vestido azul-escuro que brilhava à luz das velas, com detalhes em renda azul combinando, um decote profundo e mangas curtas e bufantes. Enganava que era simples — as contas espalhadas por todo o vestido eram pequenas e provavelmente muito caras, e garantiam um efeito sutil e atraente ao mesmo tempo.

Vale se aproximou e, depois de pegar um copo de uma coisa qualquer de alguém que estava olhando para outro lugar, Aden se adiantou logo à frente dele.

— Miranda — falou, inclinando a cabeça, e sabendo que Vale veria o rosto dela e o rubor súbito que o coloria. — Estive procurando você.

— Senhor MacTaggert — respondeu ela, fazendo uma reverência superficial e fingindo que eles mal se conheciam enquanto seus olhos exigiam saber se aquele era o plano que Aden estava tramando. — Não achei que o veria aqui essa noite.

— Ah, o seu irmão e a minha irmã não conseguem ficar separados. Alguém tem que ficar de olho neles. Mas estou feliz por ter uma desculpa para vê-la de novo. Quer dançar comigo, moça bonita?

— Eu...

— Ela está comprometida para essa dança — anunciou a voz monótona do abutre, atrás dele.

Aden se virou. À segunda vista, sua avaliação do capitão Robert Vale não se alterou — o homem tinha o semblante de um raptor, olhos fundos de um castanho-âmbar e a boca reta de lábios finos, que naquele momento mostrava apenas um leve indício de aborrecimento. Como qualquer jogador experiente, ele com certeza lera cada segundo da expressão no rosto de Miranda, então o semblante mal-humorado tinha um bom motivo.

— Você de novo, Vane? — disse Aden, aprofundando um pouco seu sotaque. Naquele momento, ele era um escocês, um *highlander* arrogante e sem educação. — Achei que já teria voado para o poleiro a essa altura.

— Capitão Robert *Vale* — corrigiu o outro, lembrando que tinha uma posição de responsabilidade no mundo e, portanto, deveria ser respeitado. — Essa valsa é minha.

Aden deu as costas para o homem.

— É mesmo, moça? Você deu a primeira valsa para o Vale aqui?

Miranda semicerrou os olhos de leve enquanto ele a encorajava a entrar no jogo.

— Sim, temo que sim, Aden. Ele pediu primeiro.

Boa moça. Ele, não *o capitão* ou *Robert*, enquanto Aden, o intruso, recebera a honra de ser chamado pelo primeiro nome.

— Acho que é justo, então — respondeu Aden. — Não tenho intenção de passar a noite inteira sem uma dança, portanto guarde um lugar para mim, se não se...

A valsa começou a tocar, felizmente antes que ele ficasse sem bobagens para dizer. Aden lançou um olhar para a orquestra, na tentativa de causar certo impacto, então hesitou um segundo antes de sair do caminho de Vale. Naquele momento, a situação estava nas mãos de Miranda e, em menor grau, do maldito irmão dela.

<center>~~~</center>

Se aquela era a totalidade do plano de Aden para se livrar do capitão Vale, ele falhara espetacularmente. Tentar reivindicar uma dança? Enquanto Vale colocava a mão dela sobre o braço dele e a conduzia para o centro do salão de baile, Miranda arriscou um olhar para Aden.

Era comum ele aparecer no salão de baile, então desaparecer no salão de jogos mais próximo até voltar. Mas, naquela noite, Aden permaneceu na beira da pista de dança, com uma expressão pensativa no rosto anguloso e o olhar fixo... nela. Ele não estava sendo nada sutil, ou astuto, e Miranda não tinha ideia de como lidar com aquilo.

— Eu lhe disse para se livrar dele — falou Vale, a voz tensa, encarando-a e pousando a mão fria em seu quadril.

Ela odiava quando aquele homem a tocava. Miranda controlou um calafrio e colocou a mão livre no ombro dele.

— Eu não poderia dizer ao sr. MacTaggert que não combinaríamos se ele nunca sugeriu o contrário.

Era verdade que Aden mencionara algumas coisas que ela poderia escolher dizer sobre ele, mas aquilo não significava que Miranda pretendia simplesmente entregar tudo voluntariamente. Como o *highlander* havia apontado, se ela tornasse as coisas fáceis demais, o capitão ficaria desconfiado.

— Ainda assim, ele parece pensar que vocês *combinariam*, ou não estaria colado em você. Eu lhe disse para tomar alguma providência em relação a ele. O fato de não o ter dispensado de vez não me deixa de bom humor.

— Por mais que eu não dê a menor importância para o seu humor, capitão — retrucou Miranda, escolhendo as palavras com cuidado enquanto falava —, estamos falando de um dos irmãos MacTaggert. Irmãos de Eloise. Meus futuros cunhados.

— E daí?

— Evitá-lo ou falar de modo ríspido com ele sem motivo causaria problemas para mim e para os meus pais. Ele é praticamente da família.

Vale ergueu uma sobrancelha espessa.

— Ele também é um jogador, você sabe. E você não gosta de jogos de azar. Nem de jogadores.

Por um momento, pareceu estranho ter alguém lhe citando as críticas que ela mesma fizera, mas Miranda sabia que Matthew havia contado ao capitão Vale sobre seus próprios infortúnios no jogo e sobre os do tio John Temple. Se o plano de Vale era lembrá-la de que ela não gostava de jogadores, foi uma tentativa bastante patética. A pergunta mais importante, para a qual ela queria uma resposta, era como diabos Aden sabia que aquela conversa ia surgir... Era quase desconcertante. No entanto, também lhe dava a prova de que ela procurara o homem perfeito para ajudá-la.

— Eu disse que você não gosta de jogadores — repetiu o capitão.

— Qual é a sua resposta?

Não ceda as suas informações com muita facilidade, repetiu ela para si mesma.

— Como devo responder? Você está certo. Não gosto de jogadores.

— Aden MacTaggert é um jogador.

Miranda balançou a cabeça.

— Você é um jogador. Aden MacTaggert *era* um jogador — corrigiu ela, enquanto fazia uma oração silenciosa para que Aden soubesse o que estava fazendo. Vale se considerava o homem mais inteligente e astuto da sala, mas Aden quase adivinhara as palavras exatas da conversa que teriam. Duas vezes. — Ele desistiu dos jogos de azar.

Os dois valsaram em silêncio por um momento.

— Por você, eu presumo?

— Que importância isso tem para você?

— Nenhuma. Mas, várias semanas atrás, seu irmão disse que você não tinha pretendentes sérios, o que faz com que eu me pergunte... quando foi que ele se declarou?

— Bem, sinto muito se o seu espião estava tão ocupado com o próprio noivado que não me viu sorrindo para outra pessoa, mas a menos que você tenha mudado de opinião e passado a se importar com a minha felicidade, não imagino que isso tenha qualquer relevância.

— Não tem.

— Então não volte a falar nisso.

A mentira a esgotou. Nunca teria imaginado que mentir exigisse tanto esforço. Ao mesmo tempo, dava uma sensação de... poder. Robert Vale jogava de acordo com as próprias regras, então por que diabos ela não poderia fazer o mesmo? Ainda mais se aquilo voltasse um pouco o jogo contra ele. Mas o homem horrível continuava a fitá-la, por isso Miranda manteve a expressão irritada em vez de presunçosa.

De qualquer modo, tinha poucos motivos para se sentir presunçosa. Se tivesse encaminhado Vale na direção correta, aquilo talvez desse a ela mesma e a Aden uma mínima chance de acertar um golpe. Mas não significava que havia vencido a guerra ou a batalha.

— Você vai dispensá-lo — voltou a falar Vale, lançando um olhar na direção de Aden.

— Eu lhe pedi para n...

— Você e eu vamos nos casar por amor. Ao menos é o que os outros vão pensar. Outro pretendente, seja um *highlander* intrometido ou não, desmente essa história. Não vou aceitar isso.

Ah, ele não aceitaria, não é mesmo? O que Miranda mais desejava no momento era pisar no pé dele, empurrá-lo para o chão e lhe dizer o que *ela* faria. Mas preferiu respirar fundo.

— Vou dar alguma desculpa.

— Antes do final da noite.

— Você não tem a menor ideia de como as pessoas se comportam na alta sociedade — comentou Miranda, mal conseguindo manter a expressão neutra quando viu um músculo se enrijecer no rosto de Vale. *Rá*. Ela acertara um golpe. Até que enfim. — Ninguém rejeita um pretendente em público. Menos ainda em um grande baile. A menos que ele tenha cometido um assassinato ou algo semelhante.

Aquilo era um disparate, é claro, mas Miranda precisava acreditar que Vale não teria ideia. Ele precisava dela para se juntar à alta sociedade, o que significava que não frequentara a sociedade até ali. Pelo menos aquela era a teoria dela. E torcia para estar certa.

— Você tentou esconder algo de mim. Não gosto disso. Não repita.

Miranda abaixou a cabeça. Precisava tomar cuidado com a língua. Vale não era Aden, e não responderia com humor ou com uma mera exasperação. O capitão poderia machucá-la — e à família dela — se assim decidisse.

— Não vou me desculpar — esquivou-se Miranda.

O equilíbrio entre pressionar o máximo possível e ainda ser complacente estava se tornando insustentável, mas ela não tinha outra opção naquele momento a não ser se render.

— Sorria enquanto está emburrada, então.

Miranda fez o que ele pediu, mas não mencionou que o pensamento agradável que conjurou foi ele caído no chão com o nariz sangrando. Vale sem dúvida achava que tinha acabado de afastar uma ameaça muito pequena, uma inconveniência, uma pedra em seu caminho bem pavimentado em direção à aceitação social. Ele não fazia ideia de que ela se apegava às palavras de Aden, à memória de sua boca na dela, como um manto de ferro. O capitão poderia golpeá-la, mas enquanto ela tivesse Aden MacTaggert ao seu lado, nenhum dos golpes seria capaz de incomodá-la mais do que uma ferroada.

A valsa terminou, e Miranda manteve o sorriso no rosto enquanto ele a escoltava para fora da pista de dança.

— Livre-se desse MacTaggert, ou eu o farei — murmurou Vale, soltando-a enquanto Eloise e Matthew se aproximavam. — Ah, Matthew. E a adorável lady Eloise — murmurou, o tom calmo e respeitoso. Um "não tom", se é que algo assim existia. Sem dúvida, o capitão achava que falar daquela forma o fazia parecer charmoso e razoável.

— Capitão Vale — disse Eloise, inclinando a cabeça. Então, ela se adiantou e agarrou as mãos de Miranda. — Precisa vir comigo. Tenho perguntas que só você pode responder.

O sorriso de Miranda se tornou mais largo e ela se deixou levar para longe dos dois homens. Graças a Deus. Teria algum tempo para respirar antes de se preocupar com quem reivindicaria a próxima dança. Talvez Aden...

— Senhorita Harris? — Um sotaque baixo retumbou atrás de Eloise.

Por poucos segundos Miranda achou que poderia ser Aden, mas a voz era um pouco mais baixa e não tinha a suavidade tranquila do irmão MacTaggert do meio. Ao se virar, ela se viu olhando para um peito largo e um alfinete de gravata em forma de cardo.

— Lorde Glendarril — disse Miranda, erguendo bem o pescoço e, em seguida, fazendo uma reverência. — Como está hoje?

Eles mal haviam trocado uma frase nas duas ou três vezes que se cruzaram, mas qualquer distração naquela noite era bem-vinda.

— Bem — respondeu ele. — A senhorita teria uma dança sobrando? Não uma contradança... Não gosto de pular como um coelho.

— Eu... Sim. A próxima quadrilha, por favor.

— *Aye*. Tenho tempo de pegar um uísque para mim?

— O tempo justo.

— Coll — interrompeu Eloise em um tom de advertência, semicerrando os olhos.

O *highlander* enorme franziu a testa.

— Você é minha irmãzinha. Não vou deixar que me diga o que fazer. — Os cantos dos seus lábios se curvaram em um sorriso. — E foi uma figura de linguagem, você sabe — completou ele, a voz profunda. — Um homem não gosta de dizer que está com vontade de tomar um delicado ponche cor-de-rosa.

A irmã riu.

— No final da noite, o ponche talvez não esteja mais tão delicado. Seja cauteloso, meu irmão.

— *Aye*. Um homem seria um tolo se confiasse em qualquer um de vocês, ingleses. Escreva o meu nome no seu cartão, moça. Há uma horda de camaradas bonitos vindo correndo nessa direção. Dizem que sou um gigante sem modos, mas seguem os meus passos assim mesmo.

Miranda olhou por cima do ombro. Ela não chamaria aquilo de horda, mas era verdade que uma dezena de conhecidos estava reunida a uma distância segura do escocês gigante, lançando olhares esperançosos na direção dela. Ao que parecia, o fato de lorde Glendarril conseguir uma dança sinalizava que o cartão dela ainda não estava cheio. E graças a Deus por aquilo. A única coisa pior do que dançar com o capitão Vale seria ficar de lado em todas as outras danças sem ter mais nada em que pensar.

Enquanto Miranda anotava os nomes e sorria, outro MacTaggert se aproximou. O irmão mais novo, Niall — o que fugira para a Escócia com Amy Baxter —, se aproximou e, de alguma forma, conseguiu não irritar os outros três rapazes de quem havia passado a frente.

— Aposto que Coll não quis uma contradança, certo? — comentou Niall com um sorriso.

— Não, ele não quis. Disse algo sobre coelhos.

— Não tem a ver com ele parecer um coelho. Mas é que quando Coll pula, quem está por perto acha que sentiu a terra tremer. Ficarei com uma delas. Sou mais gracioso.

Miranda riu e anotou o nome dele.

— Tenho a suspeita — disse ela, baixando a voz — de que vocês estão fazendo isso a pedido de Aden.

Miranda não tinha ideia do porquê, mas se sentia grata mesmo assim.

— Você vai fazer parte da família. Acho que devemos agir como tal, certo?

O coração de Miranda quase saltou do peito. Um instante depois, percebeu que Niall estava se referindo ao fato de que ela seria cunhada dos MacTaggert depois que Matthew e Eloise se casassem. É claro. *Moça tola.*

— É claro.

— Quantas danças você ainda tem livre?

Ainda sorrindo, Miranda checou seu cartão.

— Nenhuma.

Se alguém, Aden, digamos, tivesse reivindicado a sua segunda valsa em vez do capitão Vale, ela estaria disposta a chamar aquela noite de quase perfeita. Mas conjecturas não haviam lhe servido muito bem nos últimos tempos.

— Então, não pedirei por outra — declarou Niall. E assentiu em despedida, enquanto se virava para convidar a irmã para uma quadrilha.

A intenção era preencher o cartão de dança dela. Miranda abaixou os olhos para o papel. Tinham conseguido. Mas Aden não reivindicara nenhuma dança. Ela levantou a cabeça, procurando por ele. Agora que queria falar com ele, é claro que não estava em lugar nenhum.

Aquilo não fazia sentido. Ele havia tentado uma valsa, sabendo muito bem que ela estava comprometida. E agora, quando tivera a chance de reivindicar uma dança, desaparecia. O que quer que Aden estivesse fazendo, Miranda desejava que ele a informasse, porque aquilo era bem frustrante.

Em outro momento, e em um lugar menos público, ela também poderia estar *se* fazendo algumas perguntas. Aceitar a oferta de assistência de Aden tinha sido um alívio e a coisa lógica a se fazer — afinal, ela não tivera outra alternativa a não ser se render a Vale. Mas aquilo não explicava por que Aden MacTaggert fora a primeira pessoa que procurara quando entrou no salão de baile dos Darlington, e por que seu coração praticamente saltara do peito quando ela ouvira a voz dele atrás dela.

Miranda não acreditava em amor à primeira vista. Céus, havia sido cortejada por vários rapazes agradáveis nos últimos cinco anos e não se apaixonara por nenhum deles. Além disso, ela não gostava de Aden antes mesmo de colocar os olhos nele. Sua opinião não era justa, é claro, porque Aden nunca se aproveitara de Matthew e de suas habilidades ilusórias no jogo, e estava nas Terras Altas quando o tio John sucumbira.

Agora Miranda o conhecia melhor e mudara de opinião. Não em relação aos jogos de azar de modo geral, mas em relação a Aden em particular. Não importava o que aconteceria no final de tudo aquilo, a verdade era que, até ali, Aden tinha sido honesto, prestativo e muito estimulante, tanto para o corpo dela quanto para a mente. Miranda não conseguia apontar o momento em que ele se tornara tão... necessário para ela, mas essa era a verdade. E era por isso que se sentia desapontada, mesmo com um cartão de dança completo e chances muito limitadas de que o capitão Vale a abordasse de novo naquela noite, a não ser pela valsa que exigira. Ela não dançaria com Aden.

Deixar que Aden soubesse daqueles pensamentos seria um erro terrível — se ele de alguma forma conseguisse ajudá-la, ela lhe deveria muito, sem precisar acrescentar seus sentimentos e emoções. E ele havia expressado hesitação com a ideia de que poderia estar se aproveitando dela, como se Miranda fosse permitir que alguém voltasse a fazer aquilo.

Mas antes que conseguisse começar a decifrar que diabos havia de errado com ela, Thomas Dennison voltou para levá-la para uma quadrilha. Em seguida, houve um *reel* escocês à moda antiga, seguido por uma contradança muito vigorosa com o charmoso Niall MacTaggert. Todos os passos rápidos, saltos e giros a deixaram sem fôlego e colocaram um sorriso sincero em seu rosto.

Então, quando Miranda se virou para encontrar seu próximo parceiro de dança, Aden apareceu na frente dela.

— Você está muito popular essa noite — disse ele com um leve sorriso. — Mas acho que está acostumada com isso, *aye*?

— Acho que sim — admitiu Miranda. — Tenho um grande e generoso círculo de amigos. Mas, para ser sincera, tinha pensado em não dançar muito essa noite. Acho que estou tentando evitar ter que explicar o capitão Vale para os meus amigos.

— Não o explique, então, esse é o meu conselho — disse Aden. — Ele não merece as suas mentiras.

— Concordo, e é por isso que tenho evitado os meus amigos. Mas por que você está tentando garantir que o meu cartão de dança esteja todo preenchido?

Aden levou a mão ao peito e ergueu as sobrancelhas.

— Eu? — A própria imagem da inocência ultrajada. — Deixe-me dar uma olhada nesse seu cartão, então.

Ainda mais desconfiada, ela o entregou. Aden examinou o cartão, a testa ligeiramente franzida.

— Você não tem uma única dança livre.

Miranda pegou seu cartão de dança de volta.

— Por que tenho a sensação de que estamos no meio de uma peça em que você é o único que conhece as falas?

A expressão dele permaneceu indecifrável por meia dúzia de batidas do coração dela — Miranda sabia porque contou cada uma delas.

— Se eu tivesse qualquer garantia de que você não me daria um soco, eu a beijaria agora mesmo, na frente de todos esses *sassenachs* — disse ele finalmente. — E ainda assim me sinto muito tentado a fazer isso.

— Levando em consideração que isso me geraria mais problemas, além de não me livrar dos que tenho, acho que de fato *teria* que lhe dar um soco.

É claro que, por um instante, ela também teria gostado muito daquilo — até o momento em que todo o seu presente e futuro desabassem sobre sua cabeça.

O olhar dele se manteve fixo no dela, guardando muito mais segredos do que os que ele havia escolhido revelar, percebeu Miranda.

— Ainda me sinto tentado.

Ao sentir o rosto quente, ela percebeu como aquela troca deveria parecer para qualquer um que estivesse observando os dois.

— Vale me disse para dispensar você. Estamos encenando essa conversa para o público? Você franze a testa, exige meu cartão, eu franzo a testa, ruborizo, você volta seu olhar sério e comovente para mim?

— Eu...

— Você poderia ter dito alguma coisa — continuou Miranda. — Mas não, prefere montar o próprio palco e colocar a peça em andamento. Você acha que estou indefesa e perdida sem seus músculos e cérebro gigantes para vir em meu socorro?

Aden se aproximou mais um pouco.

— O que eu acho, Miranda, é que você não gosta de mentir, e não se sente confortável com isso. Se eu puder colocar um pouco do peso que você está carregando nos meus ombros, acho que sou forte o bastante para suportá-lo. E para deixar tudo claro como vidro, parceira, pretendo manter a minha parte em nosso acordo. Se você não gosta dos meus métodos, ou se não confia em mim, encontre um homem mais virtuoso.

Capítulo 11

Miranda ergueu a mão para tocar o rosto de Aden. Mas antes que pudesse completar o gesto, o cenário ao seu redor, os cem pares de olhos que os cercavam, colidiram com seus pensamentos como um indesejável enxame de vespas, e ela baixou a mão de novo. Não conseguia se controlar. Desde a primeira vez que Aden a beijara, ela se sentia como uma mariposa diante da chama.

— Eu confio em você — murmurou Miranda, apertando os dedos. — Mas, pelo amor de Deus, não me poupe de aborrecimentos. Quero conhecer os passos. Afinal, vou segui-los com você.

O olhar de Aden buscou o dela por um momento antes de ele assentir.

— Então vou lhe dizer que Vale está olhando para nós agora. E não está feliz. Se você disser a ele que tentou se livrar de mim e que não entendi a insinuação, isso seria útil. Dividir a atenção dele, desviando parte dela de você, é útil. Agora vá, ou ele vai achar que você está tão relutante em se afastar de mim quanto eu estou de você.

Miranda franziu a testa e deu um passo para trás, para logo descobrir que era mais difícil se afastar dele do que esperava. Em sua presença ela se sentia... não segura, mas protegida. E se afastar daquilo não era agradável. Nem fácil.

— Se quer evitar que as pessoas fiquem comentando sobre como você me abordou duas vezes e não conseguiu uma dança em nenhuma delas, sugiro que encontre uma jovem bonita e popular com quem valsar. Patricia LeMere seria uma boa opção, assim como Alice Hardy.

Aden franziu o nariz.

— Prefiro fazer a barba de um urso faminto a dançar com Alice Hardy — comentou ele, afastando-se dela e lhe dando as costas.

Miranda quase foi atrás dele. Aden encenara a conversa para que Vale acreditasse na história que ela contaria, mas não chegou a contar o que, exatamente, estava planejando. E Miranda não podia nem alegar que fora o próprio bom senso que a impedira de abordá-lo de novo, mas a montanha que era o irmão dele, lorde Glendarril, que apareceu para buscá-la para a quadrilha.

— Está pronta, moça?

— Sim.

Miranda deu o braço a ele.

— O seu irmão gosta de manter as pessoas no escuro, não é?

— Aden? *Aye*. Ele é especialista em não contar a ninguém no que anda metido — concordou Coll, guiando-a até a pista de dança. — Na maior parte do tempo, não sabemos nem se ele está em casa.

Uma quadrilha não era a melhor oportunidade para uma conversa, mas sem dúvida era bem melhor do que uma contradança — e Miranda decidiu que aquela era uma chance que ela não desperdiçaria. Sim, rumores a haviam colocado contra Aden antes mesmo de eles se conhecerem, mas Coll era seu irmão mais velho. Se alguém pudesse ter alguma ideia sobre quem era de verdade um irmão MacTaggert, seria outro MacTaggert.

— Aden não é confiável, então? — arriscou ela, enquanto os dois assumiam os seus lugares em um dos cinco círculos de dançarinos na pista.

— Eu não disse isso — respondeu o visconde em sua voz retumbante. — Aden mantém seus pensamentos e planos para si mesmo, só isso. — Quando a música começou, ele se inclinou, e ela fez uma reverência. — Eu nunca estive em uma briga em que ele não estivesse ao meu lado, com o nariz sangrando.

Em termos *highlander*, aquilo sem dúvida era um grande elogio. Mas o apuro em que ela estava metida não poderia ser resolvido com socos.

— Ouvi dizer que certa vez ele começou a apostar com um xelim e terminou com um cavalo um dia depois.

Glendarril girou atrás dela e voltou mais uma vez para a sua frente.

— Aden não apostou um xelim. Nosso pai estava argumentando sobre o valor de um xelim. Aden apostou que poderia *negociar* com apenas um xelim e terminar com um cavalo de boa qualidade. Levou um bom tempo, mas posso jurar que aquele xelim virou uma panela de ensopado, uma cesta de trutas, uma cadeira, uma cabra, uma gaita de foles, uma ovelha, algumas coisas de que não consigo me lembrar, um par de pombos, então Loki. E aquele castanho é um animal muito bom. Aden o monta há três anos.

Miranda deu duas voltas ao redor do círculo enquanto pensava sobre o que Glendarril acabara de falar. A acusação que ela fizera a Aden quando se conheceram, o incidente que aproveitara como prova de que ele era um jogador que apostava alto e, portanto, não era confiável, tinha a ver com apostas só até certo ponto. E ele nunca se preocupara em corrigi-la.

Se as circunstâncias não a tivessem forçado a procurar a sua ajuda, ela decerto teria visto Aden em alguns jantares de família, no casamento de Matthew e Eloise e nada mais. Afinal, ele fora a Londres para encontrar uma noiva. E seria naquilo que estaria investindo seu tempo, inclusive *naquele* momento. Naquela noite. E ela estaria quase noiva do capitão Robert Vale.

Embora a questão do que Aden pensava estar fazendo sobre o próprio casamento enquanto achava salas vazias onde os dois pudessem se encontrar e se beijar despertasse pensamentos bem diferentes, Miranda deixou isso para depois. Naquele momento, sua cabeça estava cheia demais para fantasias. Se é que eram fantasias. Se é que era ele mesmo que ela queria.

Enquanto dançava ao redor do seu círculo de dançarinos mais uma vez, Miranda viu o capitão Vale observando-a. A expressão dele, uma combinação horrorosa de avareza e presunção, deixou o coração dela gelado. Aden a queria, dissera aquilo a ela, mas também deixara claro que a escolha final seria dela. Vale não perderia tempo com aquele tipo de sutileza. Ele cobiçava a posição dela na sociedade e, apesar de todos os comentários de repulsa da parte de Miranda — ou talvez por causa deles —, agora ele *a* cobiçava. Ou pelo menos queria que os filhos continuassem seu legado de aristocracia roubada.

O horror daquela ideia quase fez o coração de Miranda parar. Bom Deus. Pensar em Vale beijando-a como Aden fez, ele... na cama, tocando-a... Ela estremeceu.

— Você está bem, moça? — perguntou Coll MacTaggert, pegando a mão dela para uma última volta no círculo. — Está um pouco pálida.

— Estou bem — mentiu Miranda, tentando sorrir. — Só com um pouco de calor.

— *Aye.* Vocês, ingleses, acham que nós, escoceses, somos loucos, mas eu estaria me beneficiando de uma brisa fresca se tivesse vestido meu maldito kilt essa noite.

As damas mais próximas ofegaram em uníssono, de forma quase teatral, mas Miranda apenas sorriu. Se achavam aquilo um escânda-lo — e era —, aquelas moças cairiam mortas se pudessem dar uma olhada em seus pensamentos. É claro que também achariam a situação atual de Miranda bem romântica — um homem tão obcecado por ela e por seu estilo de vida que se via disposto a arruinar o irmão da moça só para tê-la. Miranda, entretanto, estava mais interessada no outro homem, o que afirmava achá-la bonita e desejável, e que dera a sua palavra de que a ajudaria.

Quando a quadrilha terminou, Miranda recusou a oferta do visconde de acompanhá-la até onde estavam os seus pais. Ela sabia muito bem que a próxima dança seria a segunda valsa e, quer a mãe e o pai tivessem decidido convidar o capitão Vale para jantar ou não, quanto menos tempo passasse na companhia dele, melhor.

— Não posso deixá-la aqui sozinha — protestou Coll MacTaggert, franzindo a testa. — Não sou um cavalheiro, mas sou um homem. E um homem não abandona uma moça em apuros.

O sorriso de Miranda murchou antes que ela conseguisse se controlar.

— E o que o faz pensar que estou em perigo? — perguntou em uma voz aguda demais, tensa demais.

Se Coll percebera que havia algo errado, que esperança ela teria de enganar os amigos? Ficar longe deles tinha sido uma decisão sábia, mesmo que aquilo ajudasse Vale, deixando Miranda mais isolada. Ou melhor, fazendo-o pensar que ela não tinha aliados em…

— É hora da nossa valsa, Miranda.

Ela sentiu as costas enrijecerem, e os dedos se fecharam de modo involuntário no braço robusto de lorde Glendarril. Miranda se esforçou para acalmar a respiração e colocou um sorriso de volta no rosto antes de se virar para o capitão.

— É mesmo? Perdi a conta das danças.

Não poderia torcer o nariz para ele, mas aquilo pareceu quase tão agradável quanto.

Quer Vale acreditasse ou não que ela estivera ocupada demais com outras coisas e nem sequer pensara nele, aquela resposta fizera parecer que sim. Se o capitão quisesse fingir que aquele seria um casamento por amor, podia muito bem fingir que estava se esforçando para conquistar o pretenso afeto dela.

Antes que Miranda pudesse se afastar, sua mão foi envolta por outra, grande.

— Acho que agora seria um bom momento para você me contar tudo sobre o seu irmão, antes que eu entregue a minha irmã a ele — falou lorde Glendarril muito devagar, parecendo mais um leão do que um cordeiro gigante.

Um segundo MacTaggert disposto a protegê-la. E, pelo que Miranda ouvira, Coll preferia os punhos às palavras. Se ao menos ela não tivesse se convencido de que ver Vale todo ensanguentado não resolveria nenhum de seus problemas…

Miranda respirou fundo.

— Em nosso próximo jantar em família, brindarei vocês com todas as minhas histórias sobre Matthew… ou ao menos com a maior parte delas. — Ela pôs a mão livre sobre a dele. — De qualquer modo, pelo que sei, o senhor vai valsar com a sua irmã agora, certo?

Lorde MacTaggert semicerrou os olhos verdes, mas soltou-a.

— Tudo bem, então. Estarei por perto caso mude de ideia, moça, e queira me brindar com as suas histórias agora.

Os pares de Miranda na alta sociedade chamavam os MacTaggert de bárbaros, e até mesmo Aden chegara à conclusão de que precisava com urgência de aulas para ter um comportamento adequado. Mas

Coll fora a única pessoa a perceber que havia algo errado sem que ela o tivesse informado. A menos que "bárbaro" significasse atento a mais do que apenas a própria aparência e posição social, talvez a alta sociedade precisasse encontrar outro adjetivo para aqueles *highlanders*.

— Obrigada, milorde.

— Miranda? — chamou Vale, estendendo uma das mãos para ela.

Miranda estendeu os dedos. E Aden achara que ela não seria capaz de esconder os próprios sentimentos. *Rá.*

— É claro.

— Tenha muito cuidado — murmurou o capitão quando eles encontraram um espaço aberto na pista de dança. — Não serei menosprezado.

— Só de vez em quando — respondeu ela, colocando seu sorriso mais brilhante quando a orquestra tocou a primeira nota da valsa.

— Se o escocês fosse alguém importante, meu próximo passo seria procurar o seu pai e explicar a ele por que vamos nos casar. Não importa se ele souber, porque não ousaria contar a mais ninguém.

Miranda cerrou o maxilar para se impedir de dar a resposta que queria.

— Posso acabar achando você tão intolerável que prefira um abrigo de indigentes. Tenha isso em mente, capitão V…

— Ficarei com o resto dessa dança, se não se importa — disse Aden, plantando-se na frente deles.

Vale chegou a piscar algumas vezes, confuso.

— Você devia ter se livrado dele.

— Eu tentei — disse Miranda, baixinho.

— Eu me importo, *sim*, MacTaggert. Você está perturbando.

— O cartão de dança de Miranda está cheio, e você foi o único homem grosseiro a reivindicar duas danças. Duas valsas, idiota. Eu não tive nenhuma. Afaste-se.

— Não farei isso.

A mão do capitão apertou a de Miranda, e ele começou a afastá-la do *highlander* de estatura formidável.

— Fará, sim, a menos que queira que eu apresente o seu traseiro a esse piso bem encerado.

Com a expressão ainda suave, Aden deu um passo para o lado para continuar bloqueando o caminho deles. Outros casais na pista de dança tiveram que se desviar para evitar colidir com eles, e Miranda podia ouvir os murmúrios mesmo com a música.

Com o maxilar cerrado, Vale abaixou as mãos e deu um passo para trás.

— Não vou provocar um escândalo — disse com firmeza. — Miranda, vejo você na quinta-feira na Casa Harris para jantar.

— Miranda sabe onde vai comer — replicou Aden, o tom agradável, e se colocou na frente dela. — Se precisa de um lembrete para si mesmo, deve escrevê-lo, almirante.

Antes que Miranda pudesse concluir que Matthew havia conseguido convidar Vale para jantar, Aden segurou sua mão, colocou a outra na cintura dela e a guiou na pista de dança. Ela cravou os dedos no ombro dele até conseguir se equilibrar de novo — literal e figurativamente.

— Então foi assim que você resolveu se colocar no meio dessa confusão — falou Miranda, dividida entre a alegria por não ter que dançar mais com Vale naquela noite e a consternação por Aden ter deixado o capitão muito mais furioso do que ela já vira.

— Fiz algo impróprio? — perguntou ele, erguendo uma sobrancelha. — Você precisa me dar mais algumas aulas, eu acho.

As aulas que Miranda tinha em mente não apresentavam qualquer traço de relação com decoro, e ela também não achava que tivessem muito a ver com gratidão. O homem em cujos braços estava dançando era... de dar água na boca.

— Muito impróprio — respondeu —, mas você pôs seus dois irmãos para dançarem comigo, então não posso reclamar.

Aden deu de ombros de forma quase imperceptível e sorriu para ela.

— Você gosta de dançar e não estava dançando.

— Mas você não pediu um espaço no meu cartão de dança.

— Eu estava de olho nessa dança aqui, *boireannach gaisgeil* — respondeu ele, a voz saindo em um murmúrio baixo e sedutor. — E não poderia reivindicá-la a menos que todas as outras estivessem preenchidas.

— Você podia ter me dito isso — sussurrou Miranda.

Aden balançou a cabeça e encostou os dedos nos dela.

— Você não é o tipo de pessoa que sabe esconder o que sente, Miranda. Achei que seria menos prejudicada se fosse surpreendida.

— Ensine-me a esconder meus sentimentos tolos, então. Eu com certeza não quero sair gritando segredos com os olhos.

Um sorriso curvou os lábios dele.

— Farei o possível, mas acho que gosto de ver a luz do sol no seu sorriso e o trovão na sua testa franzida.

Não importava qual tivesse sido o desastre que a levara àquele ponto, ou a loucura subsequente que se apossara dela, nada jamais a fizera sentir o que sentia naquele momento, enquanto valsava com Aden MacTaggert. Se aquilo estivesse visível em seus olhos, ela teria que aprender a esconder, porque não queria abrir mão da sensação. Uma empolgação vertiginosa e de tirar o fôlego, uma... onda de calor, o desejo de estar sempre tocando-o — e se aquilo era simples luxúria, era muito irresistível.

— Muito bem, então.

— Se alguma vez eu esconder algo de você, estou lhe prometendo nesse momento que será só porque você já tem um fardo pesado demais nos ombros, e eu tenho mais prática em ser... evasivo.

— Então espera que eu confie em você?

Aden manteve uma expressão fixa no rosto.

— Sim — respondeu ele. — Eu não faria nada para lhe causar mal. Jamais. Você tem a minha palavra.

Miranda acreditou nele.

— Mas você não pode esperar que eu não faça perguntas.

Aden sorriu.

— Acho mais fácil a minha cachorra se transformar em um elefante do que você não fazer perguntas, moça.

Aquilo a fez sorrir. Ele era o único homem que Miranda havia conhecido em que não conseguia dar voltas, e o único que esperava que ela o acompanhasse.

— Seja qual for o motivo para você estar sorrindo agora, espero que eu seja a causa dele — disse Aden, falando baixo, os olhos verdes tempestuosos fixos nos dela.

Ela finalmente tinha uma resposta simples para alguma coisa, porque claro que ele era a causa de seu sorriso. Mas Aden não era o único homem olhando para ela naquele momento.

— Mesmo que fosse você — respondeu Miranda —, e por mais que essa dança esteja deixando alguém com raiva, eu continuo com um machado pousado no meu pescoço.

A expressão dele se tornou um pouco mais séria, e Miranda de repente se perguntou se Aden também não estaria pensando naquilo. Pelo menos ele conseguira tirar Vale dos seus pensamentos por alguns minutos, mas o capitão tinha promissórias assinadas nas mãos e planos que exigiam um casamento com ela, enquanto Aden só falava sobre coisas impertinentes e tentadoras que causavam arrepios em Miranda.

— Terminei de ler o seu *Tom Jones* — disse ele, mudando de assunto com uma velocidade vertiginosa.

— E? — perguntou ela.

A mão na cintura de Miranda puxou-a mais para perto dele.

— Você tem uma boa seleção de livros na sua biblioteca. Estou pensando em escolher outro.

Para onde ele a estava levando agora?

— Você pode ir à minha casa a qualquer hora, é claro, desde que tenha em mente que Matthew contará a Vale.

Aden assentiu.

— Prefiro ler à noite, quando não consigo dormir. Às duas, três horas da manhã, você me encontrará acordado, lendo.

Antes que Miranda conseguisse decifrar por que ele decidira informá-la do seu horário de sono, a música subiu para um crescendo glorioso e parou. Aden continuou a segurá-la por mais alguns segundos, então deixou escapar um suspiro audível e a soltou, se juntando aos aplausos.

— Eu a levarei até onde estão os seus pais — falou Aden, oferecendo-lhe o braço.

— Não provoque demais o capitão Vale — pediu Miranda, hesitante.

Dançar com Aden tinha sido uma coisa — diante da forma como ele se intrometera no meio da valsa, ela só alimentaria a confusão caso tivesse se recusado a permitir que ele a tomasse nos braços. Até o capitão havia entendido aquilo. Mas andar de braço dado com ele, ela poderia escolher evitar. E Vale também compreenderia aquilo.

— Confie em mim, moça — murmurou Aden. — Me dê o seu braço.

— Conte-me o que era aquela coisa de "gazgeel" que você me chamou antes.

— Ah. *Boireannach gaisgeil*. Significa "mulher corajosa".

Ora. Miranda pousou a mão na manga do paletó cinza-escuro dele. Teria sido delicioso ficar daquele jeito, tocando-o e certa de que nem mesmo Vale se aproximaria, mas aquele era apenas um respiro momentâneo.

Em vez de ir para a alcova cercada pela janela, onde os pais dela estavam sentados, conversando com a mãe de Aden, lady Aldriss, e com vários outros amigos, Aden guiou-a até a porta da sala de jogos. Enquanto Miranda observava, sentindo-se quase como uma espectadora da sua própria peça, eles passaram bem na frente de Robert Vale. O capitão semicerrou os olhos de ave de rapina, e Aden sorriu para ele.

— Não me importo com o modo como você acha que eu devia chamá-lo, Miranda — disse Aden, forçando o sotaque e continuando na direção dos pais dela —, o homem parece um maldito abutre. Acho que confio nas minhas chances.

— Que diabos foi isso, Aden? — perguntou Miranda, preocupada, assim que eles se viram fora do alcance do ouvido de Vale. — E por quê? Por que você deliberadamente...

— Contra quem você acha que ele está tramando agora? — interrompeu Aden. — Contra mim.

— Não é isso que eu quero dizer. — *Homens.* — Você acabou de declarar, em voz alta, que está interessado em mim. Não percebe o que...

— Miranda — interrompeu ele mais uma vez, os lábios se curvando em um sorriso lento. — Eu sei o que acabei de fazer. — Ele respirou fundo. — Espero que isso o tenha deixado furioso. Ainda mais furioso do que quando me intrometi na valsa. Homens irados cometem erros.

Ou ele estava jogando e acabara de fazer uma aposta, ou queria que ela acreditasse naquilo. Levando em consideração a importância de encontrar a resposta correta para aquela pergunta, Miranda decidiu adiar o julgamento e aguardar novas evidências.

— Você espera que ele te desafie para um duelo ou algo assim? Não pode deixá-lo ainda mais furioso sem correr o risco de um embate físico.

Aquilo o fez rir.

— Embate físico soa delicado. Se ele tentasse me derrubar... ah, isso seria interessante. Quero que Vale só pense em me transformar em pó, moça. Não minta para ele para aliviar as coisas para mim. Você me avisou, você me disse que não vou ganhar essa disputa porque Vale tem algo para usar contra Matthew. Diga a ele que eu lhe disse que gosto de um desafio. E é verdade. E é isso que você é, Miranda.

Então, ele abaixou o braço, evitou a mãe quando Francesca se levantou para interceptá-lo e desapareceu do salão de baile como se nunca tivesse estado lá. Mas o que ele havia feito permaneceu. Agora, todos sabiam que Miranda tinha dois homens cortejando-a. Nenhum dos dois pedira a opinião dela sobre o assunto, embora pelo menos Aden tivesse motivos para acreditar que ela gostava dele.

Tudo aquilo parecia importante e significativo, mas Aden colocara em jogo mais do que a simples — relativamente simples — afeição. O capitão montara um jogo de xadrez muito complicado e movera todas as peças para onde queria que estivessem, e Aden tinha acabado de se sentar na frente de Vale e misturado tudo em cima da mesa.

Ele desarrumara tudo e atraíra a atenção de Robert Vale para si. Miranda sabia que devia estar aliviada por alguém ter tirado um pouco do peso dos seus ombros, mas a verdade era que, acima de qualquer coisa, se sentia preocupada. Aden *tinha* que estar à altura do desafio, porque agora ele se colocara como defensor dela. Em certo sentido, o *highlander* unira o destino dos dois, fosse por acaso ou, como ela suspeitava, intencional. E já que ela não podia perder, ele também não poderia.

O capitão Robert Vale observou Aden MacTaggert inclinar a cabeça para Miranda Harris enquanto os dois conversavam, e observou Miranda inclinar-se na direção de MacTaggert mesmo enquanto franzia a testa para ele. Então não era um estratagema. O *highlander* estava deixando claro seu interesse por Miranda, e ela estava gostando. Gostando dele.

Quando MacTaggert se esgueirou para a sala de jogos, fez questão de evitar uma mulher pequena, de cabelo castanho e grisalho, em um vestido cor de vinho de muito bom gosto e aparência muito cara. Robert se aproximou mais, então se virou para encontrar Matthew Harris, que só tinhas olhos para a sua linda e ingênua noiva.

— Uma palavrinha — disse ele, sem forçar qualquer traço de bom humor.

Matthew obedeceu na mesma hora, pediu perdão a lady Eloise e a deixou. Era aquilo que Robert gostava de ver: alguém que sabia tratá-lo com o respeito que ele merecia.

— O que houve? Só tenho um minuto até a próxima quadrilha.

— Quem é a mulher sentada ao lado da sua mãe?

Matthew olhou naquela direção.

— Aquela é a mãe de Eloise. A condessa Glendarril.

— Não é "de" Glendarril?

— Não. É um título escocês. O "de" faz um título soar inglês demais, eu suponho. O e…

— Por que Aden MacTaggert evitaria a mãe? — interrompeu Robert, sem paciência para os latidos bem-humorados do cachorrinho à sua frente.

— Lady Glendarril ordenou que os filhos saíssem da Escócia e viessem para cá, e decretou que eles deveriam se casar com esposas inglesas adequadas.

— Ela "ordenou"? Como?

Matthew franziu a testa e olhou por cima do ombro.

— Prometi a Eloise a quadr…

— Então fale logo e não perderá a dança.

— Todos dizem que Francesca Oswell-MacTaggert simplesmente ordenou. Ela pode ser bastante terrível. Quase me mijei quando pedi permissão a ela para me casar com Elo…

— Não me importo com o que todos dizem, Matthew — interrompeu Robert. — Há mais do que isso ou você não estaria divagando. Aposto que Eloise lhe contou algo, e você vai me contar. Agora. Sou um homem ocupado.

— Ela me fez jurar segredo.

— Cinquenta mil libras, Matthew. Não me faça ficar lembrando a você.

— Quando me lembrar disso, eu o lembrarei de que quando se casar com Miranda estaremos quites.

— Sim. — Tão quites quanto poderiam estar enquanto um deles tivesse cinquenta mil libras em notas promissórias devidas pelo outro. Porque a maioria delas não iria a lugar nenhum. — Fale.

Matthew bufou baixinho, petulante, mas ainda dócil.

— Lady Glendarril manda no dinheiro. Quando ela deixou a Escócia, fez o conde assinar um acordo dizendo que os filhos deveriam se casar antes da filha e que tinha que ser com damas inglesas. Se algum deles não cumprir o acordo, ela cortará todo o custeamento das despesas de Glendarril Park.

Ora, ora. Aquilo era interessante e tinha potencial para ser bem útil, embora tirar vantagem de alguém que estava sendo coagido por outra pessoa pudesse ser complicado.

— Vá dançar com Eloise. Depois iremos a algum lugar tranquilo para que possa me contar tudo o que sabe sobre Aden MacTaggert.

Matthew saiu correndo como um cachorro solto da coleira. Ainda irritado porque todos no salão de baile o tinham visto recuar e deixar outro homem terminar uma dança que ele havia começado, Robert considerou seguir MacTaggert até a sala de jogos e esvaziar os bolsos do *highlander*. Mas se obrigou a lembrar que tinha a mão vencedora. O escocês podia andar atrás de Miranda à vontade, mas ainda assim ela se tornaria a sra. Robert Vale.

Parecia muito mais provável que MacTaggert, que se imaginava um jogador, fosse ser o desafiante. Sim, Robert podia imaginar agora: o *highlander* tentando recuperar as promissórias de Matthew e assim libertar Miranda. Ele se permitiu um leve sorriso. Semanas de conspiração, precedidas por anos planejando seu caminho até os altos escalões da sociedade, não seriam viradas de cabeça para baixo por algum bárbaro arrogante que sabia jogar faro. Mas ver MacTaggert tentar capturá-lo em sua própria rede... aquilo seria interessante. E o fato de ele ter um irmão visconde destinado a um condado, mesmo escocês, seria muito útil.

O relógio do saguão marcava três horas enquanto Miranda subia a escada até o seu quarto. Ela dera um beijo de boa-noite na mãe e no pai, que estavam animados demais, e se recusara a ser atraída para uma conversa sobre os dois homens que agora a cortejavam em público, preferindo se enfiar no quarto e fechar a porta.

A camareira dormia na cadeira diante da lareira, e Miranda a sacudiu gentilmente para acordá-la.

— Não se desculpe — falou, diante dos protestos de Millie, os olhos ainda sonolentos. — Eu mesma estou morta de sono. Desabotoe o meu vestido, por favor, e depois vá para a cama, pelo amor de Deus. Consigo tirar alguns grampos do meu próprio cabelo. Já fiz isso antes.

Felizmente Miranda tinha mesmo o hábito de se preparar sozinha para dormir quando chegava em casa muito tarde, afinal, não estava com a menor vontade de responder a perguntas sobre como Vale havia sido horrível, ou de confessar como se sentira aliviada quando Aden se metera entre eles para resgatá-la, dançando com ela com tanta facilidade que foi como se os pés de Miranda mal tocassem o chão.

Depois que Millie foi para a própria cama no andar de baixo, Miranda despiu-se do lindo vestido azul e o trocou pela camisola de algodão muito mais confortável. Ela deixou escapar um suspiro enquanto umedecia um pano na água aromatizada com limão na bacia e apagava o cheiro de charutos, de homens e de suor do rosto, braços e pernas.

Desejou poder lavar o capitão Robert Vale da sua vida com a mesma facilidade. A única coisa boa em relação a ele era que as ameaças do homem a haviam forçado a procurar Aden e olhar além da fachada de jogador cínico e distante que ele apresentava ao mundo.

Uma boa parte de Mayfair agora acreditava que ele a estava cortejando. Ou melhor, acreditava que ela quase aceitara a corte do capitão Vale, mas se vira confrontada por outro pretendente ao menos tão adequado quanto. Sim, Miranda gostava bastante do ardor entre ela e Aden, da sensação de estar a apenas um sopro do próximo toque, e da ansiedade pela presença do *highlander* quando ele estava em outro lugar. Ela reimaginara cada conversa tola que tivera naqueles dias como se as estivesse tendo com Aden, porque ele não se importava nem um pouco com o fato de ser indelicado discutir com uma dama — e Miranda gostava muito do desafio que ele apresentava.

Ela fez uma careta, tirou os grampos e fitas do cabelo e escovou a massa rebelde de fios. Gostava de Aden MacTaggert. Muito. O fato de ele ter mais ou menos se declarado... Miranda sentiu um arrepio lento e delicioso percorrer o seu corpo. Aden talvez achasse que o que ela sentia era gratidão pela ajuda, mas, pelo amor de Deus, ele ainda não a havia salvado.

Diante daquele pensamento perturbador, Miranda deixou a escova de lado, se levantou e caminhou na ponta dos pés pelo chão frio de madeira para poder se enfiar sob as cobertas da sua cama confortável. Ela ainda não conseguiria dormir. O capitão Vale estava de posse das promissórias de Matthew. Enquanto aquilo fosse verdade, qualquer sonho diurno ou noturno que ela pudesse ter em relação a Aden seria apenas aquilo... um sonho.

Não chegava nem a ser um consolo saber que Aden também estaria acordado. Ele fizera tanta questão de deixar claro que havia terminado de ler *Tom Jones* e que desejava pegar emprestado um novo livro na biblioteca da Casa Harris, e também que costumava ler até as três horas da manhã — o que não poderia fazer sem um livro, de qualquer forma —, que Miranda começou a pensar que o homem podia estar um pouco prejudicado mentalmente. Nada daquilo fazia sentido, a menos que ele pretendesse invadir a casa dela e ler em sua biblioteca no meio da noite, então...

Miranda se sentou de repente na cama. Será que fora aquilo que Aden quisera dizer? Estaria ele na biblioteca da casa dela naquele exato momento? Estaria... esperando por ela? Aquilo fazia muito mais sentido do que ele de repente começar a falar como um insano. Ou ela estava sendo tola e tirando conclusões demais de uma conversa simples, apenas para acalmar seus nervos ou algo semelhante? *Aquilo* fazia mais sentido do que o irmão de um visconde decidir invadir uma casa com o propósito de dormir com a filha do proprietário.

Miranda se levantou e calçou os chinelos. Se Aden *estivesse* na biblioteca e ela não fosse checar, será que acharia que, da parte dela, os beijos e o flerte eram apenas uma forma de conseguir a ajuda dele? Ou pior, chegaria à conclusão de que ela era estúpida por não ser capaz de decifrar suas pistas vagas?

Ela vestiu o roupão azul e voltou a acender a vela que estava na mesinha de cabeceira com um respingo das brasas da lareira. Se alguém a visse, ela não queria dar a impressão de que estava se esgueirando pela casa. Sentir-se inquieta e procurar um livro para ler fazia todo o sentido. Ela fizera aquilo em várias ocasiões.

Com a vela em uma das mãos, Miranda caminhou em silêncio pelo corredor em direção à escada principal. Não estava tentando passar despercebida, lembrou a si mesma. Queria apenas ser silenciosa. Pelo que sabia, Matthew ainda não voltara e, embora preferisse não esbarrar com ele, pelo menos tinha uma desculpa em mente. É claro que o irmão estava dando um jeito de perder mais dez mil libras para o capitão Vale, mas, de qualquer modo, pagar aquelas notas não era parte de nenhum plano.

Matthew não apareceu no saguão quando Miranda chegou ao andar térreo e entrou no amplo corredor que passava pela biblioteca, nos fundos da casa. Ninguém apareceu para impedi-la de ir checar se havia um homem a esperando lá dentro, no escuro, ou se ela apenas esperava que fosse o caso.

Miranda soltou o ar, procurou recuperar a compostura, para não parecer uma devassa atirada entrando na sala, e girou a maçaneta.

A porta se abriu sem fazer barulho, graças ao mordomo e à sua obsessão por eliminar qualquer rangido das dobradiças. *Obrigada, Billings.* Dentro do grande salão, os quatro conjuntos de cortinas que protegiam as janelas altas estavam abertos, permitindo a entrada da luz de uma lua crescente amarela e enevoada. A vela tornou-se a única outra fonte de luz ali.

Aden MacTaggert não estava lendo na biblioteca, de forma alguma. Miranda se sentiu mal por ter colocado tanta fé em uma ideia tão tola, e por ter desejado tanto que ele estivesse lá. E agora torcia para que Aden realmente não tivesse estado lá — caso contrário, se ele tivesse ido embora, não estaria pensando bem dela.

— Se pretende ficar, moça, então entre e feche a porta.

Capítulo 12

A voz veio de bem perto dela. Miranda se sobressaltou quando Aden apareceu pela porta entreaberta. A vela oscilava na mão dela, lançando sombras assustadoras nas paredes e no chão, e Aden segurou a mão de Miranda antes que ela a deixasse cair e colocasse fogo na casa inteira.

Recomposta, entregou a vela a ele e fechou a porta.

— Espero que saiba que você deu pistas muito ruins. Quase adormeci antes de perceber que talvez estivesse tentando me dizer...

A boca de Aden se uniu à dela. Os dedos de sua mão livre se enfiaram pelo cabelo solto de Miranda, provocando uma sensação quase tão íntima quanto o beijo. Miranda deslizou as palmas das mãos pelos ombros dele e ficou na ponta dos pés, colando-se ao corpo longo e musculoso. Aden estava ali. Ela não imaginara um encontro tolo só porque ansiava pela companhia dele. Aden dissera que a queria, mas até então tinham sido apenas palavras. Só que não eram mais apenas palavras, porque aquele beijo faria a maior parte das donzelas desmaiar. Até ela estava sentindo os joelhos fracos.

Ele afastou Miranda da porta, apagou a vela e a deixou sobre uma mesinha.

— Acho que foram mesmo pistas ruins — admitiu ele, o sotaque arrastado, pousando as mãos nos quadris dela e puxando-a para si mais uma vez. — Mas se você não tivesse vindo até aqui, eu presumiria que fui enigmático demais ou algo assim. Não me veria obrigado a concluir que você estava arrastando a asa para mim só porque lhe sou útil.

Miranda bateu no ombro dele.

— Não arrasto a asa para ninguém.

— *Aye*, mas algo em você me intriga, Miranda. Tenho uma resposta para quase tudo, mas não consigo explicar você, ou compreender por que o dia parece mais claro e o ambiente mais quente quando está perto de mim.

Aquela talvez fosse a coisa mais gentil que ela já ouvira. Aden era um homem cínico e pragmático, mas quase se tornara poético enquanto tentava explicar o que sentia por ela.

— Você *é* útil para mim — declarou Miranda, encontrando o olhar dele na penumbra. — Você também é enfurecedor e irritante, com esse jeito de se recusar a me contar os detalhes das coisas, e ainda assim esperar que eu o siga e concorde com o que quer que esteja fazendo.

— Você é minha parceira — retrucou ele, como se aquilo explicasse tudo. Ao ver a expressão severa de Miranda, sua boca se suavizou em um sorriso. — Eu não soltaria informações aleatórias se não achasse que você é capaz de assimilá-las. Assim como não estaria aqui se você não me deixasse alerta.

— Se eu o entediasse, você quer dizer?

— *Aye*. E acho que você não estaria aqui, na sua biblioteca, se eu entediasse *você*. — A voz dele assumiu um tom bem-humorado. — Mas se está aqui hoje à noite porque se sente obrigada, diga-me, Miranda. Não sou nenhum patife que a forçará a algo só porque você precisa de um aliado. — Ele parou, a testa franzida. — Dei a minha palavra de que vou ajudá-la. Isso não muda, quer você queira que eu fique ou me peça para ir embora.

— Para um homem que prefere ser chamado de bárbaro a cavalheiro — sussurrou Miranda, tentando conter as lágrimas que ameaçavam encher seus olhos —, você parece bastante honrado.

— *Boireannach gaisgeil*, se eu fosse um camarada honrado, não estaria na sua maldita biblioteca. Porque não estou aqui para conversar nem para traçar estratégias. Quero despir esse seu belo roupão e essa maldita camisola que está usando, e quero colocar as minhas mãos em você. — Ele deu um sorrisinho malicioso. — E não apenas as mãos.

Como Aden a segurava pelo quadril, Miranda não duvidou que Aden a tivesse sentido estremecer. Ela mal conseguiu evitar rasgar todas as roupas dele antes mesmo que ele terminasse de falar.

— Não sei o que pode acontecer amanhã, ou quando o capitão Vale vier aqui para jantar na quinta-feira, ou no final de tudo isso — disse Miranda, enquanto soltava o nó simples da gravata dele —, mas sei que pretendo ter o máximo de autonomia possível sobre a minha vida.

— Não esperaria menos de você, Miranda, e acho que gosto do jeito que aborda um problema, mas se não disser que me quer nos próximos minutos, vou ter que descer pela janela aqui atrás e arrumar um jeito de beber muito.

Ela deixou escapar uma risadinha zombeteira.

— Isso foi mais direto do que a sua conversa normal, Aden.

— Miranda, pelo amor de Deus. Diga *aye*. — Ele fez uma careta. — Ou diga não. Eu prefiro *aye*.

— Eu quero você, Aden, mesmo com a quantidade de problemas que isso poderia me causar. Sim. *A...*

Antes que ela pudesse terminar de dizer *aye*, Aden inclinou a cabeça para beijá-la. Miranda perdeu o ar e quase os sentidos quando ele a puxou pelo quadril, a língua entrelaçando-se à dela em uma dança ardente que a aqueceu até os ossos. Aden podia até parecer poético com aquele cabelo ondulado longo demais e o jeito observador e silencioso, mas ele beijava como um hedonista sensual.

Miranda se deu conta de que, de certo modo, esperava ser jogada no chão e arrebatada, e se aquilo satisfizesse o desejo intenso que a dominava nos últimos dias, não faria qualquer objeção. Em vez disso, Aden se inclinou e ergueu o queixo dela, enquanto seus lábios e sua língua se dedicavam a explorar seu pescoço longo, a base do maxilar, cada toque atravessando o corpo de Miranda como raios de fogo e relâmpagos. Ela se sentia nua e em carne viva, embora nenhum dos dois tivesse removido sequer uma única peça de roupa. Na biblioteca. A biblioteca da casa da família dela. Para onde o pai de Miranda também vagava à noite, de vez em quando.

— Não podemos fazer isso aqui — disse ela em um arquejo, ainda agarrada aos ombros dele.

Aden se aprumou.

— Vou trancar a porta — falou, e soltou uma das mãos para alcançar a porta.

— E convidar alguém a destrancá-la?

— Poderíamos ir para o jardim — sugeriu ele, passando um dedo por baixo do roupão dela e deslizando-o pelo braço. — Mas não quero que você acabe com espinhos de rosa no traseiro.

Miranda voltou a vestir o roupão.

— Também não desejo contato com espinhos.

Ela segurou o rosto dele, sentindo o começo da aspereza da barba por fazer, e o beijou.

— Miranda, eu quero você. Mas quero por inteiro. Deixá-la vestida e apenas levantar a sua saia... isso não é o bastante para mim. Nem para você, eu acho.

Não, não seria. Aquilo envolvia os dois, envolvia confiança e desejo, não era apenas para atender a um rápido — ela presumia — impulso que poderiam satisfazer com outra pessoa. E, levando em consideração o que aconteceria caso os planos mal explicados de Aden não tivessem sucesso em livrar a ela e a família dela daquele... homem cujo nome Miranda nem queria conjurar, ela queria que aquela noite fosse algo a que pudesse se agarrar mais tarde. A lembrança talvez tivesse que lhe servir por muito tempo. Por uma eternidade.

Ela saiu dos braços de Aden e pegou a sua mão antes que ele pudesse trancar a porta. Uma profunda satisfação a invadiu quando os dedos do *highlander* se entrelaçaram aos dela. Miranda não achava que ele era o tipo de homem que seguia o comando de qualquer outra pessoa.

— Venha comigo — sussurrou ela, e abriu a porta.

Aden não protestou, e permitiu que ela saísse da biblioteca e subisse o corredor em direção ao saguão e à escada principal. Por mais esguio e atlético que parecesse ser, Aden era um homem de ombros largos e tinha mais de um metro e oitenta de altura. Apesar disso, foi o som dos próprios chinelos que Miranda ouviu enquanto subiam a escada, junto com o farfalhar do roupão no silêncio da noite. O silêncio de Aden ao se deslocar era tamanho que ele poderia muito bem ser uma sombra.

No andar de cima, Miranda continuou a caminhar, passando pelo quarto ainda vazio de Matthew e pelo quarto principal, onde esperava que os pais estivessem dormindo, até chegar à porta do próprio quarto. Ela a abriu, mal ousando respirar, e entrou furtivamente, com Aden logo atrás.

Ele mesmo fechou a porta e girou a chave que estava na fechadura. Quando voltou a encará-la, Miranda se perguntou o que uma jovem faria naquelas circunstâncias — oferecer-lhe uma bebida? Levá-lo a uma das poltronas aconchegantes perto do fogo? Tirar a roupa e deitar na cama?

— Eu...

Naquele mesmo instante, os braços de Aden a envolveram pela cintura. Miranda sentiu os pés deixarem o chão e agarrou os ombros dele enquanto o *highlander* a levantava no ar. Ao menos tinha quase certeza de que seus pés não estavam tocando o chão, e sua pulsação acelerada a deixou zonza e soltando risadinhas, reações que até ali nunca foram características suas. Então, em um movimento que aparentemente não lhe exigiu esforço, Aden a abaixou até que ela pudesse encontrar os lábios dele de novo.

Os dois se beijaram, as bocas abertas e as línguas entrelaçadas, e Miranda sentiu cada nervo do seu corpo desperto e trêmulo. Aden a colocou de pé e, depois, ainda a beijando, puxou-a para o colo e levou-a até a cama.

— Você é muito forte — conseguiu dizer Miranda, entre beijos.

— Você é mais leve que uma ovelha — respondeu Aden, pousando-a na cama.

— Então agora você está me comparando a uma ovelha?

Ele deu uma risadinha.

— Não. É que eu carrego as ovelhas na hora de tosquiar. Isso — ele se colocou acima dela, usou o dedo indicador para puxar para baixo a parte da frente da camisola de Miranda e abaixou a cabeça para beijar seu colo exposto — é muito mais divertido.

Ela gemeu de prazer quando a boca de Aden encontrou o seu seio esquerdo.

— Ora — murmurou Miranda —, estou feliz por ser mais divertida do que a tosquia de ovelhas.

— *Aye* — respondeu ele, a voz abafada. — Prefiro você à tosquia de ovelhas, a um copo de cerveja no The Thistle, que é a taberna perto de Aldriss Park, e a um jogo de vinte e um.

— Nossa, e também sou mais divertida do que um jogo de azar? Ele levantou a cabeça para fitá-la.

— Se você ainda tem fôlego para ser sarcástica, estou fazendo alguma coisa errada. Vou cuidar disso agora, certo?

Ele segurou a camisola dela pelo decote, com as duas mãos, e rasgou-a de ponta a ponta. O trio de botões saltou e caiu no chão.

— Aden! — arquejou Miranda, então levou a mão à boca tarde demais para conter o som.

— Silêncio, moça. Não estamos sendo decentes — disse ele, sorrindo, e se curvou para capturar o seio direito dela com os lábios.

Santo Deus. Aden não lhe dera tempo para pensar, mas talvez tivesse feito aquilo de propósito. Ela passara muito tempo pensando, nos dias anteriores. A sensação da língua muito habilidosa dele, lambendo o mamilo rígido dela, fez com que Miranda esquecesse tudo, menos o enorme desejo que sentia.

Gemendo mais uma vez, contorcendo-se sob o corpo dele, Miranda queria… mais. Já que os dois eram parceiros, ela seguiria a iniciativa dele de não ser — como ele havia chamado? — decente. Incapaz de evitar que suas mãos tremessem, ela enfiou os dedos por baixo das lapelas do paletó cinza-escuro de Aden e afastou-o dos ombros. Ele obedeceu ao comando, tirando um braço e depois o outro das mangas, para que ela pudesse despir seu paletó e jogá-lo no chão.

A seguir, foi a vez da gravata, enquanto ele afastava para o lado as bordas esfarrapadas da camisola dela, deixando o corpo de Miranda exposto e nu, a não ser por parte dos ombros e dos braços. Então, Aden deixou a mão descer até o tornozelo dela, deslizando-a lentamente pela perna de Miranda, e seus dedos foram subindo pela parte interna das coxas até roçarem *lá*. Ela se sobressaltou, mas não teve muito tempo para isso, pois logo sentiu os dentes e a língua dele capturarem seu mamilo.

— Não acho que homens decentes façam isso, Aden — falou Miranda, a voz trêmula, arqueando as costas quando os dedos dele retornaram ao seu ponto mais íntimo e abriram a sua carne para deslizar mais para dentro. A sensação a deixou tensa, e ela precisou se conter para não unir os joelhos.

— Espero que isso não seja verdade, Miranda — foi a resposta dele, que reverberou em seu peito. — Porque, a menos que você tenha alguma objeção, acho que estou fazendo da maneira certa. Agora que posso vê-la e tocá-la por inteiro, quero dizer.

Ele mudou a posição do corpo, erguendo-se e afastando as coxas dela. Aden apoiou o peso do corpo em uma das mãos e se inclinou sobre ela, enquanto penetrava seu corpo com o dedo indicador da outra mão.

— O que você acha, Miranda? — murmurou ele, examinando o rosto dela com uma intensidade que por si só a deixou sem fôlego. — Tem alguma objeção?

Ele curvou o dedo dentro dela, pressionando a sua carne.

— Ah. *Ah!*

Miranda contraiu os músculos, cada centímetro do seu ser concentrado naquele toque. Ela agarrou a camisa dele e puxou-o de volta para outro beijo. Enquanto ele a atendia, Miranda tirou a camisa longa de dentro da calça com os dedos trêmulos e puxou pelos ombros fortes.

— Suponho que você não tenha nenhuma objeção, então — falou Aden devagar, a voz agora não mais soando tão composta quanto ela estava acostumada a ouvir.

Ele voltou a erguer o corpo por um momento, para tirar a camisa pela cabeça e jogá-la de lado.

— Seja o que for isso que você fez... quero que faça de novo.

— Essa é a minha intenção, moça. Mas não vou usar o meu maldito dedo. — Aden inclinou a cabeça. — Você entende?

Aquilo a fez olhar para o volume bastante impressionante na frente da calça dele. Ela então percebeu — bem tardiamente — que Aden ainda usava o traje do baile dos Darlington, e que devia ter ido direto de lá para invadir a casa da família dela a fim de... reivindicá-la para si. E ela queria muito ser reivindicada daquela forma. Miranda queria muito que a sua primeira vez fosse com alguém de quem ela gostasse e a quem respeitasse, e não um homem de quem tivesse medo e que detestasse. Miranda assentiu.

— Entendo.

Aden se deitou de costas ao lado dela, descalçou as botas e colocou--as no chão ao lado da cama, antes de erguer os quadris e começar a desabotoar os botões da calça.

— Eu devia ter usado um maldito kilt — resmungou ele. — Quem inventou as calças deveria ser pendurado pelas partes íntimas.

Apesar das reclamações, Aden tirou a calça e chutou-a para o lado enquanto rolava o corpo de novo para cima dela, apoiado nas mãos e nos joelhos. Miranda conseguiu ver os músculos longos e sinuosos flexionados sob a pele, rígidos, fortes e quentes sob as suas mãos curiosas. O pênis grande e os testículos — que era como o livro de anatomia ilustrado, e muito bem-escondido, do pai dela os chamava — roçavam quentes entre as coxas dela.

Aden usou uma das mãos para abrir ainda mais as pernas dela, e posicionou um dos joelhos dobrados de Miranda sobre o seu quadril. Ela se sentia muito exposta, muito vulnerável e muito, muito excitada. Aquilo era desejo, se deu conta. Aquela era a sensação de querer tanto alguma coisa que se perdia a capacidade de falar sequer uma palavra coerente.

— Há dor e há prazer, moça — falou Aden, a voz rouca e tensa. — Muito mais prazer, mas tenha paciência comigo, porque a dor vem primeiro. E só dessa primeira vez.

Ela assentiu, e ele moveu o quadril para a frente. Aden fez uma pausa quando seu membro se aproximou da entrada do corpo dela, disse algo em gaélico, então penetrou-a em um movimento lento, quente e apertado. Mais e mais fundo até o fim, provocando uma pontada forte de dor ao se enterrar nela.

Miranda fechou os olhos com força e cravou os dedos nas costas largas de Aden, recusando-se a soltar o grito agudo que estava preso em sua garganta. Quando Aden beijou sua testa, suas pálpebras, a ponta do nariz e do queixo, ela voltou a abrir os olhos.

— Estou bem — afirmou ela, embora ainda não estivesse certa daquilo.

— Você ainda é uma péssima mentirosa — sussurrou ele. — Espero que nunca precise ser diferente.

Aden deixou um dedo correr pelo rosto dela e abaixou a cabeça, agora para beijá-la na boca.

Miranda demorou um instante para querer se mover de novo. Ela começou relaxando os dedos, erguendo as mãos pelas costas dele para enfiá-las no cabelo preto, guiando a boca de Aden de volta para a dela, então para o seu pescoço e mais abaixo. Com uma risada abafada, ele lambeu e mordiscou os seios de Miranda, até ela começar a gemer de novo.

Aquilo pareceu afastar qualquer preocupação de Aden, porque ele deixou escapar um som baixo, recuou um pouco o quadril e voltou a arremeter. Miranda arregalou os olhos, querendo memorizar a sensação deliciosa, o peso do corpo de Aden sobre o dela quando ele a penetrou de novo, a inquietação... libertina que sentia por ele.

Conforme Aden acelerava o ritmo das suas arremetidas, Miranda passou o tornozelo ao redor das coxas dele, incapaz de conter os arquejos e gemidos. E lá estava ela, deitada de costas, com as pernas abertas, a camisola em farrapos e o roupão ainda por baixo. Miranda livrou os braços das roupas, um de cada vez, e suas mãos se revezaram entre os ombros de Aden, suas costas e seu traseiro, belo e musculoso, enquanto ele continuava a penetrá-la. A cama balançou, os pés batendo contra o baú que ficava na base. Beijos de boca aberta, os dedos de Aden brincando com os seios dela enquanto ele apoiava o peso do corpo nos cotovelos, tocando-a e acariciando-a até Miranda ter vontade de gritar com o êxtase que se aproximava.

Ela ficou tensa por dentro mais uma vez, flexionando os dedos, impotente. Aden a beijou enquanto todo o corpo dela estremecia incontáveis vezes. Ele arremeteu com mais rapidez e intensidade, grunhindo, a pele toda se arrepiando de tal forma que Miranda sentiu a eletricidade sob as mãos e por todo o caminho até o seu ponto mais íntimo.

— Meu bom Santo André — murmurou Aden, enquanto deixava o corpo tombar para o lado direito, puxando a perna esquerda dela sobre o seu quadril.

Os dois ficaram ali por um instante, virados de frente um para o outro, se tocando, mas sem estarem unidos intimamente. Miranda desejou que estivessem — sua pele estava fria onde o corpo dele não cobria o dela. Sua respiração ainda saía em arquejos, como se ela tivesse acabado de correr uma maratona. Aden também arquejava, e uma fina camada de suor cobria o peito e a testa dele. Estava com o braço direito estendido sob a cabeça dela, os dedos brincando com o cabelo de Miranda de um jeito preguiçoso e causando arrepios por todo o seu couro cabeludo.

— O que você acha de ser indecente, moça? — perguntou Aden em um murmúrio, adiantando-se um pouco para beijá-la de novo, a carícia gentil, íntima e terna.

Só aquele beijo poderia ter feito Miranda se apaixonar por ele, se ela já não estivesse a meio caminho disso. Ela, com um *highlander...* Era quase tão absurdo quanto se casar com um capitão do mar. Aqueles MacTaggert haviam subvertido Londres inteira, e ela achava tudo aquilo fascinante.

— Eu diria — sussurrou Miranda em resposta — que ser indecente entre quatro paredes é bem... arrebatador.

— Essa é uma palavra grandiosa. Você faz meu coração bater mais rápido, Miranda Grace.

— E como você sabe o meu nome do meio? — perguntou Miranda, na verdade nada surpresa por ele ter descoberto. Afinal, ela também sabia o nome do meio dele.

— Perguntei a Eloise.

Aquilo a fez sorrir.

— Eu também, Aden Domnhall MacTaggert. Ela disse que você e seus irmãos receberam nomes de antigos reis escoceses.

— *Aye.* Niall Douglas, em homenagem a James, o Douglas Negro, porque nosso pai achava que James soava inglês demais. Coll ficou com Arthurius, a quem acho que você conhece como rei Arthur, o camarada da Távola Redonda. Havia pelo menos três Domnhall, mas, pela grafia do meu, acho que na verdade recebi o nome do meu tataravô, que foi feito primeiro conde de Aldriss Park pelo seu Henrique VIII, por concordar que um homem deveria mantê-la depois de encontrar uma esposa que pudesse lhe dar um filho.

Miranda deu uma risadinha.

— Você está brincando comigo.

— Não. Pergunte a qualquer MacTaggert e ele lhe dirá o mesmo. Mas quem é a Grace do seu nome, *boireannach gaisgeil*? Uma rainha poderosa? Uma bela guerreira?

O sorriso dela se tornou mais largo, mesmo quando lhe ocorreu que nunca imaginara ter uma conversa como aquela, deitada na cama com o homem que acabara de tirar — de saquear — a sua virgindade, antes de se tornar seu marido.

— Grace Harris era a avó do meu pai. Pelas histórias que ouvi, ela gostava muito de gatos e abrigava pelo menos duas dezenas deles.

— *Aye*? Ela alguma vez ordenhou as gatas para fazer queijo?

— Queijo? Queijo de leite de gata? O que você está...

— Ah, não importa. Conheço um velho que vive na nossa propriedade nas Terras Altas que faz queijos de leite de gatas.

Miranda não sabia se ele estava brincando ou não.

— Como ele as ordenha?

— Eu nunca vi. Coll sim, e ele diz que é um pouco perturbador. — Aden deslizou o braço pelas costas dela, puxando-a mais para junto do peito. — Não quero falar sobre gatos, Miranda. Se Vale tiver algum bom senso, ele não desistirá de você, não por bondade. Eu a livrarei dele, moça. Juro, por Santo André.

Miranda franziu a testa. Aden a queria livre apenas ou livre para estar com ele? Talvez fosse uma pergunta tola, dadas as circunstâncias, mas era importante para ela.

— Você não deve jurar quando não pode ter certeza do resultado, por mais nobres que sejam as suas intenções.

— Elas são nobres? — perguntou ele, o tom travesso, envolvendo um dos seios dela com a mão. — Mas isso não importa. Jurei por Santo André que a livraria do homem, então é isso. Eu não seria um *highlander* se retirasse um juramento ao santo padroeiro da Escócia.

O toque dele estava dificultando a concentração de Miranda.

— Aden, você me pediu para confiar em você, e eu confio. Acho que acabei de provar isso. Mas até agora tudo o que você fez foi deixar Vale saber que você é um rival, menosprezá-lo em público e invadir a minha casa. Nenhuma dessas coisas me resgata das... garras daquele covarde. Você pode arruinar a minha reputação cem vezes e, embora eu certamente goste disso, meu problema continua sem solução.

— Cem vezes não é o bastante.

Miranda sentiu o rosto quente.

— Qual é o seu plano? Você tem um? Como faço parte dele? O que devo fazer? O que acontece se ele bater na minha porta amanhã com uma licença especial do arcebispo de Canterbury?

Aden deitou de costas, puxando-a sobre o peito para que ficassem cara a cara, com ela olhando de cima para ele.

— Se eu tivesse tempo, giraria o capitão Vale como um moinho de vento, até que ele não soubesse mais onde era embaixo e onde era em cima. Mas não temos tempo, então acho que vou ter que enfrentá-lo. Ainda não tenho certeza dos detalhes, mas tenho quase setenta por cento de um plano pronto. E como você é uma péssima mentirosa, minha moça, há partes desse plano que não desejo lhe contar.

— Então devo colocar tudo nas suas mãos e confiar a minha vida a você. E o futuro da minha família.

Aden sustentou o olhar dela, sem nenhum traço de humor.

— Eu perdi um truque de cartas para você. E lhe fiz uma promessa. Agora, eu lhe fiz um juramento. Senti o seu gosto, possuí você, e ainda estou aqui, sem vontade de me separar. Então me diga o que mais quer de mim, Miranda Grace Harris, e eu lhe darei. — Ele respirou fundo. — Sei que são apenas palavras e, já que estou sendo honesto, também vou lhe dizer que prefiro evitar problemas. Eu me esquivo, e ninguém sabe do meu paradeiro. E sei que você me procurou a princípio porque me considerava um vilão. O...

— Eu não o considerava um vilão — interrompeu Miranda, que aproveitou para elucidar aquela história de uma vez. — Achava que você não tinha coração, como todos os jogadores em tese não têm. Mas não acredito que eu fosse capaz de gostar de alguém sem coração. E eu gosto de você.

Aquilo o fez sorrir, antes que seu rosto voltasse a ficar sério.

— Espero que isso seja verdade, moça, porque não estou aqui para... — Ele fez uma pausa, e franziu a testa. — A reputação de um jogador é tudo para ele. Ter reputação significa que, quando você se senta a uma mesa, os outros jogadores perdem só porque não conseguem se decidir entre decifrar você ou se preocupar com quanto estão prestes a perder. No fim, a reputação é mais importante do que a habilidade. Você entende?

Miranda assentiu. Embora não tivesse certeza de qual era o argumento dele, a informação parecia... preciosa. Se estivesse sozinha, sem ele como parceiro, jamais teria lhe ocorrido pensar em algo como a reputação de um homem ser capaz de por si só afetar seu sucesso à mesa de jogo.

— Vamos destruir a reputação de Vale, eu presumo?

— *Aye*. Algo assim. Eu lhe direi quando tiver fatos suficientes para enfrentar o argumento que você me apresentará. Vai confiar em mim até lá?

Naquele momento, com ele em sua cama, Miranda confiaria nele para qualquer coisa. Ela lhe deu um beijo no rosto.

— Vou.

— Ótimo. Acho que preciso que você busque o maior número possível de furos no meu plano. Essa é a única maneira de ter certeza de que ele está em condições de navegar. — Aden passou a mão entre as pernas dela, e Miranda se arqueou ao toque dele antes mesmo de perceber que estava fazendo aquilo. — Mas ainda não cheguei a esse ponto, e parece uma pena perder o resto da noite, não é mesmo?

— Ah, sim — concordou Miranda, e não conseguiu falar mais nada depois que os dedos de Aden mergulharam em seu corpo.

Não, ela não queria desperdiçar nada daquilo. Ou qualquer momento com ele. Porque, por mais confiança que ela tivesse, Vale tinha pelo menos tanta reputação quanto Aden e, naquele momento, todas as cartas. Todas as cartas, exceto o coração dela.

— Mia! Maldição, Mia, preciso falar com você!

Aden se levantou da cama num salto. Miranda, que estava com a cabeça apoiada em seu peito, deslizou para o seu colo e se virou para fitá-lo com os olhos sonolentos. *Cristo.* Que horas eram, pelo amor de Deus? As bordas das cortinas estavam bem iluminadas, e, quando acordou de vez, Aden percebeu que a casa estava totalmente desperta. Ele adormecera. No quarto de uma moça. No quarto de Miranda.

— Mia, você não pode me ignorar para sempre — voltou a falar a pessoa na porta, e bateu de novo.

Ela arregalou os olhos cor de chocolate, o rosto muito pálido.

— Matthew — sussurrou Miranda, sentando-se e batendo no queixo de Aden. — Você tem que se esconder! Ah, meu bom Deus!

Aden esfregou o rosto, saiu de baixo dela e se levantou. Pegou uma coberta extra na cama e amarrou na cintura, enquanto caminhava para a porta. Atrás dele, Miranda arquejou e correu para segurá-lo pelo braço.

— Me solte, mulher — falou Aden em um grunhido, e continuou a andar, arrastando-a com ele.

— *Aden, você não pode* — voltou a sussurrar Miranda, a voz aguda.

— Não foi assim que planejei, mas sim, eu posso. Preciso ter uma palavrinha com esse seu maldito irmão. E agora é melhor do que mais tarde. — Ele se voltou para ela, demorando um instante para apreciar como Miranda era bonita, coberta apenas pelo longo cabelo escuro. — E você está nua. Para mim é um prazer, mas não sei se Matthew achará o mesmo.

— Maldição!

Miranda deu um tapa nas costas nuas de Aden e recuou para mergulhar atrás da cama.

Depois de se assegurar de que ela estava onde ele a queria, Aden se voltou para a porta, destrancou-a e a abriu. Antes que Matthew pudesse fazer mais do que abrir a boca, Aden o agarrou pela gravata e o arrastou para dentro do quarto, fechando e trancando a porta antes de soltá-lo.

Ele percebeu na mesma hora por que o rapaz havia se mostrado um alvo tão fácil para o capitão Vale. Todas as emoções se manifestaram no rosto bonito de Matthew, do choque à descrença, da raiva à confusão. Bom Deus, qualquer um poderia ler o jovem sr. Harris.

— Cale essa maldita boca — grunhiu Aden, antes que Matthew pudesse dizer algo que arruinasse os planos de todos.

O rapaz fechou a boca e endireitou os ombros, mas voltou a tentar falar:

— Onde está minha irmã, MacTaggert? O que você...

— Você está preocupado que ela não tenha mais o valor necessário para pagar a sua dívida com o capitão Vale? — interrompeu Aden, avançando enquanto Matthew recuava. — Está preocupado que ele não receba tudo pelo que pagou?

— Eu...

— Sente-se e fique quieto.

Aden não ficou surpreso quando Matthew se sentou em uma das cadeiras perto da lareira fria. Embora não abordasse os problemas de frente, o escocês também não se importava se ganhava ou perdia uma determinada mão. Mas daquela vez se importava. E tinha plena consciência da impressão que devia estar passando — seminu e com mais de um metro e oitenta de altura, o corpo de um homem acostumado a um dia de trabalho duro.

Enquanto Matthew observava, Aden foi até o guarda-roupa de Miranda e encontrou uma camisa de baixo limpa e um lindo vestido azul. Ele manteve o olhar no irmão dela, foi até a lateral da cama e colocou as roupas na frente de onde ela estava agachada, nua e muito irritada com ele.

Aden desejou ter um minuto para refletir sobre onde estava e o que significava não apenas ter relaxado o suficiente na presença dela para adormecer, como também ter dormido até o meio da manhã. Mas aquela conversa consigo mesmo teria que esperar, porque ele tinha várias coisas para colocar em ação, e a maioria delas dependeria da outra pessoa furiosa na sala.

— Deixe de lado por um minuto o que pensa que estou fazendo aqui e o que isso significa para os planos que escondeu da sua mãe e do seu pai — falou Aden, sentando-se diante de Matthew. — Vale o tomou por um tolo, e você não o decepcionou.

— George nos apresentou — disse Matthew, a voz tensa. — Eu não tinha motivos para não confiar neles. Eles são primos, e George é uma boa pessoa, então...

— Eles não são primos. Vale enfiou a mão no bolso de Humphries primeiro e usou-o para chegar até você. Sabia disso?

— Ele não é... — O jovem sr. Harris se recostou na cadeira, os olhos perdendo o foco. Ele estava, sem dúvida, vendo seus primeiros encontros com Vale com novos olhos. — Por que...

— Acho que ele está em Londres há mais tempo do que as sete semanas que afirma — interrompeu Aden. Moças da alta sociedade tinham camareiras, e só porque a de Miranda ainda não havia tentado entrar no quarto não significava que não o faria a qualquer momento. — Ele passou algum tempo observando, conversando com pessoas aqui e ali, e tudo o que descobriu guiou-o na direção da sua irmã. Todo o resto fez parte do caminho que o levaria a ela.

— Mas eu o venci várias vezes nas mesas de jogo. Como Vale teria planejado com antecedência que eu perderia... uma quantia tão substancial para ele?

— Porque ele deixou você ganhar, para poder ver a sua expressão quando tinha uma mão vencedora, para saber que apostas faria e quais evitaria. Ele estava guiando você pela arena como um comprador testando os passos de um cavalo antes de decidir comprá-lo.

— Ele não tinha como ter tanta certeza — insistiu Matthew. — Sou um bom jogador, saiba disso.

Um leve grunhido feminino chegou aos ouvidos de Aden em resposta àquela afirmação.

— Você não é um bom jogador — afirmou ele. — É péssimo. Não é culpa sua, você e a sua irmã deixam todos os seus sentimentos transparentes como vidro no próprio rosto. O seu erro foi acreditar em alguém que lhe disse o contrário e provavelmente levou tudo que você tinha no bolso e mais alguma coisa.

— Não foi assim. Eu me recuso a acreditar em você. Ainda mais quando está sentado, nu, no quarto da minha irmã, seu desgra...

— Não termine esse insulto, ou serei forçado a lhe dar um soco — alertou Aden, e se levantou. Encontrou o paletó amassado no chão e tirou um baralho de um dos bolsos. Então, voltou para a cadeira onde estava, embaralhou as cartas e estendeu o baralho a Matthew.

— Pegue qualquer carta e coloque-a no topo do baralho. Fique com o baralho.

Com a expressão fechada, Matthew fez o que lhe foi dito. Tirou uma carta do baralho, examinou-a com uma cautela exagerada, checou todas as outras cartas uma a uma — porque evidentemente todos achavam que Aden guardava baralhos com cartas únicas em cada bolso — e colocou a que escolhera no topo do baralho.

— E agora?

— Olhe para mim.

Quando o rapaz encontrou seu olhar com relutância, Aden respirou fundo.

— Ás, um, dois, três... — Aden continuou, devagar, até passar por todos os números e figuras possíveis que um baralho podia ter. — Paus — prosseguiu —, copas, espadas, ouros.

— O que...

— A sua carta é o nove de paus — interrompeu Aden.

Antes que ele pudesse estender a mão para virar a carta, um gracioso braço feminino passou por ele para fazê-lo.

— Nove de paus — disse Miranda, virando a carta para que os três pudessem vê-la.

— Maldito... Como você fez isso? — perguntou Matthew, irritado.

— Eu li a resposta no seu rosto, camarada. Da mesma forma que Vale leu, toda vez que fazia uma aposta com você.

Aden pegou a carta da mão de Miranda e olhou para ela. A moça usava o vestido que ele escolhera, o cabelo em um coque descuidado e os botões do vestido ainda abertos na nuca. *Hipnotizante*. Nenhuma lágrima por causa da noite da véspera, nenhum lamento pela perda da virgindade, nenhuma queixa pelo próprio futuro muito incerto. Em vez disso, ela mostrara um prazer entusiasmado, embora inexperiente, que o deixara mais excitado do que ele conseguia se lembrar de ter se sentido, e que o levara três vezes ao limite antes que ele estivesse pronto para desistir do jogo.

— Moça — falou Aden, pegando a mão dela e puxando-a para baixo, para que se sentasse no braço da cadeira, ao lado dele.

Ele perturbara Matthew, porque o jovem não soltou um pio ao ver a irmã surgir com as roupas em desalinho. Em vez disso, permaneceu sentado onde estava, olhando para o restante do baralho em sua mão, com uma expressão no rosto que teria entristecido uma carpideira.

Depois de um longo tempo, Matthew pigarreou.

— Como você... descobriu tudo isso?

— Eu contei a ele — disse Miranda. — Depois que você me informou que tinha me vendido para o capitão Vale, fui procurar outro jogador competente que pudesse me dar algumas dicas.

— Tenho a impressão de que ele lhe deu mais do que dicas.

— E se você disser uma palavra sobre isso a alguém, torcerei o seu pescoço — retrucou ela. — Eu guardei o seu segredo. Você fará o mesmo com o meu.

— Mas... — O rosto de Matthew ficou muito vermelho. — Mas ele acabou de me dizer que Vale lê cada expressão minha como um livro. E se ele perguntar sobre você e Aden?

— Imagino que ele fará isso — acrescentou Aden. — E você lhe dirá que não consegue imaginar Miranda me deixando chegar nem perto da cama dela, e Vale saberá que é mentira.

— Então ainda deverei cinquenta mil libras a ele e estarei arruinado.

— Como deveria mesmo estar, seu idiota. Você não teria como evitar perder para Vale, mas poderia ter parado de jogar com ele. Isso é responsabilidade sua. Mas não, ele não cobrará as suas promissórias. O capitão gostaria de ser o primeiro homem de Miranda, mas enquanto a opinião da alta sociedade sobre ela permanecer a mesma, ele não alterará seus planos. Pode até decidir que punir você será mais divertido do que dominá-la.

— Aden — sussurrou Miranda, e ele apertou a mão dela.

— Não posso impedi-lo de querer fazer isso — continuou Aden —, mas posso impedi-lo de agir. Se ele estiver morto, não poderá fazer mal a você, Miranda.

— Mas então você irá...

— Eu lhe fiz um juramento. Não voltarei atrás nele. De uma forma ou de outra, Vale já perdeu você.

— Você não será capaz de vencê-lo — declarou Matthew, os ombros curvados para a frente. — Acredite em mim, eu tentei. E mesmo que você conseguisse, eu ainda serei destruído. O nome de toda a minha família será arruinado.

— Você quer Eloise? — perguntou Aden.

O rosto de Matthew ficou ainda mais pálido.

— É claro que eu quero Eloise. Ela é minha alma, meu coração, meu...

— *Aye*, eu sei. Acha que permitirei que ela se case com um homem que vendeu a própria irmã mais nova?

— Aden — murmurou Miranda.

— Então é isso, Mia? — falou o irmão, furioso. — Eu a magoei, então você vai me magoar também? Achei...

— Isso não é uma ideia da sua irmã. É minha. E se você quer Eloise, precisa me provar que esse foi apenas um momento de fraqueza, que você perdeu a cabeça essa única vez e que isso não vai voltar a acontecer. Para me provar isso, tenho algumas tarefas para você. E as cumprirá como eu definir. Pelo seu bem, pelo bem de Eloise e principalmente pelo bem de Miranda. Está entendendo, Matthew?

O rapaz se mostrou abatido mais uma vez.

— Parece que sou um servo de dois senhores, então. Muito obrigado, Miranda.

— Agradeça a ela mais tarde — afirmou Aden, se perguntando se o rapaz tinha noção de como estava sendo difícil manter a própria fúria sob controle. — Esse senhor aqui tem em mente libertar vocês dois.

E reivindicar um dos dois para si para sempre, mas Aden não diria aquilo em voz alta naquele momento. Não enquanto outra pessoa segurasse as correntes que prendiam Miranda.

Capítulo 13

— LADY ALDRISS ESTÁ EM casa? — perguntou Aden, tirando dos ombros a última das várias pétalas de rosa que haviam caído em seu paletó enquanto ele descia pela janela de Miranda.

O mordomo se abaixou para pegar uma das pétalas e esmagá-la entre os dedos.

— Lady Aldriss está em seus aposentos. Ela tem um almoço essa tarde.

Aden se esquecera daquilo. Francesca e Eloise estavam prestes a sair para a Casa Harris para almoçar com Miranda e a mãe dela. Bem, o seu senso de oportunidade continuava deixando a desejar, mas ele começara a caçada. Agora não havia mais tempo para chamar os cachorros de volta. Com um breve aceno de cabeça, ele subiu a escada.

— Senhor Aden, a sua gravata está desamarrada — falou Smythe às suas costas.

— *Aye*.

Aden tirou a gravata de vez e a pendurou em um dos chifres de Rory, o veado empalhado. Em algum momento, o veado havia adquirido um sapatinho de dança vermelho com um laço arrebatador, mas que parecia bem amarrado em seu casco dianteiro esquerdo.

A porta do quarto da mãe estava aberta, mas Aden parou na entrada e bateu no pesado batente de carvalho. Ele e os irmãos invadiam os quartos uns dos outros o tempo todo, mas não se sentia tão à vontade com Francesca para fazer o mesmo — o que tornava a conversa que estava prestes a ter com ela ainda mais constrangedora e desafiadora para o orgulho dele.

— Entre — disse a condessa.

Aden endireitou os ombros, resistindo ao impulso de puxar a frente do paletó, e seguiu em frente.

Mesmo se a mãe não estivesse de pé diante do espelho com a criada segurando um par de chapéus para ela escolher, Aden teria sabido que aquele espaço pertencia a uma mulher abastada. As cortinas verde-claras eram enfeitadas com pássaros bordados em fios dourados. Flores frescas, principalmente rosas brancas e amarelas, enchiam dois vasos idênticos no parapeito de cada janela com vista para o jardim e, estranhamente, pendurado na parede próxima havia um quadro com as Cataratas de Clyde, nas Terras Altas, que parecia ter sido pintado pelo próprio Jacob More.

— A senhora tem uma pintura escocesa? — perguntou ele, aproximando-se para examinar melhor o quadro.

— Sim. A paisagem escocesa é linda além de qualquer descrição — confirmou Francesca, também fitando a pintura. — E deve sempre ser pintada por escoceses.

— Estou um pouco confuso, então — comentou ele.

— Por quê? Porque fui embora da Escócia?

— *Aye*, isso resumiria tudo.

— Eu nunca disse que o lugar não era encantador. Mas também era solitário e desolado.

— E cheio de *highlanders*.

— Não o bastante.

Ao ouvir aquilo, Aden se virou para ela.

— Agora eu não entendi.

— Você deve ter notado que seu pai não é do tipo que gosta de… socializar.

— Está querendo dizer que ele não gosta de ficar se exibindo nos salões de outras pessoas quando há trabalho a ser feito?

— Ele também não era do tipo que convidava um vizinho para jantar, almoçar ou tomar café da manhã, ou que saía para um passeio pelo vilarejo e parava na confeitaria para tomar chá, ou se comprometia com qualquer atividade social, a menos que envolvesse bebida alcoólica.

Aden semicerrou os olhos.

— A senhora se casou com ele, sabe disso.

— Sim, depois de ele dançar comigo, me encantar e acabar com qualquer resistência que eu pudesse ter com aquele maldito sorriso. — Ela franziu a testa. — Mas isso é irrelevante. Como você não sabia que eu tinha um quadro de Jacob More aqui, presumo que tenha vindo por outro motivo.

— *Aye*. — Ótimo. De qualquer modo, Aden não gostava da ideia de conversar sobre tolices e eventos passados.

— Tem algo a ver com o fato de você estar voltando para casa quase ao meio-dia, e ainda vestindo as roupas que usou no baile dos Darlington? Ou a maior parte delas, pelo menos.

Aden ignorou a provocação. Francesca devia ter uma boa ideia de onde ele fora depois do baile, mas ela saberia disso não importava a roupa que ele estivesse usando ao procurá-la.

— Eu gostaria de pedir mil libras emprestadas.

Francesca respirou fundo.

— Hannah, mudei de ideia. Eu gostaria de usar a caleche para o almoço.

Atrás dela, a criada deixou os chapéus de lado, balançou a cabeça e saiu correndo, fechando a porta ao sair. A condessa se sentou em uma das cadeiras estofadas de verde perto da janela, mas não ofereceu o assento à sua frente ao filho. Ele não teria aceitado, mas ela já o conhecia bem o bastante para saber. Lady Aldriss teria sido uma ótima jogadora de cartas, pensou Aden.

— Muito bem, onde estávamos? — perguntou ela, os olhos verde-escuros muito parecidos com os de Coll, mas muito mais astutos do que os do irmão MacTaggert mais velho.

— Estou lhe pedindo um empréstimo de mil libras — repetiu Aden, mantendo a voz fria e sob controle.

— Ah. Não. Mais alguma coisa, meu bem?

Aden inclinou a cabeça, sentindo-se um pouco surpreso, mas nada disposto a deixar que ela percebesse. Afinal, Francesca movera céus e terras para ajudar Niall em sua batalha para ficar com Amelia-Rose Baxter. A questão passou a ser decifrar se a mãe estava blefando ou buscando mais informações e procurando uma maneira de se intrometer na vida dele... ou se ela não estava fazendo nada daquilo só porque não estava interessada em entregar seu dinheiro àquele filho.

Ele podia conseguir o dinheiro sozinho, apenas levaria mais tempo. E lá estava a mãe, sentada, tentando lembrá-lo de que não estava satisfeita em ser relegada ao papel de banco particular dos filhos.

— Quanto a senhora está confiante de que vou lhe contar alguma coisa sobre os meus problemas particulares? — perguntou Aden, sentando-se na cadeira verde que fazia conjunto com a dela, mesmo sem ter sido convidado. Afinal, ele também era um jogador.

— Não lhe pedi para me contar nada — respondeu Francesca com frieza, e apenas a mão que segurava com força o braço da cadeira dizia que tinha mais interesse naquela conversa do que gostaria de revelar. — Você pediu muito dinheiro e eu recusei.

— Não pedi que me desse, apenas que me emprestasse.

— Eu não "empresto" coisas para os meus filhos, Aden. Ou dou, ou não dou.

— Então a senhora agora acha que vou lhe pedir para me *dar* o dinheiro, e vai se recusar de novo, então vai esperar que eu tenha uma conversa com a senhora para, assim, merecer o dinheiro. Mas não lhe devo nenhuma conversa ou explicação. A senhora não participou da minha vida por dezessete anos. Não preciso que faça isso agora.

Ela semicerrou os olhos. Ele marcara um ponto, então.

— Mas você precisa que eu lhe entregue mil libras.

De repente, aquela conversa pareceu muito mais sufocante do que interessante. Aden se levantou.

— Não preciso tanto do dinheiro a ponto de lhe dar o que quer que a senhora queira em troca. — Ele se virou para a porta. — É provável que eu não esteja aqui nos próximos dias. Tenho algumas coisas para resolver.

O tempo era a única coisa que Aden não conseguia controlar, mas estava disposto a apostar que não tinha muito. E assim que Matthew falasse com Vale, teria ainda menos.

— Vou dizer algumas coisas — afirmou Francesca, quando ele se virou de costas. — Para cada uma que eu errar, lhe dou cem libras. O que um jogador talentoso acha disso?

Ali estava, a exigência de informações em troca do dinheiro, expressa de uma forma que faria daquilo um jogo que ele gostaria de jogar: apostar as conjecturas dela contra os fatos que ele tinha a esperança de estarem bem escondidos. E ter o maldito dinheiro à mão tornaria as coisas muito mais fáceis.

— *Aye*. Eu lhe darei uma chance. E sim, responderei com honestidade, se é isso que está se perguntando.

— Eu não estava. — Francesca sentou-se mais reta na cadeira, as mãos cruzadas no colo. — O dinheiro envolve Miranda Harris.

Aden assentiu.

— *Aye*.

A mera observação dos últimos dias teria dito aquilo a ela.

— Você a pediu em casamento.

— Cem libras para mim.

— O dinheiro é para que você possa pedi-la em casamento.

De certa forma era, então Aden estava disposto a concordar de modo geral.

— *Aye*.

Um breve sorriso curvou os lábios da condessa antes que ela o contivesse.

— O dinheiro é para um presente de noivado.

— Duzentas libras.

— Você está tentando demonstrar a Miranda que não depende de mim para atender a todas as suas necessidades.

Aquilo o atingiu como um golpe, mas Aden só registrou o fato e deixou passar.

— Trezentas libras.

Francesca permaneceu sentada onde estava, em silêncio, por algum tempo.

— Você está tentando subornar seu rival? Qual o nome dele? Capitão Vale?

A descrição dela fez Aden franzir a testa. De certa forma, sim, ele supunha que o dinheiro era o começo de uma tentativa de convencer

Vale a partir. Ao mesmo tempo, não era. E Vale não era tanto um rival quanto um vigarista e um chantagista.

— Acho que essa vale cinquenta libras para mim.

Daquela vez, Francesca assentiu.

— Vou aceitar isso. — Ela respirou fundo e voltou a se recostar na cadeira. — Você é difícil, meu filho do meio.

— Esse jogo é seu. Eu estava prestes a sair — retrucou Aden, apoiando a lateral do corpo contra a porta fechada.

— É verdade. — Francesca examinou o rosto do filho por alguns segundos, embora Aden duvidasse que ela estivesse conseguindo ver algo que ele não desejasse. — Miranda está com algum tipo de problema.

Hum. Se ela conseguira ver aquilo, então talvez Aden precisasse se esforçar um pouco mais.

— *Aye*.

— Ela lhe pediu dinheiro.

— Quatrocentas e cinquenta libras, agora.

— Miranda pediu para você comprar alguma coisa para ela.

Aquilo não chegava perto o bastante para se qualificar como verdadeiro, a não ser na mais ampla das interpretações.

— Quinhentas e cinquenta libras.

— Miranda não pode ou não quer falar com os pais sobre esse problema.

— *Aye*.

Aquilo era interessante... Francesca continuava flertando com o caminho correto, mas não conseguia encontrá-lo — provavelmente porque era filha única e não seria capaz de imaginar um irmão ou irmã causando tanto transtorno.

— Matthew voltou a jogar.

Ou talvez ela *fosse* capaz imaginar.

— *Aye*.

Diante da resposta, a condessa ficou muito séria.

— Você vai dar o dinheiro a Matthew para que Elizabeth e Albert não saibam que ele se desgarrou de novo. Aden, eu não vou...

— Seiscentas e cinquenta libras.

Ela se calou.

— Você o está ajudando a pagar sua dívida.

Teria sido mais próximo dizer que *Matthew* o estava ajudando a pagar a dívida.

— Setecentas libras.

— Cheguei perto, então. Hum... o que você está fazendo é ilegal?

— Isso não é uma declaração.

A mãe soltou o ar com força.

— O que você está fazendo é ilegal.

Não, ainda não era. Apostas em jogos de azar não eram ilegais, e até mesmo Vale recorrera menos à trapaça e mais ao talento para escolher o pássaro certo para abater. Mais adiante, talvez... Bem, ele resolveria aquele problema quando chegasse a hora.

— Oitocentas libras.

— Graças a Deus por isso. Seus irmãos estão ajudando você, pelo menos.

— Novecentas libras.

Francesca se levantou.

— Eu lhe darei as últimas cem libras se você se certificar de que não estará sozinho nisso, seja lá o que for. Conte a Niall, a Coll. Sei que pelo menos neles você confia.

Aden pensou a respeito do assunto. De um modo geral, preferia sair sozinho das confusões em que se metia. Três MacTaggert causavam agitação, enquanto apenas um deles — ao menos ele — podia ser mais sutil. Mas malditas cinquenta mil libras não eram uma sutileza. Os irmãos sabiam da parte mais importante de tudo aquilo: que ele estava interessado em Miranda Harris.

— Negócio fechado. Mil libras. Vou precisar do dinheiro essa noite.

— Você o terá.

Aden abriu a porta.

— O pai sempre disse que eu o lembrava de você. Acho que agora compreendo o motivo.

—⁓—

Francesca desabou na cadeira quando o filho do meio fechou a porta. Aden Domnhall MacTaggert, 27 anos e mais misterioso do que a Esfinge. Mesmo depois de tudo aquilo, ela não conseguira descobrir quase nada, com uma exceção muito importante: ele pretendia se casar com Miranda Harris.

Aquilo deveria ter sido o bastante. Um segundo filho tinha planos de se casar com uma noiva inglesa, e antes do prazo que ela marcara, o casamento da irmã deles. Foi aquilo que Francesca pedira e, quando os filhos chegaram a Londres, teve sérias dúvidas de que qualquer um deles chegasse tão longe.

Mas também tinha descoberto outras coisas tentadoras. Aden ainda não pedira a moça em casamento, e algo em relação às mil libras os separava. Miranda estava com algum tipo de problema, e embora Aden não tivesse admitido que era algo que os irmãos Harris escondiam dos pais, Francesca achava que era o caso. Ou melhor, que as apostas de Matthew não eram o problema principal.

Maldição. Ela geralmente era muito mais hábil em decifrar as necessidades e os desejos das pessoas ao seu redor. Aden era inteligente e astuto. Até mesmo nas raras ocasiões em que Francesca conseguia uma conversa um pouco mais longa com os filhos, via que os irmãos o adoravam, mas se limitavam a descrevê-lo de modo superficial, como "gosta de apostar" e "sempre tem uma ou outra moça atrás dele".

Por isso, a confirmação de Aden de que havia encontrado alguém parecia significativa, e aquilo aumentou a frustração de Francesca. Ela não sabia quase nada sobre a situação, e menos ainda sobre as circunstâncias que envolviam o problema em que Miranda parecia estar envolvida. Aden causara o problema? Aquilo parecia provável, levando em conta o fato de que Miranda Harris era muito admirada por sua graça, elegância e comportamento sereno.

Francesca se levantou para pegar um dos chapéus que Hannah tinha separado para sua aprovação. Ela não podia perguntar à mãe de Miranda sem colocar tudo a perder — ao menos fora o que Aden insinuara. A não ser que ele tivesse feito aquilo com o propósito de mantê-la afastada. Ah, era enlouquecedor. E Aden dissera que Angus *a* via no filho do meio. Então Angus a achava enlouquecedora?

Aquele pensamento fez a condessa parar na porta. Ela não era como Aden. Era verdade que não bradava os seus sentimentos, emoções e pensamentos para todo mundo, mas aquilo era apenas bom senso. Não adiantava reclamar, a menos que também pudesse encontrar uma solução. E, de qualquer forma, metade das coisas que *tentara* discutir com aquele homem grande e tolo com quem se casara havia passado direto por ele, despercebido.

Talvez pudesse admitir que nem todos eram tão observadores e… intuitivos como ela. Como Aden, melhor dizendo. Mas todos *deveriam* ser, o que tornaria cada interação muito menos complicada e também exigiria muito menos explicações, desculpas e justificativas. O…

Hannah apareceu na frente dela.

— Milady, a caleche está a caminho, e lady Eloise a espera no saguão.

Francesca abriu a boca para explicar que o pedido pela caleche fora apenas um estratagema para lhe dar algum tempo para pensar antes de começar a esgrima com o filho, mas subitamente decidiu não falar nada. Ela pedira que uma tarefa fosse realizada e Hannah cuidara daquilo. Qualquer outro pensamento a respeito pertencia apenas a ela. Como poderia ser de outra forma? E agora Francesca tinha várias coisas novas em que pensar mais tarde. As duas horas seguintes estavam reservadas para almoçar com a filha e com Elizabeth e Miranda Harris, e ela tentaria descobrir como poderia ajudar, mesmo que ninguém lhe contasse que diabo estava acontecendo.

—⁓—

— Não seja perdulário, George — disse o capitão Robert Vale, levantando a mão para cumprimentar o jovem Matthew Harris, que se aproximava da arena principal. — Tenho a impressão de que a caça à raposa pode ser um passatempo esplêndido para mim.

— Então pegue um cavalo de caça emprestado e vá caçar raposas — resmungou lorde George Humphries, enquanto fazia anotações em sua ficha de leilão do Tattersall, o mercado de cavalos.

— Aquele baio, Steadfast, deve me servir muito bem — continuou Vale, ignorando o protesto. — Ele está do lado de fora do estábulo de Sullivan Waring. E seu outro irmão pertence a Wellington.

— Você espera que isso o torne próximo de Wellington? Aquele maldito cavalo de caça vai sair por quatrocentas libras, no mínimo.

— E você me deve doze mil libras.

— Pelos meus cálculos, agora lhe devo duas mil libras, levando em consideração a sua estadia na minha casa, refeições, festas, roupas, despesas diversas e todas as pessoas a que lhe apresentei, além da filiação em um período de experiência no Boodle's.

— E ainda não conseguiu o mesmo para o White's.

— Ainda.

— Nosso acordo ainda não está concluído, George. Eu não sou um homem casado. — Ele se afastou para abrir espaço para o seu segundo ganha-pão. — Bom dia, Matthew. Alguma novidade?

Aquilo fez com que o sr. Harris franzisse a testa e logo depois reprimisse o gesto.

— Apenas o meu pedido de sempre para que você deixe Miranda fora disso e me permita pagar a dívida que contraí.

— Como eu lhe disse, Miranda *é* a razão de tudo isso. Você conversou sobre Aden MacTaggert com a sua querida irmã?

Matthew engoliu em seco.

— Ela gosta dele.

— Sim, ele é bem grande, musculoso e belo, imagino, como se isso significasse alguma coisa. George, compre-me aquele cavalo, primo.

Lorde George resmungou baixinho e agitou o jornal no ar, fazendo uma oferta por Steadfast. Ótimo. Um homem adequado precisava ter uma montaria adequada para participar de uma caçada de animais pequenos e ariscos.

— Ele também é irmão de Eloise, Robert. Nem ela nem eu podemos dizer ao homem para ir embora.

Vale cravou as unhas na madeira sob seus dedos. Sim, MacTaggert se esgueirara pela única brecha em todo o seu plano — uma brecha que nem existia quando ele colocara o plano em ação, dois meses antes. Sim, Matthew havia acabado de ficar noivo de Eloise, mas, até onde ele sabia, aquela jovem era a filha única de lady Aldriss. O maldito trio de gigantescos irmãos escoceses só aparecera bem depois de Vale ver Miranda Harris e começar a amarrar a corda no pescoço do irmão dela.

— Uma mulher só pode se casar com *um* homem, Matthew. Ao menos essa é a lei na Inglaterra. Miranda vai se casar comigo. O que há de tão difícil em fazer esse MacTaggert entender isso?

— Os escoceses são teimosos — comentou George, balançando o jornal, enquanto o leilão continuava.

— São mesmo — concordou Matthew.

Santo Deus, era como ficar entre dois papagaios, ambos repetindo tudo o que ouviam sem pensar, sem entender nada.

— Não quero explicações. Quero que ele vá embora. Está claro?

Matthew abaixou a cabeça, fixando os olhos em um camundongo muito pequeno escondido sob uma erva daninha também muito pequena na base da grade da arena dos cavalos. Nem mesmo um lugar com a reputação do Tattersall conseguia eliminar totalmente as pragas que o assolavam. Mas Vale sabia que Matthew não compartilharia aquele pensamento — o rapaz estava tentando encontrar uma desculpa, ou inventar uma mentira... e nenhuma das duas opções era aceitável.

— Estou ficando cansado de lembrar a você que não o forcei a fazer nenhuma daquelas apostas, Matthew — observou Vale, embora o tivesse coagido a participar da maior parte delas. Incentivar que uma pessoa pecasse não o tornava culpado pelo pecado. — A cobrança de uma das várias promissórias que me deve o faria ser cortado da sua família, e você ainda permaneceria em dívida comigo pelo resto da vida.

— Para o inferno com tudo — praguejou Matthew, e chutou o rato. O animal correu em direção a um dos estábulos, saindo de vista. — Você sabe que ela nunca vai me perdoar.

— É muito provável. Mas isso não é problema meu. O que você está hesitando em me contar?

— Aden sabe. Sobre a minha dívida e sobre você. Ela contou tudo a ele, enquanto... conversavam ontem à noite. — Matthew chegou mais perto, abaixando o tom de voz. — Fui ao quarto dela hoje de manhã para falar o que você me pediu, e ele estava lá. *Com ela.*

Vale cerrou o maxilar, os punhos, cada parte dele que ainda era capaz de sentir fúria. Queria acreditar que ouvira mal, exigir que Matthew repetisse o que acabara de dizer, mas aquilo teria sido inútil e uma perda de tempo. Então aquele maldito *highlander* achava que tinha vencido. MacTaggert achava que tirando a virgindade de Miranda a salvaria das garras de um vilão.

— E sem dúvida ele *me* chamou de vilão — falou Robert, mantendo o tom calmo e frio.

— Não sei do que eles chamaram você, Rob...

— E eu não me importo. Isso não tem qualquer importância. *Eu* não a violei. Farei de Miranda um paradigma da sociedade muito maior do que ela jamais sonharia. Os grandes entre os grandes implorarão por convites para os nossos bailes, e os nossos jantares serão os mais exclusivos de Mayfair. Ninguém saberá que algum *highlander* a enganou um dia, e ela ficará grata a mim por isso. George, compre-me aquele maldito cavalo!

Vale respirou fundo, enquanto recuperava o controle. Sim, ele se entregara a fantasias de tirar a virgindade de Miranda Harris. Sim, ele tinha fantasiado que ela resistiria no início, mas então seus olhos se arregalariam de surpresa quando ele a penetrasse e arremetesse repetidas vezes até preencher aquela vagina aristocrática com sua semente comum e suja. Bem, ele ainda podia fazer aquilo. Porque Miranda ainda pertencia a ele. E, depois do que acabara de saber, toda vez que copulasse com ela, ele ia lembrá-la de que belos *highlanders* com famílias aristocráticas podiam virar a cabeça *dela*, mas nunca conseguiriam ganhar *dele*.

— Devo ir pegar o maldito cavalo para você, primo? — perguntou George, afastando-se da cerca. — Quinhentas e cinquenta malditas libras.

Pronto. Tudo continuava a seguir o caminho que ele havia traçado. Algumas pedrinhas, depois de identificadas, podiam ser descartadas com facilidade.

— Presumo que MacTaggert tenha um plano para tirar a sua irmã de mim.

Matthew se encolheu como uma marionete cuja corda tivesse sido puxada.

— Eu não... Quer dizer, nós não conversamos sobre nada em particular.

Vale passou um braço pelos ombros do rapaz.

— Você não quer tomar partido. Eu entendo.

— Ótimo, porque...

— Ainda assim, escolheu a sua posição. O momento em que você teve alguma escolha foi cinquenta mil libras atrás. Você me deve a sua irmã. Qual é, então, o plano do bárbaro? — Vale recuou meio passo. — Espere. Permita-me adivinhar. Ele pretende recuperar o que você me deve na mesa de jogo.

Matthew o encarou, surpreso.

— Como...

— Você me disse várias vezes que ele é um jogador. Contou algumas histórias impressionantes sobre esse MacTaggert e, no entanto, é o único que parece conhecê-las. Portanto, essas histórias só podem ter vindo da irmã que o admira, ou do próprio homem, e nenhuma dessas fontes me impressiona muito. Muito bem. Devo parecer surpreso ou ele quer que eu saiba que estou prestes a ser desafiado?

— Eu... — Os ombros de Matthew se curvaram em uma postura derrotada. — Aden falou que eu deveria lhe dizer que ele está vindo atrás de você.

— Ah, Matthew, não fique tão abatido. Você fez o que ele pediu e mais ou menos o que eu pedi. Agora venha ver o meu novo cavalo de caça, então poderá me pagar o almoço no Boodle's. Estou ansioso para jantar com a sua família amanhã à noite.

Com sorte, logo Aden MacTaggert iria atrás dele. Vale podia ser extremamente paciente, é claro, mas nunca fora dono de um *highlander* antes, muito menos destruíra um deles. E esperava ansiosamente por isso.

❦

— Senhorita Harris — disse Billings, entrando na sala de estar —, achei que gostaria de saber que o sr. MacTaggert está na cozinha.

Miranda fez um furo no meio do bordado. Bem, a rosa vermelha agora teria que ostentar um espinho estrategicamente colocado. Ela sentiu uma energia elétrica percorrê-la diante do mero som da palavra

"MacTaggert", e aquilo a surpreendeu um pouco — afinal, por causa de Eloise MacTaggert, vinha ouvindo aquele sobrenome havia meses. Miranda deixou seu bastidor de bordar de lado e se levantou.

Só então assimilou o restante do anúncio do mordomo.

— Por que Aden MacTaggert está na nossa cozinha?

— Talvez ele já tenha esvaziado a despensa da Casa Oswell — sugeriu Millie, deixando de lado o próprio trabalho de agulha — e veio aqui em busca de comida.

— Ele nos trouxe um regalo — respondeu Billings, exibindo um sorriso incomum, então pigarreou e fez uma reverência. — Se me der licença, ainda tenho alguns preparativos a fazer para o jantar dessa noite.

Ao ouvir aquilo, as garras frias cravadas nas entranhas de Miranda se apertaram mais. A mãe dela, pelo menos, havia falado muito durante todo o café da manhã, comentando como estava feliz por ter a oportunidade de trocar mais do que uma ou duas frases com o capitão Vale.

Miranda assentiu para Billings, e teve que se conter para não correr enquanto atravessava o corredor que passava pelos aposentos dos criados e levava até a cozinha. No corredor estreito do lado de fora, ela parou ao ouvir a voz de Aden e respirou fundo, os ombros tensos voltando a relaxar. Afinal, não estava sozinha. Tinha um aliado. Um parceiro.

Ela conhecia os planos de Aden agora, ou pelo menos a parte que ele havia arriscado contar a Matthew na véspera, mas Aden havia se vestido e saído pela janela antes que Miranda pudesse dizer a ele que não gostava nada da ideia de mais um homem apostando seu futuro contra as formidáveis habilidades do capitão Vale. E ela sabia — *sabia* — que ele não havia lhe contado tudo.

— Acho que se a minha intenção fosse que isso se destinasse apenas às pessoas de roupas cintilantes essa noite, não teria trazido três cestas, moça — estava falando Aden, no seu sotaque arrastado, e a sra. Landry, cozinheira de longa data da família, deu uma risadinha em resposta.

Aquele som muito improvável por si só teria sido o bastante para despertar a curiosidade dela. Miranda endireitou os ombros, colocou-se no meio do corredor e entrou na cozinha. A cozinheira continuava a rir diante de três cestas grandes do que deviam ser morangos de estufa, já que o tempo estava nublado e frio demais para qualquer coisa além de frutinhas pálidas e mirradas no pomar da casa. Os morangos nas cestas eram de um vermelho intenso, gordos e suculentos — e quase tão deliciosos quanto o homem alto e esguio que estava parado ao lado da velha mesa da cozinha toda marcada.

Naquele momento, ele levantou a cabeça, e seu olhar encontrou o dela. Aden deu meio passo em sua direção antes de alterar o curso e continuar a conversar sobre frutas silvestres na Escócia. Mas aquela era a primeira vez que Miranda o via dar um passo em falso… Ora, em relação a qualquer coisa. E tinha sido uma reação a ela. *Delicioso*.

— Soube que você nos trouxe morangos, Aden? — disse ela, e entrou no cômodo em meio a cortesias e reverências dos criados da cozinha e de metade dos criados da casa. — Meu Deus! Duvido que reste mais um único morango em toda Londres hoje!

— Ele disse que quis se certificar de que haveria o bastante para o jantar de vocês e para todos na casa, senhorita — explicou Meg, a jovem assistente da cozinheira. A moça ficou muito vermelha na mesma hora e se escondeu atrás dos ombros grandes da sra. Landry.

— Acho que conseguiu — concordou Miranda. — Na verdade, eu voto para que todos nós comamos um agora mesmo!

Miranda abriu um sorriso e pegou um morango, reparando que todos os que estavam na cozinha fizeram o mesmo e logo estavam dando grandes mordidas na fruta suculenta. *Divino*.

— Pelo amor de Deus, moça — murmurou Aden, que, de alguma forma, se materializara bem na frente dela —, você me faz desejar ser um morango.

O lugar entre as pernas dela onde ele passara muito tempo duas noites antes ficou úmido.

— Encontrei outro livro sobre a vida em Londres para você — disse Miranda em voz alta. — Como está aqui, venha comigo e pegarei para você. — Ela olhou para Millie por cima do ombro e viu a camareira fitando ansiosamente os morangos. — Millie, fique aqui e coma esses morangos, pelo amor de Deus. É apenas um livro. Estarei de volta em um instante.

— Se a senhorita insiste.

— *Aye*, ela insiste — sussurrou Aden enquanto a seguia em direção à parte principal da casa.

Miranda podia sentir a presença quente e sólida de Aden atrás dela, mexendo com seus sentidos, com suas emoções, e fazendo-a desejar estender a mão e tocá-lo.

— Morangos? — perguntou, entrando na biblioteca.

Aden passou por ela e examinou os cantos e recantos do longo salão, antes de voltar e fechar a porta. No mesmo movimento, ele se virou, tomou-a nos braços e a beijou.

— Olá, moça — murmurou, antes de capturar mais uma vez a boca de Miranda.

A forma como ele disse aquelas duas palavras simples... Ela nunca ouvira nada tão sedutor e cheio de anseios e promessas. Miranda passou os braços pelos ombros de Aden, segurando-o o mais perto que podia. Ah, ela queria mais, ainda mais agora que sabia o que aquilo implicava. Ela, desejando um homem. *Aquele* homem. Seis meses antes, seis semanas antes, ela teria rido da ideia.

Com um suspiro de lamento, Miranda afastou a boca da dele.

— Todos na casa sabem que você está me cortejando. Não podemos ficar aqui sozinhos.

— Não, isso comprometeria a sua virtude, não é? E seu pai apontaria uma arma para mim e me forçaria a me casar com você. Não podemos aceitar isso.

O tom de Aden foi tão irônico que Miranda não entendeu se ele estava brincando ou não. Tinha todos os motivos para acreditar que o *highlander* estava interessado nela, que gostava da sua companhia, mas a verdade era que ele também fizera com que ela se comportasse de forma imprópria, ao menos entre quatro paredes. Bem, Aden tinha sido um professor esplêndido. Se houvesse mais a aprender... Mas aquele não era o momento para ela estar pensando em finais felizes. Não quando o homem que tentava forçá-la a viver com ele para sempre seria recebido em sua casa para um jantar em família.

— Por que você traria morangos frescos para uma mesa onde a minha família estará... com aquele homem? — perguntou Miranda, quando se deu conta da insanidade daquela ideia.

— Os morangos não são para ele. Por acaso, Vale jantará aqui essa noite.

Seriam para ela? Miranda adorava morangos, mas parecia inoportuno Aden presenteá-los naquele momento. Vale ficaria impressionado com a opulência e menos inclinado — se isso fosse possível — a desistir dela. Na verdade, mesmo que a família de Miranda tivesse pomares ou campos ou o que quer que fosse de morangos, ou mesmo que não tivesse, os planos de Vale não mudariam.

— Os morangos são para os criados — disse ela. — Você os quer do seu lado.

Ao ouvir aquilo, Aden deu um leve sorriso.

— Você está aprendendo a ser astuta, moça.

— Sim, acho que suas aulas estão tendo mais sucesso do que as minhas aulas sobre comportamento.

— Ora, eu sou um bárbaro das Terras Altas, portanto você tem uma tarefa difícil pela frente.

Miranda devolveu o sorriso.

— Você quer que a minha mãe se entusiasme com os morangos deliciosos que nos trouxe e que incentive Vale a experimentar um deles, porque, afinal, Aden MacTaggert é muito generoso. — Ela o cutucou no peito. — Posso não ser astuta, mas venho transitando pelas salas de visita de Mayfair pelos últimos cinco anos. Sei bem como até mesmo um elogio pode ser cortante, quando feito na hora certa.

Aden deixou um dedo correr pelo rosto dela.

— Não tem ideia do quanto eu quero você, moça, aqui e agora.

Um rápido olhar para o kilt dele confirmava muito bem o que ele queria dizer.

— Controle isso, Aden, antes que alguém nos pegue — falou Miranda, baixinho, e estendeu a mão para alisar a frente do kilt.

Aden recuou e deu uma palmadinha na mão dela.

— Não toque nisso, moça. Você o colocaria em ação, e isso desencadearia o caos.

Aquilo a fez rir, e ele a envolveu pela cintura, puxando-a mais para perto. Miranda ficou na ponta dos pés e o beijou mais uma vez. O que quer que houvesse entre eles, o que quer que estivesse em seus pensamentos nos últimos dias — ideias inoportunas e inconvenientes que dificultariam tudo se a resistência ao destino que a aguardava não fosse bem-sucedida —, era um prazer estar com Aden. Um enorme prazer. E era muito mais fácil e seguro reconhecer o prazer do que encarar um destino incômodo e carregado de perigo.

Aden beijou o pescoço dela, com aquele toque suave e lento que fazia as coxas de Miranda parecerem prestes a derreter, o corpo rememorando os prazeres de duas noites antes. *Santo Deus.*

— Aden...

Ele deixou escapar um suspiro e levantou a cabeça de novo, o cabelo escuro e ondulado emoldurando seu rosto e roçando nos ombros.

— Eu sei. Não podemos. De qualquer forma, preciso cuidar de algumas coisas essa noite. Mas se precisar falar comigo, mande um recado por Eloise. Providenciarei para que me seja entregue.

Ela assentiu, mas não conseguiu evitar puxá-lo pelas lapelas.

— Meu único medo é que ele apareça com uma licença especial essa noite e anuncie aos meus pais que vamos nos casar.

— Ele não vai fazer isso, Miranda. Vale quer um casamento grandioso da alta sociedade britânica, com toda a pompa. Uma licença especial fede a fofoca ruim. Ao menos de acordo com o que pensa Eloise. — Ele pegou a mão de Miranda e entrelaçou os dedos aos dela. — Minha preocupação é que ele a peça em casamento essa noite, na frente dos seus pais.

Miranda sentiu o coração estremecer.

— Isso é quase pior. Não posso recusá-lo, Aden.

— Então não permita que ele faça isso. Quando Vale chegar, se você tiver a chance de apresentá-lo aos seus pais, chame-o de amigo de Matthew. E diga que é um capitão aposentado de um barco, não capitão de navio.

— Você está querendo dizer para mandar para o inferno qualquer elogio ou valorização sutil. Assim, se ele me pedir em casamento, soará como se estivesse ansioso ou apaixonado demais, e eu, não.

Aquilo talvez fosse o bastante para deter Vale naquela noite, mas não funcionaria uma segunda vez. O homem se certificaria de que ela não o insultasse em público de novo. Mas Miranda sabia que tinha certo poder: sabia que ele queria certa aparência de decoro. Seria um equilíbrio delicado entre forçar demais e não pressionar muito, mas felizmente ela era uma dançarina experiente e habilidosa.

— De que "coisas" você precisa cuidar essa noite, então? — perguntou ela.

— Ele pode perguntar onde estou, portanto vou ganhar um pouco de dinheiro, espero. Mas só de quem pode pagar, *boireannach gaisgeil*, eu juro. E se precisar de uma distração, mencione que o meu irmão mais velho, Coll, foi até a Cornualha para dar uma olhada no lugar, provavelmente em busca de propriedades ou algo assim, embora ele devesse estar em Londres procurando uma noiva.

Miranda levou a mão à boca.

— Você mandou Coll investigar a família de Vale.

— Pedi que fosse, e ele concordou. Duvido que haja algo a ser descoberto, mas o fato de saber que alguém está procurando pode abalar um pouco a coragem de Vale.

A porta se abriu atrás dela. No mesmo instante, Aden se afastou dela e ergueu um livro de uma das prateleiras que havia examinado... Deus, quanto tempo fazia? Uma semana? Duas? Parecia que tinha sido na véspera e, ao mesmo tempo, eras antes.

— Senhorita Miranda — disse Millie, olhando os dois com desconfiança —, a sra. Harris está perguntando que cor pretende usar essa noite, para que o traje dela não entre em conflito com o seu.

— Não sei, moça — falou Aden, mantendo o livro na frente do kilt —, mas se você diz que Samuel Johnson tem um bom olho para mais do que palavras de dicionário, vou acreditar.

Aden havia descoberto que livro seria apropriado. Ele se lembrava do título de cada livro naquela prateleira. E ela que achara que os *highlanders* eram tolos e ignorantes... Pelo menos em relação a um homem, estava muito errada. E sob qualquer outra circunstância, aquilo a teria deixado muito feliz.

Capítulo 14

— Você não precisa vir comigo — reclamou Aden, montado em Loki. — Afinal, deixou Coll partir sozinho.

— Você mandou Coll a um destino mais seguro — retrucou Niall.

Aden comeu o último morango que havia guardado no bolso. Qualquer que fosse a sua opinião sobre os delicados *sassenachs*, tinha que dar crédito a eles por uma coisa: eles sabiam fazer estradas. Esburacadas e lamacentas em alguns lugares, sim, mas eram abundantes, e levavam a todos os lugares a que um homem podia desejar ir. Até mesmo ao sul de Londres, ou a Portsmouth.

— Sei que você não gosta da ideia de deixar a sua moça desprotegida — continuou o irmão —, mas *eu* não gosto da ideia de você ser morto e ter seu cadáver jogado no mar.

— Acho que Miranda é capaz de se defender em uma mesa de jantar tão bem quanto eu. Ela está mais segura lá, na própria casa, do que em um grande evento, onde Vale poderia fazer um gesto grandioso e pedi-la em casamento diante de toda a alta sociedade. E ela não é a minha moça. Ainda não.

O irmão mais novo o olhou de soslaio.

— Ao menos você analisou bastante a situação, não que eu esteja surpreso com isso. Mas ainda não justifica por que não quer que eu vá para o sul com você. E sabe que vou continuar a perguntar até que me responda.

Aquela conversa provou a Aden de forma contundente por que ele costumava guardar as coisas só para si. Os irmãos podiam até ser úteis, mas não eram do tipo que seguiam ordens sem questionar. No entanto, ele não podia estar em todos os lugares ao mesmo tempo. E tinha uma moça para salvar e uma quantidade cada vez menor de tempo para fazer aquilo.

— Coll tem uma presença impressionante, e vai conversar com fazendeiros e comerciantes que decerto nunca viram um *highlander* antes, muito menos um visconde.

— E eu não sou impressionante o bastante para Portsmouth?

— Pelo amor de Santo André, Niall, sim. Você *é* impressionante. Não preciso de um irmão de aparência impressionante para conversar com marinheiros ou oficiais da Marinha de Sua Majestade. Eles viram o mundo. Tiveram canhões disparados contra eles. Preciso de poder de convencimento, não de punhos. Preciso de sutileza. Admito que você é mais sutil do que Coll, mas não tão sutil quanto eu.

— Isso pode ser verdade, mas Portsmouth também não é um lugar que abriga apenas alguns fazendeiros e lojistas. Acho que dois de nós cobririam mais terreno do que apenas um, por mais sutil que você seja. É por isso que estou aqui. Porque não vou ficar em Londres enquanto você toma alguma atitude heroica.

— Muito bem. Estou feliz que você esteja aqui, então.

— Deveria mesmo estar, Aden.

— Mas preferia que pelo menos um de nós permanecesse em Londres, para garantir que aquele desgraçado não coloque um único dedo sarnento em cima da minha mulher.

Niall fechou a boca antes que escapasse o que estava na ponta da sua língua.

— Fico feliz por você ter decidido nos contar os seus problemas — finalmente se arriscou a dizer.

— Francesca me obrigou.

— *Ela* sabe?

— Não.

Aden franziu a testa. A julgar pela posição do sol, passava do meio-dia. Quando chegassem ao porto, em Portsmouth, seria quase noite, e ainda teriam à frente muitas conversas e a viagem de volta a Londres.

— Ela não me emprestaria dinheiro nenhum a não ser que eu pelo menos contasse a vocês dois, e foi o que eu fiz.

Eles... *Ele* precisava estar de volta a Mayfair antes que Vale soubesse que partira. Tinha dito aos dois irmãos que a viagem de Coll para a Cornualha era uma distração, uma chance para perturbar um pouco Vale, e talvez descobrir alguma coisa útil. A Marinha ancorava suas embarcações em Portsmouth, e era lá que ele poderia descobrir alguma história recente sobre Robert Vale — exceto a de ter navegado para a Índia, é claro.

— Então você só nos contou porque ela o forçou? — Niall resmungou um palavrão bastante criativo em gaélico. — O que foi, você achou que pisaríamos em seus planos delicados como um grande par de bois?

— Não seja idiota — retrucou Aden. — *Aye*, a princípio achei que poderia resgatar uma donzela em perigo sem ter que pedir a ajuda de vocês. Isso é complicado, Niall. Não é um simples rapto. Vale tem documentos que comprovam a dívida de Matthew. Não é só Miranda que preciso salvar. Os pais dos Harris nem sabem que estão em perigo.

— Coll vai acabar com Matthew na primeira oportunidade que tiver. Você sabe disso, certo?

— Ele não vai, porque Vale é um demônio sem alma que persegue jovens ingênuos e simpáticos, e a nossa *piuthar* ama o rapaz. *Eu* lidarei com Matthew Harris.

Eles cavalgaram em silêncio por cerca de dois quilômetros.

— Aden, você está nisso por uma noiva que seja grata a você ou por alguém que possa amar?

— Acho que essas duas coisas não se excluem.

— Você entendeu o que estou dizendo — insistiu Niall. — Quando Amy e eu...

— Não — interrompeu Aden, com um gesto. — Você não pode me aconselhar só porque teve a sorte de encontrar uma mulher que acha esse seu jeito irritante... charmoso. Vou encontrar o meu próprio caminho, muito obrigado. E, sim, sei o que o *meu* coração deseja.

Ainda não tenho certeza em relação ao dela. Não posso ter, até que Miranda esteja livre.

— Ora, isso parece bastante sensato, mas que eu me lembre você nunca se interessou desse jeito por uma moça.

Era verdade. E qualquer que fosse a história razoável e lógica que tentasse contar para si mesmo, no fundo ele sabia a verdade. Havia encontrado o seu "para sempre", e faria o que fosse preciso para resgatá-lo e protegê-lo, quer aquilo o beneficiasse ou não.

— Talvez eu tenha me interessado, e não contei a você — brincou Aden, até porque desejava desviar o assunto para as suas escapadas românticas do passado e se afastar daquela que de fato importava.

O sol roçava o topo das velhas colinas a oeste enquanto eles trotavam em direção a Portsmouth. Ele podia sentir o cheiro do mar ao sul, úmido, salgado e frio, mas menos selvagem do que nas Terras Altas. Aquela parte do Atlântico fora domada havia muito tempo, e só se mostrava um problema quando tinha a força do inverno nas costas.

Eles ignoraram as fileiras de casinhas e lojas e continuaram em direção ao porto e seus armazéns, tabernas, estalagens e prostitutas. Por fim, Aden diminuiu a velocidade da montaria e apontou com o queixo para uma taberna bem iluminada que ficava em uma rua larga e movimentada.

— The Briny Deep — leu em voz alta. — Acho que parece ser o tipo de lugar que recebe tenentes da Marinha. Você se lembra do que eu preciso saber?

Niall desmontou e amarrou Kelpie no poste mais próximo.

— Sim. Encontro você aqui às duas horas. Tente não levar uma pancada na cabeça e acabar em algum navio com destino ao Oriente.

Aden assentiu.

— Vou começar pelo outro lado e voltar nessa direção. Seis horas é tudo o que temos... preciso estar de volta a Londres antes que as fofocas comecem.

Ele seguiu para leste e para sul, mais perto do mar. Niall procuraria oficiais como Vale, quer o capitão os tivesse conhecido como iguais ou não. Quanto a ele, queria conversar com alguns marinheiros comuns, aqueles que seguiram as ordens do capitão Vale. Seu pai sempre dizia que, para conhecer o caráter de um homem, era bom falar com aqueles por cujas vidas ele era responsável. Ou algo semelhante a isso, só que com mais palavrões.

Com os cais, as docas e o oceano — cinza e plano ao crepúsculo — à vista, Aden parou em frente à taberna Mizzenmast. Ainda não estava escuro, mas já se ouviam o som de violino, vozes masculinas altas e algumas femininas em meio à confusão de sons. Ele amarrou as rédeas de Loki em um poste e deu uma palmadinha no pescoço do castanho.

— Não deixe ninguém fugir com você, rapaz. Temos uma noite movimentada pela frente.

No Mizzenmast, Aden recebeu apenas olhares vazios à menção do capitão Robert Vale, mesmo depois de pagar uma rodada de bebidas para todos. Fazia sentido — Vale havia servido na Índia, mas a Marinha Real tinha homens baseados no mundo todo. O grupo diante dele parecia ter se unido durante suas viagens ao sul da América e às plantações de tabaco do Caribe. Quando ele perguntou onde podia encontrar rapazes que navegavam em águas indianas, lhe deram os nomes de outras três tabernas — a Public House, a Punjabi e a Water Buffalo.

As duas últimas, ele descobriu mais tarde, pertenciam a ex-marinheiros que haviam trabalhado para a Companhia das Índias Orientais. Mas Aden demorou quase uma hora para encontrar uma delas, em meio ao labirinto de estaleiros de construção naval, vagões de suprimentos, cais e velhos marinheiros falidos à espreita nas portas e prontos para atacar em busca de moedas que lhes permitissem comprar apenas mais uma bebida.

Por fim, ele dobrou mais uma esquina. Quando começou a se perguntar quem poderia subornar para guiá-lo, sem se preocupar se tentariam assassiná-lo em algum beco, uma placa sombria com uma vaca preta muito grande e de aparência feroz apareceu à sua frente. Conforme se aproximava, letras desbotadas sob a vaca mal desenhada declaravam que ele havia encontrado o Water Buffalo. O lugar o fez lembrar de alguns dos piores antros de jogo de Londres, só que ainda mais degradado. Graças ao diabo ele fora pessoalmente àquele, em vez de mandar o irmão mais novo recém-casado. *Aye*, Niall era capaz de encantar uma abelha a ponto de ela lhe entregar o seu ferrão, mas os frequentadores daquele lugar não eram abelhas. Pareciam mais vespas bêbadas e raivosas.

Aden checou se a sua *sgian-dubh*, a faca de lâmina única que levava enfiada na bota, permanecia afiada e escondida em seu lugar, abriu a porta e entrou. Não havia ninguém tocando música ali, a não ser pelos címbalos entre os dedos da velha em pé em uma cadeira no canto, o abdômen exposto, a pele marrom com tatuagens intrincadas subindo por ambos os braços e desaparecendo sob a seda vermelha e dourada desbotada que usava. Ela usava uma saia que chegava até a panturrilha, e a mesma tinta que enfeitava seus braços decorava seus pés descalços. A velha de cabelo grisalho girava os quadris para a esquerda e para a direita, depois o oposto, em uma dança lenta e oscilante acompanhada apenas pelo tilintar metálico dos címbalos. A cada balanço dos quadris, ela levantava um pé alguns centímetros acima do assento da cadeira.

— Minha esposa — grunhiu o homem baixo e careca atrás do balcão, e puxou uma rolha de um barril para derramar um jato de líquido marrom em uma caneca de metal. — Você ficou olhando ela dançar, então me deve um xelim e eu lhe devo uma caneca de sidra indiana.

Aden jogou um xelim no balcão, e a moeda desapareceu antes que terminasse de girar.

— O que é sidra indiana? — perguntou, levantando a caneca e cheirando a bebida.

Maçã, canela e algum ingrediente com cheiro de mofo. Não era desagradável, mas nunca sentira aquela combinação de aromas antes.

— Maçãs, canela, vinagre de groselha e gengibre. E um pouco de uísque. Eu mesmo faço.

Em outro lugar, Aden talvez até tivesse bebido o copo todo, mas mesmo na Escócia ouvira histórias de homens sendo drogados em tabernas e acordando no meio do Atlântico, onde seriam declarados clandestinos e teriam a escolha de serem jogados ao mar ou se alistarem como membros da tripulação. Ele manteve o olhar fixo no taberneiro, ergueu a caneca e deu um gole hesitante.

— Hum. Não é nada ruim. Você também não estava brincando sobre o uísque. Esse é escocês, bom e potente. Você não dilui a sua bebida em água.

O velho riu, lisonjeado.

— Você é um homem corajoso, *highlander*. E não ajudo os mercadores ou a tripulação de recrutamento de Sua Majestade há uma década. Continue deixando moedas em cima do balcão do meu bar e não terá nada a temer de mim.

— Só não coma nem um pouco do ensopado que ele vai tentar lhe vender — gritou um dos doze homens espalhados pela taberna escura, e os outros riram.

— Só por isso, Weatherly, vou dar a sua ceia para o Duke.

— Rá. E eu que achei que você gostasse daquele cachorro.

Em meio às risadas gerais, Aden estendeu a mão.

— Aden MacTaggert.

O velho trocou um aperto de mão com ele.

— David Newborn.

— Estou procurando histórias sobre um homem em particular — continuou Aden. — E tenho um pouco de dinheiro se as histórias forem verdadeiras.

— Que homem deixou você tão curioso?

— Ele atende por Vale. Robert Vale. Se autodenomina capitão, responsável pelo *Viúva Alegre* da Índia.

— O Abutre? — perguntou um dos homens sentados à longa mesa de madeira que dominava o centro da taberna.

— Pelo que vi, *aye*, combinaria com ele, mesmo. — Aden pegou a caneca e foi se sentar em um dos bancos gastos. — Você chegou a conhecê-lo ou apenas sabe o nome dele?

— Quanto dinheiro me renderia essa informação? — perguntou o homem alto e esquelético com uma surpreendente cabeleira ruiva.

— Vai depender de quanto você sabe.

— Vou lhe dizer de graça que ele é um desgraçado — afirmou um segundo homem, de rosto muito vermelho, que estava sentado em um extremo da mesa.

— Isso eu descobri sozinho — respondeu Aden. — Contem-me algo mais interessante. Mais pessoal.

O ruivo bufou.

— Interessante mesmo é quanto Vale me pagaria para lhe contar que um escocês grandalhão está procurando histórias sobre ele.

— *Aye*. Mas para isso você teria que encontrá-lo, falar com ele e conseguir o dinheiro dele.

— Isso é verdade, Billy — interveio o homem de rosto vermelho. — Aquele maldito abutre ouviria, sorriria, lhe daria um xelim e cortaria a sua garganta no instante em que você virasse as costas.

— Eu, por outro lado, não sei cortar gargantas — acrescentou Aden, nem um pouco surpreso com a descrição.

— Isso é o que diz. Mas parece capaz de espancar um homem até a morte com apenas uma das mãos.

— Não me irrite e não minta para mim, e não precisará descobrir se isso é verdade. Algum de vocês está disposto a me contar uma história verdadeira?

Billy fez uma careta.

— Se chegar aos ouvidos dele que eu contei, vou acabar em uma barcaça qualquer cavando lama para alargar o porto de Port Jackson, ao lado dos condenados.

Ele com certeza estava se referindo a Port Jackson, na Austrália. Será que Vale era tão poderoso assim, ou só passava a impressão? A julgar pelo fato de ter se tornado capitão com uma rapidez incomum, pelo menos provara que tinha influência. Mas seria uma influência real e duradoura ou do tipo que fora conquistada com derrotas na mesa de jogo e logo seria descartada?

— Ele se aposentou da Marinha e está em Londres andando atrás de uma moça da alta sociedade — explicou Aden. — A menos que você mesmo conte, Vale não saberá nada sobre essa conversa.

— Uma dama da alta sociedade, é mesmo? — Billy tomou um gole da sidra potente de Newborn. — Faz sentido. Ele estava sempre falando sobre grandes mansões e jantares com duques. Cada vez que desembarcávamos, ele ia para os clubes de oficiais e ganhava até o último trocado de algum filho arrogante e sem cérebro de almirante.

De repente, Vale exibia outra promoção ou outra medalha. Então, fazia um sermão para os que dormiam em redes no convés inferior, dizendo que éramos animais criados para alimentar os ricos e poderosos, e que nenhum de nós tinha coragem de se tornar um predador.

— E se alguém contraísse um músculo ou resmungasse — acrescentou o homem de rosto corado —, tinha que subir pelo cordame e ficar lá no alto, até Vale achar por bem deixar o sujeito descer.

— Danny Pierce passou quase dois dias lá em cima certa vez — contou Billy, balançando a cabeça. — Acabou caindo do cordame, mas teve a sorte de se enrolar na corda na descida, ou teria aberto o crânio como um melão maduro no convés. Ele ficou esquisito e com medo de lugares altos depois disso, e sempre que o capitão o via no convés, o desgraçado o fazia subir de novo. Até que um dia Danny desapareceu. Disseram que ele desembarcou e fugiu das suas obrigações, mas não estávamos nem perto da terra da última vez que o vi.

— Você acha que Vale o matou? — perguntou Aden, memorizando cada nome e cada história para poder usufruir disso depois.

— Não. Acho que o pobre Danny se cansou de ter medo e pulou no mar. Deveria ter havido um inquérito, mas o Abutre sabia a quem apelar, e nada aconteceu.

O restante das histórias era igualmente perturbador, e todas seguiam um padrão semelhante: Vale queria que algo acontecesse, então dava um jeito de alguém lhe dever um favor, ou cobrava um dos favores que já havia garantido. Todos os favores envolviam o perdão de dívidas que suas vítimas acumularam em sua presença. Diziam que quem nascia para ser burro nunca chegava a cavalo, e, embora o plano final de Vale pudesse ser vestir a pele de um cavalo, ele continuava sendo apenas um burro.

Um burro plebeu, aliás, e alguém que dizia a si mesmo que era melhor ou mais digno do que os seus companheiros, mas ao mesmo tempo enganava e trapaceava porque, no fundo, sabia que não seria capaz de conquistar uma vida melhor pelos próprios méritos… porque ele não tinha nenhum. Vale sabia quem era e esgotara todos os seus esforços para se convencer do contrário, decerto apavorado com a possibilidade de que alguém que ele não pudesse ter sob seu controle chamasse atenção para a sua monstruosidade.

Depois que Aden pagou por novas rodadas de bebidas, mais dois homens revelaram com as próprias histórias sobre o Abutre. Ninguém mais falou sobre a Cornualha ou sobre as origens de Vale, embora a maior parte das histórias continuasse a sugerir que ele vinha de uma cepa bem ordinária. Ao menos as informações esclareceram a visão de Aden sobre o homem que ele se dispusera a enfrentar em uma mesa de jogo. Não era pouca coisa que, mesmo longe de Vale e da Índia, e designados para navios diferentes, comandados por capitães diferentes, os marinheiros ainda hesitassem em contar o que sabiam. Vale os assustava de uma forma que o mar agitado e os piratas impiedosos não conseguiam.

Mas aquele era o método de Vale: ele farejava os vulneráveis, os assustados, os desesperados, e se aproveitava deles. Era hora de alguém revidar. O fato de ter sido uma mulher que escolhera fazer aquilo, uma moça de bons modos, decorosa e gentil, tendo um *highlander* bárbaro ao seu lado, tornava tudo ainda melhor. Agora, ele só precisava se certificar de que Miranda vencesse.

Quando se reencontrou com Niall, Aden tinha cinquenta libras a menos e uma quantidade inestimável de informações. E o irmão também tinha uma ou duas histórias para contar, incluindo a de um oficial que conhecia Vale da época em que ele comprara a sua patente de tenente júnior, e que descrevera o jovem Vale como astuto, impiedoso e com o foco total em se tornar capitão. Vale alegava vir de uma família que não valorizava seus "dons", embora ele certamente compreendesse as limitações da família.

Aquelas informações haviam custado mais vinte libras. As mil libras que Francesca dera a Aden pareciam encolher diante dos seus olhos, mas morangos, suborno e rodadas de bebidas eram coisas caras.

Ele ainda ia gastar um pouco mais quando voltasse a Londres, mas duzentas ou trezentas libras no bolso quando finalmente se sentasse deviam lhe bastar. A mãe certamente achava que ele pretendia usar todo o dinheiro em mesas de jogo, e, por ele, podia continuar a pensar assim. Mas tentar ganhar cinquenta mil libras tendo apenas mil, e fazer isso em poucos dias, seria uma tarefa tola. E Aden tentava não agir como um tolo.

— Você está com pressa de voltar a Londres porque acha que é o único obstáculo entre o capitão Vale e uma licença de casamento? — perguntou Niall, cutucando as costelas de Kelpie com os joelhos para manter o capão emparelhado com Loki, que tinha as pernas mais longas.

— Quero voltar para poder meter uma bala em Vale se ele *realmente* tentar alguma coisa — retrucou Aden.

Ele controlara a raiva a noite toda, mas agora que estavam galopando de volta para o norte, cada história de crueldade e insensibilidade vibrava em seu íntimo como uma batida de tambor. Aquele... *homem* tinha se fixado em Miranda. Dançara com ela e, enquanto Aden estava a quilômetros de distância, Vale havia jantado com a moça e a família dela na Casa Harris. Robert Vale queria usá-la como um trampolim, e o desgraçado não hesitaria em esmagá-la assim que conseguisse o que desejava.

— Aden!

Aden se sobressaltou e olhou para o irmão mais novo.

— O que foi?

— Eu disse que você não pode galopar nesse ritmo por todo o caminho de volta para Londres — comentou Niall. — Diminua a velocidade e chegará lá sem matar Loki e Kelpie, a menos que queira trocar de cavalo em cada estalagem por que passarmos.

Aden praguejou baixinho e colocou o azalão a meio galope. *Aye*, ele gostaria de trocar de cavalo em todas as estalagens, mas aquilo também consumiria o dinheiro em seu bolso — sem mencionar o constrangimento que Loki sentiria ao ser deixado para trás e ter que voltar para Londres mais tarde, na companhia de algum cavalariço. Ele imaginou que o ritmo em que estavam — trotar por um quilômetro e meio e galopar por quatro — faria com que estivessem de volta a Mayfair no meio da manhã, e aquilo teria que bastar.

— Se quiser mais alguma coisa em que pensar às duas horas da manhã além do perigo que a sua moça estaria correndo, por que você não me conta o que pretende fazer com o irmão dela? Você pode não ter contado em detalhes como Vale conseguiu tantas promissórias assinadas por Matthew, mas tudo leva a crer que o rapaz é um péssimo jogador, sem nenhum bom senso.

Os irmãos dele não eram idiotas, e Niall tinha um bom argumento. E, se o irmão mais novo havia preenchido os vácuos da história com um pouco de lógica e imaginação, Coll não teria dificuldade em fazer o mesmo.

— Foi em um jogo de azar, e Matthew estava sendo emboscado por um homem que cospe veneno. Não se preocupe com Eloise. Se eu pegar o rapaz apostando de novo, quebro seus dois braços. Não precisamos que você ou Coll quebrem o pescoço dele. Eloise o escolheu por seu bom coração, e não porque ele é incapaz de distinguir um amigo de um inimigo a cinquenta passos de distância.

— *Você* é capaz de fazer isso.

Aden fitou o irmão com um sorriso sombrio.

— Sim, mas não tenho um bom coração.

— Ah, *bràthair*, espero estar por perto quando você se der conta de como está errado em relação a isso.

Levando em consideração que ele não tivera autocontrole para se impedir de arruinar a reputação de uma moça que precisava da sua ajuda, e que no momento estava pensando seriamente na possibilidade de matar um homem que planejava se casar com ela, Aden não estava tão certo nem de que tinha mesmo um coração... muito menos um *bom* coração. Tudo o que *sabia* era que pretendia salvar Miranda Harris, que a queria para si e que não se importava com o preço que pagaria por isso.

O capitão Vale sabia que garfo combinava com qual prato. Ele também sabia conversar sobre o clima e as atrações de Londres, mas aos olhos de Miranda tudo parecia ensaiado, como se alguém — George ou Matthew, sem dúvida — tivesse lhe orientado sobre quais assuntos abordar e quais evitar, e então ele tivesse folheado os jornais para encontrar o máximo de banalidades que conseguira.

Ela não diria que os pais tinham ficado encantados com o capitão, mas com certeza não ficaram alarmados — o que sem dúvida era tudo o que ele pretendia. Ao mesmo tempo, *Miranda* tinha reparado quando Vale cerrou o maxilar ou apertou o garfo com muita força, porque estava atenta àqueles detalhes. Aden poderia muito bem estar sentado à mesa de jantar na véspera, porque o *highlander* garantira que fizessem dele um assunto de conversa.

Na verdade, se o objetivo de Aden era enfurecer Robert Vale, até então ele estava se saindo muito bem. Se o fato de irritar um vilão e chantagista impiedoso resultaria em algo útil, Miranda não sabia dizer. Tudo o que *ela* tinha, na verdade, era uma quantidade bem alarmante de confiança em Aden MacTaggert, e paixão também.

Ela se levantou cedo, meio esperando que ele entrasse pela janela antes do amanhecer, qualquer que fosse a misteriosa tarefa do jogo que ele atribuíra a si mesmo. Quando ninguém além de um melro bateu em sua janela, Miranda chamou Millie e se vestiu, então concluiu que Aden a visitaria no café da manhã, para que ela pudesse lhe contar como fora a sua noite. Ou melhor, para que ele pudesse escolher um novo livro na biblioteca. Enquanto ela mexia os ovos quentes até virarem mingau, ele continuava ausente, e Miranda, ressentida, tentava ignorar as badaladas do relógio do saguão — que, ainda assim, insistiu em soar nove vezes.

— O que você está fazendo acordada tão cedo? — perguntou o pai, entrando na sala de café da manhã e se servindo de uma pilha de fatias de presunto e de torradas antes de se sentar à cabeceira da mesa, onde o jornal matinal engomado esperava para ser lido.

— Pensei em me arriscar e visitar Eloise e Amy de surpresa — improvisou ela. — Preciso ir à chapelaria e tenho a esperança de que possamos fazer isso juntas.

— Aparecer sem avisar? — O pai levou a mão ao peito. — Isso é ousado como o diabo da sua parte. — Ele olhou de relance para a porta. — Não diga à sua mãe que eu falei "diabo".

Miranda sorriu.

— Seu segredo está seguro comigo, papai.

Ela amava ver a forma como o pai e a mãe se adoravam e, assim que atingira a idade de casar, decidira que teria aquilo ou não teria nada. Mas bem quando ela pensou que tinha encontrado exatamente aquilo, pessoas tinham dívidas a cobrar de outras pessoas, e um homem exigia a mão dela em casamento enquanto o outro se recusava a fazer o pedido. Talvez Aden estivesse querendo ser honrado e não a forçar a uma escolha enquanto se encontrasse naquele apuro, mas Miranda queria ouvir as palavras, queria que ele dissesse em voz alta o que ela pensava ter visto em seus olhos.

Ou será que viu nos olhos dele apenas o que *queria* ver? Eloise chamara o irmão do meio de "esquivo" antes mesmo de conhecê-lo. Aquilo significava que ele nunca se declararia? Aden prometera libertá-la de Vale e, até aquele momento, nada mais. Seria o suficiente? Miranda franziu a testa. E se *tivesse* que ser?

— Nossa, você ficou muito séria de repente — comentou Albert Harris enquanto dava um gole em sua xícara de chá. — Mas a verdade é que há dois homens a cortejando, e imagino que isso seja um bom motivo para uma reflexão séria.

— Já fui cortejada antes — brincou Miranda, tentando parecer bem-humorada em vez de horrorizada com a conversa. Afinal, um dos homens a estava chantageando e o outro havia arruinado a sua reputação.

— Isso é verdade, e mais vezes do que sou capaz de contar. Mas essa é a primeira vez que você permite que se saiba que dois homens a estão cortejando ao mesmo tempo. E também é a primeira vez que me lembro de um deles conseguir chegar a participar de um jantar privado com a família. — Ele passou manteiga no pão. — É para ser ele, então? O capitão Robert Vale? Sua mãe jura que você prefere o *highlander*, mas o sr. MacTaggert não parece ter recebido um convite para jantar. Embora tenha enviado alguns morangos deliciosos... e que devem ter lhe custado um bom dinheiro.

Miranda sentiu vontade de fechar os olhos por um momento e pensar. No fim, caso os planos de Aden não dessem certo, ela teria que concordar com os termos de Vale. Portanto, não podia descartar uma suposta corte da parte dele, por mais que quisesse. Mas também não estava pronta ainda para deixar que os pais achassem que havia feito a sua escolha. Não até que não restasse mais qualquer esperança.

— Ainda não decidi nada, papai. E foi *o senhor* que insistiu em convidar o capitão para jantar, caso não se lembre.

Ele sorriu.

— Eu me lembro. Muito bem, minha cara. Siga a sua consciência, então. Saiba apenas que, se quiser uma opinião minha, tenho várias para dar.

Agora Miranda não sabia o que seria pior — se o pai aprovasse mais Vale ou Aden. Pelo amor de Deus, e se a preferência dela por Aden desapontasse seu pai? Ou se ele não gostasse de Vale, declarasse aquilo e, ainda assim, ela tivesse que se casar com o homem sem contar ao pai o verdadeiro motivo?

Ah, precisava de alguém com quem pudesse conversar. Alguém em quem pudesse confiar. Não um pai, ou uma criada, ou um amante. Precisava de um ombro amigo, alguém que não repetisse nenhum dos segredos que carregava, e que não a julgasse por eles. Alguém capaz de ajudá-la a desembaraçar a confusão que eram seus pensamentos, esperanças e medos naquele momento.

— Espero não tê-la afligido, meu bem. Você sabe que a sua mãe e eu apoiaremos qualquer escolha que fizer, incluindo a de se manter solteira. Não estou nada ansioso para ver o seu sorriso sumir da minha mesa. — Ele suspirou. — Infelizmente, sei que nem mesmo as minhas declarações tolas de pai coruja podem se interpor entre você e um chapéu novo. Vou me encontrar com Tom Blaisdale e ver um novilho em que ele está de olho. E a deixarei na Casa Oswell no caminho, se me der só um instante.

— É claro que sim.

E agora o destino imaginário dela acabara de se tornar real. Com sorte, suas preces por um ombro amigo — ou mais de um — também se tornariam. Depois de desembarcar do faetonte do pai na Casa Oswell e de se despedir dele com um aceno, Miranda respirou fundo. Ainda não se decidira. E ainda poderia resumir aquela visita a nada além de uma compra de chapéus, caso lady Eloise e a sra. MacTaggert estivessem em casa e disponíveis para um passeio naquela manhã. Aquilo por si só seria uma surpresa, já que a temporada social estava em pleno andamento.

— Vou confirmar — falou Smythe, o mordomo, quando Miranda transmitiu seu pedido e ele a levou até a sala de espera.

"Vou confirmar" significava que pelo menos uma das jovens damas ainda estava em casa, mas não que alguma delas não tivesse planos. Sem dúvida seria melhor se elas *já* estivessem ocupadas naquela manhã. Como poderia contar às amigas algo que não ousara dizer nem aos próprios pais? Como diria a Eloise que um de seus adorados irmãos arruinara sua reputação, mesmo que tivesse sido a pedido dela? Não poderia. O silêncio era a melhor escolha. O silêncio e talvez a compra de alguns chapéus.

A porta da sala de estar foi aberta.

— Que momento oportuno para você aparecer, Miranda — exclamou Eloise, entrando na sala de braços dados com a cunhada, a bela e loira Amy. — Estávamos discutindo se deveríamos comprar chapéus ou dar um passeio matinal no parque para exibir o lindo vestido novo de Amy. Ele é bordado com beija-flores!

Miranda se levantou e tentou acrescentar seu voto pelas compras, mas só conseguiu deixar escapar um soluço abafado. Então, as lágrimas começaram a correr por seu rosto, mesmo contra a sua vontade, e ela se deixou cair de volta no sofá e cobriu o rosto com as mãos. Toda a exaustão e todo o medo que a assombravam irromperam ao mesmo tempo. *Que maravilha...* Agora ela não passava de um amarfanhado choroso e encharcado.

— Meu Deus! — Miranda foi abraçada. — O que houve, Mia?

— Nada — respondeu ela em um lamento, a voz também entrecortada agora.

Mais braços a cercaram do outro lado.

— Não importa se quer nos contar ou não — tranquilizou-a Amy. — Estamos do seu lado.

Mais frustrações e preocupações se derreteram e transformaram-na em um mingau.

— É um segredo — conseguiu dizer com a voz embargada.

— Um segredo triste? — perguntou Eloise, embalando-a agora como se ela fosse um bebê. — Aden fez algo horrível? Vou esmurrar a cara dele.

— Não foi Aden — retrucou Miranda em um soluço, embora Aden estivesse no centro de tudo. — Estou com... um... problema... enorme!

— Smythe, traga a minha mãe e um pouco de chá de hortelã, e feche a porta, por favor — pediu Eloise.

No momento em que Miranda conseguiu controlar a voz o bastante para protestar que não precisava nem de chá nem de lady Aldriss, uma xícara surgiu em suas mãos, e a outra estava diante dela, usando um lindo roupão multicolorido e o cabelo grisalho sempre tão impecável agora solto. Ainda assim, a condessa continuava a parecer elegante, perspicaz e, para os seus padrões, muito curiosa.

— Eu... não... — fungou Miranda.

— Tome um gole de chá, querida — pediu lady Aldriss, enquanto puxava uma cadeira mais para perto dela e se sentava alguns metros à sua frente.

Miranda tomou um gole do chá quente e tentou organizar os pensamentos e as emoções em frangalhos. Não podia contar nada a elas — se soubesse o volume da dívida que Matthew contraíra, a condessa cancelaria o casamento. Eloise e Matthew ficariam inconsoláveis, e, embora não fosse culpa dela, ambos a culpariam por aquilo.

A condessa a fitou com uma expressão fria nos olhos verdes.

— Seu irmão tem apostado em jogos de azar, e isso causou algumas dificuldades a você — falou ela depois de um momento.

Eloise arquejou.

— Matthew não faria isso! Ele sabe...

— Minha cara — interrompeu a mãe —, Matthew é um jovem amável que participa em vez de ficar para trás e observar. E não sei se você reparou, mas aquele capitão Vale com quem ele fez amizade é bastante... como posso dizer? Autocentrado. E insiste em ser assim.

— Mas, mamãe, ele está cortejando Miranda. A senhora não deveria...

— Aden também está cortejando Miranda. Acredito que devo ser parcial em relação a ele. — Ela juntou as mãos no colo. — Mas esse não é o ponto agora, é? Ou devo continuar a especular?

Miranda balançou a cabeça e tomou outro gole de chá antes de deixar a xícara de lado. Tudo nela gritava para que não contasse a ninguém, para que não se arriscasse a prejudicar a reputação da família trazendo à tona aquele assunto. Mas ela também se lembrou do que Aden tinha dito, que Vale também conhecia as regras e as usava contra ela. E Miranda gostava da ideia de jogar de acordo com as próprias regras — sem dúvida gostava de onde aquilo a levara com Aden. Mas a situação em que estava naquele momento era diferente. As mulheres à sua frente poderiam arruiná-la sem nenhum esforço. Eram pessoas a quem Aden não contara nada... Mas ele dissera algo à condessa, o bastante para que ela soubesse que os problemas de Miranda tinham algo a ver com Matthew e com o capitão Vale.

Poderia confiar nelas? Ou seria a vontade dela de ter em quem confiar falando mais alto? Miranda se obrigou a respirar profunda e lentamente.

— O que estou prestes a lhes contar vocês não podem contar a mais *ninguém*. Os meus pais... Eles não têm ideia. E ficariam tão... arrasados.

Eloise pegou a mão dela e apertou com carinho.

— Somos MacTaggert, Miranda. Você e Matthew fazem parte do nosso clã. E o clã vem antes de tudo.

Se aquela declaração surpreendeu lady Aldriss, ela não demonstrou. Na mente de Miranda, aquilo explicava algumas coisas sobre Aden: se ele também considerava Matthew, e por extensão a ela, como parte do seu clã, imaginou que faria de tudo para proteger o que considerava seu. Ele pensava nela como sua, ou ela era uma diversão agradável em sua busca para ajudar Eloise e o homem que a irmã amava?

Aquele pensamento tornou-se doloroso demais para ser contemplado por mais tempo, portanto, em vez disso, Miranda começou a falar. Ela contou às mulheres à sua frente sobre Vale ser primo de lorde George Humphries, então sobre a descoberta de que aquilo não era verdade, sobre como Vale havia emboscado o afável Matthew para que o rapaz acabasse lhe devendo mais do que poderia pagar, sobre o plano verdadeiro de Vale de se tornar parte da alta sociedade casando-se com ela e usando a reputação dela para moldar a dele. Contou sobre ter procurado Aden em busca de conselhos e que ele concordara em ajudá-la, mas escolheu deixar de fora os principais detalhes íntimos do relacionamento dos dois.

Quando terminou, Miranda se recostou na cadeira, exausta... e Eloise começou a chorar. *Ah, Deus.*

— O que foi? — perguntou, apertando a mão da amiga. — Aden diz que tem um plano.

Eloise balançou a cabeça.

— Eles vão matar Matthew — lamentou a moça.

— Quem?

— Os meus irmãos! Ele entrou em pânico e foi muito estúpido, mas eles não vão... eles não vão se importar com o fato de que eu o amo! Vão se concentrar no erro terrível e desprezível que Matthew cometeu!

Lady Aldriss ergueu uma sobrancelha.

— Minha cara, parece que ele merece uma surra.

— Eu sei, mas eles são muito grandes! Sei que eles vão matá-lo. E eu... — Eloise soluçou mais alto. — Ficarei viúva antes mesmo de me casar!

Amy abriu a boca diante daquele cenário impossível, mas a condessa balançou discretamente a cabeça.

— Eu acredito que Miranda tenha dito que Aden falou com Matthew sobre o seu lapso de julgamento e que Matthew concordou em ajudá-la a se safar dessa situação. Aden decerto não tentou assassinar Matthew... o que sabemos com certeza, porque, caso ele tivesse tentado, seu noivo estaria morto.

— Isso é verdade — admitiu Eloise, enxugando as lágrimas enquanto olhava para Miranda. — E matar o seu irmão faria você ficar com raiva, então é claro que Aden não permitiria isso. Ele não gostaria que você ficasse brava.

Por mais que Aden parecesse se deliciar em irritá-la, Miranda não conseguia se lembrar de nenhum episódio em que ele, por alguma ação ou inação, tivesse feito qualquer coisa que pudesse assustá-la ou prejudicá-la, ou permitido que ela se sentisse daquela forma por algum outro motivo — a não ser pelo espírito maligno que era o capitão Vale, que cravara suas garras nela bem antes de Aden estar envolvido no caso. É claro que nada daquilo estava resolvido ainda, mas a mera ideia de que Aden agira como agira para mantê-la segura parecia cálida, confortável e... irresistível. Miranda pigarreou.

— Aden parece pensar que Matthew poderia se redimir.

— Ah, graças a Deus.

— Niall saiu a cavalo com ele ontem — acrescentou Amy —, disse que Aden precisava de ajuda para resolver um problema. Imagino que Aden tenha contado algo a ele, ou Niall não teria ido. E, aonde quer que eles tenham ido, ainda não voltaram.

Aden tinha ido a algum lugar? Aquilo não soava como a noite de jogo que ele descrevera por alto. Claro que ele também dissera, mais uma vez, que não queria que ela tivesse que tentar mentir. Não, ele apenas lhe dera algumas sugestões de conversa — algumas que, inclusive, pareciam ter se mostrado irritantes para Vale —, então pegara um punhado de morangos e saíra.

— Fico feliz que ele não tenha ido sozinho, mas também não sei para onde ele foi — disse Miranda.

— Alguém viu o capitão Vale? — interveio Eloise, parecendo indiferente à ideia de derramamento de sangue, desde que a vítima não fosse seu noivo.

— Ele estava inteiro quando saiu da minha casa à meia-noite — respondeu Miranda.

— E, até onde eu sei, ainda está.

A voz baixa, com o sotaque carregado, veio da porta, e, ao virar a cabeça, Miranda viu Aden parado ali, tirando as luvas de montaria, com Niall no saguão, logo atrás.

— Aden — sussurrou ela, cada grama do seu ser ansiando por correr para os braços dele.

Vale não o matara e o deixara em um beco em algum lugar. Pelo menos ela podia dizer a si mesma que aquela era a sensação que a inundava como sidra quente em uma noite de inverno. Alívio. Sim, era alívio.

— Você decidiu compartilhar a sua história então, não é, moça?

Ele estava com ciúme? Aquele era o motivo do brilho em seus olhos, do tom penetrante sob as palavras relaxadas? Ciúme por não ser mais o único que sabia o segredo dela?

— Ela não pretendia fazer isso — falou lady Aldriss, levantando-se. — Não tenho ideia de como ela conseguiu ficar tanto tempo sem demonstrar o enorme peso que vem carregando nos ombros, mas a gentileza da sua irmã com ela a fez chorar. Depois disso, arrancamos o restante das informações.

— Não tenho qualquer dúvida disso. Miranda, como você está aqui e me poupou de uma ida até a Casa Harris mais tarde, posso dar uma palavrinha com você? Em particular?

Miranda esperou um segundo, para que alguém protestasse. Mas as mulheres na sala eram capazes de ler a expressão dele tão bem quanto ela, porque ninguém soltou sequer um pio. Ela assentiu e se levantou.

— É claro.

— Na sala de café da manhã — disse Aden, quando Miranda se juntou a ele na porta. — Estou com fome.

— Eu também — interrompeu Niall.

— Você pode esperar mais um maldito minuto.

— Sim. Eu posso fazer isso.

Niall saiu do caminho e Miranda seguiu os passos longos de Aden até a sala de café da manhã. O único criado ali saiu por uma porta lateral e a fechou depois de apenas um olhar para Aden, que deixou Miranda passar e fechou a porta atrás dela. *Fantástico*. Mais de um metro e oitenta de *highlander* furioso, de cuja ajuda ela ainda precisava.

— Eu *queria* contar sobre tudo isso a alguém em quem eu pudesse confiar — afirmou ela, erguendo o queixo e sem a menor vontade de mentir ou de se desculpar. — Você sugeriu que eu seguisse as minhas próprias regras. — Aden pegou uma fatia de rosbife e enfiou na boca. — Mas eu não pretendia contar à sua mãe — prosseguiu ela. — Eloise a chamou, e eu estava... Eu não queria ir embora.

Aden pegou a xícara de chá meio vazia de alguém da mesa e usou o resto de chá para ajudá-lo a engolir a carne.

— Você não vai dizer nada? — perguntou ela. — Não vou me desculpar por querer falar com alguém que não é...

— Que não sou eu? — interrompeu ele.

— Alguém que ainda não estivesse envolvido nessa confusão. Não seja idiota, Aden.

Ele semicerrou os olhos, foi até o pão e arrancou um naco.

— Você acabou de me chamar de idiota?

— Se é você que está me encarando enquanto ataca pedaços inocentes de comida, então, sim, eu o chamei de idiota.

— Ótimo.

Ele terminou o chá que fora de outra pessoa.

Miranda continuou a fitá-lo, confusa.

— Ótimo?

— Passei catorze das últimas vinte horas montado em um cavalo. Passei as últimas sete dessas vinte horas imaginando você sendo forçada a se casar com o Abutre esta manhã, antes de eu voltar para cá, e fiquei me perguntando se eles iam enforcar ou deportar o segundo filho de um conde das Terras Altas que tivesse cometido um assassinato.

— A...

Ele ergueu um dedo.

— Mas você está aqui, e animada o bastante para me xingar, e acho que isso é bom. Agora venha cá e me beije antes que eu derrube essa mesa para chegar até você.

Capítulo 15

A MOÇA ERA SEGURA DE si, por isso Aden não se surpreendeu quando a viu se adiantar determinada até onde ele estava, tirar o pão da sua mão e puxá-lo pelas lapelas do paletó para beijá-lo na boca. Por alguma maldita razão, a mulher tinha gosto de menta. E aquilo, ela, o embriagava.

Aden segurou Miranda pela cintura e a ergueu para sentá-la na beira da mesa do café da manhã. Ela contara a outra pessoa — a três pessoas, na verdade — sobre os problemas que enfrentava e, por mais que a tola faceta de paladino dele quisesse que fosse ele o único a saber, o único capaz de salvá-la, as partes mais sãs e lógicas do cérebro de Aden sabiam muito bem que seria melhor para Miranda se ao menos mais uma pessoa tivesse uma ideia dos problemas que a afligiam. Afinal, ele passara quase um dia inteiro fora de Londres, e se algo tivesse dado errado, apenas o irmão dela saberia o que estava acontecendo e poderia intervir — caso tivesse coragem de fazê-lo.

Mas, agora que Miranda tinha apoio, Aden não sabia mais onde estava pisando. Sim, ela beijava com paixão suficiente para despertar até mesmo um cínico cansado como ele, mas a verdade era que tudo que vinha de Miranda o excitava. Sua aparência, sua voz, as frases diretas e mordazes que dizia, o farfalhar das suas saias quando ela se movimentava, o aroma de violeta em seu cabelo.

Aden quis perguntar se Miranda havia contado às amigas sobre Vale porque ela era brilhante, ou se fora porque ainda não confiava nele. E por mais que pudesse dizer a si mesmo que aquilo não importava, que se determinara a ajudá-la quer ela o estivesse usando ou não, ele sabia qual era a verdade: importava, *sim*, assim como a forma como ela se sentia em relação a ele.

— Aonde você foi? — perguntou ela, quando Aden levantou a cabeça em busca de ar, a respiração ofegante. — Você levou seu irmão e cavalgou por catorze horas, pelo que disse. Isso não me parece um passeio para apostar no Jezebel's ou no Boodle's.

— Antes, me diga que você ainda está solteira e que não está oficialmente comprometida, moça.

— Ainda estou solteira e sem compromisso — respondeu Miranda. — No entanto, suas sugestões de conversa e os morangos quase causaram uma apoplexia no capitão Vale ontem à noite.

— É uma pena que isso não tenha acontecido de fato... Teria resolvido alguns problemas.

— Eu me vejo obrigada a concordar com você.

Aden encontrou os olhos cor de chocolate dela, e o tempo... parou. *Por Santo André*. Seria mais sensato manter seus pensamentos para si, fazer o que havia jurado fazer e apenas esperar. E por mais que ele sempre houvesse sido sensato e lógico, daquela vez seus sentimentos pareciam rasgar as suas entranhas como um gato selvagem furioso.

— Prometi a mim mesmo que não colocaria mais peso em seus ombros, Miranda Grace — murmurou Aden.

Ela franziu a testa.

— Onde diabo você estava? Algum problema? Algum outro problema, quero dizer?

— Não para mim. Para você, bem, talvez. Eu pretendia esperar até que estivesse livre de vez de Vale, até que tivesse escolhas, escolhas reais, à sua frente de novo. Mas eu amo você, Miranda, e já faz algum tempo. Se eu não lhe disser como me sinto agora, então é provável que acabe gritando bem alto na próxima vez que colocar os olhos em você.

A linda boca de Miranda se abriu e logo voltou a fechar.

— Você...

— Não espero que diga o mesmo em resposta, *boireannach gaisgeil*. E eu a ajudarei, quer me queira por perto ou não. Acabei de perceber que o fato de você estar ou não com problemas não tem nada a ver com o que sinto por você.

— Diga de novo, Aden — sussurrou Miranda depois de um longo momento.

— Tudo isso?

— Eu vou lhe dar um soco, você sabe.

Aquilo o fez sorrir. Que moça notável aquela.

— Eu amo você, Miranda. Gosto de você, admiro você e amo você.

Ela abaixou os olhos enquanto brincava com o botão de cima do colete dele. E, sim, Aden queria ouvi-la dizer as mesmas palavras em resposta. Mas a verdade era que acabara de lhe dizer que não precisava fazer tal coisa. E também havia deixado claro que os sentimentos dela não impediriam que ele continuasse a ajudá-la ou não — embora fosse bom saber se estava arriscando arruinar a própria vida por mais do que um sorriso passageiro. Mas, se era um tolo, pelo menos estava ciente desse fato.

— Eu fui para Portsmouth — contou Aden, tentando dar espaço para Miranda, caso ela desejasse. — Resolvi que, além de navegar para a Índia, outra opção para conseguir algumas respostas sobre o caráter de Vale seria encontrar alguns marinheiros que tivessem servido com ele.

Nenhuma resposta. Apenas mais carnificina nos botões do colete.

— Conseguimos resultados. Vale mentiu, enganou e manipulou seus superiores. Ele gostava de extorquir os filhos dos almirantes e depois exigir medalhas, postos e promoções aos pais deles. Duvido que um homem o desafie cara a cara, e acho que ele nunca perdeu uma aposta que quisesse ganhar.

— Eu insultei você no momento em que nos conhecemos — afirmou Miranda.

— Sim.

— Foram as primeiras palavras que eu lhe disse.

No fundo, Aden esperava um diálogo um pouco mais romântico. Mas a verdade era que o romance convencional e açucarado era tedioso.

— Você falou o que pensava. E deixou bem claro como se sentia em relação a mim.

— Não arrume desculpas para mim — retrucou Miranda. — Eu fui rude, e quase nunca sou rude com ninguém. E fiquei me perguntando por que havia dito o que disse.

— Você me considerava um jogador e tinha pelo menos dois bons motivos para não gostar de quem apostava em jogos de azar. Ainda tem.

Miranda pôs a mão sobre a boca dele, e Aden mal resistiu à tentação de beijar a palma macia.

— Sim, ainda tenho vários bons motivos para não gostar de apostas. Ainda mais agora do que naquela época. Pensei... Você é um homem impressionante, Aden. Entrou naquele salão com uma cachorra que tinha acabado de resgatar, a camisa suja e molhada e... colada aos seus músculos, usando um kilt e botas, com esse seu cabelo de poeta, e... a minha boca ficou seca.

— "Cabelo de poeta"? — repetiu Aden por trás da mão dela, erguendo uma sobrancelha.

Ela chegaria ao ponto que desejava quando estivesse pronta para isso, mas até ali tudo parecia estar se inclinando a favor dele, pensou Aden, o que lhe deu um pouco mais de paciência.

Com os dedos livres, Miranda afastou uma mecha do suposto "cabelo de poeta" dos olhos dele.

— Ah, por favor. Acho que você sabe o efeito que causa nas mulheres. Metade das presentes naquele almoço estava babando por você. — Ela tirou a mão da boca de Aden. — Você me irritou, entrando naquele salão sujo daquele jeito, e sem nem se importar. E, sim, tenho motivos para não gostar de jogos de azar. E de jogadores.

Agora o cenário não parecia tão positivo.

— Estamos de acordo, então, que você não gosta do meu passatempo e que não sou civilizado o bastante para você. Alguma outra coisa que deseje usar para me apunhalar?

Miranda puxou uma das orelhas dele.

— Ainda não terminei. Há uma coisa, apenas uma, pela qual sou grata ao capitão Robert Vale. Ele me fez procurar alguém incivilizado, alguém que eu achava que não tinha escrúpulos, que tivesse conhecimento sobre jogos de azar. Não esperava gostar de você, Aden MacTaggert. Não esperava confiar em você. E com certeza não esperava me apaixonar por você.

Aden parou de respirar por algumas batidas do seu coração.

— Mas você se apaixonou, *aye*?

Ela ficou na ponta dos pés e beijou-o na boca, de forma dolorosamente suave.

— *Aye* — sussurrou Miranda.

Aden retribuiu o beijo, apoiando as mãos sobre a mesa, de cada lado das coxas dela.

— Assim está bem melhor — murmurou ele. — Agora, com tudo esclarecido entre nós, gostaria que você ficasse aqui hoje enquanto durmo um pouco.

— Posso fazer isso. Mas primeiro preciso saber o que você está planejando.

— Eu já lhe disse...

— Não, você não disse. Falou apenas que cuidaria de tudo, e suponho que pretenda apostar contra ele, mas cinquenta mil libras, Aden? Se estiver pretendendo me dizer que esse valor está ao seu alcance, vou chamá-lo de mentiroso.

— Não me chame de mentiroso.

— Então me conte o que está acontecendo, pelo amor de Deus!

Aden conseguia entender por que ela não queria ser mantida no escuro. Os homens na vida de Miranda não tinham se saído muito bem em protegê-la, até aquele momento. Aden se virou e se sentou na ponta da mesa ao lado dela. Assim, poderia segurar a mão da moça.

— Acho que não importa se sou um jogador melhor do que ele, por mais que o meu orgulho queira que eu prove que sou.

— Esse é um bom começo — comentou Miranda.

— Obrigado por isso. Então, eu venho pensando que só precisamos de uma coisa de Vale. As promissórias.

— As promissórias no valor de cinquenta mil libras.

— *Aye*, parceira. Poderíamos ganhá-las em uma mesa de jogo, o que não é certeiro, já que Vale pode se recusar a colocá-las sobre a mesa ou, pior, pode conseguir logo uma licença especial e se casar com você para evitar que eu interfira.

— Isso não é aceitável. — Ela apertou os dedos dele com mais força.

— Concordo. E eu não vou permitir. O que me deixa com apenas uma outra forma de conseguir os papéis.

Miranda empalideceu.

— Aden, você *não* vai matá-lo. Por mais que eu queira Vale longe da minha vida, nesse caso você também estaria jogando fora a sua própria vida. E isso... isso também não é aceitável.

— Porque você sentiria a minha falta, moça?

Uma lágrima escorreu pelo rosto dela, e Aden na mesma hora se arrependeu da brincadeira. Mas antes que pudesse se desculpar, Miranda suspirou.

— Eu não esperava nada disso, sabe. Não preciso me casar... meus pais cuidaram disso. Achei que até poderia vir a me casar, caso encontrasse alguém que pudesse amar, mas nunca senti uma grande urgência de fazer isso. Eu não queria gostar de você, muito menos amá-lo. Tudo isso — ela fez um gesto amplo com a mão livre, abrangendo a sala de café da manhã — está tão longe de qualquer coisa que eu poderia ter imaginado que às vezes nem parece real, a não ser pelos arrepios de horror que sobem pela minha coluna sempre que alguém diz o nome dele.

— Eu não planejo matá-lo.

Não era de fato uma promessa de que não faria aquilo, mas teria que bastar por ora. Porque, se tudo mais falhasse, ele *havia* prometido resgatá-la daquela situação. E, sim, mataria. Sem pensar duas vezes.

— Então...?

— Moça, Vale passou toda a sua vida adulta atraindo homens para o desastre e, em seguida, oferecendo ajuda a eles... em troca de se tornar dono deles, de que cumprissem as suas ordens. O capitão arruinou muitos homens e deixou-os arfando, desesperados por ar. Mas acho que durante todo esse tempo ele não se sentou diante de um MacTaggert. Diante de mim.

— Levando em consideração que você acabou de dizer que não vencerá, espero que a sua habilidade corresponda à sua confiança. Você não é o único que paga um preço se perder.

— Não se preocupe, Miranda. Sei qual é o verdadeiro prêmio. E não são as cinquenta mil libras. — Ele sorriu diante da expressão irritada da moça. — Ganhar o jogo não é a única maneira de vencer.

— Vou lhe dar um soco, Aden. Agora mesmo.

— Ora, não tenho nenhuma vontade de ser nocauteado...

Ele respirou fundo e contou a ela o que pretendia fazer e como. Por mais que tivesse encoberto alguns detalhes, Aden viu pela expressão de Miranda e pela palidez alarmante do seu rosto que ela compreendera o bastante para preencher os espaços que ele deixara em branco.

— Aden, você não pode fazer isso.

Ele inclinou a cabeça na direção dela.

— Você vê alguma falha no meu plano, então?

— S... Bem, não, mas você não se dá conta do que isso significa?

— Sim. Eu me dou conta.

— Não vou permitir que você faça isso por m...

— Com licença — disse a mãe dele, abrindo a porta e se afastando para o lado para deixar Bròganentrar na sala antes dela. — Sua cachorra, ao que parece, sentiu tanto a sua falta ontem à noite que, em seu desespero, achou por bem destruir o banquinho azul.

Aden desceu do tampo da mesa e se agachou para acariciar as orelhas de Brògan. Ela havia ganhado peso nas poucas semanas desde que tinham se conhecido, e seus pelos desgrenhados haviam adquirido um brilho muito mais saudável.

— Desculpe, moça — disse ele, e se empertigou.

— Aden — falou Miranda por entre os dentes cerrados, com um sorriso no rosto —, não me deixe sentada aqui na mesa de café da manhã da sua mãe.

Ele pousou-a no chão, então abaixou a cabeça e lhe deu um beijo para garantir.

— Você é uma bela moça, uma moça impressionante — sussurrou ele, a testa encostada na dela. — Eu também não esperava encontrar alguém como você. É difícil que algo me surpreenda. Você me surpreendeu. E a única coisa que me assusta é a possibilidade de que, quando você perceber que está livre, não queira se ver presa de novo.

Dito aquilo, Aden deixou Miranda sob os cuidados de Francesca, embora preferisse levá-la com ele, e subiu a escada com Brògan em seu encalço, para tentar dormir um pouco. Jogos de aposta precisavam de uma mente clara, mesmo quando um dos jogadores pretendia perder. Principalmente porque ele pretendia perder, já que Vale não poderia saber que aquele era o plano.

Mas Aden sabia. E sabia também qual era o verdadeiro prêmio. Uma moça, uma vida inteira pela frente, e um amor que jamais imaginara encontrar, muito menos em Londres. E tinha tudo aquilo à vista, à distância de um toque. E não queria perder aquela guerra, porque isso lhe custaria muito mais do que ele estava preparado para entregar.

—ᨆ—

— Mas, Vossa Majestade, ele vai jogar alguma coisa na senhora — sussurrou o rapaz esquisito que servia como valete aos três irmãos, impedindo que Francesca se aproximasse da porta fechada do quarto de Aden. — E ele tem boa pontaria.

— Ele não vai jogar nada em mim — retrucou ela.

— Mas...

— Isso é tudo, Oscar.

— *Aye*, Vossa Majestade. Mas abaixe-se, pelo amor de Santo André.

Enquanto o criado saía do caminho, Francesca deu um passo à frente, bateu com os nós dos dedos na porta de carvalho antiga e rígida e a abriu.

— Aden?

Ele se sentou rapidamente entre a pilha de travesseiros e lençóis.

— Qual é o problema?

— Você recebeu um bilhete. Do capitão Vale.

O filho do meio praguejou e se levantou. Com o peito nu, o corpo coberto por nada além de um velho kilt, restavam apenas vestígios do menino magro que ele havia sido. No lugar daquele rapaz, Francesca via um jovem alto e musculoso de 27 anos com uma massa de cabelo preto rebelde e ainda mais longo do que ele exigia usar quando menino.

— Por quanto tempo eu dormi? — perguntou ele, enquanto ia até onde ela estava e pegava o bilhete dobrado da sua mão.

— Nem mesmo trinta minutos, lamento.

— Faz sentido. — Ele quebrou o lacre de cera e desdobrou o papel. — Maldição — murmurou, e em seguida algumas palavras em gaélico escocês que soaram muito familiares e bastante ofensivas.

— Posso perguntar o que é?

Aden entregou o bilhete a ela, deu-lhe as costas e mergulhou em seu guarda-roupa.

— Miranda ainda está aqui?

— Sim. Mandei um bilhete pedindo aos pais dela que permitissem que ela passasse a noite aqui.

Francesca leu o bilhete. Em letras simples e sem adornos, dizia: *Aden MacTaggert. Estou no Boodle's e me cansei de esperar que você crie coragem para me enfrentar. Faça isso agora, nos próximos trinta minutos, ou o chamarei de covarde e sem honra. Seja o que for que esteja planejando, já falhou. Encontre-me do outro lado da mesa de jogo, ou volte para a Escócia como o covarde que você é. Capitão R. Vale.*

— Ora, isso é bem objetivo — comentou ela, voltando a dobrar o bilhete. — Você está indo para o Boodle's, eu presumo?

— É claro que sim.

Enquanto ele despia o kilt, ela se virou. Certas coisas uma mãe não precisa ver.

— Você ia mesmo encontrá-lo, certo?

— Sim. Eu pretendia desafiá-lo hoje à noite. Sem dúvida, um dos criados de Vale lhe contou que eu passei a noite toda fora, e ele decidiu agir enquanto eu ainda estivesse cansado. — Francesca ouviu o farfalhar de tecido. — Minhas partes baixas estão cobertas de novo, milady.

— Então você vai desafiá-lo, ou melhor, aceitar o desafio dele, para um jogo de cartas?

Aden passou a camisa pela cabeça e a enfiou dentro da calça.

— Fiz como a senhora pediu. Coll e Niall sabem no que estou envolvido. Eu mantenho minha palavra, *màthair*, mas não lhe devo mais nada.

O coração de Francesca quase derretera quando o primeiro deles a chamara de "mãe". Afinal, havia esperado tanto tempo para voltar a ouvir aquilo dos filhos… Mas Aden usou a palavra como uma arma.

— Você está insinuando que não cumpro a minha palavra, filho?

— Não estou insinuando. Estou lhe dizendo isso.

Ele vestiu um colete e abotoou o trio de botões sobre o peito, então pegou uma gravata engomada e a colocou no pescoço.

— Você me insultou. Por favor, explique.

Aden franziu a testa para a própria imagem no espelho, enquanto começava a amarrar a gravata.

— "Aden, esse ano, para comemorar o seu aniversário" — começou a dizer ele, em uma imitação bastante impressionante do sotaque londrino dela —, "eu e você vamos para York. E não importa o que o seu pai diga, vou comprar aquela sela para você."

As lembranças voltaram, cheirando a pântanos, pinheiros e lavanda recém-colhida.

— E eu parti três semanas antes do seu aniversário. Você ainda se ressente de mim por causa disso?

— Não. Eu me ressinto porque o meu pai me disse que eu não podia confiar na palavra de uma mulher inglesa, e eu acreditei nele. Por isso, corri o risco de não ver Miranda, mesmo ela estando parada bem na minha frente. Quase não confiei que ela não estivesse usando as suas artimanhas femininas comigo para me convencer a ajudá-la. Eu estava errado. Meu pai estava errado. E você errou ao prometer a um menino de 10 anos algo que sabia que não poderia cumprir.

— Aden, eu...

— Não preciso ouvir uma explicação ou um pedido de desculpas. Mas se pretende me dizer agora para não causar confusão, já que os problemas de Miranda não dizem respeito aos MacTaggert, ou melhor, aos Oswell-MacTaggert, pode muito bem economizar seu fôlego.

— Ah, pare com isso — falou Francesca, e se adiantou para tirar a gravata arruinada dos dedos do filho e jogá-la no chão. Então, pegou uma nova, passada, e arrumou-a no pescoço dele. — De quanto é a dívida de Matthew? Miranda evitou mencionar um número.

A condessa torceu as pontas do tecido, deu um nó e puxou o meio em uma discreta cascata de babados. Ela precisou erguer a mão para amarrar a gravata — Aden podia ser o mais baixo dos irmãos, mas aquilo era como ser o terceiro pico mais alto em uma cadeia de montanhas.

— Não serei responsável por me meter entre Eloise e seu noivo.

— Mesmo que isso significasse que você e Coll teriam uma prorrogação indefinida em sua tarefa de encontrar uma noiva inglesa?

Pelo que Francesca deduzira, Aden vinha tramando com Miranda para enfrentar Vale havia pelo menos quinze dias. Desde o instante em que soube das dívidas de Matthew, ele poderia ter impedido o noivado da irmã, poderia ter se livrado do acordo entre Angus e ela, ao menos por algum tempo. Se Aden voltasse para a Escócia e encontrasse alguma moça bonita das Terras Altas com quem se casar, Francesca não estava certa de que teria coragem de declarar que o acordo fora rompido.

— Então, Matthew teve azar? Ou foi imprudente?

— Ele foi tolo. Cruzou o caminho de uma cobra e não percebeu até ter sido mordido.

— E vendeu a irmã para pagar a dívida. — Ela terminou de arrumar a gravata dele, mas continuou a ajeitá-la, para se dar uma desculpa para permanecer ali. — Acho isso muito mais preocupante do que a própria dívida.

— Miranda era o prêmio pretendido o tempo todo — respondeu ele, erguendo um pouco o queixo para ajudá-la. — Vale pressionou o rapaz até ele não ter saída.

— Então você não está com raiva dele? Tive a nítida impressão de que você gosta bastante de Miranda Harris.

Aden pousou as mãos sobre as dela e com cuidado retirou os dedos da mãe do seu pescoço.

— A senhora é uma mulher astuta, lady Aldriss, mas guardarei a minha opinião para mim. Se tem dúvidas sobre Matthew Harris, a *senhora* vai partir o coração de Eloise. Eu não farei isso.

— Não posso tomar essa decisão sem ter todas as informações necessárias.

— Eu lhe dei as informações necessárias. E lhe darei um pouquinho mais. Estou indo para o Boodle's e pretendo provocar um tumulto. Um grande tumulto. Sinta-se à vontade para dizer a todos os seus amigos *sassenachs* de sangue azul que me desaprova veementemente.

Aden vestiu um paletó verde-escuro e pegou um chapéu combinando e um par de luvas, então passou por ela em direção à porta do quarto. *Highlanders*. O filho lhe dava vontade de puxar os cabelos de irritação.

— Se você me der mais alguns malditos detalhes, talvez eu possa ajudá-lo, Aden Domnhall MacTaggert.

Aquilo lhe rendeu uma sobrancelha erguida.

— Isso exigiria que eu confiasse na senhora agora, não é? — Ele arrumou o chapéu sobre o cabelo comprido, a própria imagem de um belo cavalheiro inglês, e completou: — Mantenha a minha moça em segurança, e considerarei essa possibilidade.

Francesca esperou um instante antes de segui-lo escada abaixo e o viu sair pela porta da frente. Aden talvez ainda tivesse as mil libras que ela lhe dera, e Francesca presumiu que ele pretendia ganhar dinheiro suficiente para pagar a dívida de Matthew. Mas de alguma forma aquilo envolvia criar confusão em um dos clubes de cavalheiros mais prestigiados de Londres, um clube no qual ele ainda não havia sido aceito como membro.

— Smythe, me avise assim que lorde Glendarril retornar de onde quer que ele tenha ido — orientou ela, e o mordomo assentiu. — E vamos todos ficar em casa hoje. Elas sabem disso, mas sob *nenhuma* circunstância Eloise, Amy ou Miranda Harris devem deixar essa casa.

— Estamos em apuros de novo, milady?

— Acredito que sim. Providencie para que um dos criados fique à espreita do lado de fora do Boodle's. Desejo ser informada se algo desagradável acontecer.

— Vou providenciar, minha senhora.

Enquanto isso, Francesca tentaria arrancar mais alguma informação de Niall. Mas os irmãos MacTaggert tendiam a se tornar um verdadeiro muro de pedra sempre que ela tentava persuadir um deles a falar sobre o outro. A mãe sentia orgulho de vê-los tão próximos e leais uns aos outros, mas ao mesmo tempo achava a teimosia deles enlouquecedora. E quer estivessem separados havia dezessete anos ou não, ela ainda se preocupava com os filhos — em particular com aquele que se parecia mais com ela.

Capítulo 16

Aden limpou a poeira da rua dos ombros do paletó e entrou no salão de jogos do Boodle's — meia dúzia de mesas com bastante espaço entre elas e nenhuma janela à vista. Jogadores dedicados nem sempre desejam saber quanto a noite já está avançada. Naquela tarde, apenas metade das mesas estava ocupada, com Vale sentado sozinho bem no centro. Então o capitão queria fazer da ocasião um espetáculo. Muito bem, ele teria um, mesmo que não fosse o que esperava.

Sem preâmbulos, Aden ocupou o assento oposto ao de Vale.

— Quando um homem me chama de covarde e sem honra, ou seja lá o que foi que você escreveu e mandou alguém me entregar, isso significa que estou prestes a entrar em uma briga. Mas você parece querer jogar cartas, então vamos ao que interessa.

— Ouvi dizer que você tem andado ocupado — falou Robert Vale. — Pelo que pude concluir, você tem o quê, oitocentas libras sobrando nos bolsos para recuperar o que Matthew Harris me deve? Quer dizer, a menos que tenha tido muita sorte onde quer que tenha estado ontem à noite.

O abutre não sabia de tudo, então. E Aden tinha apenas quinhentas e vinte libras para chamar de suas.

— Ah, tive sorte. Mas não jogando cartas.

Vale se inclinou um pouco para a frente, colocando um baralho novo na mesa.

— Bom para você. Esse é o seu objetivo, não é? Pagar a dívida de Matthew e libertar o rapaz e sua adorável irmã?

— Talvez — respondeu Aden, e gesticulou para que lhe servissem um prato de frango assado e um copo de uísque.

O pouco que havia comido antes dos seus cinco minutos de sono não seria suficiente para manter um mosquito vivo.

— *Talvez*, não — corrigiu Vale. — É um fato. Matthew me disse que você estava… como é mesmo? "Vindo atrás de mim." — Ele abaixou a voz para não ser ouvido pelos homens sentados ao redor dos dois. — E também me disse que você violou a minha futura noiva. Uma forma covarde de tentar ganhar um jogo, mas também inútil.

— Você fala muito — disse Aden, o sotaque arrastado, e bateu com os nós dos dedos no baralho de cartas. — O que quer jogar?

— O que não quero jogar? Gosto de faro, *hazard*, vinte e um, e uíste, embora seja difícil encontrar um parceiro competente para o último. *Piquet* é bom e tem a vantagem de não precisar de um crupiê.

— Sim. Só você e eu. *Piquet*, então. Quem tirar a carta menor distribui a primeira.

— Não tão rápido, MacTaggert. Você é um brutamontes ansioso, não é? Cem libras que eu tiro a mão mais baixa.

O puro acaso não atraía muito Aden, que preferia confiar na própria habilidade. No fim das contas, aquilo não importava muito, a não ser pelo fato de que, se Vale realmente quisesse confiar apenas no acaso e na sorte, ganhar — ou perder — poderia levar algum tempo.

— Pelo tamanho do baralho, parece que você tirou as cartas que não vamos usar, certo?

— É claro que sim. — O abutre ergueu uma sobrancelha. — Trinta e duas cartas. Não era preciso ser muito esperto para saber que você escolheria jogar *piquet*.

Não faltava confiança a Robert Vale.

— *Cribbage* também funcionaria, mas acho que você está ansioso para provar o seu valor, e o *piquet* é um pouco mais rápido. Um pouquinho só. Cem libras pela carta mais baixa, então.

277

Aden manteve o olhar fixo nos olhos de ave de rapina do capitão, estendeu a mão e cortou o baralho, virando a pilha na mão. Foi Vale quem olhou para a carta do alto primeiro.

— Um dez. Bem escolhido.

Assim que Aden colocou todas as cartas de volta na pilha, o capitão em seu uniforme azul imaculado cortou e virou um sete.

— Ah, a carta mais baixa — disse ele. — Você não venceria essa, mesmo que eu lhe desse outra chance.

Aden achava que aquilo tinha mais a ver com Vale ter preparado o baralho do que com boa sorte, mas guardou o pensamento para si. Ainda tinham um longo caminho a percorrer, e ele precisava prestar atenção, em vez de gastar energia tentando provar algum truque simples.

— Se você está dizendo.

Aden sacou cem libras e colocou o dinheiro na mesa.

— Sem discussão? Hum. Ouvi dizer que os escoceses eram péssimos perdedores.

— Não estamos acostumados a perder, então, sim, acho que alguns de nós não são bons nisso. Mas não sou nenhum Danny Pierce para sentir o cheiro de problemas e pular no mar.

Um músculo se contraiu no rosto de Vale, embora seus dedos não vacilassem enquanto ele embaralhava as cartas.

— É um ditado estranho — observou ele. — Onde aprendeu?

— Você nunca ouviu isso antes? É usado para descrever um rapaz que é perseguido por seus superiores e paga caro por não se defender. Nenhum homem quer ser chamado de Danny Pierce e ser intimidado por algum desgraçado presunçoso que pode fazer o que quiser sem enfrentar as consequências.

Vale distribuiu doze cartas para cada um. Ele ganhara a primeira rodada, o que significava que Aden seria o último a tirar uma carta — aquela não era uma boa posição para se estar. Sendo seis rodadas na primeira *partie*, Aden teria que estar bem à frente para ter chances de vencer o jogo.

— Eu devia perguntar o que estamos apostando — disse o capitão em um tom casual, enquanto organizava as cartas restantes em duas pilhas e colocava a mais generosa na frente de Aden. — Espero que não seja um pêni por ponto. Não estamos em um antro de jogo barato, e não sou o balconista de um armazém qualquer.

— Vinte libras por ponto? — sugeriu Aden.

— Promissor. Vamos fazer cinquenta, certo? E acertamos as contas no final de cada *partie*? Ou talvez seja mais divertido acertar no fim da nossa disputa. Assim, a escassa quantia em seu bolso não o mandará para casa muito cedo.

Aquele era o plano de Vale, então, endividá-lo e fazê-lo continuar jogando na tentativa de reconquistar os pontos antes de terem que acertar as contas. Um caminho rápido para a ruína, isso sim. E um caminho óbvio.

— Acho que prefiro acertar no final de cada *partie*. Não tenho ideia de quando você vai decidir dar as costas e fugir.

— Como quiser, então.

No meio da terceira *partie*, com Aden à frente por uns quarenta pontos e tendo ganhado duas mil e quinhentas libras, Matthew e lorde George Humphries apareceram. Ambos tinham uma expressão de cachorrinho maltratado, e se sentaram atrás do dono.

— Então você teve uma conversinha com Vale, não é, Matthew? — comentou Aden, rebatendo a dama de ouros do capitão com seu rei e marcando um ponto.

— O que eu acho mais interessante — interrompeu Vale, antes que Matthew pudesse responder — é que muito em breve você e eu, MacTaggert, seremos cunhados de Matthew. Você através da sua querida irmã Eloise, e eu através da arrebatadora irmã *dele*, Miranda. Estará cercado, não é mesmo, sr. Harris?

Matthew franziu a testa.

— Parece que sim.

— Sim, ele *estará* cercado — disse uma voz arrastada atrás de Aden. — Por três homens MacTaggert e a irmãzinha deles.

Uma mão grande apertou o ombro de Aden, e ele virou o pescoço para ver Coll e Niall às suas costas.

— Como vocês entraram aqui?

Niall deu um passo para o lado, e seu sogro, Charles Baxter, apareceu.

— Por acaso conheço *sim* alguém que é membro do clube — respondeu o MacTaggert mais jovem com um leve sorriso.

— E eu me vesti como um maldito *sassenach* para a ocasião — acrescentou Coll.

— Por que vocês estão aqui? — perguntou Aden, descartando o dois de paus e devolvendo o ponto para o Vale.

— Para garantir que tudo aconteça de forma honesta — respondeu Coll, arrastando uma cadeira para perto da mesa e sentando-se. Ele pegou uma coxa de frango do prato de Aden e deu uma mordida generosa. — Não cheguei até a Cornualha — continuou ele em tom de conversa, enquanto mastigava. — Encontrei um lugarzinho em Taunton que talvez me atendesse e me distraí. Voltei para a Casa Oswell há apenas meia hora.

Todos os outros, exceto Niall, talvez, acreditariam em Coll. Ele era grande e costumava ser direto, e as pessoas interpretavam aquilo como estupidez. Mas Coll estava longe de ser estúpido — ele só não se dava ao trabalho de corrigir a percepção de ninguém, porque não dava a menor importância para o que qualquer inglês pensava dele.

Mas Aden notou que o irmão mais velho estava mentindo. Mais do que isso — era para Coll ter permanecido na Cornualha por pelo menos mais um ou dois dias. Tudo levava a uma conclusão: o MacTaggert mais velho havia encontrado algo interessante.

— *Aye*? — disse Aden em voz alta. — Deixe-me terminar esse negócio, e você pode me contar a respeito, enquanto pego um pouco mais de comida. — Ele jogou a sua última carta e ganhou mais um ponto. — Você pode somar tudo, mas parece estar atrás nessa rodada em duas mil e cinquenta libras, Abutre.

Alguns homens que estavam ao redor deles, e que viram seu dinheiro aumentar à medida que a tarde avançava, reagiram ao apelido com uma onda crescente de murmúrios divertidos. O rosto de Vale perdeu um pouco da cor pálida natural.

— Eu concordo. Você está se rendendo, então? No meio de uma rodada? Quanta covardia.

— Não, mas vou esticar as pernas. Niall, fique de olho na mesa. E nas cartas. E no capitão.

— Eu não vou ficar sentado aqui esperando por você, MacTaggert.

— Só preciso de quatro malditos minutos, *sassenach*.

Vale tirou um relógio de boa qualidade do bolso e abriu-o. Ao vê-lo, lorde George franziu a testa e afundou na cadeira.

— Estou contando. Você vai me dever mil libras por cada minuto de atraso.

Em vez de retrucar, Aden se levantou. Ele deixou o salão com Coll em seu encalço, perguntando onde podia conseguir mais frango assado, e seguiu para a biblioteca, que estava bem mais vazia que o salão.

— O que você descobriu?

— Não posso ter certeza absoluta de que é o mesmo homem, mas a hora e a descrição se encaixam.

— O que foi, então? Tenho apenas três mil libras no bolso.

Coll fez uma careta.

— Se você colocasse esse seu cérebro em apostas sérias, não precisaríamos de Francesca e do dinheiro dela. Poderíamos voltar para casa ainda solteiros.

— Coll. Conte-me a sua história.

— Muito bem. — O enorme *highlander* se aproximou mais. — Comecei pela costa sul, pensando em contorná-la, então voltar pelo centro. O quinto ou sexto vilarejo... perdi a conta porque são todos muito parecidos... chamava-se Polperro. Eu pedi alguma história interessante sobre um homem com rosto de falcão e, em uma taberna chamada Naughts and Crosses, um homem disse que parecia o filho do velho Tom Potter, o jovem Tom.

— Tom Potter — repetiu Aden. — E quem é ele?

— Que bom que perguntou. Não é frequente que eu saiba mais do que você, Aden.

— Comemore mais tarde. Se eu me atrasar três minutos para voltar para a mesa, não terei como apostar.

— Ah, sim. Tom Potter, o mais velho, era contrabandista. Quando estava a bordo de um navio chamado *Lottery*, carregado com rendas e conhaque contrabandeados, ele assassinou um oficial da alfândega que se aproximava em um barco a remo para confiscar a carga. Outro contrabandista, um certo Roger Tom, o denunciou. Tom Potter foi levado para a prisão de Old Bailey, julgado e enforcado.

Aden absorveu aquela informação.

— Esse era o pai, então. E quanto ao filho, o jovem Tom?

— Desapareceu quando os casacas-vermelhas levaram o pai. Alguns dizem que ele recebeu dinheiro para pendurar uma lanterna do lado de fora depois que o pai tivesse bebido bastante conhaque e adormecido, mas não se tem certeza. Há rumores de que roubou uma carruagem ou duas, começou a trapacear nas cartas para ganhar dinheiro e pode até ter matado um homem... e ficado com a patente da Marinha que encontrou nos bolsos do morto.

— Isso explicaria a mudança de nome — avaliou Aden.

— *Aye*, mas ainda não passam de histórias contadas em troca de um xelim ou de uma cerveja. Tentei não guiar para o rumo que eu queria, mas não posso garantir que isso não aconteceu.

As probabilidades diziam que eles talvez tivessem encontrado alguma informação sobre o homem com cara de falcão na Cornualha. As histórias em Polperro poderiam, portanto, ser verdadeiras, e Coll tivera a sorte de encontrar o lugar de nascimento de Vale — Potter — mais cedo do que imaginaram. Afinal, parecia que Aden teria que confiar um pouco na sorte.

— Vou arriscar.

— Então você pretende se sentar lá e apostar pela sua moça? Esse é o seu grande plano? Ganhá-la no jogo?

Aden franziu a testa.

— Não. Mas preciso fingir que vou.

— Não entendi.

— Preciso ficar com raiva o bastante para que Vale não se sinta seguro.

— Então bata nele.

Aden balançou a cabeça e voltou para a sala de jogos.

— Não tenho tempo para explicar, Coll, mas ele precisa achar que me venceu, que não posso mais tentar vencê-lo em uma mesa de jogo... mas que ainda pretendo ir atrás dele.

Coll pousou a mão no ombro do irmão, detendo-o.

— Não sei o que você tem nessa sua cabeça, mas se perder e depois ameaçar o couro do homem, vai levar muito tempo até encontrar um antro de jogos em qualquer lugar de Londres que permita a sua entrada.

Aden deu de ombros.

— Me dei conta disso há algum tempo, *bràthair*. A minha moça não gosta de jogos de azar.

— Agora você está de novo me desanimando da ideia de me apaixonar, depois de você e Niall quase fazerem a minha cabeça. — O visconde estremeceu. — Se eu encontrar uma moça que não concorde com brigas ou corridas a cavalo, acho que lhe darei as costas.

— Espero que você tenha a oportunidade de descobrir que a escolha não é tão difícil, no fim das contas. Agora vamos voltar, sim?

— Então você vai ficar sentado lá por horas e horas, trabalhando em sua estratégia para quase ganhar, então perder e fazer algumas ameaças pontuais?

— Foi isso mesmo que eu disse, seu palerma.

— E você também vai estar cansado e de mau humor?

— Sim. Aonde você está querendo chegar, maldição?

— No que diz respeito a Londres, você é um maldito bárbaro das Terras Altas. Como eu disse antes, *poderia* apenas dar uma surra no homem.

Coll passou por ele e entrou no salão de jogos do Boodle's. Aden ficou onde estava. Os irmãos e o pai tinham falado algumas vezes que ele era inteligente demais para o seu próprio bem. Aden compreendia aquilo — ele gostava de complexidade e de minúcias, e era bom naquilo. O irmão mais velho era um guerreiro. Se tivesse que escolher entre resolver algo com os punhos ou com as palavras, Coll sempre escolheria os punhos.

No momento, Aden precisava considerar o resultado final. Com a tremenda vantagem de dinheiro que Vale tinha, seriam necessárias horas de jogo preciso e cuidadoso para transformar aquilo em uma briga de verdade. E Vale ainda poderia perceber que estava sendo derrotado e que Aden não ficaria com o rabinho entre as pernas, e assim se afastar da mesa.

Aden também não estava em seu melhor estado de espírito, o que Vale sabia quando enviara o bilhete. Então, havia aquela confiança enganosa do jogador, aquela voz dentro da cabeça dele que sabia que poderia ganhar tudo, ganhar a liberdade de Miranda, sem truques ou planos alternativos. Mas ele montara o seu plano, colocara todas as peças no tabuleiro de xadrez onde elas precisavam estar. E não precisava vencer. Só precisava fingir que estava tentando.

Aden então voltou para o salão de jogos. Havia pelo menos mais uma dezena de homens — que tinham percebido que aquele não era apenas um jogo amigável — reunidos para assistir. Ele ignorou todos em volta e se sentou.

— Antes de continuarmos — disse o capitão Vale, avaliando-o com olhos de falcão —, você me deve mil libras. Esteve ausente por cinco minutos e doze segundos. Vou perdoar os doze segundos.

Aden assentiu.

— Como combinamos, então.

Ele torceu para que as suas mãos se mantivessem firmes e subtraiu aquele valor do total anotado no papel à sua frente, que estava usando para marcar os pontos. Ainda tinha duas mil e quinhentas libras, então. E faltavam quarenta e sete mil e quinhentas.

— É isso? Não vai discutir? — O capitão franziu a testa, o que lhe deu o semblante inquisitivo de uma coruja. — Você está ciente, eu espero, de que estou prestes a me casar com a mulher por quem está interessado, e que em questão de horas terei você na palma da mão, MacTaggert.

— Isso é o que você diz. Eu discordo.

Vale virou uma carta para a frente e para trás em uma das mãos.

— Ela ficou úmida para você? — perguntou em um murmúrio.

O homem manteve a voz baixa, para que não fosse ouvido pelos espectadores. Não gostaria que ninguém soubesse que a moça que pretendia usar para comprar a sua posição de respeito na alta sociedade fora tomada por outro. Mas Aden o escutou. Em alto e bom som.

— Dê as cartas.

— Sabe, andei me perguntando que uso eu poderia fazer de você — continuou o capitão, devolvendo a carta aleatória ao baralho e embaralhando-o. — Você com certeza seria um bom incentivo para garantir que as minhas dívidas reembolsáveis fossem devidamente cobradas. Mas acho que o mais satisfatório talvez seja fazê-lo assistir enquanto me deito com ela.

Aden inclinou a cabeça, imaginando se a névoa vermelha que cobria a sua visão seria visível para qualquer um que olhasse nos seus olhos.

— Você está tentando me tirar do sério, não é? Para me fazer tropeçar, perder uma virada de cartas, deixar alguns pontos aqui e ali? Quer me dar algum crédito para que eu possa continuar jogando até perder muito mais do que tenho condições de perder?

Vale deu de ombros.

— Eu não me importo que você saiba disso. Ainda assim terá que jogar.

Aden assentiu e pegou suas cartas.

— Obrigado.

O capitão soltou uma risadinha debochada.

— Por que, pelo amor de Deus, você está me agradecendo?

— Eu estava agradecendo a *ele*.

Aden indicou Coll com o polegar. Então, cerrou o punho e deu um soco bem no bico de Robert Vale.

O capitão caiu para trás, no chão, com aquele uniforme imaculado e tudo o mais. Aden virou a mesa, e cartas, papel, lápis, uísque e frango saíram voando enquanto ele a empurrava para fora de seu caminho. Então, acertou outro golpe enquanto Vale tentava rolar para fora da cadeira. Os insultos a ele mesmo não o incomodavam. Os insultos a Miranda não o preocupavam muito quando sussurrados como provocação. Não, o que o fez cerrar o maxilar e se jogar em cima do desgraçado ainda na cadeira foi a ideia de que aquele homem estava fazendo aquelas ameaças *a sério*. Se ele conseguisse levar seu plano adiante, faria exatamente o que tinha dito. A ela. A Miranda.

Quando o capitão enganchou a perna na dele, Aden fez questão de cair com o cotovelo cravado na caixa torácica do desgraçado, antes de dar uma rápida checada nos bolsos dele. Nada das malditas notas promissórias, inferno. Aquilo teria tornado as coisas muito mais simples.

— Eu sou um maldito *highlander* — grunhiu ele, levando um soco na mandíbula e levantando Vale pela frente de seu paletó, antes de derrubá-lo mais uma vez. — Você não vai insultar uma moça na minha presença. Não aquela moça, seu desgraçado bicudo.

— Eu... vou acabar com você, você, MacTaggert — murmurou Vale, apoiando-se nas mãos e nos joelhos e tentando rastejar para longe. — E você... nunca mais vai colocar os olhos em Miranda Harris! Está... me escutando?

Aden levantou-o e o agarrou pela camisa com uma das mãos, para socá-lo com a outra. Precisava fazer aquilo dar certo. Tinha dado a sua palavra.

— Seu homenzinho delirante — grunhiu. — Tudo o que você tem são alguns pedaços de papel. Papel queima. Casas queimam. Eu sei onde você mora. E um cadáver não pode cobrar dívidas.

— Basta! — Um homem corpulento com o uniforme do Boodle's os separou. Na mesma hora, outra meia dúzia de criados e garçons se interpôs entre os dois, agarrando braços e pernas. — Terá que deixar o local, sr. MacTaggert. Nossos membros não se envolvem em brigas dentro do clube.

— Você ouviu! — gritou Vale, lutando para ficar de pé e caindo de novo. — Ele ameaçou a minha vida! Não quero que se torne um membro desse clube! Ele devia estar preso!

— Não serei membro de nenhum clube que aceite *este* homem. — Aden se desvencilhou do segurança que o continha e acertou outro chute em Vale a caminho da saída. — Não faça planos para amanhã, seu Abutre maldito. Você não verá o sol nascer de novo.

— Nem o senhor será membro desse clube. Ou de qualquer outro, posso garantir — continuou o segurança grandalhão do Boodle's. — Saia agora, senhor, ou seremos forçados a chamar a Bow Street.

Aden se desvencilhou das mãos dos homens que ainda o seguravam, enquanto lorde George e Matthew ajudavam Vale a se levantar. Ele apontou o dedo indicador na direção do homem da Marinha.

— Eu sei onde você mora, desgraçado — bradou. — Não vá para casa essa noite, Humphries. Você pode acabar descobrindo que está um pouco quente demais por lá.

Aden pegou seu chapéu com um dos criados, enfiou-o na cabeça e caminhou para a porta. E continuou a andar até alcançar Loki do lado de fora.

— Aquilo foi… inesperado — disse Niall atrás dele.

Aden se manteve de costas para os irmãos.

— Me agarrem e gritem que não posso estar falando sério — sussurrou o mais alto que ousou —, então me encontrem na esquina.

Só então ele se virou para encarar os dois, e a janela em arco do Boodle's além deles.

— Eu sei como deter Vale!

Niall parecia confuso de uma forma nada prática para Aden, mas Coll avançou e agarrou Aden, praticamente erguendo-o do chão.

— Você não pode estar falando sério! — berrou.

— Nunca falei mais sério em toda a minha maldita vida! — retrucou Aden, e se desvencilhou para montar Loki e galopar para longe.

Assim que ele dobrou a esquina e se viu fora da vista do Boodle's, freou o cavalo e deu uma palmadinha no pescoço dele. Então, se aprumou e limpou um filete de sangue do queixo. Nunca mais seria aceito em qualquer salão de jogos de Londres. Não depois daquilo. Mas o lampejo de arrependimento que esperava sentir não chegou. Em vez disso, a maior parte dos seus pensamentos estava fixa nos olhos castanho-escuros e na boca macia com sabor de morango de uma moça, em vez de estar concentrada na dúzia de próximos passos possíveis à sua frente. Tudo aquilo era para ela, e isso por si só fazia valer a pena.

— Que diabos você está fazendo? — perguntou Niall, parando ao lado dele. — Você sabe que acabou de… Está louco? Você não será mais recebido em nenhum clube de Londres, Aden.

— Ele sabe disso — interveio Coll, montado no seu garanhão frísio, Nuckelavee. — Mas…

— Coll me deu uma ideia. Eu pretendia transformar a situação em uma batalha de nervos e de habilidade, uma partida de xadrez, mas então Vale resolveu se vangloriar antes que tivesse o direito de fazê-lo, e eu… Bem, Coll sugeriu usar os punhos.

— É claro que sim. E por que você deu ouvidos a ele?

— Porque Vale disse coisas sobre Miranda que nenhum homem pode dizer a respeito de uma moça. Então, me dei conta de que está acostumado a batalhas que mexiam com coragem e habilidade, como a que eu havia planejado. E que também já ouviu muitas ameaças e advertências. Mas pelo que Coll descobriu e pelo que nós soubemos em Portsmouth, duvido que ele tenha tomado uma surra antes. Os homens diziam que o queriam morto, mas quantos chegaram a provar de verdade a vontade de matá-lo? Esses homens deviam estar muito ocupados em ceder e dar a Vale o que ele queria para que pudessem comprar suas dívidas de volta. E quem em sã consciência ameaçaria queimar a casa de outro homem só para prejudicar os planos do desgraçado?

— Ninguém — garantiu Niall. — Mas como isso ajuda você? E Miranda?

Aden sacudiu os dedos machucados. Aquilo era o que mais o preocupava, as partes sobre as quais não tinha controle, as partes em que esperava que se permitir perder a paciência pudesse realmente beneficiá-los.

— Com um pouco de paciência e um pouco de sorte, veremos.

— Então você planejou ser banido?

Aden deu de ombros.

— *Aye*. Em algum momento. Mas o fato de Vale ser um porco de boca suja alterou a forma como eu pretendia fazer isso.

— Aden.

— Eu dei a minha palavra àquela moça. Você acha por um segundo que eu voltaria atrás?

— Não. O que estamos esperando, então?

— Um bilhete. Mas será entregue na Casa Oswell, por isso precisamos voltar. Não sei quanto tempo teremos.

E se tudo aquilo acabasse indo para o inferno, ele queria pelo menos mais um momento com Miranda Harris antes de deter Vale para sempre.

— Você devia comer alguma coisa — insistiu Eloise, empurrando um prato de biscoitos mais para o centro da mesa de café da manhã.

— Algo doce. Isso sempre me deixa mais otimista.

Miranda ergueu os olhos da torta que estava esfaqueando sem parar.

— Hum?

— Coma alguma coisa — repetiu a noiva do irmão dela, com um sorriso simpático. — Coll e Niall estão com Aden agora, vai ficar tudo bem.

— Gostaria que Coll tivesse nos contado por que entrou correndo como uma raposa atrás de uma galinha — acrescentou Amy, o próprio prato quase intocado. — Niall também não parou pelo tempo necessário para explicar e saiu correndo de novo. Mas parecia sério. Coll nem parou para comer.

Eloise ficou de pé.

— Vou ver se a mamãe soube de alguma coisa. Acho que ela mandou um espião seguir Aden.

Depois que ela saiu, Amy partiu um biscoito ao meio e estendeu um pedaço para Miranda.

— Niall salvou a minha vida, você sabe — disse ela em tom de conversa. — Não foi uma situação tão terrível quanto a que você está enfrentando, mas ele me salvou. — Amy deu uma mordida no biscoito. — Hum. Esses são bons. Acho que a sra. Gordon acrescentou uma pitada de canela.

— Como Niall salvou você? — perguntou Miranda.

Ser salva parecia ser uma coisa boa, mas, ainda assim, Amy havia esperado até Eloise estar em outro lugar antes de falar. Se aquilo fosse alguma outra intriga, Miranda não achava que seu coração seria capaz de suportar. Ela estava atormentada havia três horas, enquanto Aden enfrentava Vale. Perder no jogo? Graças a Deus ele lhe contara sobre o seu plano, mas perder de propósito, contando com o caráter lamentável de um homem para salvá-la... Por mais que confiasse em Aden, tudo aquilo a fazia se sentir muito vulnerável. O que quer que acontecesse, moldaria o resto da sua vida. E nos últimos tempos ela havia pensado um pouco sobre aquele assunto.

— Você conheceu a minha mãe — disse Amy, baixando ainda mais a voz. — Ela queria que eu me casasse com um homem com um título de nobreza, e escolheu o visconde Glendarril.

— O irmão de Aden? Onde eu estava quando tudo isso aconteceu?

— Cuidando da sua tia e dos seus primos, eu acho. De qualquer forma, passei a primeira parte dessa temporada social tentando ser alguém que um visconde... ou um conde, ou um marquês... consideraria uma esposa adequada. Foi terrível. Mas então Niall interveio e gostou do fato de às vezes eu falar o que pensava. Ele gostou... de mim. — Ela sorriu, então, um sorriso discreto e íntimo que Miranda entendeu muito bem, mesmo que a deixasse com um pouco de inveja. — E é por isso que eu atendo por Amy agora, em vez do terrível Amelia-Rose Hyacinth que a minha mãe insistia que era melhor. Por mais infeliz que me fizesse.

— Fico muito feliz por você, Amy.

— Sim, eu também. Meu argumento, suponho, é que depois que Niall soube que me amava, e que eu o amava, nada o deteve. Nenhum outro pretendente, nem a minha mãe, nem a Inglaterra. — Ela se aproximou ainda mais. — Você não deve contar a ninguém, mas ele e os irmãos sequestraram lorde West e roubaram a sua carruagem, então ele me sequestrou e fomos para Gretna Green. Nada detém um MacTaggert. — Amy se ajeitou na cadeira. — Acho que essa é a minha maneira de lhe dizer que, a julgar pelo modo como Aden olha para você, ele fará o que for preciso para que fiquem juntos.

Desde o surgimento de Vale, ela passara mais tempo pensando em ser livre do que em qualquer outra coisa. Nos últimos tempos, no entanto, a imagem em sua mente havia mudado um pouco. Agora Miranda via as conversas com Aden, ouvia a sua voz lendo um daqueles livros que ele tanto amava, sentia o beijo dele, seu toque e o peso dele sobre ela e dentro dela.

Se ele ajudasse a libertá-la, ela voltaria a ser como era antes de Vale — guardando danças para os jovens tolos que chegavam tarde e precisavam de uma parceira, sem se preocupar com nada mais sério do que alguém usando trajes nas mesmas cores que os dela em um baile, sendo a filha adorada dos pais, que disseram várias vezes que ela não precisaria se casar se não quisesse. A família dela era muito respeitada, tinha uma posição admirada, e com quem quer que fosse que ela acabasse se casando, se é que se casaria, provavelmente ignoraria a sua condição agora nada virginal.

Mas se ela voltasse à vida de antes, fingindo que nada das últimas semanas havia acontecido, Aden se casaria com outra pessoa. Ele *teria* que fazer aquilo — todos sabiam que a mãe dele decretara que os filhos deveriam se casar antes da irmã. Miranda suspeitava que aquilo tivesse a ver com dinheiro, embora ninguém pudesse confirmar. Qualquer que fosse o motivo, Niall se casara com Amy; lorde Glendarril fora visto nos últimos tempos metido em contradanças, apesar de não gostar de pular; e Aden... Aden tinha dito que a amava apenas algumas horas antes. O som daquelas palavras ainda a envolvia como um manto quente, reconfortante e seguro.

Ajudava um pouco perceber que, se de fato tudo de que ele precisava era de uma esposa, havia uma infinidade de possibilidades ao seu redor que teriam exigido menos esforço do que ela. Era verdade que Aden não a pedira em casamento, nem dissera nada sobre ficarem juntos para sempre, mas ela também não teria podido responder da forma que queria. Não enquanto tivesse as correntes de outro homem em volta do pescoço.

— Não soube de nada — disse lady Aldriss, entrando na sala de café da manhã com Eloise em seus calcanhares. — Além disso, acho que todas nós deveríamos nos sentar em cadeiras mais confortáveis e talvez tomar uma taça de vinho. Acho que isso seria muito mais útil do que ficarmos preocupadas apenas com chá e biscoitos.

Aquilo soava mais agradável, principalmente se ela pudesse tomar várias taças de vinho, decidiu Miranda. Estava na metade da primeira taça quando lady Aldriss se sentou no sofá ao seu lado.

— Como você está, minha querida?

— Preocupada — respondeu Miranda, sentindo-se muito grata por ter conhecido aquela mulher formidável semanas antes, quando Matthew ainda nem pedira Eloise em casamento.

Francesca Oswell-MacTaggert preferia falar de forma direta, embora fosse especialista em conversar sobre qualquer assunto e ainda assim conseguir obter a informação que procurava. Até ali, suas perguntas mais invasivas tinham sido sobre o caráter de Matthew — e antes sobre o de Robert Vale, ou pelo menos antes de ela saber qualquer coisa sobre o terrível capitão e sobre as dívidas de Matthew.

— Eu também. Quando um dos meus filhos diz que pretende causar confusão, especialmente aquele que passou a vida evitando-as, isso me deixa bastante preocupada.

Miranda tomou outro gole de vinho.

— Se não deseja que eu fale sobre isso, por favor, diga, mas eu... Seus filhos chegaram a Londres há pouco tempo. Como a senhora sabe que Aden "passou a vida" evitando confusão?

— Ah. — A condessa fitou-a com os olhos verde-escuros. — Sou uma mulher de grande riqueza e de uma determinação maior ainda. Além das cartas que o pai de Eloise escreveu para ela, com notícia sobre os irmãos, eu fiquei... atenta. A problemas, histórias, qualquer coisa a que eu pudesse me agarrar e que me deixasse um pouco mais perto da vida deles.

A voz da condessa pareceu sair com certa dificuldade, mas Miranda mal podia imaginar como seria estar tão longe dos próprios filhos, e por tanto tempo. Dezessete anos, de acordo com os rumores.

— Mas isso foi insuficiente, eu presumo? — sugeriu Miranda.

— Sim. Uma coisa é ouvir e ver Aden ser descrito como "esquivo" ou que "segue a própria cabeça", e outra bem diferente é só me dar conta de que ele se apaixonou depois de o próprio Aden me dizer isso. Não com tantas palavras, mas acredito que você saiba do que estou falando.

Miranda sentiu o rosto quente.

— Acredito que sim — admitiu Miranda.

Lady Aldriss sorriu.

— Se você tiver a oportunidade, compre uma sela para ele. — Ela deu uma palmadinha no joelho de Miranda. — Não me pergunte por quê.

A porta da frente se abriu.

— Miranda? — chamou Aden, a voz baixa ecoando na casa grande.

— Estamos na sala de estar — respondeu Eloise, adiantando-se à amiga.

Miranda se levantou quando os três irmãos entraram na sala. Todos se vestiram como verdadeiros aristocratas ingleses, sem dúvida para atender às regras do Boodle's, mas, embora o mais velho e o mais novo pudessem enganar qualquer um que os visse, o MacTaggert do meio não se parecia nem um pouco com um cavalheiro da alta sociedade britânica naquele momento. Uma manga do seu paletó exibia uma costura rasgada, sua gravata estava frouxa e desamarrada, e gotas vermelhas manchavam tanto a gravata quanto a camisa branca por baixo. Ela arquejou.

— O que aconteceu, pelo amor de Deus?

Aden atravessou a sala, abaixou a cabeça e a beijou — ali mesmo, na frente de todos.

— Eu não vou receber um convite para fazer parte do Boodle's — falou ele, mantendo um braço na cintura de Miranda enquanto se sentava ao seu lado, no extremo oposto de onde a mãe estava.

— Você está sangrando. — Ela passou a mão pela boca dele e sentiu o hematoma que se formava sob a pele.

— Dei uma surra no capitão Robert Vale. Dobrei aquele bico até quase deixá-lo na forma humana.

Miranda sentiu um grande prazer em ouvir aquilo, até lembrar o que um Robert Vale furioso faria com ela e com a família dela.

— Aden, como isso pode ajudar em alguma coisa?

— Bem, em primeiro lugar, ele mereceu, e, em segundo lugar, foi muito prazeroso — respondeu ele. — A essa altura, vocês todos já devem saber que eu tinha o plano de perder para Vale, revelar meu desespero, então encenar um arrombamento fracassado na casa de lorde George para convencer Vale a levar as notas promissórias do seu irmão para algum lugar mais seguro. Acho que a surra me poupou algum tempo sentado do outro lado da mesa com o rato.

— E ele chegou a ameaçar incendiar a casa de lorde George Humphries com Vale e as notas promissórias dentro dela, depois de Aden ter vasculhado seus bolsos para ter certeza de que o abutre não estava com elas — contou Niall, sentando-se no braço da cadeira onde a esposa estava e pegando a mão dela. — Tentar perder não parece nada escocês, mas pelo menos você o deixou no chão.

Miranda olhou de um irmão para o outro e, então, de volta para Aden.

— Você o ameaçou depois de bater nele? — perguntou, sentindo as entranhas se contorcerem um pouco. — Dentro do Boodle's? Com testemunhas, presumo?

— Sim. Tudo isso.

— Isso... não é bom. A menos que você seja colocado para fora de um clube por discussões sobre política, ou algo mais frívolo, ser banido de um deles significa que não será bem-vindo em nenhum outro. Não se ainda não for membro em todos os lugares. Quer dizer, sei que você pretendia perder para ele, mas não fazia ideia de que também pretendia arruinar a sua reputação.

— Hum — respondeu Aden, a voz baixa. — Quem quer ter que se arrumar todo para jogar uma mão de cartas?

— Isso soa muito... heroico, mas você, bem...

— Chega com isso, moça. Você precisa me dizer se tenho um buraco nas calças.

Miranda teria preferido ficar sentada ali, abraçada com ele, a ter que constatar que Aden havia esmurrado um homem que ela desejava esmurrar desde que o conhecera. Mas ela e Aden eram parceiros e, se ele tinha um buraco nas calças — em seus planos —, precisava saber.

— Você não pegou as notas promissórias. É muito provável que Vale procure o meu pai agora e revele por que vou me casar com ele. — Ela estremeceu.

— *Aye*, esse será um dos itens na lista do homem. Não tenho dúvidas. Mas antes Vale vai se certificar de que todas as suas notas promissórias estão em segurança. Ele apostou todo o seu futuro no que elas podem lhe garantir. Acredito que tenha tido almirantes e acionistas da Companhia das Índias Orientais na palma da mão, e agora ele tem Matthew e lorde George, e só o diabo sabe quem mais. Se eu incendiar a casa onde ele está até virar cinzas, Vale vai querer se certificar de que ainda pode cobrar favores e tenha notas promissórias o bastante para me ver preso por isso. Ou pior.

A forma prática como ele descreveu os muitos problemas que criara para si mesmo a deixou gelada até os ossos.

— Por algum motivo, isso não me tranquiliza. Você trocar de destino comigo não vai ajudar a ninguém além de Vale, e essas probabilidades com as quais parece se deleitar também não funcionam a meu favor.

— Eu apostaria que Vale mantém essas promissórias tão bem escondidas em algum lugar da casa de George que nem mesmo o dono da casa tem ideia de onde possam estar. Mas agora ele vai tirá-las de lá. O capitão não tem qualquer aliado voluntário, por assim dizer, não há nenhum outro lugar onde possa deitar a cabeça a não ser em uma estalagem ou hotel qualquer — lugares onde ele não sequestrou a lealdade das pessoas que trabalham ali —, e não pode carregá-las sem correr o risco de eu pegá-las, então Vale vai precisar guardá-las em algum lugar seguro.

— Um banco? — deduziu Miranda, franzindo a testa. — Então agora você pretende incendiar um banco?

Aden sorriu.

— Não. Pretendo roubar um banco. E tenho um em mente.

De repente, Miranda desejou ser o tipo de mulher que desmaiava. Nesse caso, ela teria fechado os olhos, afundado no chão e, quando acordasse, tudo estaria resolvido. Não teria que se preocupar em ver Aden ser preso, ou testemunhar o capitão Robert Vale vangloriar-se por ter vencido.

Mas Aden não era tolo. Longe disso. Ele tinha feito uma promessa a ela e, até ali, fizera de tudo para cumpri-la. Acima de tudo, Miranda confiava nele. Confiava nos instintos de Aden, em suas habilidades e em seu coração.

— Então suponho que se você trouxer a pólvora, eu cuidarei do estopim.

— *Boireannach gaisgeil* — sussurrou Aden. — Você é uma moça bonita e corajosa, Miranda Harris.

— Só um momento — disse lady Aldriss, levantando-se. — Embora vocês três, meninos... homens, tenham desrespeitado as convenções da alta sociedade e eu tenha tolerado, isso é... um pouco demais, até para mim.

— Então não tolere — retrucou Aden. — Não preciso da sua permissão. — Ele ficou de pé, puxando Miranda para si. — Eu poderia comer uma ovelha inteira — falou devagar. — Smythe, você acha que a sra. Gordon poderia me fazer um sanduíche?

— Vou pedir para servirem o jantar mais cedo — disse o mordomo. — Com a sua permissão, lady Aldriss.

A condessa acenou para ele.

— É evidente que ninguém mais precisa da minha permissão. Por favor, sirva o jantar mais cedo. Talvez devêssemos começar com a sobremesa.

Na verdade, eles começaram com batatas, enquanto a sra. Gordon, de acordo com Smythe, chorava e colocava mais lenha no fogão para acelerar o assado do frango que ela planejara servir com um molho delicado de queijo, pinhão e alho — e que agora não teria tempo de preparar.

De qualquer modo, lorde Glendarril parecia ser o único com apetite, embora Miranda fizesse o possível para comer algumas garfadas. Ela pensou que Aden estivesse comendo — até pegá-lo passando pedaços de frango por baixo da mesa para Brògan. Apesar de tudo, apesar de estar meio louca de preocupação à espera do misterioso bilhete que Aden aguardava, a visão a fez sorrir. Sim, ele dera uma surra no capitão Vale e o ameaçara, mas também resgatara uma cachorra. E estava fazendo o possível para salvar a ela, Miranda.

Quando um criado entrou na sala, todos os olhos se cravaram nele, que entregou um bilhete em uma bandeja de prata a Smythe e sussurrou algo no ouvido do mordomo. Na mesma hora, Smythe assumiu o controle da bandeja e caminhou ao redor da mesa para entregá-la... a Miranda.

— Um bilhete, srta. Harris — anunciou o mordomo, e estendeu a bandeja.

Miranda pegou o bilhete.

— É isso? — perguntou ela a Aden, que deu de ombros.

— Pode ser.

— Quem entregou, Smythe? — perguntou Eloise, inclinando-se para a frente para checar.

— Chegou por um mensageiro, lady Eloise. O homem não disse quem o despachou.

Eloise se voltou para Aden.

— Você vai nos contar?

— Abra, moça, e conte para todos nós.

Miranda rompeu o lacre de cera, desdobrou o papel e franziu a testa.

— É de... Basil Jones, mordomo de lorde George Humphries.

— Um mordomo? — repetiu a condessa, erguendo uma sobrancelha arqueada. — Que incomum.

— Sim. Diz: "Lorde George solicita a honra da sua presença em um humilde café da manhã, amanhã às oito horas." De Basil Jones, mordomo dele. — Miranda levantou os olhos. — Como assim?

— O que há de errado nisso? — perguntou Aden, a expressão talvez um pouco mais intensa do que deveria.

— Bem, para começar, um homem solteiro não convida uma dama solteira para a sua casa sem detalhar quem estará lá, e certamente não pede ao mordomo que assine o convite.

— A essa altura da temporada social, jamais se envia à noite um convite para um evento na manhã seguinte — acrescentou Eloise. — Todos estão com a agenda lotada.

— Mas acredito que Vale não conhece todas essas regras, não é?

Miranda voltou a ler o bilhete. Um criado enviando um convite em nome do patrão, a suposição de que ela estaria disponível e apareceria — aquilo na verdade parecia algo que Vale aprovaria.

— Não, acho que ele talvez não conheça. Mas George certamente conhece.

— Aí está, então. — Ele afastou a cadeira da mesa. — Isso esclarece tudo. Se me derem licença, tenho um bilhete para escrever.

— Só um momento — disse Miranda, entregando o bilhete para Coll, que fizera um gesto pedindo para ler. — Era *isso* que você estava esperando? Um bilhete de *Basil Jones*?

— Não. Perguntei a Humphries se ele gostaria de escapar de tudo isso e lhe disse que, caso quisesse, que me enviasse um bilhete sobre algo inusitado caso Vale fizesse uma visita ao banco hoje... ou fosse a qualquer lugar sem querer a companhia das sombras que sempre o acompanhavam. Pelo que você disse, um bilhete de um mordomo convidando-a para o café da manhã é inusitado.

— Então agora você também vai salvar lorde George Humphries?

— Eu resgataria o diabo do inferno se isso a ajudasse, moça — retrucou Aden, o tom tranquilo cobrindo a determinação de aço. — Estarei de volta ao amanhecer. O resto de vocês fique aqui dentro. É provável que Vale tenha colocado alguém para vigiar essa casa.

— E como você vai chegar a esse banco que pretende roubar? — perguntou a mãe.

Ele se dirigiu a ela com um sorriso breve e sombrio.

— Não pela porta da frente.

Capítulo 17

Era estranho ter o que lhe parecia metade de Londres sabendo dos seus planos. Em Aldriss, o pai e os irmãos sempre reclamavam que nunca sabiam se Aden estava chegando, saindo ou se afogando em algum lago. Ele gostava que fosse assim, ou era o que achava, embora nos últimos tempos a ideia de prestar contas a outra pessoa tivesse adquirido um encanto inesperado.

Aden entrou no gabinete de Francesca em busca de uma folha de papel. Depois de encontrar, molhou uma pena na tinta, escreveu *nove horas* e dobrou o papel, antes de mandar chamar Gavin aos estábulos.

Então, Aden foi até o seu quarto e deteve a criada antes que ela acendesse o fogo na lareira, deixando apenas a luz baixa e bruxuleante do único lampião. Após fechar as cortinas, ele despiu as roupas inglesas e voltou a vestir o kilt velho e surrado, botas de trabalho, camisa e paletó preto. Não pretendia se colocar muito à vista naquela noite, mas precisava agir rápido. Vestido daquela forma, se sentia muito mais... ele mesmo.

Assim que Gavin apareceu, Aden lhe entregou o bilhete e disse o endereço onde deveria ser entregue.

— Preciso que você entregue isso para mim. Vai ter que se esgueirar para fora dos estábulos sem que ninguém o veja, e também vou precisar que alugue um coche ou uma parelha de cavalos. Depois que tiver feito isso, espere por mim no parque onde está aquele antigo carvalho rachado.

O cavalariço assentiu.

— Vou precisar de algum dinheiro para isso.

Aden lhe entregou algumas libras.

— Você não pode ser visto por ninguém que esteja vigiando a casa, Gavin.

— Acho que foi por isso que o senhor me chamou, e não a um menino inglês usando um belo uniforme.

Aden tirou o relógio do bolso e checou a hora. Queria sair logo, acabar de uma vez por todas com tudo aquilo. Mas Gavin precisava de tempo, e ele precisava ter certeza de que ninguém se demoraria no banco fazendo a contabilidade ou o que quer que os banqueiros fizessem no fim do dia.

Era estranho... costumava ser um homem paciente. O jogo exigia paciência, assim como persuadir as moças relegadas aos cantos em um baile a dançar, então incentivá-las a falar, a dar as pequenas informações que ele gostava de colecionar. Mas, naquele momento, a sua vontade era sair galopando por Londres e matar os dragões que ameaçavam Miranda. *Ele*.

No entanto, agora precisava esperar, e por pelo menos trinta minutos. Quanto menos tempo passasse onde um dos supostos amigos de Vale pudesse vê-lo e reparar em sua presença, melhor. Aden caminhou até a janela, que tinha as cortinas fechadas, e voltou. O jantar ainda devia estar na mesa, mas ele não queria ouvir mais uma conversa educada. Não queria ouvir as especulações e não queria que os irmãos destruíssem seus planos e tentassem forçá-lo a revelar as partes que ainda não decidira como resolveria.

Bròngan arranhou a porta, e Aden se aproximou para abri-la. Logo atrás da spaniel estava Miranda, com a mão erguida para bater. Ora, aquela parecia uma maneira muito melhor de passar a meia hora seguinte.

— Entre, moça — disse Aden, e estendeu a mão enquanto Bròngan se esgueirava por entre as suas pernas e mergulhava debaixo da cama.

— Obrigada, Aden — respondeu ela, e apontou com um dedo por cima do ombro.

Aden olhou para onde ela indicava e viu Eloise parada bem ao alcance da voz e absorta na pintura de um ancestral Oswell de cabelo desgrenhado.

— Você trouxe uma acompanhante, pelo que vejo.

— Não foi ideia minha — sussurrou ela, enquanto passava por ele.

— Estou protegendo a reputação dela — gritou Eloise. — A mamãe está me obrigando. E ela também está preocupada com *você*.

Então também havia o dedo de lady Aldriss ali.

— Sou um homem feito, Eloise. Algumas das coisas que fiz deixariam você de cabelo branco. Agora é tarde demais para se preocupar comigo.

— Mas eu também estou preocupada — interveio Miranda. — Dar uma surra em um homem que certamente merece é uma coisa. Inclusive eu gostaria de ter estado lá para assistir. Mas agora você vai correr o risco de ser preso, ou pior. Não gosto disso.

— Não estou sendo imprudente, moça. Eu tenho um plano.

— Sim, pegar as notas promissórias de Vale em um banco. Você tem sido pouco claro em relação aos detalhes, parceiro.

Aden inclinou a cabeça.

— Tenho mesmo. E sou, sim.

Ele a puxou mais para dentro do quarto, fora do alcance da voz de Eloise, e lhe contou de modo breve como esperava que se passassem as próximas horas.

Miranda não gostou do que ouviu — Aden podia ver pelo jeito que ela cerrou os lábios e ficou tamborilando com os dedos nos dele.

— Aden — disse ela —, eu não pedi a sua ajuda para vê-lo na prisão. Ou morto.

— Nem mesmo no começo, quando não gostava de mim?

— Eu gostava de você. Muito mais do que jamais quis admitir. E não mude de assunto. Você está contando com a sorte.

Ele ficou sério.

— Eu não faria uma coisa dessas. Jamais. Mas se o vento escolher estar às minhas costas, não vou reclamar disso. Se tiver uma ideia melhor, estou disposto a escutar.

— Estou começando a achar que fugir pode ser a solução mais fácil.

Aden teve vontade de perguntar se ela pretendia fugir sozinha ou se preferia ter um certo *highlander* ao seu lado, mas Miranda apenas o acusaria de tentar distraí-la de novo, o que seria verdade.

— Sentar e esperar é mais difícil do que o que tenho diante de mim, moça. Mas não vou decepcioná-la.

— Essa tarde mesmo você foi banido de todos os clubes de cavalheiros de Londres para me salvar, então não tenho dúvidas sobre as suas intenções. Não quero que nenhum mal lhe aconteça enquanto tenta me salvar das garras do capitão. Eu... amo você.

Ele passou os dedos pelo braço dela e pegou sua mão.

— E eu amo você, moça. Não há nada que mude isso. Mas se não sentir o mesmo por mim amanhã de manhã, quero que me diga. Eu poderia suportar estar errado, mas não suportaria estar errado e não saber disso.

Ela franziu a testa.

— Aden, quantas ve...

— Não — interrompeu ele. — Nesse momento você não pode falar comigo sobre "o resto da vida", porque você ainda está sendo mantida refém por outra pessoa. Por isso, depois, quando estiver livre, decidirá se sente gratidão a mim, se acha que me deve algo, ou se sou apenas... conveniente. Depois.

Miranda fitou-o por um longo momento.

— Dizem que às vezes os homens mais brilhantes também são os mais estúpidos, mas faça como quiser.

Poucas coisas surpreendiam Aden, mas Miranda fazia isso quase o tempo todo.

— Você pode repetir isso?

— Você me ouviu. Está se comportando de forma honrada e estúpida. Eu me sinto um pouco insultada, mas entendo.

— Você é uma mulher de língua afiada, Miranda. Gosto disso.

Ele adorava aquilo nela, mas de fato não era o momento para aquele tipo de declaração.

— Ótimo. Não pretendo mudar.

Pelo amor de Santo André, ele esperava que não. Mesmo com Vale atrás dela por semanas, Miranda mantinha o seu senso de humor. Ela não se arrastara para debaixo das cobertas e decidira se esconder até que todo o aborrecimento desaparecesse, exatamente o que ele esperaria de uma das delicadas moças inglesas que o pai se esforçara tanto para descrever. Aquilo não descrevia Miranda Grace Harris. Aden torcia para que, depois que tudo acabasse, ainda pudesse ter o privilégio de enfrentar a indignação dela.

— Posso beijar você, então? — perguntou.

Miranda franziu a boca.

— Isso me agradaria.

Aden puxou-a para ele e capturou seus lábios. Língua afiada e sabor doce. Que enigma era Miranda. E ele se deliciava com aquilo. Com ela.

— Eu contei até trinta — anunciou Eloise, um instante depois —, e sinto muito, mas vou ter que separar vocês agora.

Aquilo mostrava que ele estava nas palmas das mãos pequeninas de duas moças. Aden deixou escapar um suspiro e deu uma última mordidinha no lábio inferior de Miranda, antes de se afastar.

— Eu poderia discutir com você, *piuthar*, mas a verdade é que se a pegasse beijando Matthew por mais tempo que isso, acho que teria que colocá-lo em um baú e despachá-lo para o Oriente.

— Eu vou com você — declarou Miranda num impulso.

Aquilo deteve Aden no meio de um pensamento.

— Não. Você não vai.

— Ah, Deus — murmurou Eloise, e desapareceu na direção da escada.

— Maldição, ela vai contar a Coll e Niall — murmurou ele.

— Você está fazendo isso por mim, Aden — insistiu Miranda. — Não é certo que seja o único a se arriscar.

— Eu...

— Você não vai sozinho — disse Coll da porta, com Eloise como uma sombra esbelta atrás dele.

Aden olhou para o gigante que bloqueava toda a luz do corredor. Ao lado dele, Miranda olhava de um irmão MacTaggert para o outro. Ele compreendia o sentido de não ir sozinho, mas também sabia quem ganharia ou perderia mais com seu plano.

— Você está certo — respondeu Aden. — Eu não vou sozinho. Miranda vem comigo.

— Vo...

— Não tenho mais tempo para discutir.

Ele foi até a mesa de cabeceira e diminuiu ainda mais a luz do lampião, até que mal conseguisse iluminar o quarto.

— Vamos sair pela janela — disse ele, caminhando até lá e abrindo as cortinas. — A ideia é passar despercebido. Vocês, Niall e as outras mulheres vão para a sala da frente e façam barulho. Estamos todos em casa, comemorando por eu ter dado uma surra em Vale.

Coll praguejou baixinho, pegou a mão de Eloise e pousou-a em seu braço.

— Você ouviu o camarada, *piuthar*. Venha cantar uma canção para nós.

Com um olhar que dizia ao irmão do meio que era melhor ele saber o que estava fazendo, o visconde fechou a porta, deixando Aden e Miranda sozinhos no quarto.

— Em qualquer outro dia, eu não estaria usando esse momento para pular uma janela — murmurou Aden, dando um beijo rápido na boca de Miranda. — Muito bem. Deixe-me descer primeiro — continuou ele, soltando-a e pegando sua velha faca na mesinha de cabeceira para enfiá-la na bota. — Preste atenção em como eu faço. Se você cair, eu a pegarei.

— Obrigada — disse Miranda, a voz embargada.

— Ora, nós somos parceiros. *Aye*, moça?

Ela sorriu, e uma lágrima escorreu por seu rosto antes que ela a enxugasse.

— *Aye*.

Aden se forçou a desviar os pensamentos de Miranda e do futuro dos dois, saiu pela janela e começou a descer, usando a treliça e o cano de esgoto para chegar ao chão — com mais cuidado do que geralmente teria, já que Miranda estava observando e usaria a descida dele como exemplo.

— Venha, moça — sussurrou. — Um pé de cada vez.

— Eu devia ter vestido uma calça. — A voz dela flutuou até ele enquanto seus pés se equilibravam na treliça.

— Mas assim eu não poderia olhar para as suas pernas.

— Aden.

— Um pouco para a esquerda, moça, e não segure a saia — alertou ele, posicionando-se abaixo dela, e não sentindo a menor culpa ao olhar para cima para ver aquelas belas pernas longas.

E pensar que tinha mesmo que uma mínima chance de acordar todas as manhãs com o corpo quente e ágil de Miranda nos braços... Aden afastou aqueles pensamentos leves da mente — ainda não havia vencido aquele jogo.

Quando ela estava perto o bastante, ele estendeu a mão e segurou um dos seus tornozelos finos para guiá-la até o chão.

— O meu pai me alertou sobre os perigos de me apaixonar por uma moça inglesa delicada como uma flor de estufa — murmurou Aden, quando ela deu um passo para trás e se virou para encará-lo. Ele tirou uma pétala de flor do cabelo escuro. — Toda delicada, frágil e indefesa.

Miranda sorriu para ele, o nariz manchado de terra.

— É mesmo? — retrucou ela, enfiando os dedos no cabelo longo de Aden e puxando seu rosto para um beijo.

Aden chegou à conclusão de que poderia se afogar naquele sorriso.

— Sim — sussurrou ele, levantando a cabeça. — Agora vamos libertar você.

<hr>

Nem em seus sonhos mais loucos Miranda poderia ter imaginado nada parecido com aquilo. Esgueirar-se pelas ruas de Mayfair pelas sombras, de mãos dadas com um *highlander* alto e que usava um kilt, com apenas o luar e o brilho disperso e bruxuleante de lamparinas a óleo para iluminar o caminho.

Ela não conseguiu perceber ninguém vigiando a Casa Oswell, mas não duvidou que Vale tivesse alguém à espreita lá. O capitão soubera o momento exato em que Aden voltara de Portsmouth, assim como soubera que ela jantaria na Casa Oswell.

A três ruas de distância da casa grandiosa, eles se aproximaram de um pequeno parque dominado por um grande e velho carvalho, que tinha um dos enormes galhos pendendo do tronco, quase alcançando o chão. Aden assoviou baixo, fazendo-a tomar um susto. Três sombras, duas delas em forma de cavalo, se afastaram da árvore.

— O maldito chefe dos estábulos tentou me roubar — disse uma voz com sotaque escocês, vinda da penumbra. — Achou que se eu precisava de dois cavalos a essa hora da noite não seria para nada bom, e que era para eu pagar o dobro a ele, ou procurar em outro lugar.

— Você o convenceu do contrário? — perguntou Aden, abaixando--se sob os galhos dependurados.

— *Aye*, mas não poderemos voltar a alugar cavalos com ele.

Um homem robusto, usando um paletó de cavalariço e botas gastas, compondo com um kilt no xadrez MacTaggert, foi iluminado pelo luar. Ele olhou para ela e se deteve.

— O senhor não me disse que traria junto uma moça decente. Acho que eu não deveria ter dito "maldito". Perdão, senhorita.

— Não fiquei ofendida — retrucou ela. — Não precisa se desculpar.

— Bem, eu só trouxe duas montarias, como o sr. Aden pediu, e nenhum deles com sela lateral. Por isso, preciso *sim* me desculpar, mesmo que eu não soubesse que a senhorita estaria aqui.

— Ela irá no meu cavalo — interveio Aden, o tom bem-humorado. — Miranda, esse é Gavin. Ele veio para o sul conosco para garantir que nossos cavalos fossem cuidados como devem. Gavin, a srta. Harris.

— Senhorita Harris — cumprimentou o cavalariço, ajeitando o topete em sinal de respeito.

Aden passou por ela e se acomodou na sela da égua baia. Assim que montou, ele tirou o pé esquerdo do estribo e estendeu a mão para Miranda.

— Parece que finalmente a terei em meus braços.

Com a ajuda de Gavin, ela pousou o pé no estribo e então quase voou até se sentar de lado nas coxas de Aden.

— Confortável?

Essa não era a palavra que Miranda usaria, não quando sentia o coração saltando do peito, mas ainda assim assentiu. Quando o cavalariço montou no cavalo cinza que restava, eles partiram a um meio galope que teria feito os pedestres franzirem a testa se tentassem aquilo à luz do dia. Naquele ritmo, quase fizeram um coche de aluguel sair da rua, e o cocheiro de uma carruagem grande e preta lhes mostrou os dois dedos do meio enquanto eles passavam apressados.

— Que banco vamos assaltar? — perguntou Miranda, virando a cabeça para o rosto anguloso de Aden.

Ele a fitou por um instante, então voltou a olhar para a rua. Miranda pensou ter visto um breve lampejo de humor em seus olhos, mas poderia ter sido o luar.

— O grande — respondeu.

— "O grande"? Você poderia especificar melhor?

— Como vocês, ingleses, chamam mesmo? A Velha Dama da Threadneedle Street, *aye*?

— O... o Banco da Inglaterra? — murmurou Miranda, a voz saindo em um grasnido. — *O* banco?

— Ora, sim. Onde mais um homem guardaria em segurança os seus bens mais preciosos?

— Deus do céu. Achei que você se referia a um banco pequeno afastado, que oferece condições de empréstimo favoráveis a criminosos ou algo assim.

A risada que ele deu fez o corpo de Miranda vibrar, o que a levou a reparar em outras coisas que podia sentir enquanto estava sentada nas coxas dele, o cavalo disparando pela rua. Quando ela mexeu o corpo de propósito, Aden praguejou baixinho.

— Aqui estou eu, tentando ser um maldito herói — murmurou ele —, e só consigo pensar no quanto quero você de novo, e que agora que tive você, acho que jamais vou querer mais ninguém.

Miranda beijou o queixo dele.

— Eu estava começando a pensar que havia algo errado comigo, porque mesmo com Vale bafejando no meu pescoço, só consigo pensar em estar com você.

— Talvez sejamos dois devassos, moça.

Miranda gostou daquilo. Devassa. Algumas semanas antes, ser chamada de "quase escandalosa" lhe bastava, mas estava cansada de ser "quase" qualquer coisa. E não lhe serviam mais as noites frívolas em que o debate mais sério que teria era se a havia muito perdida lady

Temperance Hartwood reapareceria como esposa de um açougueiro, de um curtidor ou algo semelhante, com seis crianças gorduchas a reboque.

— Poderíamos continuar cavalgando até a costa e embarcar em um navio com destino a Portugal — sugeriu ela.

— Vou libertá-la, quer você queira ou não — retrucou Aden com um breve sorriso. — Se você quiser fugir depois... bem, as Terras Altas são um ótimo lugar para se perder. — O sorriso dele se tornou um pouco menos largo. — Ou onde você quiser. Você estará livre para visitar prussianos, egípcios ou mesmo americanos, se quiser.

E lá foi ele de novo, se esquivando a qualquer menção de um futuro que pudessem compartilhar. *Highlander* teimoso! Tinha dito a ela que a amava e feito seu coração derreter, dissera que a queria, aquecendo-a de dentro para fora, mas cavalgava para quilômetros de distância diante de qualquer menção à palavra "casamento", por medo de que ela pudesse aceitar por gratidão, por se sentir obrigada àquilo, ou mesmo em um último e desesperado esforço para se libertar das garras de Vale. E Aden duvidava do seu próprio senso de honra.

Quando chegaram à Threadneedle Street, com o maciço Banco da Inglaterra surgindo escuro e imponente à esquerda, Aden diminuiu a velocidade do cavalo, colocando-o a passo.

— Na esquina à frente e à direita — murmurou ele, e guiou-os pela Bartholomew Lane ao longo da ampla margem do rio.

— Você confia nesse homem que vamos encontrar? — perguntou Miranda em um sussurro, tremendo enquanto olhava para o prédio. — Não quero desmerecer você, mas ele *é* um jogador. E Vale *poderia* tê-lo no bolso também.

— Eu também era um jogador, até algumas horas atrás. Acho que descobriremos em breve se julguei equivocadamente o caráter dele ou não.

Parte dela esperava que Aden estivesse errado, que eles não estivessem prestes a roubar o Banco da Inglaterra. Mas se ele estivesse errado, ela pagaria um preço terrível, de qualquer modo, e ele teria sido banido sem motivo algum.

— Gavin — chamou Aden, a voz quase inaudível —, fique de olho naquele camarada de casaco azul. Acho que é um guarda. Avise-me quando ele virar a esquina.

Aden manteve-os a passo, e os dois cavalos se dirigiram para a Lothbury Street. Se ele não decidisse o que fazer logo, teriam que dar a volta no prédio todo de novo.

— Vá — sussurrou Gavin.

Um instante depois, Aden estava com as mãos na cintura de Miranda enquanto a ajudava a descer. Ele também desmontou em seguida e jogou as rédeas da baia para o cavalariço.

— Continue subindo a rua e dê a volta, em um círculo amplo — instruiu. — Procure por nós.

Gavin assentiu, seguiu até a rua transversal e virou à esquerda na Lothbury.

— Ele parece muito confortável com essa situação — reparou Miranda, mal ousando respirar.

— Gavin já fez coisa pior na nossa companhia — concordou Aden, e pegou a mão dela.

Ele a apressou em uma caminhada rápida, e os dois foram até a pequena porta dos funcionários no canto à frente e à direita do prédio. Aden se abaixou com Miranda nas sombras e bateu com o punho fechado na porta.

— Isso é um anticlímax — murmurou ela.

Ele riu.

— Se ninguém atender, vou ter que começar a quebrar coisas.

A porta foi aberta com uma brusquidão que assustou Miranda, e a luz fraca de um lampião inundou a rua.

— Por aqui — sussurrou um homem magro e bem mais velho, com uma nuvem de cabelo castanho já grisalho. — Sem demora.

Ela passou por ele, com Aden logo atrás. Miranda observou enquanto o homem voltava a trancar a porta, então pegou o lampião e abriu caminho por um longo corredor cheio de portas.

— Fiquem perto de mim. Fica muito escuro aqui à noite. Ele se virou um pouco para olhar para Miranda. — Peter Crowley — se apresentou em voz baixa. — Presumo que seja a srta. Harris?

— Sim, sou eu. Então o senhor e Aden jogavam cartas juntos?

— Eu diria que ele me comprou algumas cervejas ao longo da temporada social — respondeu o sr. Crowley. — E perdi algumas moedas.

— Crowley não aposta mais do que um xelim — esclareceu Aden, o tom cálido e seguro atrás dela. — Afirma que a esposa, Mary, partiria a sua cabeça se ele perdesse mais do que isso.

— Isso é um incentivo muito bom, então. Mas por que está nos ajudando, sr. Crowley? Está arriscando o seu emprego — perguntou Miranda.

— Trabalhei nesse banco durante a maior parte da minha vida — explicou Crowley. — Vi homens entrarem aqui para esvaziar as suas contas e entregá-las a algum estranho por causa de uma virada infeliz das cartas. Nos últimos tempos, tenho visto vários correntistas chegarem com o mesmo homem a reboque. Quando Aden me contou seus problemas, percebi que estávamos revoltados com o mesmo homem. Legalmente, não posso fazer nada para impedir essa trapaça e a fraude. Mas hoje à noite, aqui no escuro, eu posso.

— Você é um bom homem, Peter — disse Aden.

— Assim como você. Se não fosse você, eu não estaria aqui. Estou arriscando muito. Sem nem mencionar a possibilidade da minha esposa partir a minha cabeça.

Ele os fez parar em um lugar com armários e balcões e ainda mais portas e paredes. Parecia um labirinto. Mesmo que houvesse cem lâmpadas, Miranda acreditava que não seria capaz de encontrar a saída.

— As salas privadas onde os clientes guardam seus itens que precisam de proteção ficam ali no final do corredor. — O sr. Crowley apontou para a escuridão. — Não posso, em sã consciência, permitir que vocês entrem lá e não tenho outro lampião. Então, por favor, não se mexam. Temos um tempo muito limitado.

O sr. Crowley e seu lampião se afastaram, o pequeno círculo de luz recuando até dobrar em um canto, deixando-os no escuro. Ao longe, algo foi sacudido, seguido pelo som de uma porta abrindo e fechando.

— Você poderia ter dito a lady Aldriss que não se tratava exatamente de um roubo — sussurrou Miranda, estendendo a mão para encontrar a manga de Aden, então deixando-a descer até achar a mão dele.

— É um roubo. Só não precisamos arrombar nenhuma porta para entrar. Se formos pegos, você vai desmaiar e alegar que eu a sequestrei. E não estou brincando, Miranda. Está entendendo?

310

— Então você vai para a prisão por crimes ainda piores do que roubo e eu me casarei com Vale? — retrucou ela, a voz muito baixa. — Prefiro me juntar a você em uma cela na prisão de Old Bailey.

— Acho que não nos deixariam compartilhar uma cela.

Ainda soava melhor do que se casar com Vale.

— Você travou relações com Peter Crowley porque sabia que ele trabalhava aqui, e também sabia que lorde George e Matthew eram correntistas do banco?

— Conheci Crowley antes de conhecer você. Depois que pediu a minha ajuda, perguntei se ele tinha visto um homem com cara de falcão nas mesas de jogo, e ele disse que não, mas que o tinha visto aqui no banco com um rapaz que parecia George Humphries. O resto veio depois.

— Imagino que esse seria um bom momento para eu lhe dar outra aula sobre a alta sociedade e lhe dizer que filhos de condes e irmãos de viscondes não saem apostando em estabelecimentos onde bancários e comerciantes gastam as suas moedas — murmurou ela, apertando a mão dele. — E que os aristocratas não chamam plebeus de "amigos".

— Você pode fazer isso, se quiser, mas eu ficaria desap...

— Não farei isso — interrompeu Miranda. — Ao quebrar essas regras, você salvou a minha vida... ou pelo menos a minha sanidade.

— Você também quebrou algumas regras por minha causa, moça — respondeu Aden, a voz baixa, o sotaque bem marcado. — E espero que quebre mais algumas.

Aquilo fez com que um arrepio percorresse o corpo dela, e não inteiramente causado pela escuridão profunda ao redor deles. A ideia de estar mais uma vez com Aden a deixou quase eufórica.

A inundação de luz quando o sr. Crowley voltou ao espaço principal foi quase ofuscante. Apesar de toda a conversa sobre o motivo de eles estarem ali, foi só quando Miranda viu a caixa de madeira nas mãos do funcionário do banco que a preocupação a atingiu. Se os papéis de Vale não estivessem naquela caixa, uma de duas coisas aconteceria no dia seguinte: ou Vale chegaria em sua casa e contaria aos pais dela por que se casariam, ou Aden o mataria. Não parecia haver uma terceira opção, por mais que ela desejasse que houvesse.

— O capitão Robert Vale *não* queria ninguém olhando os seus pertences — comentou Crowley, colocando a caixa em cima do balcão com um baque forte, que não se parecia com o barulho que faria algo que guardava apenas alguns pedaços de papel muito valiosos. — Está fechada com pregos. E, antes que pergunte, não posso deixar essa caixa sair do banco.

De fato, a caixa estava carimbada com o selo do banco e tinha várias anotações indicando quem era o seu proprietário, a localização e a data em que havia sido depositada. Enquanto Miranda começava a lamentar porque ninguém havia levado um martelo ou um pé de cabra, Aden se abaixou e tirou a faca da bota.

Crowley não pareceu nada satisfeito, mas antes que pudesse protestar, Aden virou a faca na mão e enfiou a lâmina sob a tampa. Ele empurrou para baixo, usando seu peso, e a tampa se ergueu com um guincho ensurdecedor.

— Nossa, que acabamento malfeito, para uma tampa sair desse jeito — observou Aden, tirando-a e deixando-a de lado.

Miranda prendeu a respiração, com medo de que o homem guardasse apenas aranhas lá dentro, então ergueu a lanterna e olhou para dentro. O metal opaco cintilou de volta para ela.

— Há outra caixa aqui dentro.

O banqueiro pegou uma caixa de metal menor, com a tampa presa por um trinco e com um buraco de fechadura, e colocou-a em cima do balcão.

— Não temos a chave. E essa caixa não pode...

— Sair das dependências do banco — completou Aden. Ele pegou o recipiente de metal, colocou-o com cuidado no chão e pisou nele. Com força. — Cansei de ser sutil — grunhiu, pisando de novo na caixa.

Depois de mais alguns golpes com o salto duro da bota e com o apoio da força impressionante de um escocês frustrado, a caixa afundou de um lado, e o trinco arqueou para fora. Aden se agachou e voltou a usar a faca, agora para arrancar todo o trinco. Ele forçou a abertura da tampa, olhou dentro da caixa. E ficou imóvel.

— Aden? — perguntou Miranda, o coração parecendo congelado.

Não importava se houvesse aranhas ou biscoitos ali, o fato é que se não fossem as dívidas de Matthew, ela estaria perdida.

A resposta foi uma longa sequência de palavrões em gaélico escocês sussurrados.

— Abaixe aqui — chamou ele, acomodando-se no chão. — Você precisa ver isso.

Ainda mal respirando, Miranda se deixou cair de joelhos. Ela não podia se casar com Vale. *Não podia*. A ideia era repulsiva antes, mas agora... agora descobrira algo que queria de todo o coração. Qualquer outra coisa... a sua mente se recusava até mesmo a formar as palavras.

— Não são só Matthew e lorde George — falou Aden, erguendo uma pequena pilha de papéis de tamanhos diferentes e entregando-os a ela.

Miranda checou os papéis com os dedos trêmulos, enquanto Aden tirava ainda mais coisas da caixa disforme. Papel após papel, todos com o valor da dívida, a data em que fora contraída e a assinatura do devedor, além de um conjunto cuidadoso de anotações no verso de cada um listando os "favores" que o signatário entregara e anotações adicionais sobre que outras ações poderiam ser solicitadas em troca do perdão da dívida.

— Ele nunca devolve as notas promissórias — disse ela, sentindo um tipo diferente de horror rastejar pelo corpo.

— Não. Alguns desses papéis datam de uma década atrás. Ou mais.

— Ele pastoreia essas pessoas como um fazendeiro faz com o gado. Matthew, lorde George, eles nunca teriam se livrado dele. *Eu* nunca teria me livrado dele, de me curvar a todas as suas exigências. Eu...

Aden pegou a mão dela.

— Você está livre dele agora, Miranda. Está me ouvindo? Você o derrotou. — Ele pressionou uma dezena de papéis na palma da mão dela. — Cinquenta mil libras em notas promissórias, tudo em nome de Matthew. Não leia as anotações. Apenas queime esses papéis.

Ele tinha lido as anotações. Miranda podia ouvir a fúria mal contida em sua voz. Ela cerrou o punho ao redor das notas promissórias.

— Nós o vencemos — disse Miranda, o tom ardente.

— E pode levar esses documentos do seu irmão com a senhorita — falou o sr. Crowley. — Mas faça isso logo. Preciso rearrumar tudo e colocar de volta para que ninguém saiba que saiu de onde estava.

— Não apenas as notas promissórias do meu irmão — disse ela, pegando um punhado de papéis e enfiando-os no bolso da capa, nos bolsos do casaco de Aden e na bolsa que ele levava presa à cintura. — Todas elas.

— *Aye* — concordou Aden. Ele encontrou um saco de pano em algum lugar e esvaziou o restante da caixa.

— Aden — disse Crowley, o tom mais severo agora. — Não foi isso...

— Não. Nós vamos detê-lo. Mas se você não quer a caixa vazia, tenho uma ideia de algo que podemos deixar aí dentro.

Ele entregou o saco de pano a Miranda, se levantou e caminhou até a mesa mais próxima. Ali, encontrou papel, tinta e uma pena e escreveu algumas linhas antes de dobrar o papel e colocá-lo dentro da caixa de metal amassada. Eles guardaram a caixa de volta no seu ninho de madeira e, usando o cabo da faca, Aden martelou a tampa de volta.

— Mais uma vez, não se mexam — alertou o sr. Crowley, erguendo a caixa e o lampião e desaparecendo de novo.

— O que você escreveu no bilhete? — perguntou Miranda, segurando contra o peito o saco de pano e seu conteúdo. Havia dezenas de vidas, dezenas de futuros ali, incluindo o dela.

— Argumentei que as chances não estavam mais a favor dele, e sugeri que tentasse a sorte em outro lugar.

— Mas ele fará isso?

Aden abraçou-a de lado.

— Se ele quiser continuar respirando, sim. — Ele flexionou os músculos. — É melhor eu levá-la de volta à Casa Oswell antes que a nossa sorte se esgote. Temos algumas coisas a considerar, *boireannach gaisgeil*.

Sim, eles tinham. Ele tinha encontrado uma maneira de libertá-la. E, o que era ainda mais importante para o seu coração, *ela* tivera um papel na própria libertação. Agora, precisava aproveitar o momento, pensar e talvez ensinar a um bárbaro que ele deveria acreditar em uma mulher quando ela declarasse que sabia o que queria.

Capítulo 18

Aden fez Miranda subir pela treliça antes dele. Ao chegar à janela, ela arquejou e desapareceu lá dentro com o som do farfalhar de tecido.

Aden praguejou e foi atrás dela. Se Vale tivesse ido até lá no escuro para enfiar uma faca em alguém, o desgraçado teria que passar por um maldito *highlander* primeiro. E o capitão da Marinha descobriria se era capaz de voar quando Aden o jogasse pela janela.

Com um último impulso para cima, ele mergulhou dentro do quarto, sacando a faca da bota, enquanto rolava o corpo para ficar de pé.

— Não... — começou a dizer, então calou-se, sentindo o ar retornar ao corpo em um fluxo rápido. — Coll.

Lorde Glendarril colocou Miranda de pé antes de afundar na cadeira que havia arrastado até a janela.

— Mais dez minutos e você me encontraria batendo na porta de todos os bancos de Londres — resmungou ele. — Da próxima vez que for praticar um roubo, me diga onde.

Em muito pouco tempo, Aden deixara de ser o irmão misterioso que seguia o próprio caminho sem que ninguém soubesse para onde ia e se tornara aquele que não tinha nenhum maldito segredo. Porém a ideia não o incomodou nem um pouco.

— De acordo. Agora saia do meu quarto, gigante.

Com um suspiro, Coll levantou-se, segurando um livro.

— Sim, mas vou levar isso comigo. Esse Tom Jones é um *sgat*. Você não me disse que ao menos um dos livros que leu era mesmo interessante.

— Leve, então.

O irmão MacTaggert mais velho foi até a porta e abriu-a, então olhou para trás com uma sobrancelha erguida.

— Posso acompanhá-la até o seu quarto, srta. Harris?

Miranda olhou do gigante para Aden. Ele queria agarrá-la, fazê-la ficar, mas passara semanas dizendo a ela que a libertaria e dizendo a si mesmo para não tentar colocar mais cordas em torno da moça quando ela tivesse acabado de escapar. Ele cerrou o punho para evitar estender a mão para aquela mulher teimosa, exasperante e irresistível, e deu de ombros.

— Faça o que achar melhor, moça.

Ela o fitou com uma expressão magoada, que atingiu o coração de Aden como uma adaga, assentiu e se juntou a Coll na porta.

— Boa noite, então — falou Miranda, baixinho, e se virou... para fechar a porta nas costas do gigante.

— Miranda? — sussurrou Aden.

De frente para ele, ela se encostou na porta e a trancou. Aden estava quase certo de ter ouvido a risada baixa de Coll, depois o som da porta do outro lado do corredor se fechando.

Miranda se aprumou e deu um passo suave em direção a ele. Ela ergueu as duas mãos e, um instante depois, seu cabelo caía em uma cascata de cachos escuros.

— Pelo que sei, sr. MacTaggert — murmurou ela, enquanto se aproximava ainda mais, desabotoando a frente da capa e deixando-a cair no chão de madeira —, agora sou uma mulher livre.

— Sim, você é — se obrigou a dizer Aden, se perguntando como ainda não explodira em chamas só por estar perto daquela deusa sensual que se despia diante dele, na penumbra.

— Sim, eu sou.

— Você acabou de dizer isso.

Ela fez uma pausa, o vestido caindo na cintura e apenas a camisa de baixo protegendo seus belos seios da visão dele.

— Você quer discutir agora, Aden Domnhall MacTaggert?

— Não. Eu não quero. — Ele enunciou as palavras com muita clareza. — Mas temos um saco de notas promissórias para queimar.

Ela olhou para a mão dele, onde o saco de pano ainda pendia de seus dedos.

— Se as queimarmos — disse Miranda, seus olhos voltando a encontrar os dele —, como as pessoas que Vale tinha em seu poder saberiam que estão livres?

— Elas não saberiam, eu imagino. E ele alegaria que ainda tem os papéis. Ou melhor, poderia apenas não admitir que os perdeu.

— Então precisamos primeiro dos nomes e endereços, para que possamos avisar a essas pessoas que elas estão livres. *Então* queimaremos as promissórias.

Aden assentiu. Ele não estava disposto a discutir com ela. Miranda quase fora pega por Vale. Se ela quisesse ver os outros infelizes libertados, por Deus, era aquilo que fariam.

Aden guardou o saco no guarda-roupa, pôs um casaco sobre ele e voltou a fechar as portas.

— Por ora, acho que isso vai servir.

O que quer que acontecesse, ele só pensava em ter aquela mulher linda em seus braços naquela noite, maldição. Aden atravessou o quarto e a beijou, deliciando-se com a forma como Miranda se inclinou para ele, o modo como os braços dela o envolveram para que os dois ficassem ainda mais próximos. Um puxão rápido da fita na cintura fez o vestido dela cair no chão.

Aquela não era uma moça buscando uma noite agradável para guardar na lembrança para tolerar um futuro de noites terríveis. Também não era uma moça determinada a dar a sua virgindade a quem bem entendesse, em vez de permitir que a tomassem contra a sua vontade. Naquela noite, ela era uma moça que... o desejava. E essa sensação era inebriante.

Aden se agachou e a manteve apoiada em seus ombros enquanto tirava os sapatos dela um de cada vez. Então, segurou a bainha da camisola e ergueu-a devagar, beijando cada centímetro da pele que ia se mostrando. Quando chegou no vértice no alto das coxas dela, ele passou a se mover de modo ainda mais lento, e mergulhou o rosto ali para saboreá-la. Por Santo André, ela estava úmida para ele. Aquilo não era um estratagema, e também não era um pagamento em troca de uma tarefa concluída. Era desejo, que Aden também sentia fazer arder cada centímetro do próprio corpo.

Quando ele se ergueu para tirar a camisola pela cabeça dela, Miranda estava sorrindo para ele.

— Está se divertindo, não é? — brincou ele, segurando os seios quentes de Miranda e sentindo os mamilos dela enrijecerem sob seus dedos.

— Estou feliz — respondeu ela em um arquejo, tirando o paletó dos ombros de Aden.

— E livre — acrescentou ele, enquanto despia a própria camisa e deixava que ela se atrapalhasse com as fivelas do kilt. — Viva a sua vida como quiser, linda moça. Faça algumas reverências à sociedade, então aja como quiser.

— Pretendo fazer exatamente isso — respondeu Miranda, desistindo do kilt.

Em vez disso, preferiu empurrar Aden pelo peito, e ele se deixou cair na cadeira que estava atrás.

Ele descalçou uma das botas enquanto ela puxava a outra, então Aden lhe mostrou como desafivelar o kilt, torcendo para que aquela fosse uma habilidade que Miranda desejasse usar de novo no futuro, e com frequência. Aquela parte era nova, a parte em que ele ansiava por uma mulher em particular, em que a queria para sempre na sua vida, mas quando também sabia que prendê-la ali seria errado. Aden era aquele que fugia da cama de uma moça ao primeiro sinal de um interesse mais sério da parte dela, ou da ideia de casamento, mas agora era o que mais queria com Miranda.

A cadeira em que estava era grande e confortável, e ele pegou a mão da moça com um sorriso.

— Gostaria de se juntar a mim aqui?

Ela abaixou os olhos para o membro rígido dele.

— Bem aí? Sim.

Aden ergueu-a um pouco, ajeitando-a sobre ele com um joelho de cada lado das suas coxas.

— Eu adoro você, Miranda — murmurou Aden, erguendo-se um pouco para alcançar sua boca, enquanto ela o fitava.

A moça arregalou os olhos, sorrindo, e abaixou o corpo sobre o dele. Aden queria se adiantar, tomá-la, reivindicá-la, se esvaziar dentro dela para que ela fosse sua para sempre. Em vez disso, esperou, incapaz de conter um gemido quando Miranda o recebeu por inteiro, apertada e quente e, ao menos por aquela noite, dele.

— Ah — soltou ela num arquejo, enquanto experimentava erguer o corpo e voltar a abaixá-lo rapidamente. — Isso é... Ah.

Cristo. Aden envolveu os seios dela mais uma vez, brincando com os mamilos enquanto ela se movia em cima dele. Miranda atingiu o clímax com um arquejo, latejando em volta dele e apertando os dedos em seus ombros. Ele a segurou enquanto ela estremecia, usando toda a sua força de vontade para não sucumbir também.

Quando os dedos de Miranda afrouxaram um pouco seu aperto e ela ergueu a cabeça, ele a beijou.

— Moça bonita e travessa — sussurrou Aden.

Ela voltou a se mexer, quase levando-o ao limite.

— Mas você está...

— *Aye*. Você me faz sentir como um menino imaturo, Miranda, mas está pronta para um pouco mais?

O sorriso que ela abriu foi algo de que Aden se lembraria para sempre.

— Ah, sim.

Ele manteve-a onde estava, ainda envolvendo o membro dele, deslizou o corpo para a beirada da cadeira e, então, para o tapete de aparência cara estendido diante da lareira. Aden virou-a de costas, saiu de dentro dela e voltou a penetrá-la profundamente, sustentando seu olhar enquanto a tomava uma, depois outra vez.

Nunca desejara tanto ser o bárbaro que os ingleses achavam que era, para poder colocá-la sobre um cavalo e sair em disparada, levando-a para as Terras Altas, onde ninguém mais seria capaz de machucá-la, de assustá-la ou de levá-la para longe dele.

A cada arremetida, Aden reivindicava o corpo de Miranda, memorizando cada arquejo, cada gemido e cada suspiro profundo, cada movimento, e a sensação quente e macia da pele dela contra a dele. Ela se contraiu de novo e, quando atingiu o clímax mais uma vez, Aden se deixou ir junto até o limite, derramando-se fundo dentro dela.

Quando conseguiu voltar a respirar, ele se levantou, a ergueu nos braços e a carregou para a cama dele. Miranda adormeceu com a cabeça em seu ombro, as mãos em volta do seu braço. Aden nunca fora muito de rezar, mas enquanto a observava dormir, com um leve sorriso no rosto doce, foi o que fez: rezou para ser o homem que ela declarara que ele era, e para ter feito algum bem na vida, e, quem sabe assim, merecê-la.

∽m∾

Miranda acordou com o farfalhar de papéis. Ela esticou o corpo e se abaixou na direção do pé da cama, sentindo Aden sentado ali.

— Ainda não é de manhã, é? — perguntou ela.

— Amanheceu há pouco. Devem ser umas sete horas, talvez — respondeu Aden. — Dormiu bem?

— Melhor do que em muito tempo — admitiu Miranda, afastando as pesadas cobertas e se sentando.

Aden estava sentado ao pé da cama, as pernas cruzadas, com dezenas de pequenas pilhas de papéis ao seu redor. Ao que parecia, ele estava imerso naquilo havia algum tempo. Talvez horas.

— Com quantas pessoas ele fez isso?

— Eu fiz uma lista — falou Aden, empurrando um papel na direção dela. — Trinta e sete, pelas minhas contas. Vale escreveu *falecido* em cinco deles, mas há endereços para o restante. Não tenho dúvidas de que ele os rastreava para poder continuar a usá-los, mas seu empenho facilita levarmos adiante a ideia que você teve de avisar a essas pessoas que elas estão livres.

Miranda observou-o por algum tempo, enquanto ele lia cada um da meia dúzia de papéis ainda em sua mão e depois os distribuía nas pilhas que criara.

— Você não precisava lê-los — comentou ela, enquanto ele guardava todos, a não ser uma única pilha, de volta no saco. — Nós sabemos a criatura horrível que ele é.

— Acho que eu precisava ler cada um deles. Alguém precisa saber quem é esse homem.

Não era daquele jeito que Miranda queria começar o dia, especialmente depois de uma noite tão espetacular e revigorante, mas ela compreendia. Na noite anterior, eles haviam tirado os meios de subsistência de Robert Vale, e aquilo a deixava feliz. Mas Miranda sabia que Aden via alguns paralelos entre ele e Vale — para seu pesar, ela mesma apontara alguns.

— Você gosta de apostar em jogos de azar. Isso não o torna igual a ele, você sabe.

Aden fitou-a, e a intensidade do seu olhar a lembrou mais uma vez da noite anterior — não que aquilo um dia pudesse deixar seus pensamentos. Céus, ela começara a se sentir quase como duas pessoas distintas. Uma pessoa que sorria, fazia mesuras e brincava de charadas nas festas, e outra que se deliciava em fazer sexo com um *highlander* de cabelo de poeta e não achava nada mais divertido do que conversar com ele.

— Não torna — repetiu Miranda com firmeza.

— Existem semelhanças — disse Aden. — Eu *poderia* ter feito o meu caminho na vida jogando. Coll sugeriu isso algumas vezes, para nos libertar de Francesca. Para evitar que nós três, ou pelo menos nós dois, fôssemos obrigados a seguir as ordens dela.

— Obrigados? E relutantes em fazer o que ela diz? — perguntou Miranda.

— Querendo ou não, a minha... qualquer moça que eu pedisse em casamento saberia que recebi ordens de me domar.

Homem teimoso, impossível.

— Então, sim, você *poderia* ter se tornado um jogador profissional e eu *poderia* ter me tornado uma freira, mas sabendo o que sei agora, certamente não teria gostado.

— Ah, moça. — Aden sorriu, se inclinou e lhe deu um beijo.

Miranda passou os braços pelos ombros dele e retribuiu o gesto.

— Esqueça as coisas odiosas que Vale escreveu — murmurou ela, e encostou a testa na dele. — Apenas anote o restante dos endereços e queime as notas promissórias. Todas elas.

— Sim.

Ele hesitou pela segunda vez em quatro minutos. Daquela vez, a hesitação fez o coração de Miranda estremecer um pouco.

— O que foi?

— Você precisa saber que Vale comprou outras dívidas também. Ou as ganhou no jogo, o que é mais provável.

Ela franziu a testa.

— Então ele assumiu as dívidas de outros jogadores?

Quando ele não respondeu, ela olhou para a pilha de papéis ainda em suas mãos e voltou a encará-lo. Não. *Não era possível.*

— Ele tinha as dívidas do tio John, não é?

— Maldição, você é rápida — comentou ele. — *Aye*. Ele tinha. Mas agora não tem mais. Você tem. — Ele entregou os papéis a ela. — Não há nenhuma anotação neles, além de "Tio de Miranda" escrito no verso. Uma vantagem adicional contra você, eu acho.

Mais algumas correntes para prendê-la. E liberdade para John Temple voltar para a família, caso ainda estivesse vivo. *Deus do céu.* Era horrível que Vale visse a vida de um homem como nada mais do que uma margem de manobra contra ela, e maravilhoso que as ações de Aden tivessem libertado alguém que lhe era tão caro. Assim que ela pudesse viabilizar aquilo, todos os jornais da América estariam estampando um anúncio para o tio John, avisando-o de que ele estava livre e que poderia voltar para casa.

— Você está satisfeita, *aye*? — perguntou ele, fazendo mais uma anotação antes de deixar o lápis de lado.

— Ah, sim. — Miranda o beijou. Como não estaria? — Quando você se dispõe a libertar alguém, não se contenta com pouco, não é?

Aden guardou o resto dos documentos no saco de pano e se levantou. Ele vestira o kilt, embora ainda estivesse com o peito nu e os pés descalços.

— Foi você quem quis trazer tudo isso para cá conosco. Eu teria queimado os papéis lá mesmo.

— É por isso que a nossa parceria é tão sólida — argumentou Miranda. — Nós descobrimos os furos no barco um do outro.

— Isso é verdade. — Ele pegou a mão dela, a ajudou a sair da cama e lhe entregou a camisola que ela havia despido. — Eu tenho todos os nomes, agora. E escrevi bilhetes para lorde George e para o seu irmão... Quanto mais cedo eles souberem o que aconteceu, melhor. — Com a expressão fechada, Aden entregou o saco cheio de notas promissórias a ela. — Você é quem deveria fazer isso, Miranda.

Ela vestiu a camisola fina de musselina e, com o coração martelando, acrescentou as notas promissórias do tio John ao saco. Levou tudo até a lareira, com Aden às suas costas. O fogo ainda crepitava — Aden o alimentara quando se levantou mais cedo para pegar as notas.

— Parte de mim quer realizar algum tipo de cerimônia — comentou Miranda, pensativa, agachada na frente da lareira —, mas acho que elas só precisam desaparecer logo, antes que possam causar mais danos.

E, com isso, ela se inclinou para a frente e colocou o saco no meio do fogo.

— Muito bem, moça — sussurrou Aden, agachando-se ao lado dela para observar o tecido começar a soltar fumaça e logo escurecer nas chamas. — Ele está acabado, e você está livre.

O sustento de um homem destruído e trinta e sete homens e mulheres libertados, tudo no espaço de cinco minutos cheios de fumaça e fogo. Simples e rápido, e, ah, tão importante... tudo ao mesmo tempo. Quando não restava mais nada além de cinzas e algumas bordas enegrecidas de papel, Aden se levantou e colocou Miranda de pé ao lado dele.

— Você precisa ir para o quarto que lady Aldriss lhe designou, Miranda Harris. Coll não vai dizer nada, mas Eloise desmaiaria se a visse saindo de meu quarto com o cabelo solto e ainda usando as roupas de ontem.

Sim, não podiam permitir que aquilo acontecesse. Se alguém a encontrasse no quarto de Aden, ela seria obrigada a se casar com ele. Que Deus não permitisse...

— Há algo em sua mente, moça? — perguntou ele, franzindo a testa. — Você está com uma expressão interessante. Não se trata de um olhar sombrio e contemplativo. É algo um pouco mais diabólico.

— Ontem à noite você estava me aconselhando a fazer o que eu quisesse — respondeu Miranda. — Mas de repente ficou preocupado com o decoro?

— Acho que essa deve ser a parte em que você faz uma reverência à sociedade, só isso. A menos que queira que todos saibam que você e eu somos amantes.

— Ah, não, não podemos permitir isso — retrucou Miranda, sabendo que soava irreverente, e não se importando nem um pouco se Aden perceberia.

Ele estava tão determinado a não pisar na liberdade dela que teria sido até divertido, se não fosse tão irritante.

— Eu vou lhe mostrar onde você passou a noite, então.

Enquanto ele sacudia o vestido dela, Miranda prendeu o cabelo em um rabo de cavalo frouxo.

— Depois eu irei para casa, presumo?

Aden parou o que estava fazendo.

— Imagino que pareceria estranho se você ficasse aqui, já que a sua própria casa fica tão perto.

Agora ela estava de novo com vontade de socá-lo. No entanto, parte do que Aden vinha lhe dizendo o tempo todo *fazia* sentido, quer ela admitisse ou não. Todas aquelas coisas — Vale, a dívida de Matthew, conhecer Aden, a... investigação e o prazer da descoberta do seu lado carnal — tinham acontecido a uma velocidade vertiginosa. Ela precisava de tempo e sossego para resolvê-las.

Ao mesmo tempo, havia coisas que ela *sabia*, coisas que nenhuma pausa para contemplação alteraria. Como, por exemplo, o que sentia por Aden. Agora, só precisava encontrar uma maneira de convencê-lo.

Quando Miranda parecia quase recomposta, Aden vestiu a própria camisa e calçou as botas.

— Pronta, moça?

— Sim. Descerei em breve para o café da manhã.

— Também estou faminto. — E, em um gesto tão abrupto que a fez ofegar, Aden puxou-a para ele e capturou a boca de Miranda em um beijo ardente. — Pronto — disse logo depois, voltando a se aprumar. — Isso deve bastar por alguns minutos.

Antes que Miranda pudesse protestar que agora *ela* precisava de um minuto, ele brindou-a com um sorriso travesso, abriu a porta para checar se havia alguém à vista e por fim guiou-a pelo corredor, passando pela porta de Eloise. Fez sinal para ela esperar onde estava, então se esgueirou para dentro do quarto. Quando saiu, logo em seguida fez um gesto para que Miranda entrasse.

— Ao que parece, Eloise deixou um dos vestidos dela para que você usasse — sussurrou Aden, dando a volta por trás dela no corredor e se preparando para fechar a porta entre eles. — Eu a verei em breve.

Assim que ficou sozinha, Miranda atravessou o pequeno quarto para abrir as cortinas e se deixou cair em uma cadeira. Vale ainda não sabia que seu reinado de terror havia terminado. Sem dúvida, esperava que ela aparecesse na casa de lorde George para o café da manhã às oito horas, como estava escrito no convite enviado pelo mordomo. Se alguém ainda estivesse vigiando a Casa Oswell sob sua ordem, Vale seria informado de que Miranda permanecia ali.

Diante daquele pensamento, um tremor a percorreu. O capitão ainda não sabia que havia perdido os dentes. Ele poderia muito bem chegar à porta da frente da Casa Oswell, exigindo saber por que ela não havia aceitado seu convite impróprio e ultrajante.

Miranda bufou e se levantou. Estava exausta de pensar em Vale... Mas o fato era que, sem dentes ou não, ele ainda estava em Londres. Ainda estava em Mayfair, a menos de um quilômetro de distância. Será que tentaria controlá-la? Ou lhe fazer algum mal, depois que se desse conta de que ela estava fora do seu alcance?

— Pare com isso, Miranda — murmurou para si mesma, balançando as mãos.

Eloise deixara um lindo vestido de musselina verde ao pé da cama, a saia bordada com flores amarelas e azuis. Ela também providenciara uma camisola simples para Miranda dormir. Com movimentos rápidos, Miranda tirou o vestido que usava, desfez a cama e rolou nela algumas vezes, para deixá-la amassada, então enrolou a camisola e deixou-a no chão.

O vestido verde era um ou dois centímetros mais curto do que deveria e estava um pouco justo nos quadris de Miranda, mas com certeza serviria até que pudesse voltar para casa e se trocar. Era evidente que preferia permanecer na Casa Oswell. Aden morava lá. E quando voltasse à Casa Harris, Miranda teria que explicar por que Vale não era mais um pretendente, e teria que contar aos pais ao menos parte do que havia acontecido. Matthew os ajudara — ele passara a Vale a informação que Aden lhe pedira, e fizera aquilo com astúcia o bastante para que o capitão acreditasse e desafiasse Aden. Mas também era verdade que fora o mesmo Matthew que começara toda aquela confusão.

Enquanto escovava o cabelo e o prendia em um coque, ela ouviu passos apressados no corredor e a voz baixa de Aden dando instruções. As primeiras cartas estavam sendo enviadas, então. Ótimo. Quanto mais pessoas soubessem que haviam sido libertadas, e quanto mais rápido soubessem, melhor. Pelo que Miranda sabia, todos os aliados de Vale haviam sido obrigados a ficar do lado dele. Se não tivessem mais motivos para isso, o capitão se descobriria muito só.

Ela ouviu uma batida na porta do quarto que ocupava. Depois de prender um último grampo de cabelo, abriu. Miranda esperava que fosse Eloise, ou talvez Aden, mas em vez disso foi lady Aldriss que viu parada no corredor.

— Bom dia — disse a condessa.

Ah, Deus.

— Bom dia, milady. Parece que não sou a única que acordou cedo hoje — respondeu Miranda, com um sorriso.

A condessa não retribuiu o sorriso.

— Acompanhe-me até a sala de café da manhã — disse ela, sem mais preâmbulos, afastando-se da porta.

— Com certeza.

— Você foi com Aden ontem à noite cometer um roubo.

— Não foi tão perigoso quanto parece.

— Hum. Ainda assim, meu filho a levou com ele.

A última coisa que Miranda desejava era que houvesse ainda mais tensão entre Aden e a mãe.

— Eu insisti. Não foi culpa minha que toda essa confusão tivesse acontecido, mas também não foi culpa de Aden. E tivemos sucesso. O capitão Vale talvez ainda não tenha se dado conta, mas ele foi contido.

Lady Aldriss assentiu.

— Graças a Deus. Eu desconfiei, levando em consideração a série de idas e vindas essa manhã. — Ela se deteve no patamar da escada, parando um instante para olhar para o saguão abaixo. — Estava muito preocupada com você — voltou a falar a condessa, o tom ainda mais baixo. — Na verdade, bati na porta do seu quarto um pouco depois da meia-noite.

— Ah, eu tenho um sono profundo, lamento — improvisou Miranda, estremecendo por dentro.

— Ahã. Conheço os meus filhos, minha cara. Ele pediu a sua mão ou devo fingir que nada disso jamais aconteceu?

Miranda franziu a testa.

— Ele não vai me pedir em casamento.

A condessa a encarou, confusa, e uma expressão de surpresa sincera cruzou o seu rosto pela primeira vez.

— É mesmo?

— Aden passou todo esse tempo prometendo que me libertaria, dizendo que eu não poderia fazer uma escolha adequada com a minha cabeça na guilhotina, *então* dizia que eu não teria como saber se o que eu sentia não seria apenas gratidão ou obrigação em relação a ele. Também falou algo sobre *ele* ter que se casar, o que significava que não poderia ter certeza dos próprios motivos, nem qualquer moça que ele pedisse em casamento. É bem irritante.

— Você o ama, certo?

Miranda assentiu.

— Sim. E Aden disse mais de uma vez que me ama. Eu só não consigo… É como se ele tivesse se trancado em uma sala e agora não pudesse ou não quisesse admitir que se esqueceu de incluir uma janela.

Lady Aldriss fitou-a por algum tempo.

— Bem, com você estando tão presa às boas maneiras e ao decoro — falou a condessa, com um suspiro —, acho que não há mesmo nada a ser feito.

A mãe de Aden continuou descendo até o saguão. Miranda, porém, permaneceu onde estava. Não importava se lady Aldriss sabia mais do que afirmava ou se era apenas uma ótima juíza de caráter, mas era fato que acabara de dizer algumas coisas muito pertinentes. E muito interessantes.

Os pensamentos de Miranda se dissiparam e ela voltou ao presente, descendo a escada e seguindo pelo corredor até a sala de café da manhã, onde estacou.

— Mamãe? — disse com a voz trêmula, enquanto seu olhar seguia para as três pessoas sentadas à mesa com a condessa. — Papai? *Matthew?*

— Sente-se, querida — disse a mãe dela, dando uma palmadinha na cadeira ao seu lado. — Temos algumas coisas para conversar. Essa tem sido uma manhã bastante agitada.

***

— Só estou dizendo, sr. Aden — enfatizou Smythe —, que não há mais criados na casa, ou cavalariços no estábulo. Se quiser que mais missivas sejam enviadas agora, terei que contratar mensageiros. — Ele se agitou um pouco, o pescoço vermelho. — E o senhor deve saber...

Aden colocou a pena entre os dentes, feliz por ter descido para a biblioteca com a sua lista de nomes e endereços. Ele acenou com um punhado de cartas para o mordomo.

— Tudo isso pode ser feito pelo correio. Não vou mandar ninguém para a Índia.

O mordomo assentiu.

— O carteiro passará em breve. Posso entregar a ele, então?

Por mais impaciente que Aden se sentisse para que aquilo terminasse logo, vinte minutos não fariam nenhuma diferença para cartas que precisariam chegar de navio ao outro lado do mundo.

— *Aye.* Isso vai bastar. — Ele mergulhou a pena na tinta e começou outra carta. Agora que decidira que palavras usar, escrevê-las se tornara um processo bastante rápido. — Miranda já desceu?

— Eu não vi a srta. Harris descer.

Aquilo soou um pouco... preciso demais. Aden lançou um olhar para o mordomo, e uma sensação de desconforto tomou seu corpo. Ele tinha checado o quarto antes de permitir que ela entrasse e confirmado que estava livre de possíveis homens da Marinha furiosos, ou de capangas, ou ainda de mulheres MacTaggert intrometidas.

Mas talvez ela tivesse adormecido. O diabo sabia que os dois haviam passado a maior parte da noite acordados.

— Avise-me quando a vir.

— Farei isso. E há mais uma coisa que o senhor deveria...

O som de batidas fortes com a aldrava de bronze na porta da frente ecoou pelo corredor, por pelo menos meia dúzia de vezes, em rápida sucessão. Hum. Era cedo para visitas, e Aden não colocara seu nome ou endereço em nenhuma das notas. Mas lorde George saberia de onde chegara qualquer correspondência, assim como Matthew Harris.

— Se me der licença — disse Smythe, e deixou a biblioteca, enquanto as batidas se repetiam.

A porta da frente foi aberta, seguida por uma voz alta e forte e algo que soou como uma briga. Aden ficou de pé e estava a meio caminho da porta da biblioteca quando o mordomo entrou tropeçando por ela e caiu de joelhos, sob a mira de uma pistola empunhada pelo capitão Robert Vale, usando um paletó azul. Aden ajudou o mordomo a se levantar, então se colocou entre ele e o capitão. Mais ninguém ia se machucar.

— Onde estão? — rosnou Vale, e moveu a pistola, apontando-a para a cabeça de Aden.

— Se você atirar em mim, não vai descobrir, não é mesmo?

— Uma bala na perna o persuadirá. Devolva. Não vou pedir de novo.

Era aquilo que Aden queria: a raiva de Vale voltada para ele. Graças ao diabo Miranda ainda estava lá em cima.

— Você parece um pouco desgrenhado essa manhã — comentou Aden, reparando no nó malfeito da gravata e na ausência do chapéu régio de capitão. — Foi chutado para fora da cama, ou algo assim?

Se as coisas tivessem acontecido daquela forma, ele teria adorado estar presente para ver lorde George expulsar o hóspede indesejado.

— Parece que estou brincando? — perguntou Vale, acenando com a pistola para dar ênfase às palavras.

— Não. Você parece um homem que não avaliou bem seus próximos movimentos. Talvez isso o ajude. — Aden se moveu devagar, para o caso de o capitão entrar em pânico e atirar, estendeu a mão para a mesa e recuperou a carta que acabara de escrever. — Vou ler para você, para que não precise olhar para baixo. — Ele ergueu o papel. — "Almirante Jonathan Kenny, Bombaim, Índia. Essa missiva é para informar que as notas promissórias em seu nome e de posse do capitão Robert Vale, nascido Tom Potter de Polperro, na Cornualha, foram destruídas. O senhor talvez se interesse em saber que, embora eu não saiba a sua localização atual, Vale foi visto pela última vez em Mayfair, Londres, no dia 9 de junho. Ele não possui mais nenhuma nota promissória, e também não tem nenhum amigo. Boa sorte em seus empreendimentos futuros. Um amigo."

Vale o encarou, o rosto pálido e uma veia pulsando visivelmente em sua têmpora.

— Me dê isso.

— Não, não vou lhe dar. Até agora mandei entregar cerca de dezessete cartas como essa... o que você sabe, pois acho que lorde George já se livrou de você... e essa me parece caprichada. A minha mãe ficaria orgulhosa da minha caligrafia, eu acho.

— Eu vou... matar você, então matarei Miranda Harris.

Uma sensação fria e rígida se instalou no peito de Aden, e ele alterou o que estava prestes a dizer. O tempo para provocações e brincadeiras tinha acabado. Vale acabara de garantir isso.

— Ah. Muito bem. Agora você tem duas escolhas, Tom Potter — falou, constatando que a sua voz soava calma apesar da fúria intensa em seu coração. — Você...

— "Duas escolhas"? — repetiu o capitão, irado. — Eu não vou lhe dar nenhuma, seu desgraçado.

— Quem vai falar agora sou eu — interrompeu Aden bruscamente. — Se me interromper de novo, teremos uma escolha. Muito bem. Como eu estava dizendo, você pode colocar essa pistola no chão e sair, deixar Londres, deixar a Inglaterra, antes que eu sinta o seu cheiro e vá atrás de você. Ou pode ficar com a segunda escolha, disparar essa pistola e rezar a Deus para me matar. Porque se você recuar, se errar ou apenas me ferir, vou enfiar uma faca no seu queixo até o seu cérebro e você estará morto antes de cair no chão. E mesmo que você não erre o tiro, um dos meus irmãos o matará antes que você dê três passos para fora dessa casa. Essas são as suas duas e únicas escolhas. Você, vivo, ou morto pelas mãos de um MacTaggert.

Aden respirou fundo, dando algum tempo para que o que acabara de dizer penetrasse no desespero de Vale, para que o homem pensasse bem onde estava e se teria mesmo coragem de atirar em um homem que estava parado ali, olhando-o nos olhos. Porque Vale era um homem que se orgulhava de ser tortuoso, um homem que fazia os outros sujarem as mãos para que ele não precisasse sujar as dele. Mas daquela vez era ele que empunhava a pistola.

— Agora escolha.

— Você...

— Eu disse *escolha*, seu covarde dissimulado! — gritou Aden. — Você, vivo ou morto?

Vale estremeceu, abriu a boca e tornou a fechá-la. Depois de seis tiques altos do relógio sobre a lareira, a pistola caiu no chão com um baque surdo, e Robert Vale deu meia-volta e fugiu da casa.

— Meu... Obrigado, sr. Aden — disse Smythe atrás dele, a voz abalada.

Uma porta foi aberta à sua direita, e Aden se virou no momento em que Miranda se jogava em cima dele.

— Aden! — disse, soluçando, e passou os braços ao redor dele como uma mulher se afogando.

Aden apertou-a junto ao corpo. Se soubesse que ela estava na sala ao lado... uma bala perdida poderia ter... *Pelo amor de Deus*. Ele enfiou o rosto no cabelo da jovem.

— Acabou — sussurrou Aden, a voz só então começando a tremer.

A mãe dele, os pais dos Harris e Matthew saíram da sala de estar adjacente, atrás de Miranda, mas além de notar que alguém — Francesca — andara manobrando pelas costas dele, Aden os ignorou. Miranda estava a salvo. Estava em segurança agora. Coll entrou de modo intempestivo, vindo da direção da escada, com uma espada *claymore* em uma das mãos e vestindo apenas o ódio em seu rosto.

— Onde está o desgraçado? Vou cortá-lo ao meio! — bradou.

— Ele se foi — respondeu Francesca, com uma das mãos sobre o peito, na altura do coração. — Ele... Seu irmão o ameaçou e ele fugiu. — Ela se deixou cair na cadeira mais próxima.

— Merda. Talvez eu ainda consiga pegá-lo.

Coll voltou para o corredor, gritando pelo seu cavalo.

— Ele... ele está nu — comentou Elizabeth Harris, com a voz quase sem força.

O bom humor começou a se sobrepor à fúria e ao alívio.

— Ele vai perceber isso antes de se adiantar muito na rua — comentou Aden, e afastou Miranda um pouco de si para poder examiná-la melhor. — Você não está machucada, não é, moça?

Ela enxugou as lágrimas do rosto.

— Eu? *Eu?* Foi você que teve uma pistola apontada na sua direção. — Miranda agarrou os braços dele. — Tem certeza de que está inteiro? Nós estávamos vindo aqui para falar com você, e eu ouvi... ouvi tudo. A sua mãe não me deixou abrir a porta.

Aden olhou para Francesca por cima da cabeça de Miranda, e viu a mãe ainda sentada e a palidez profunda deixando seu rosto aos poucos. Ela ficara preocupada, percebeu. Com ele. Não fora apenas uma encenação para os convidados.

— Obrigado por mantê-la em segurança, *màthair* — disse Aden.

Os olhos verde-escuros encontraram os dele.

— É claro. Eu cuido do que e de quem você ama.

Miranda se afastou um pouco e pegou a mão dele.

— Venha comigo — disse ela, e tentou puxá-lo em direção à porta da sala de estar.

— *Aye.* Com licença. Smythe, preciso que essas cartas sejam enviadas.

— Elas serão, sr. Aden, ainda que eu mesmo tenha que deixá-las no navio mais próximo.

Aden permitiu que Miranda o levasse até a sala de estar, e mal tinha erguido uma sobrancelha quando ela o soltou e se afastou para fechar a porta atrás deles. Se a moça quisesse beijá-lo mais algumas vezes, ele não ia protestar, mas tinha permitido que ela fosse exposta ao perigo e precisava responder por aquilo.

— Não achei que ele ousaria aparecer aqui, Miranda, ou teria colocado um guarda. Calculei errado, e isso... Você poderia ter se ferido. Não vai acontecer de novo.

Ela o encarou, encostada à porta.

— Você não calculou errado. Pelo amor de Deus, Aden, *você não é como ele*. Não antecipou uma tentativa de homicídio porque não é um assassino.

— Eu o teria matado ali mesmo, se ele não tivesse fugido.

— Foi o que eu ouvi. Em detalhes muito explícitos.

— Bem, se eu soubesse que você estava aqui, ouvindo, talvez tivesse sido mais educado.

Do corredor, Coll gritou para alguém lhe levar um maldito kilt, e Miranda conteve um sorriso.

— Pelo menos ele voltou — comentou ela.

— *Aye*. Ele sempre volta, embora de vez em quando Niall ou eu tenhamos que sair para buscá-lo. Seus pais estão aqui para levá-la para casa?

— Alguém me viu na rua ontem à noite, andando por Londres sentada no seu colo, e informou a eles — disse ela, juntando as mãos na frente da cintura. — Eles vieram descobrir que diabos estava acontecendo.

Ele deveria ter estado presente para ajudá-la com aquela conversa.

— Você contou a eles, então?

— Sim. Matthew e eu. Ele contou tudo aos dois e assumiu total responsabilidade pelo que aconteceu com Vale, pelas apostas em jogos de azar e por todo o pesadelo.

Aquilo impressionou Aden, mais do que ele esperava.

— Bom rapaz. Ele foi deserdado?

Miranda balançou a cabeça.

— Não. Mas Matthew vai abrir mão de sua filiação a todos os clubes de cavalheiros dos quais é membro.

— É uma decisão sensata. Ele e eu podemos jogar pife-pafe durante a noite. No jardim, talvez, para que as mulheres da casa não nos ouçam chorar.

Miranda ficou na ponta dos pés, então abaixou o corpo de novo, mas não se moveu do lugar onde estava, na frente da porta.

— Sou grata a você — disse ela.

— Não é necessário. Somos parceiros.

— Sim, e aprecio isso. Ao mesmo tempo, acho justo dizer que fui mais beneficiada pela nossa parceria do que você. — Quando ele abriu a boca para retrucar, Miranda o encarou com severidade. — Eu não terminei.

— Continue, então.

— Não sou grata apenas por sua ajuda com Vale. Você... abriu os meus olhos para algumas coisas, e...

— Miranda — interrompeu Aden, franzindo a testa —, não me agradeça por isso, pelo amor de Santo André. Foi um prazer. Literalmente.

Ocorreu a Aden que Miranda estava tentando encontrar a maneira mais gentil de se despedir, e ele ajeitou a postura, apesar da sensação de ter acabado de levar um soco no peito. Não conseguia respirar fundo, e seu coração parecia vazio e apertado.

— Eu não estava... — Ela enrubesceu. — Sim, o sexo foi... é... um prazer genuíno para mim também — sussurrou ela, então pigarreou. — Eu também não quis dizer isso.

— Então o que...

— Eu sempre segui as regras — interrompeu Miranda. — Gostava de ser boa nelas. A ideia de quebrá-las de acordo com a minha conveniência... Não sei se isso teria me ocorrido se eu estivesse sozinha nessa confusão. Mas é bastante agradável, na verdade.

— Ótimo. Fico feliz que isso a faça feliz.

Mesmo que pensar nela com outro homem, sorrindo para ele, beijando-o, o matasse por dentro.

— Sim. Na verdade, quebrei algumas regras há menos de dez minutos.

Aden não conseguiu conter a curiosidade e inclinou a cabeça.

— *Aye*?

— *Aye*. Eu, hum... pedi permissão à sua mãe para me casar com você.

Tudo parou. O tempo, a respiração e o coração dele.

— Como?

Miranda foi até Aden e pegou as mãos dele. As suas também tremiam.

— Eu amo você, Aden MacTaggert. Amo a sua esperteza, o seu coração e a forma como você deixa Smythe tão zonzo que ele não conseguiu encontrar uma forma de lhe dizer essa manhã que não apenas Brògan é uma menina como também que ela teve filhotes na cama dele ontem à noite.

Uma risada espontânea irrompeu do peito de Aden. Tudo parecia estar se soltando dentro dele, permitindo que respirasse de novo.

— Ela *o quê*?

— Sim. Cinco deles. Ele está muito apegado aos bichinhos, inclusive.

— Pelo amor de Santo André — murmurou Aden. — Eu vi que ela estava ganhando peso, mas...

— Aden — interrompeu Miranda. — Estou tentando lhe dizer que quero ficar com você para sempre. Quer se casar comigo?

— Sim. — O coração dele voltou a bater, rápido e forte. Aden ergueu-a nos braços, beijando-a enquanto baixava-a ao alcance da sua boca. — Sim, Miranda Harris. Eu me casarei com você. — Ele sorriu. — Achei que você nunca pediria.

Ela riu, e retribuiu o beijo com uma paixão que o encantou além das palavras. As aulas sobre como ser um cavalheiro não haviam sido bem-sucedidas, pensou Aden, mas Miranda lhe ensinara algo ainda mais útil: como voltar a confiar no próprio coração.

A questão não era ser um *highlander* ou um *sassenach*, ou onde escolheriam viver, ou mesmo se alguém exigira que fosse para Londres encontrar uma esposa. Nada daquilo importava. Tudo de que ele precisava era da esperança, da alegria, daquela sua bela moça de língua afiada. E agora ele era dela, e ela era dele. Não era necessário apostar mais... Acabara de receber a mão perfeita.

Este livro foi impresso em 2024, pela Santa Marta, para a Harlequin. O papel do miolo é pólen natural 70g/m² e o da capa é cartão 250g/m².